Démon

suivi de

Sang-mêlé

Du même auteur
aux Éditions J'ai lu

À HUIS CLOS
À DEMI-MOT
JEU DE PATIENCE
JEU D'INNOCENCE
JEU D'INDULGENCE
JEU D'IMPRUDENCE
JEU D'ATTIRANCE

LUX

1 – Obsidienne
1.5 – Oubli
2 – Onyx
3 – Opale
4 – Origines
5 – Opposition

OBSESSION

JENNIFER L.
ARMENTROUT

Covenant – 1

Démon suivi de Sang-mêlé

Traduit de l'anglais (États-Unis)
par Paola Appelius

J'AI LU

Titres originaux
DAIMON: THE PREQUEL TO HALF-BLOOD
suivi de
HALF-BLOOD

Éditeur original
Spencer Hill Press

Covenant-0,5

Démon

AVANT

Chapitre 1

Elle sentait la naphtaline et la mort.

On aurait dit que la vieille Magistrate qui se tenait devant moi venait de sortir du tombeau où elle était en hibernation depuis deux siècles. Sa peau était aussi sèche et ridée qu'un vieux parchemin et chacun de ses souffles menaçait d'être le dernier. Je n'avais jamais vu personne d'aussi âgé, mais il faut dire à ma décharge que je n'avais que sept ans, et que même le livreur de pizzas me paraissait vieux.

Un murmure de désapprobation s'éleva derrière moi : j'avais oublié que les simples sang-mêlé comme moi n'étaient pas autorisés à regarder un Magistrat dans les yeux. Étant les enfants au sang pur des demi-dieux, les Hématoï avaient un ego surdimensionné.

Je me tournai vers ma mère, debout à côté de moi sur l'estrade. Elle était l'une des Hématoï, mais elle ne leur ressemblait pas. Ses yeux couleur d'émeraude contenaient une prière muette : elle voulait que je montre l'image d'une petite fille sage et obéissante, pas celle de l'incorrigible insoumise qu'elle savait que je pouvais être.

Que redoutait-elle tant ? C'est moi qui allais affronter le jugement de la gardienne de la crypte. Et si je survivais à cette tradition ridicule sans devoir porter le bassin de cette vieille sorcière jusqu'à la fin de mes jours, ce serait un vrai miracle. Digne des dieux qui étaient censés nous protéger.

— Alexandria Andros ?

La voix de la Magistrate était râpeuse comme du papier de verre, et elle fit claquer sa langue d'un air réprobateur.

— Elle est bien trop chétive. Ses bras sont aussi maigres que de jeunes rameaux d'olivier.

Quand elle se pencha sur moi pour m'examiner de plus près, je m'attendais presque à ce qu'elle me tombe dessus.

— Et ses yeux, ils sont couleur de terre, ils n'ont rien de remarquable. Elle a très peu de sang des Hématoï en elle. Elle est plus mortelle que tous ceux que nous avons vus aujourd'hui.

Les yeux de la Magistrate avaient quant à eux les reflets d'un ciel d'orage. Un mélange de violet et de bleu, marque de son héritage divin. Les Hématoï possédaient tous des prunelles extraordinaires. Beaucoup de sang-mêlé aussi, mais je n'avais pas tiré le bon numéro le jour de ma naissance.

Les déclarations s'étaient succédé pendant ce qui m'avait paru une éternité, alors que j'avais surtout envie de manger une glace ou d'aller faire la sieste. D'autres Magistrats étaient venus m'examiner, échangeant des commentaires à voix basse tout en tournant autour de moi. Je ne quittais pas des yeux ma mère, dont le sourire m'assurait que tout cela était normal et que je me comportais bien – et même mieux que ça.

Du moins jusqu'à ce que la momie commence à me tripoter, partout où ma peau était exposée, et même là où elle ne l'était pas. J'avais toujours détesté qu'on me touche. Quand je gardais mes distances avec quelqu'un, je m'attendais à la réciproque, mais cette vieille bique était apparemment très mal élevée.

Avec ses doigts osseux, elle me palpa le ventre à travers ma robe.

— Elle n'a que la peau sur les os. Comment pourrait-elle combattre et nous défendre ? Elle n'est pas digne d'être formée au Covenant et de servir au côté des enfants des dieux.

Je n'avais jamais vu les dieux, mais ma mère prétendait qu'ils étaient toujours parmi nous et qu'ils nous observaient. Je n'avais jamais vu non plus de cheval ailé ou de chimère, mais elle m'avait juré qu'ils existaient aussi. Du haut de mes sept ans, je ne croyais pas à ces balivernes, ce qui mettait à l'épreuve ma foi déjà vacillante en des divinités censées se préoccuper encore d'un monde qu'elles avaient peuplé de leurs enfants comme seuls les dieux savent le faire.

— Ce n'est qu'une misérable petite sang-mêlé, poursuivit l'ancêtre. Envoyons-la plutôt chez les Maîtres. J'ai justement besoin d'une jeune servante pour récurer mes toilettes.

Elle m'avait alors cruellement pincée.

Et j'avais répliqué par un coup de pied dans les tibias.

Je n'oublierai jamais l'expression de ma mère, à mi-chemin entre la terreur pure et la panique, prête à s'interposer pour m'arracher à leur courroux. J'entendis quelques hoquets outragés, mais également quelques ricanements.

— Tempérament de feu, dit l'un des Magistrats, tandis qu'un autre s'avançait d'un pas.

— Elle fera une bonne Gardienne, peut-être même une Sentinelle.

À ce jour, je ne savais toujours pas en quoi j'avais démontré ma valeur en donnant un coup de pied à la momie, mais j'avais passé le test. Mais maintenant, j'étais bien avancée. J'avais aujourd'hui dix-sept ans et cela faisait trois ans que j'avais coupé les ponts avec le monde des Hématoï. Et même dans le monde normal, il fallait que je me fasse remarquer.

Car il faut reconnaître que j'avais une grosse tendance aux actes irréfléchis. Comme qui dirait l'une de mes spécialités.

— Tu recommences, Alex.

La main de Matt se referma sur la mienne.

Je clignai lentement les yeux pour faire le point sur lui.

— Quoi ?

— Tu prends ton air.

Il m'attira contre son torse, enroulant un bras autour de ma taille.

— Ton air sérieux, comme si tu pensais à quelque chose de très profond. Comme si tu étais à mille lieues d'ici, la tête dans les nuages ou sur une autre planète.

Matt Richardson, le mignon petit voisin qui avait arrêté de manger de la viande rouge par conviction, rêvait de militer à Greenpeace pour sauver les baleines. Mon alibi actuel pour me fondre dans le monde des mortels. Il m'avait convaincue de faire le mur avec lui pour aller sur la plage où un groupe de gens que je connaissais à peine organisaient un feu de camp.

J'avais un goût douteux pour les garçons.

Avant lui, je m'étais entichée d'un intello torturé qui écrivait des poèmes au dos de ses livres et coiffait ses cheveux noir corbeau pour qu'ils tombent devant ses yeux noisette. Il avait écrit une chanson sur moi. Je lui avais ri au nez et notre relation s'était achevée avant même d'avoir commencé. Et l'année précédente avait sans doute été la plus nulle de toutes. J'avais craqué pour le capitaine de l'équipe de football américain du lycée, un blond peroxydé aux yeux bleus lumineux. Pendant des mois, nous n'avions échangé que de vagues « salut » et des « t'as un stylo ? » avant de nous retrouver dans une soirée. On avait discuté. Il m'avait embrassée et peloté les seins, et il empestait la bière à plein nez. Je l'avais frappé – fracture de la mâchoire. Ma mère m'avait carrément fait changer de ville après cet exploit, et j'avais eu droit à un méga sermon : je ne devais pas cogner de toutes mes forces, car une fille normale n'aurait pas été capable de porter des coups d'une telle violence.

Les filles normales n'aimaient pas non plus se faire tripoter et j'étais totalement persuadée que si elles avaient eu mes talents pour la castagne, elles ne se seraient pas gênées.

Je souris à Matt.

— Je ne pense à rien de spécial.

— À rien du tout ?

Il se pencha sur moi et les pointes de ses cheveux blonds me chatouillèrent les joues. Les dieux soient loués, sa phase dreadlocks était de l'histoire ancienne.

— Il ne se passe rien du tout dans cette jolie tête ?

Oh que si, il se passait beaucoup de choses dans ma tête, mais pas ce qu'il espérait. Tout en plongeant mon regard au fond de ses beaux yeux verts, je songeais au premier garçon dont j'étais tombée amoureuse : un garçon plus vieux que moi aux yeux couleur d'orage qui m'était interdit – tellement inaccessible qu'il aurait pu être un extraterrestre.

Techniquement, c'est d'ailleurs ce qu'il était.

Et encore aujourd'hui, je me serais donné des claques. Comme dans les romans, je croyais que l'amour soulevait des montagnes et toutes ces conneries. Bien sûr. Sauf que dans mon monde, ce genre d'amour frappait comme la colère divine et vous précipitait aux enfers jusqu'à la fin de vos jours.

L'arrogance des dieux et de leurs enfants était sans limites.

Peut-être que ma mère avait senti mon obsession naissante pour ce sang-pur, et que c'était la raison de mon arrachement au seul monde que je connaissais – celui auquel j'appartenais vraiment. Les purs n'étaient pas faits pour les sang-mêlé comme moi.

— Alex ?

Matt m'effleura la joue du bout des lèvres, qu'il fit progressivement glisser vers ma bouche.

— Bon, oui, je pense à quelque chose.

Me haussant sur la pointe des pieds, je nouai mes bras autour de son cou.

— Devine quoi.

— Que tu regrettes de ne pas avoir pris tes chaussures ? Moi oui. Le sable est glacial. C'est vicieux, le réchauffement climatique.

— Non, ce n'est pas à ça que je pense.

Il fronça les sourcils.

— Tu ne penses pas au cours d'histoire, quand même ? Ça serait vraiment tordu, Alex.

Je me dégageai de ses bras en soupirant.

— Laisse tomber, Matt.

Avec un gloussement, il me rattrapa et m'emprisonna.

— Je plaisante.

Ah ouais ? Je l'autorisai néanmoins à poser sa bouche sur la mienne. Ses lèvres étaient chaudes et il ne bavait pas, soit le top de ce qu'on pouvait espérer d'un garçon de dix-sept ans. Il fallait lui rendre justice, Matt embrassait très bien. Ses lèvres effleurèrent doucement les miennes et quand sa langue se fraya un chemin à l'intérieur je m'abstins de lui balancer un crochet à l'estomac et lui rendis même son baiser.

Ses mains descendirent sur mes hanches et il me guida sur le sable, en appui sur un bras, tandis qu'il s'allongeait sur moi, semant mon menton et mon cou d'une traînée de baisers mouillés. Allongée sur le dos, je contemplais le ciel noir constellé d'étoiles brillantes et de rares nuages. C'était une nuit magnifique – une nuit très *normale,* en réalité. Il y avait quelque chose de romantique dans sa façon de poser la main sur ma joue quand sa bouche retrouva la mienne tandis qu'il chuchotait mon nom comme si j'étais un mystère insondable. Je me sentais bien, lovée dans sa chaleur, pas au point d'arracher mes fringues et de me donner à lui, mais ce n'était déjà pas si mal, et j'aurais pu m'en contenter. Surtout quand je fermais les yeux et que j'imaginais ses prunelles argentées et ses cheveux beaucoup, beaucoup plus sombres.

C'est alors qu'il s'aventura sous ma robe bain de soleil.

J'ouvris les yeux d'un coup et retirai aussitôt sa main qui s'égarait entre mes cuisses.

— Matt !

— Quoi ?

Il releva la tête, ses pupilles dilatées obscurcissant son regard.

— Pourquoi tu ne veux pas ?

Pourquoi ? J'eus soudain l'impression d'être une princesse ayant fait vœu de chasteté. *Pourquoi ?* La réponse fusa dans mon esprit. Je ne voulais pas perdre ma virginité sur une plage, où le sable risquait de s'introduire partout. Je venais déjà de m'offrir une bonne exfoliation des jambes.

Mais il y avait aussi autre chose. Je n'étais pas vraiment là, avec Matt, pas quand je l'imaginais brun aux yeux gris et que je désirais qu'il soit quelqu'un d'autre.

Quelqu'un que je ne reverrais jamais... et qui n'était pas pour moi.

Chapitre 2

— Alex ? insista Matt, le nez enfoui dans le creux de mon cou. Qu'est-ce qui ne va pas ?

Faisant usage d'une partie de ma force surnaturelle, je le fis rouler sur le côté et m'assis dans le sable. Je remis le haut de ma robe en place, heureuse qu'il fasse nuit.

— Désolée. Je n'ai pas envie de faire ça maintenant.

Matt resta couché sur le dos, contemplant les étoiles comme je le faisais quelques instants auparavant.

— Est-ce que... j'ai fait quelque chose qu'il ne fallait pas ?

Mon ventre se noua et j'éprouvai un curieux sentiment. Matt était un brave garçon. Je me tournai vers lui et lui pris la main, mêlant mes doigts aux siens, un geste qu'il aimait.

— Non. Pas du tout.

Il retira sa main pour se masser le front.

— C'est toujours pareil. Tu ne veux jamais.

Je me rembrunis. Ah oui ?

— Et il n'y a pas que ça.

Matt s'assit à son tour, entourant ses genoux de ses bras.

— J'ai l'impression de ne pas te connaître, Alex. Je ne sais pas vraiment qui tu es. Ça fait combien de temps qu'on sort ensemble ?

— Deux à trois mois ?

J'avais bon ? Aussitôt, je me sentis minable. Par les dieux, j'étais en train de virer garce.

Matt esquissa un faible sourire.

— Toi, tu sais tout de moi. À quel âge je suis allé en boîte pour la première fois. L'université que je voudrais fréquenter. Ce que je n'aime pas manger et mon aversion pour les boissons gazeuses. La première fois que je me suis cassé un os...

— En tombant de ton skate.

Pas peu fière de m'en souvenir.

Matt rit doucement.

— C'est ça. Mais moi, je ne sais rien de toi.

Je lui donnai un coup d'épaule.

— Même pas vrai.

— Si, c'est vrai.

Il me dévisagea et son sourire s'effaça.

— Tu ne parles jamais de toi.

Pas faux. Mais que pouvais-je lui dire ? Imaginez. « Tu sais quoi ? Tu connais *Le Choc des Titans*, ou les histoires de la mythologie ? Eh bien, les dieux existent et je suis en quelque sorte une de leurs descendantes. Un peu comme un enfant dans une famille recomposée dont personne ne veut la garde. Oh, et ça ne fait que trois ans que je fréquente les mortels. On reste amis quand même ? »

Impossible.

Je me contentai donc de hausser les épaules.

— C'est qu'il n'y a pas grand-chose à raconter. Je suis une fille ennuyeuse.

Matt soupira.

— Je ne sais même pas d'où tu viens.

— J'habitais au Texas avant Miami. Je te l'ai déjà dit.

Le vent plaqua sur mon visage et sur l'épaule de Matt des mèches folles qui s'étaient échappées. J'avais besoin d'une bonne coupe de cheveux.

— Ce n'est pas un mystère.

— C'est là que tu es née ?

Je détournai les yeux vers l'océan. La mer était si sombre qu'elle paraissait violette et menaçante. M'arrachant à cette vision, je regardai la plage. Deux silhouettes marchaient sur le rivage, clairement masculines.

— Non, répondis-je au bout d'un moment.

— Où es-tu née, alors ?

Réprimant la contrariété qui commençait à me gagner, je me concentrai sur les deux types au bord de l'eau, courbés contre le vent du large qui les aspergeait d'écume glacée. Une tempête se préparait.

— Alex ?

Matt s'était relevé et secouait la tête.

— Tu vois ? Tu n'es même pas foutue de me dire où tu es née. Pourquoi ?

Ma mère préférait que personne ne sache rien de nous. Totalement parano, elle pensait que si on en disait trop, le Covenant nous retrouverait. Est-ce que ce serait une si mauvaise chose ? J'aurais préféré qu'ils nous trouvent et mettent un terme à cette vie de folie.

Frustré, Matt se passa la main dans les cheveux.

— Je crois que je vais rejoindre les autres.

Je le regardai s'éloigner avant de me lever à mon tour.

— Attends.

Il se retourna, sourcils haussés.

Je pris une inspiration, puis deux.

— Je suis née sur une île dont personne n'a jamais entendu parler. Au large de la Caroline du Nord.

Une expression de surprise passa sur son visage et il revint sur ses pas.

— Quelle île ?

— Je suis sûre que tu ne la connais pas.

Je croisai les bras sur ma poitrine pour me protéger du vent froid qui me donnait la chair de poule.

— Près de l'île de Bald-Head, dans le comté de Brunswick.

Un large sourire éclaira son visage et j'étais sûre que la peau s'était plissée autour de ses yeux, comme chaque fois qu'il était très content.

— C'était si difficile ?

— Oui.

Ma grimace se mua en sourire, parce que la joie de Matt était communicative. Son sourire me rappelait celui de mon meilleur ami, que je n'avais pas revu depuis trois longues années. Sûrement ce qui m'avait attirée chez lui au départ. Mais ma bonne humeur s'envola quand je me demandai ce que mon ancien complice pouvait bien faire en ce moment.

Matt m'obligea lentement à décroiser les bras.

— Tu veux retourner avec eux ?

Il montrait du menton le groupe d'adolescents blottis autour d'un feu de camp sur la plage.

— Ou tu préfères rester ici ?

Il n'ajouta rien de plus, mais je savais ce qu'il voulait dire. Rester ici et continuer à s'embrasser, à oublier. Pas une mauvaise idée. Je me rapprochai de lui. Par-dessus son épaule, mes yeux se posèrent à nouveau sur les deux types. Ils n'étaient plus qu'à quelques pas et je soupirai en les reconnaissant.

— On a de la compagnie, dis-je en me reculant.

La tête de Matt pivota vers eux.

— Génial. Timon et Pumbaa.

Je gloussai. La comparaison avec les deux personnages du *Roi lion* était très bien trouvée. J'avais déjà eu l'occasion de croiser ces deux débiles, mais je n'avais pas retenu leurs noms. Timon était le grand et maigre avec des cheveux bruns tellement raidis de gel qu'ils auraient pu être considérés comme des armes blanches dans la plupart des États. Pumbaa était plus petit, plus trapu, le crâne rasé, bâti comme une locomotive. Ils avaient la réputation d'être des trouble-fête partout où ils allaient, surtout Pumbaa, qui soulevait de la fonte. Ils avaient deux ans de plus que nous et avaient passé leur diplôme dans le lycée de Matt avant que je débarque en Floride. Mais ils traînaient toujours avec les lycéens, comptant sans doute impressionner les filles. On racontait des choses pas très nettes sur eux.

Même sous le clair de lune, je voyais qu'ils étaient bronzés. Leurs sourires trop confiants révélaient des dents bien trop blanches. Le plus petit murmura quelque chose à l'oreille de son pote et ils se tapèrent dans la main.

Sans surprise, ces deux-là ne me plaisaient pas du tout.

— Salut ! nous lança Timon alors qu'ils ralentissaient. Tu fais quoi, Matt ?

Matt enfonça les mains dans les poches de son short.

— Pas grand-chose... et vous ?

Timon regarda Pumbaa, puis ses yeux revinrent sur Matt. Son tee-shirt rose fluo, bien trop petit pour lui, semblait peint sur son torse maigre.

— On traîne un peu. On ira sûrement en boîte tout à l'heure.

Timon me considéra pour la première fois, détaillant ma robe et mes jambes.

Il me donnait envie de gerber.

— Je t'ai déjà vue dans le coin, dit-il en dodelinant de la tête comme un chien à l'arrière des voitures.

Une sorte de danse nuptiale bizarre, peut-être ?

— C'est quoi, ton petit nom, ma beauté ?

— Elle s'appelle Alex, répondit Pumbaa, le regard fuyant. Un nom de mec.

Je ravalai un grognement.

— Ma mère voulait un garçon.

Timon parut décontenancé.

— En fait, c'est le diminutif d'Alexandria, expliqua Matt. Mais elle préfère qu'on l'appelle Alex.

Je souris à Matt, mais celui-ci ne détachait pas son regard des deux autres. Un muscle sur sa mâchoire tressaillit imperceptiblement.

Pumbaa croisa les bras sur son torse musclé, les yeux braqués sur Matt.

— Tu m'en diras tant.

Son expression me mit en alerte et je me rapprochai de mon compagnon.

Timon, qui reluquait toujours mes jambes, émit un son entre le grognement et le gémissement.

— Canon, la meuf. Est-ce que ton père est un voleur ?

— Hein ?

Je ne connaissais pas mon père. Peut-être que c'était un gangster. Tout ce que je savais de lui, c'est que c'était un mortel. Rien à voir avec ces gros nazes, il fallait l'espérer.

Timon fit jouer des muscles inexistants en souriant.

— Où il a volé les diamants qu'il a mis dans tes yeux ?

— Waouh.

Je battis des paupières et me tournai vers Matt.

— Pourquoi tu ne me dis jamais des trucs aussi romantiques, Matt ? Je suis dégoûtée.

Mais contrairement à ce que j'espérais, Matt ne souriait pas. Ses yeux passaient d'un type à l'autre et je vis qu'il serrait les poings au fond de ses poches. Son regard était méfiant, la ligne de sa bouche tendue. Ma jovialité s'évapora instantanément. Il avait... *peur* ?

Je le pris par le bras.

— Viens, on rentre.

— Attends un peu.

Pumbaa lui posa lourdement la main sur l'épaule, suffisamment pour le faire reculer de quelques centimètres.

— Pas très cool de nous planter là.

Une bouffée de chaleur remonta le long de mes reins, rendant ma peau brûlante.

— Bas les pattes, l'avertis-je à mi-voix.

Surpris, Pumbaa retira sa main et se tourna vers moi.

— C'est elle qui porte la culotte, on dirait.

— Alex, siffla Matt en me faisant les gros yeux. C'est bon. N'en fais pas une affaire.

Là, il n'avait encore rien vu.

— C'est sûrement son nom qui déteint, ricana Timon. Ça vous dit de faire un tour en boîte ? Je connais un videur du *Zéro*, il nous laissera entrer. Je sens qu'on va s'éclater.

Il me prit par le bras.

Timon voulait peut-être rigoler, mais ce n'était pas le truc à faire. Je détestais toujours qu'on me touche quand je n'en avais pas envie.

— Ta mère est jardinière ? lui demandai-je innocemment.

— Quoi ?

Le mec était interloqué.

— Parce qu'une face comme la tienne est bien mieux contre terre.

Je lui tordis le bras et son visage se déforma. Nos regards se croisèrent pendant une seconde. Il ne comprenait pas comment j'avais fait.

Cela faisait trois ans que j'avais cessé de m'entraîner, mais des muscles endormis se réveillèrent et mon cerveau se mit en pilote automatique. Plongeant sous son bras, je le déséquilibrai et lui frappai l'arrière des genoux d'un coup de pied.

La seconde d'après, Timon mordait la poussière.

Chapitre 3

Alors que je regardais le type étalé dans le sable, je compris que le combat me manquait, particulièrement la poussée d'adrénaline et la satisfaction glorieuse d'envoyer l'adversaire au tapis. Mais il fallait avouer que se battre avec des mortels n'avait rien de comparable avec les affrontements contre mes semblables, ou les monstres qu'on m'avait appris à tuer. C'était bien trop facile. Si ce garçon avait été un sang-mêlé, c'est peut-être bien moi qui aurais fini avec du sable entre les dents.

— Bon Dieu, murmura Matt en reculant d'un bond.

Je relevai la tête, m'attendant à lire dans ses yeux une sorte de respect. Peut-être même de l'admiration. Mais rien, je n'obtins de lui aucune gratification. Au Covenant, on m'aurait applaudie. J'avais seulement oublié, une fois de plus, que je n'étais plus au Covenant.

Pumbaa, abasourdi, considéra son pote, puis moi, et les choses dégénérèrent très vite.

— Tu veux te battre comme un mec ? J'espère pour toi que tu sais aussi encaisser les coups, salope.

— Oh, lui répondis-je dans un sourire tout en me mettant en garde. C'est parti avec Donkey Kong.

Sûr de sa supériorité musculaire, Pumbaa se jeta sur moi. Mais il n'était pas formé au combat depuis l'âge de sept ans et ne possédait ni la force ni la vitesse que je tenais des dieux. Son poing énorme fusa vers mon visage, je l'esquivai sans peine et lui balançai un coup de pied retourné dans l'estomac. Pumbaa accusa le choc et se plia en deux, lançant les deux mains en avant pour me bloquer les bras. Je m'avançai sur lui, le pris par les épaules et le tirai vers le sol tout en relevant mon genou. Sa mâchoire rebondit sur ma rotule et je le repoussai, le regardant s'effondrer avec un grognement.

Timon se relevait, crachant le sable qu'il avait avalé. Il fit quelques pas chancelants, puis tenta de me frapper. Il était à côté de la plaque et j'aurais pu facilement l'éviter. Merde, il m'aurait ratée même si je n'avais pas bougé, mais je n'allais pas m'arrêter en si bon chemin.

Interceptant son poing, je remontai la main le long de son bras.

— On ne frappe pas les filles, même avec une fleur.

Je pivotai sur mon pied d'appui, me servant de son poids pour le renverser. Je le projetai par-dessus mon épaule et il mordit la poussière une seconde fois.

Pumbaa se releva à son tour et se rapprocha en titubant de son ami au sol.

— Allez, mec. Relève-toi.

— Besoin d'un coup de main ? proposai-je, tout sourire.

Les deux garçons détalèrent sans demander leur reste, lançant des regards apeurés derrière eux comme s'ils craignaient que je ne les pourchasse. Je les suivis des yeux jusqu'à ce qu'ils disparaissent derrière la dune, riant intérieurement.

Je me tournai alors vers Matt, cheveux au vent. Je me sentais vivante pour la première fois depuis... trois ans. *Je suis toujours capable de foutre une raclée à des crétins. Après tout ce temps, ma technique est intacte.* Mais l'euphorie et la confiance nouvellement retrouvées s'évaporèrent à l'instant où je découvris l'expression de son visage.

Totalement horrifiée.

— Comment est-ce que tu as pu… ?

Matt se racla la gorge.

— Pourquoi tu as fait ça ?

— Pourquoi ? répétai-je, sans comprendre. Ça me paraît pourtant clair. Ces mecs sont des crétins.

— Oui, ce sont des crétins. Tout le monde le sait, mais ce n'est pas une raison pour les frapper.

Matt me dévisageait avec des yeux ronds.

— Je… Je n'arrive pas à croire que tu aies fait ça.

— Ils étaient en train de t'agresser !

Je posai les mains sur mes hanches, me fichant tout à coup du vent qui plaquait mes cheveux sur mon visage.

— Pourquoi tu me regardes comme si j'étais un monstre ?

— Ils m'ont à peine touché, Alex.

C'était pour moi une raison suffisante, mais visiblement pas pour lui.

— Et Timon a voulu me tripoter. Je suis désolée, mais je ne suis pas d'accord.

Matt m'observait toujours sans rien dire.

Je ravalai le chapelet de jurons qui me vint à l'esprit.

— OK. J'y suis peut-être allée un peu fort. On peut passer à autre chose ?

— Non.

Il se massa la nuque.

— C'est trop pour moi. Désolé, Alex, mais c'était juste… flippant.

J'avais de plus en plus de mal à retenir la colère que je sentais monter.

— Alors, la prochaine fois, tu veux que je reste les bras croisés pendant qu'ils te cognent dessus et qu'ils me brutalisent ?

— C'était une réaction excessive ! Ils n'allaient pas me cogner dessus ni te brutaliser ! Et il n'y aura pas de prochaine fois. Je suis *contre* la violence.

Secouant la tête, il me tourna le dos et repartit vers les dunes, me plantant là.

— Bordel de merde, marmonnai-je entre mes dents, avant de lui crier : C'est ça ! Va sauver tes dauphins !

Il se retourna d'un seul coup.

— Des baleines, Alex, des *baleines* ! C'est les baleines que je veux sauver !

Je levai les bras au ciel.

— Tu as quelque chose contre les dauphins ?

À ce stade, il ne me répondit même plus et je regrettai bientôt de m'être emportée. Je le dépassai d'un pas rageur pour récupérer mes chaussures et mon sac près du feu – avec grâce et dignité. Pas une remarque désobligeante ni un mot plus haut que l'autre ne franchirent mes lèvres scellées.

Quelques adolescents levèrent la tête, mais personne ne pipa mot. Mes nouveaux amis du lycée étaient aussi les amis de Matt, et ils voulaient tous sauver les baleines. Chacun son truc, mais ça ne les empêchait pas de jeter leurs bouteilles de bière et leurs emballages en plastique dans la mer. Une belle bande d'hypocrites.

Matt n'avait rien compris. Étant une sang-mêlé, la violence faisait partie de mon héritage, et on me l'avait inculquée dans chaque muscle de mon corps. Ce qui ne voulait pas dire que j'étais prête à tabasser tout le monde sans raison, mais quand on me cherchait, on me trouvait. Toujours.

Le chemin du retour fut un vrai cauchemar.

À cause du sable incrusté entre mes orteils, dans mes cheveux et sur ma robe, et de ma peau irritée aux endroits stratégiques, j'étais d'une humeur de dogue. Avec le recul, je voulais bien admettre que ma réaction avait peut-être été un poil excessive. Timon et Pumbaa ne représentaient pas une réelle menace et j'aurais pu laisser courir. Ou me conduire comme une fille normale dans ce genre de situation et compter sur Matt pour régler le problème.

Trop tard.

Comme d'habitude. Et maintenant, c'était foutu. Dès lundi, au lycée, Matt ne manquerait pas de raconter à tout le monde comment j'étais passée en mode *Xena, la Guerrière* avec ces deux gros nazes. Je devrais le dire à ma mère et elle piquerait sa crise. Elle voudrait sûrement encore qu'on déménage. Tant mieux. Je n'avais aucune envie d'affronter les gens du lycée quand Matt aurait cafté. Rien à cirer non plus qu'on ne soit qu'à quelques semaines de la fin de l'année scolaire. Et j'anticipais déjà l'engueulade monstre qui m'attendait.

Et que j'avais bien méritée.

Serrant ma pochette dans mon poing, j'accélérai le pas. Les néons des boîtes de nuit et le brouhaha de la fête foraine me distrayaient d'ordinaire, mais pas ce soir. J'avais envie de me filer des tartes.

Nous habitions à trois rues de la plage dans une petite maison de ville sur deux niveaux que ma mère louait à un papy qui empestait la sardine. C'était une vieille bicoque, mais elle disposait de deux minuscules salles de bains, ce qui était carrément du luxe, car on avait chacune la nôtre. Elle n'était pas située dans le quartier le plus sûr de la ville, mais ni ma mère ni moi n'étions du genre à redouter la zone.

Les mortels malintentionnés, on pouvait gérer.

Je soupirai tout en me faufilant dans la foule du bord de mer encore grouillant de monde. La vie nocturne était une tradition en Floride. Comme les fausses cartes d'identité et les corps squelettiques ultra-bronzés. À mes yeux, tout le monde se ressemblait à Miami, ce qui n'était pas si différent de chez moi – mon vrai chez-moi – où j'avais autrefois un but dans la vie, un devoir à accomplir.

Alors qu'ici je n'étais qu'une marginale.

J'avais vécu dans quatre villes différentes et fréquenté quatre lycées en trois ans. Nous choisissions toujours des grandes villes dans lesquelles nous pouvions nous fondre dans la masse, toujours proches de l'eau. Jusqu'ici, nous avions peu attiré l'attention, et chaque fois que nous l'avions fait, nous avions fui. Ma mère ne m'avait jamais donné de raison, pas une explication. Au bout d'un an, j'avais cessé de lui faire une scène chaque fois qu'elle refusait de me dire pourquoi elle était venue me chercher au dortoir cette nuit-là pour m'informer que nous devions partir. Et, en toute honnêteté, j'avais cessé de la questionner et d'essayer de comprendre. Il m'arrivait de la haïr de me faire subir ça, mais c'était ma mère et ma place était auprès d'elle.

L'humidité saturait l'air et le ciel s'obscurcit rapidement, jusqu'à ce qu'il ne reste plus une seule étoile visible. Je traversai l'étroite ruelle et ouvris d'un coup de pied le portail en fer forgé qui entourait notre carré de pelouse. Je grimaçai quand il grinça sur les pavés de grès.

Je marquai un arrêt devant la porte, fouillant mon sac à la recherche de ma clé.

— Merde, marmonnai-je entre mes dents alors que mes yeux se posaient sur le petit balcon encombré de jardinières.

Les fleurs et les herbes folles s'en donnaient à cœur joie, débordant des cache-pots en céramique pour s'enrouler autour des barreaux rouillés. Des pots vides que j'avais empilés plusieurs semaines auparavant s'étaient renversés. J'avais promis de nettoyer le balcon cet après-midi.

Ma mère aurait plus d'une raison d'être en colère demain matin.

Avec un soupir las, j'introduisis ma clé dans la serrure. Je n'avais poussé qu'à demi la porte, soulagée qu'elle n'ait pas craqué comme tout le reste dans cette maison, quand j'éprouvai une sensation pour le moins inhabituelle.

Comme si des doigts glacés remontaient le long de mon échine avant de redescendre. Tous les poils de mon corps se hérissèrent et je fus envahie par l'impression extrêmement concrète d'être observée.

Chapitre 4

Je me retournai aussitôt, fouillant du regard notre petit jardin et la rue au-delà. Les alentours étaient déserts, mais mon malaise s'accrut. L'estomac noué, je reculai d'un pas, resserrant mes doigts autour du loquet. Pourtant, il n'y avait personne...

— Je deviens folle, marmonnai-je entre mes dents. Je deviens parano comme Maman. Manquait plus que ça.

Je pénétrai dans la maison, refermant derrière moi. La troublante impression s'effaça progressivement tandis que je m'enfonçais sur la pointe des pieds dans l'habitation silencieuse. Je pris une inspiration dans le salon, et l'odeur aromatique qui l'imprégnait me piqua la gorge.

Avec un grognement, j'allumai la lampe à côté du vieux canapé miteux et continuai jusqu'au fond. Près de la télé et de l'étagère à magazines remplie de *US Weekly* se trouvait Apollon. Une couronne de laurier frais ornait son front de marbre. Ma mère avait oublié maintes choses dans nos déménagements successifs, mais Apollon jamais.

Je détestais cette statue et sa couronne de laurier malodorante que ma mère remplaçait chaque jour que les dieux faisaient. Je n'avais rien contre Apollon lui-même, une divinité plutôt cool qui représentait l'harmonie, l'ordre et la raison. Mais cette statue était le truc le plus kitsch que j'aie jamais contemplé de toute ma vie.

Un simple buste, mais sur lequel étaient gravés une lyre et un dauphin, et comme si ce n'était pas assez (les masses étaient dures de la comprenette), il arborait aussi une bonne douzaine de cigales perchées sur son épaule. Que symbolisaient donc ces insectes bruyants et ennuyeux qui adoraient se coincer dans les cheveux des gens ? La musique... mes fesses, oui.

Je n'avais jamais compris la fascination de ma mère pour Apollon ni pour les autres divinités de l'Olympe, d'ailleurs. Depuis que les mortels avaient renoncé à leur sacrifier leurs vierges, une pratique pas cool du tout, les dieux brillaient par leur absence. Je ne connaissais pas âme qui vive qui en ait déjà vu un. Ils ne s'étaient pas gênés pour descendre sur terre et enfanter une bonne centaine de demi-dieux, qui s'étaient eux-mêmes multipliés – engendrant les sang-pur – mais pour les cadeaux d'anniversaire il n'y avait plus personne.

Une main sur le nez pour m'épargner cette odeur entêtante, je m'avançai jusqu'à la bougie, elle aussi entourée de laurier, et la soufflai. Apollon, dieu des prophéties, avait-il prévu ça ? Mais le côté bling-bling mis à part, il fallait bien avouer que ce qui restait visible de son torse n'était pas désagréable à regarder.

Bien plus appétissant que le torse de Matt.

Que je ne reverrais ni ne toucherais plus jamais. Plombée par cette pensée, je m'emparai du pot de crème glacée double chocolat caramel dans le congélateur et d'une grande cuillère. Sans prendre la peine de sortir un bol, je montai les marches inégales de l'escalier.

De la lumière filtrait sous la porte de ma mère. Je m'arrêtai devant, considérant ma propre chambre, puis le pot de crème glacée en me mordant les lèvres.

Devais-je entrer ? Elle était sans doute au courant de mon escapade nocturne, et si ce n'était pas le cas, le sable qui recouvrait la moitié de mon corps le lui apprendrait. Mais je détestais la savoir seule à la maison un vendredi soir. Une fois de plus.

— Lexie ? me parvint sa voix douce. Qu'est-ce que tu fais ?

Entrebâillant sa porte, je risquai un œil à l'intérieur. Elle était assise dans son lit et lisait un de ces romans qu'elle affectionnait tant – des romances érotiques avec des types à moitié nus en couverture que je lui piquais dès qu'elle avait le dos tourné. À côté d'elle, sur la table de chevet, se trouvait un pot d'hibiscus, ses fleurs favorites. Leurs pétales violets étaient sublimes, mais leur parfum suave était seulement dû à l'huile essentielle de vanille dont elle les aspergeait.

Relevant la tête, elle m'adressa un petit sourire.

— Bonsoir, ma chérie. Contente que tu sois revenue.

Je levai vers elle mon pot de glace avec une grimace.

— Au moins, je suis rentrée avant minuit.

— Et tu crois que ça suffit ?

Elle plongea ses yeux dans les miens, ses iris émeraude étincelant dans la lumière tamisée.

— Non ?

Elle poussa un soupir et reposa son livre.

— Je sais que tu veux sortir avec tes amis, surtout depuis que tu fréquentes ce garçon. Comment s'appelle-t-il, déjà ? Mike ?

— Matt. Il s'appelle Matt.

Mes épaules s'affaissèrent et je regardai la glace avec envie.

— Oui, Matt, répéta-t-elle avec un sourire bref. C'est un garçon charmant et je comprends très bien que tu aies envie d'être avec lui, mais je ne veux pas que tu te promènes dans Miami la nuit, Lexie. C'est dangereux.

— Je sais.

— Je n'ai jamais eu besoin de te… comment dit-on, déjà ? Quand on suspend les privilèges ?

— Priver de sorties, répondis-je en réprimant un sourire.

— Ah, oui. Je n'ai jamais eu besoin de te priver de sorties, Lexie. Et je n'ai pas envie de commencer.

Elle repoussa la masse souple de cheveux châtain foncé de son visage et me détailla de la tête aux pieds.

— Par tous les dieux, pourquoi es-tu couverte de sable ?

Je risquai un pas dans sa chambre.

— C'est une longue histoire.

Si elle se doutait que je m'étais roulée dans les dunes avec le garçon dont le nom lui échappait avant de me castagner avec deux autres, elle n'en laissa rien transparaître.

— Tu veux en parler ?

Je haussai les épaules et elle tapota les couvertures à côté d'elle.

— Viens là, ma chérie.

Avec abattement, je m'assis sur le lit et ramenai mes jambes sous moi.

— Je n'aurais pas dû faire le mur.

Son regard lumineux descendit sur la glace que je tenais à la main.

— Dois-je comprendre que tu aurais préféré rester à la maison ?

— Oui, répondis-je avec un soupir en ouvrant le pot de crème glacée, dans lequel je plongeai ma cuillère.

La bouche pleine, je continuai :

— Matt et moi, c'est de l'histoire ancienne.

— Je croyais qu'il s'appelait Mitch ?

Je levai les yeux au ciel.

— Non, Maman. Il s'appelle Matt.

— Qu'est-ce qu'il s'est passé ?

Quand je regardais ma mère, j'avais l'impression de voir mon reflet dans un miroir, sauf que j'étais une version d'elle plus ordinaire. Ses pommettes étaient plus saillantes, son nez plus fin et ses lèvres plus pleines. Sans parler de ses incroyables yeux verts. C'était le sang mortel qui coulait dans mes veines qui avait dilué ses traits. Mon père était certainement super canon pour avoir attiré les regards de ma mère, qui était une femme *mariée*, mais ce n'était qu'un humain. Rien n'interdisait aux sang-pur de s'accoupler avec des humains, d'autant que les enfants nés de ces unions – les sang-mêlé comme moi – étaient extrêmement précieux pour la communauté. Ce n'était pourtant plus le cas en ce qui me concernait.

Aujourd'hui je n'étais que... Je ne savais plus ce que j'étais.

— Lexie ?

Se penchant en avant, ma mère me prit des mains le pot et la cuillère.

— Je vais manger cette glace pendant que tu me raconteras ce qu'a fait cet idiot.

Je lui souris.

— Tout est ma faute.

Elle engloutit une énorme bouchée de crème glacée avant de me répondre.

— Parce que je suis ta mère, je ne suis forcément pas d'accord.

Je m'allongeai sur le dos, le regard perdu sur les pales du ventilateur accroché au plafond.

— Oh, je crois que tu vas vite changer d'avis.

— Laisse-moi en être juge.

Je posai mes mains sur mes yeux.

— Disons que... je me suis battue avec deux autres garçons sur la plage.

— Quoi ?

Je sentis bouger le lit comme elle se redressait.

— Qu'est-ce qu'ils avaient fait ? Ont-ils essayé de te faire du mal ? T'ont-ils... touchée de façon inappropriée ?

— Oh ! Par les dieux, non, Maman.

Je retirai les mains de mon visage pour la regarder, les sourcils froncés.

— Ce n'était pas ce que tu crois. Pas vraiment.

D'épaisses mèches de cheveux se mirent à voler autour de son visage, en même temps que les rideaux de la chambre se soulevaient en direction du lit. Le livre à côté d'elle fut emporté et tomba sur le sol.

— Que s'est-il passé, Alexandria ?

Je soupirai.

— Pas ce que tu crois, Maman. D'accord ? Calme-toi avant de déclencher un ouragan.

Elle me regarda fixement pendant quelques secondes, puis le vent retomba.

— Rien que de la frime, murmurai-je.

Les sang-pur comme ma mère possédaient la maîtrise des éléments, cadeau des dieux aux Hématoï. Ma mère était en résonance avec le vent, qu'elle contrôlait très mal. Un jour, elle avait soulevé la voiture d'un voisin – essayez donc d'expliquer ça à une compagnie d'assurances.

— Ces types ont commencé à chercher des crosses à Matt et l'un d'eux a posé les mains sur moi.

— Et que s'est-il passé ensuite ?

Sa voix était très calme.

Je pris mon courage à deux mains.

— Disons qu'ils ont tous les deux mordu la poussière.

Ma mère ne répondit pas immédiatement. Je risquai un coup d'œil à la dérobée mais son expression était indéchiffrable.

— C'est grave ?

— Ils n'ont rien, répondis-je en lissant ma robe. Je ne les ai même pas frappés. Enfin, j'ai donné un coup de pied au premier. Mais il m'avait traitée de salope et il le méritait. Bref, Matt a dit que ma réaction était excessive et qu'il était contre la violence. Il m'a regardée comme si j'étais un monstre.

— Lexie...

— Je sais.

Je m'assis dans le lit et me massai la nuque.

— Il a raison, ma réaction *était* excessive. J'aurais pu me contenter de m'en aller. Et maintenant, Matt ne veut plus me voir et tout le monde au lycée va penser que je suis... cinglée.

— Tu n'es pas cinglée, ma chérie.

Je lui lançai un regard entendu.

— Il y a une statue d'Apollon dans notre salon. Et je ne suis pas de la même espèce qu'eux.

— Tu n'es pas si différente, dit-elle en reposant la cuillère dans le pot. Tu es plus humaine que tu ne crois.

— Certainement pas.

Je croisai les bras sur ma poitrine d'un air vexé. Au bout de plusieurs secondes, je relevai les yeux.

— Tu ne me passes pas un savon ?

Elle haussa un sourcil et parut réfléchir.

— Je crois que tu as compris que la violence n'est pas toujours la meilleure réponse, et ce garçon t'a vraiment manqué de respect...

Un sourire étira progressivement mes lèvres.

— C'étaient de vraies têtes de nœud. Je te jure.

— Lexie !

— Quoi ?

Son expression outrée m'arracha un éclat de rire.

— C'est la vérité. Et ce n'est même pas un gros mot.

Elle secoua la tête.

— Je ne veux pas savoir ce que c'est, mais ça m'écorche les oreilles.

Je gloussai de nouveau, mais ma joie retomba tandis que l'expression horrifiée de Matt me revenait à l'esprit.

— Si tu avais vu comment Matt m'a regardée après ça. On aurait dit que je lui faisais peur. C'est nul. Les gens comme moi m'auraient applaudie, mais Matt n'a trouvé qu'à me dévisager comme si j'étais l'Antéchrist sous crack.

Ma mère fronça les sourcils.

— Je suis sûre que ce n'est pas si grave.

Mon regard se posa sur le tableau d'une déesse accroché au mur. Artémis agenouillée près d'une biche, un carquois de flèches d'argent dans une main et un arc dans l'autre. Son expression était troublante, les yeux entièrement blancs, sans iris ni pupilles.

— Oh, si, tu peux me croire. Il me prend pour un monstre.

Elle se rapprocha de moi et me caressa le genou.

— Je sais que ce n'est pas facile pour toi d'être partie du… Covenant, mais tout ira bien. Tu verras. Tu as la vie devant toi, une vie de choix et de liberté.

Balayant ce commentaire et ce qui l'avait inspiré, je repris possession du pot de glace, que je trouvai vide.

— Bouh, Maman, tu as tout mangé, dis-je en secouant la tête.

— Lexie, dit-elle en posant la main sur ma joue pour me tourner le visage vers elle. Je sais que cela t'ennuie d'avoir quitté le Covenant. Je sais que tu voudrais y retourner et je prie les dieux tous les jours pour que tu trouves le bonheur dans cette nouvelle vie. Mais nous ne pourrons jamais revenir au Covenant. Tu le comprends, n'est-ce pas ?

— Oui, répondis-je dans un murmure, même si je ne savais toujours pas pourquoi.

— Bien.

Elle m'embrassa sur la joue.

— Avec ou sans rôle à tenir, tu es quelqu'un de très spécial. Tu ne dois jamais l'oublier.

Ma gorge se noua tout à coup.

— Tu es forcée de dire ça. Tu es ma mère.

Elle éclata de rire.

— Exact.

— Maman ! la rabrouai-je. Pense à mon estime de soi.

— De ce côté-là, je ne suis pas inquiète, répliqua-t-elle dans un sourire taquin, et je lui tapai sur la main. Maintenant, sors de mon lit et va dormir. Je veux que tu te lèves tôt demain matin et que tu bouges tes petites fesses pour nettoyer le balcon. Je suis sérieuse.

Je bondis hors du lit en tortillant du postérieur.

— Elles ne sont pas si petites que ça.

Elle leva les yeux au ciel.

— Bonne nuit, Lexie.

Je me dirigeai vers la porte, d'où je lui lançai un dernier regard par-dessus mon épaule. Elle palpait le lit autour d'elle, les sourcils froncés.

— Il est tombé par terre à cause du coup de vent que tu as déclenché.

Je fis demi-tour pour ramasser son livre et le lui tendis.

— Bonne nuit !

— Lexie ?

— Quoi ?

Elle m'adressa un sourire magnifique, empli d'amour et de chaleur, qui illumina tout son visage et fit briller ses yeux comme des pierres précieuses.

— Je t'aime.

Je lui souris à mon tour.

— Je t'aime aussi, Maman.

Chapitre 5

Après avoir jeté le pot de glace et rincé la cuillère, je me lavai la figure puis enfilai l'un de mes vieux pyjamas préférés. Incapable de dormir, j'arpentai ma chambre de long en large, commençai même à la ranger, mais cela ne dura que le temps de ramasser quelques chaussettes.

Je m'assis au bord de mon lit et contemplai les volets clos de la fenêtre de mon balcon. La peinture blanche était écaillée, révélant une couche antérieure d'un gris pâle tirant à la fois sur le bleu et l'argent. Une teinte peu ordinaire qui réveilla en moi des souvenirs mélancoliques.

Vraiment, après tout ce temps, c'était totalement ridicule de penser encore à ce garçon que je ne reverrais jamais. Pire, il ne savait même pas que j'existais. Pas parce que j'étais transparente et invisible dans l'ombre du Covenant, mais parce qu'il lui était *interdit* de me remarquer. Et voilà où j'en étais trois ans plus tard : des restes de peinture me rappelaient la couleur de *ses yeux*.

Tellement minable que ça en devenait gênant.

Mécontente de nourrir de telles pensées, je me relevai et marchai jusqu'au petit bureau au fond de ma chambre recouvert de copies et de cahiers que j'utilisais rarement. S'il y avait un truc que je kiffais dans le monde des mortels, c'était bien leur système scolaire. À côté des programmes du Covenant, c'était un jeu d'enfant. Repoussant la pagaille sur le côté, je trouvai mon vieux MP3 et mes écouteurs.

La plupart des gens que je connaissais avaient des morceaux cool dans leur playlist, genre des groupes de musique indé ou les tubes du moment. Mais je devais avoir fumé la moquette (ou bien les lauriers d'Apollon) le jour où j'avais téléchargé ces chansons. Je cliquai pour faire défiler mes fichiers – mon lecteur était ringard à ce point – jusqu'à ce que je trouve *Brown Eyed Girl* de Van Morrison.

Dès le premier riff de guitare, ce morceau me faisait vibrer. Tout en fredonnant les paroles, je ramassai les vêtements épars dans ma chambre, m'arrêtant toutes les deux secondes pour agiter les bras. J'entassai le tout dans le panier en secouant la tête comme les bébés complètement déjantés du *Muppet Show*.

Je commençais à me sentir un peu mieux et je souriais aux anges tout en virevoltant autour de mon lit, serrant un tas de chaussettes contre mon cœur.

— Cha la la, la la, la la, la la, la-la ti da. La-la ti da !

Ma propre voix me fit grimacer. Je n'étais pas douée pour le chant, mais cela ne m'avait jamais empêchée de massacrer allègrement toutes les chansons de ma playlist. Quand l'état de ma chambre me parut acceptable, il était 3 heures du matin bien sonnées. Épuisée mais heureuse, je retirai mes écouteurs, que je jetai sur le bureau avant de me glisser entre les draps. J'éteignis la lumière et me laissai choir comme une masse sur l'oreiller. Il me fallait généralement un certain temps pour m'endormir, mais cette nuit-là je sombrai sur-le-champ.

Et parce que mon cerveau aimait me torturer jusque dans mon sommeil, je rêvai de Matt. Sauf qu'il avait des cheveux bruns et souples et des yeux couleur des nuées d'orage. Dans mon rêve, lorsque ses mains s'égarèrent sous ma robe, je le laissai faire.

Un étrange sourire satisfait flottait encore sur mes lèvres quand je m'éveillai. Repoussant les draps d'un coup de pied, je m'étirai paresseusement tandis que mon regard se posait sur la porte-fenêtre du balcon. Les rayons du soleil filtraient à travers les persiennes, éclairant le vieux tapis de bambou. De minuscules grains de poussière dansaient dans la lumière.

Mon sourire se figea quand mes yeux s'arrêtèrent sur la pendule.

— Merde !

Je rejetai le dessus-de-lit sur le côté et me levai d'un bond. « Se lever tôt » ne voulait pas dire dormir jusqu'à midi. Ma mère s'était montrée très cool la nuit dernière, mais je doutais qu'elle se montre aussi indulgente si je zappais encore mes corvées pour le second jour d'affilée. Un rapide coup d'œil dans le miroir de ma petite salle de bains me confirma que j'étais hirsute. Malgré la brièveté de ma douche, l'eau devint froide avant que j'aie fini.

Encore tremblante à cause des sautes d'humeur du chauffe-eau capricieux, j'enfilai un vieux jean et un tee-shirt informe. Tout en essorant mes cheveux avec une serviette, je me dirigeai vers le balcon, étouffant un bâillement. Ma mère était sans doute déjà dehors dans notre petit jardin donnant sur les maisons de ville de l'autre côté de la rue. Je lançai ma serviette sur le lit et ouvris les deux battants en grand comme une belle du Sud pétrie de bonnes manières accueillant une nouvelle journée.

Sauf que rien ne se passa comme prévu.

Aveuglée par le soleil implacable de la Floride, je m'avançai d'un pas, une main en visière, et mon pied s'enfonça dans un pot de fleurs vide. Alors que je secouais la jambe pour m'en débarrasser, je perdis l'équilibre et me retrouvai catapultée de l'autre côté du balcon, où je me raccrochai à la balustrade juste avant de basculer tête la première par-dessus bord.

Casser sa pipe à cause d'un cache-pot, vous parlez d'une mort glorieuse.

Sous mes bras, la jardinière de bois brinquebalante oscilla sur la gauche, puis très loin sur la droite. Plusieurs pots de tulipes vertes et jaunes glissèrent tous en même temps.

— Et merde ! sifflai-je entre mes dents.

Lâchant la balustrade, je me laissai tomber à genoux, serrant la jardinière contre mon cœur. Pour une fois, j'étais contente que mes anciens amis ne soient pas là pour me voir.

Les sang-mêlé étaient réputés pour leur grâce et leur agilité, pas pour se prendre les pieds dans des pots de fleurs.

Une fois que j'eus tout remis à peu près en place sans me tuer, je me relevai et me penchai *avec précaution* par-dessus la rambarde. Je fouillai les massifs des yeux, m'attendant à trouver ma mère pliée en deux de rire, mais le jardin était désert. Je jetai même un coup d'œil à la grille, près de laquelle elle avait planté une rangée de fleurs quelques semaines plus tôt. J'étais sur le point de rebrousser chemin quand je remarquai que le portail était ouvert.

J'étais presque certaine de l'avoir refermé la nuit dernière. Ma mère était peut-être allée chez Krispy Kreme nous chercher des donuts ? *Miam*. Mon estomac en gargouillait d'avance. Je ramassai une bêche dans l'empilement d'outils de jardinage sur la petite chaise pliante. Marre de manger des Weetabix. Qui fallait-il tuer pour avoir des Cheerios dans cette baraque ?

Je fis tournoyer la bêche en l'air et la rattrapai par le manche tout en observant la rue derrière la barrière. Les maisons alignées sur le trottoir d'en face avaient toutes des barreaux aux fenêtres et la peinture qui s'écaillait sur les côtés. Les mamies qui habitaient là ne parlaient pas bien l'anglais. Une fois, j'avais voulu aider l'une de mes voisines à sortir ses poubelles, mais elle s'était mise à hurler dans une langue étrangère et m'avait chassée comme une malpropre.

Elles étaient toutes sorties sur leur perron, occupées à découper des bons de réduction ou un autre truc de vieilles dames. La rue était pleine de monde, comme tous les samedis après-midi, surtout quand il faisait un temps à aller à la plage.

Mon regard dériva vers les habitants du quartier et les touristes sur le trottoir tandis que je continuais à jouer avec ma bêche. C'était facile de reconnaître les étrangers. Ils portaient des bananes autour de la taille ou des chapeaux de soleil inhabituellement grands, et ils avaient la peau livide ou des coups de soleil.

Un étrange frisson me parcourut soudain et tous mes poils se hérissèrent. Je retins ma respiration et mes yeux passèrent en revue chaque passant presque malgré moi.

C'est alors que je le vis.

En un instant, le monde autour de moi cessa d'exister et tout l'air quitta mes poumons.

Non. Non. Non.

Il était au bout de la rue, juste à côté d'un perron où plusieurs mamies étaient rassemblées. Elles le dévisagèrent quand il monta sur le trottoir, mais s'en désintéressèrent aussitôt pour reprendre leur conversation.

Elles ne voyaient pas ce que je voyais.

Aucun mortel ne le pouvait. Même les sang-pur en étaient incapables. Seuls les sang-mêlé avaient le don de percevoir la véritable horreur sous la magie élémentaire : sa peau décolorée tellement fine que chaque veine faisait saillie dans sa chair blafarde tels de petits serpents noirs. Ses yeux n'étaient que deux puits sombres et vides et sa bouche, ses dents...

C'était l'une de ces créatures que je m'entraînais à combattre quand j'étais au Covenant. Une créature qui se nourrissait de l'éther – l'essence divine, la force vive qui coulait dans nos veines. Un sang-pur qui avait tourné le dos aux dieux. L'une de ces créatures que j'avais pour devoir d'éliminer à vue.

Un démon – il y avait un *démon* ici.

Chapitre 6

Je lâchai la balustrade. Tout ce qui me restait de ma formation s'évanouit instantanément. Une partie de moi – profondément ancrée – avait toujours su que ce jour viendrait. Nous avions quitté la protection du Covenant et de sa communauté depuis bien trop longtemps, et le besoin d'éther devait irrémédiablement attirer un démon jusqu'à nous. Ils étaient incapables de résister à l'appel de l'éther d'un sang-pur. Je n'avais simplement pas voulu prêter l'oreille à cette appréhension, pas voulu croire que cela pourrait arriver par un jour comme celui-ci, où le soleil brillait si fort sous un ciel d'un si bel azur.

La panique me serra la gorge. Je voulus crier pour avertir ma mère, mais seul un gargouillement étouffé franchit mes lèvres.

— Maman !

Je me ruai dans la chambre, la terreur me nouant le ventre tandis que je poussais, puis tirais la porte. Un fracas retentit dans la maison. La distance qui séparait ma chambre de celle de ma mère me parut plus grande que dans mon souvenir et je tentais toujours de crier son nom quand j'atteignis la porte.

Elle s'ouvrit sans un bruit, et je saisis alors toute la scène au ralenti.

Le nom de ma mère s'échappa de mes lèvres en un gémissement. Mon regard se posa d'abord sur son lit, puis sur le sol et je clignai les paupières. Le bouquet d'hibiscus était renversé, le pot brisé en grands morceaux. Des pétales violets mêlés à de la terre jonchaient le plancher. Du rouge – quelque chose de rouge – s'épanouissait au milieu des fleurs, les teintant d'incarnat profond. L'air que j'aspirais en hoquetant avait une odeur métallique, comme à l'entraînement quand mon partenaire avait de la chance et que je saignais du nez. Je fus secouée d'un frisson.

Le temps s'arrêta. Un bourdonnement emplit mes oreilles au point que je n'entendais plus rien d'autre. Je vis d'abord sa main. Anormalement pâle, ouverte, les doigts recourbés dans le vide comme pour saisir quelque chose. Son bras tordu formait un angle étrange. Je balançai la tête d'avant en arrière, mon cerveau refusait d'accepter les images que j'avais sous les yeux, d'identifier la tache sombre qui s'élargissait sur son chemisier.

Non, non – non ! Ce n'est pas possible.

Quelque chose – quelqu'un – soutenait le haut de son corps. Une main blême lui serrait le bras et sa tête roula sur le côté, les yeux grands ouverts, ses prunelles émeraude éteintes et fixées dans le vide.

Par les dieux… Par les dieux.

Quelques secondes à peine s'étaient écoulées depuis que j'avais ouvert la porte, mais j'avais l'impression que ça faisait une éternité.

Un démon penché sur ma mère buvait son sang pour atteindre l'éther. Je dus faire du bruit, car il releva la tête. La gorge de ma mère – *par les enfers* – était tailladée. Elle avait perdu beaucoup de sang.

Mon regard croisa celui du démon – ou les trous sombres qui lui servaient d'yeux. Sa bouche se détacha du cou de ma mère et s'ouvrit, révélant une rangée de dents effilées comme des rasoirs noircies de sang. Puis la magie élémentaire se stabilisa, recomposant le visage qui avait été le sien quand il était un pur, avant qu'il ait goûté à sa première bouffée d'éther. Le charme d'illusion remis en place, il était divinement beau – au point que je crus que mon imagination me jouait des tours. Aucune créature d'apparence aussi angélique ne pouvait être responsable de cette tache rouge sur la gorge de ma mère, sur ses vêtements...

Inclinant la tête sur le côté, il huma l'air, puis émit une sorte de mélopée stridente. Je reculai. Ce cri... nulle créature de ce monde ne pouvait émettre un tel son.

Il relâcha ma mère, dont le corps glissa sur le sol. Elle s'effondra comme un tas de chiffons. Je me persuadai qu'elle était effrayée et blessée, et que c'était pour cette raison qu'elle ne bougeait plus. Le démon se redressa de toute sa hauteur, les bras le long du corps, paumes tournées vers l'intérieur.

Ses lèvres s'incurvèrent.

— Sang-mêlé, chuchota-t-il.

Puis il bondit.

Je n'étais même pas consciente que je tenais toujours la bêche. Je levai instinctivement le bras à l'instant où le démon posa la main sur moi. Le cri que je poussai n'était qu'un feulement rauque et je retombai en arrière contre le mur. Le tableau représentant Artémis heurta le sol à côté de moi.

Les yeux du démon s'agrandirent de surprise. Ses iris apparurent d'un bleu intense pendant quelques instants, puis, comme si on avait actionné un interrupteur, la magie élémentaire dissimulant sa vraie nature s'éteignit. Ses yeux azur furent remplacés par deux sombres orbites et des veines saillirent sous sa peau blanchâtre.

Il se désintégra ensuite dans une explosion de poudre bleue chatoyante.

Hébétée, je baissai les yeux sur ma main tremblante. La bêche – je tenais toujours cette fichue bêche. Recouverte de titane, je l'avais oublié. La bêche avait été trempée dans ce métal, mortel pour tous les accros à l'éther. Ma mère avait-elle acheté ces outils ridiculement chers par amour du jardinage, ou pour d'autres raisons ? Nous ne disposions pas ici des dagues et autres armes du Covenant.

Quoi qu'il en soit, le démon s'était empalé tout seul sur ma bêche. *Espèce de crétin de salopard suceur d'éther.*

Un rire – bref et rauque – sortit de ma gorge en même temps qu'un tremblement me secouait tout le corps. Le son rompit le silence et le monde se remit en marche d'un coup d'un seul.

La bêche glissa de mes doigts engourdis et tomba sur le sol dans un tintement métallique. Toujours fébrile, je me jetai à genoux et baissai les yeux sur la silhouette immobile gisant au pied du lit.

— Maman ?

Le son de ma propre voix me fit peur et une montée d'angoisse déferla dans mes veines.

Elle ne bougeait toujours pas.

Lui posant la main sur l'épaule, je la fis rouler sur le dos. Sa tête retomba sur le côté, le regard vide et fixe. J'examinai son cou. Tout le devant de son chemisier bleu était couvert de sang, poissant sa sombre chevelure. Impossible de me rendre compte de l'étendue de ses blessures. J'avançai la main, mais ne pus me résoudre à repousser ses cheveux. Dans la main droite, elle serrait une fleur froissée.

— Maman… ?

Je me penchai sur elle, le cœur battant à tout rompre.

— Maman !

Elle ne cillait même pas. Mon cerveau essayait de me faire comprendre qu'il n'y avait pas de vie dans ce regard, plus d'âme et plus d'espoir dans ces yeux vides. Des larmes roulaient à présent sur mes joues, je m'étais mise à pleurer sans même m'en rendre compte. Ma gorge était tellement serrée que j'avais du mal à respirer.

Je criai alors son nom, l'attrapant par le bras pour la secouer.

— Maman ! Réveille-toi ! Il faut que tu te réveilles ! Je t'en prie, Maman, s'il te plaît ! Ne me fais pas ça ! *Je t'en prie !*

L'espace d'une seconde, je crus voir ses lèvres remuer. Je me penchai sur elle, approchant l'oreille de sa bouche, m'efforçant de capter le plus petit soupir, le moindre râle.

Rien.

À l'affût d'un signe de vie, je posai mes doigts de l'autre côté de son cou, encore intact, et sursautai, basculant en arrière sur les fesses. Sa peau... était glacée. Je regardai mes mains. Elles étaient couvertes de sang. Sa peau était *beaucoup trop* froide.

— Non. Non.

Le bruit d'une porte que l'on ferme au rez-de-chaussée me ramena à la réalité. Je me figeai une seconde, le cœur emballé au point d'avoir l'impression qu'il allait exploser. Je fus parcourue d'un frisson tandis que l'image du démon que j'avais vu dehors me revenait en mémoire. De quelle couleur étaient ses cheveux ? Celui qui était là était blond. *De quelle couleur ?*

— Merde, merde.

Me relevant en toute hâte, je claquai la porte de la chambre. Les doigts tremblants, je la fermai à clé, puis je me retournai.

Ils étaient deux. Il y en avait deux.

Des bruits de pas pesants ébranlèrent l'escalier.

Je courus vers la grande commode, derrière laquelle je me glissai, et poussai le meuble massif de toutes mes forces. Des livres et des papiers en dégringolèrent tandis que je le plaçais en travers de la porte.

Quelque chose de lourd s'abattit brutalement de l'autre côté, secouant la commode. Je reculai d'un bond, mains sur la tête. Un hurlement sinistre s'éleva derrière la porte, et la créature s'y précipita encore... et encore.

Je pivotai sur moi-même, la boule au ventre. Nos plans – on avait toujours eu un plan stupide au cas où un démon nous débusquerait. On en changeait à chaque déménagement, mais le principe restait fondamentalement le même : « Prends l'argent et sauve-toi. » J'entendais clairement la voix de ma mère, comme si elle venait de prononcer ces mots. « Prends l'argent et sauve-toi. Ne te retourne pas. Cours sans t'arrêter. »

Le démon se jeta de nouveau contre la porte, dont le bois se fendit. Il passa un bras au travers, refermant les doigts sur le vide.

Je me ruai vers la penderie, tirant des boîtes de l'étagère du haut jusqu'à trouver un petit coffre en bois. Je m'en saisis et l'ouvris si violemment que le couvercle sortit de ses charnières. Je lançai une autre boîte en direction de la porte, touchant le démon au bras. Je crois qu'il ricana devant ce projectile dérisoire. Je pris ce que ma mère appelait notre « fonds d'urgence », et que j'avais surnommé le « fonds cata », une liasse de billets de cent dollars que je fourrai dans ma poche.

Chaque pas vers l'endroit où elle était tombée m'arracha un peu de mon âme. Faisant abstraction du démon qui défonçait la porte, je m'accroupis auprès d'elle et pressai mes lèvres sur son front glacé.

— Je suis tellement désolée, Maman. Tellement désolée. Je t'aime.

— Je vais te tuer, gronda le démon.

Regardant derrière moi, je vis qu'il était parvenu à passer la tête dans le trou et tendait le bras vers le coin de la commode. Je ramassai la bêche et m'essuyai les yeux du revers du bras.

— Je ne ferai qu'une bouchée de toi, tu m'entends ? poursuivit-il, introduisant un second bras dans la brèche qu'il avait agrandie. Je vais te déchiqueter et te vider de la misérable quantité d'éther qui coule dans tes veines, sang-mêlé.

Je m'assurai d'un coup d'œil que la voie était libre par la fenêtre puis m'emparai de la lampe sur la table de chevet. Arrachant l'abat-jour, dont je me débarrassai, je me plantai devant la porte.

Le démon se figea alors que la magie élémentaire se stabilisait autour de lui. Il renifla et ses yeux s'arrondirent de surprise.

— Ton odeur n'est pas celle...

Je pris mon élan et abattis de toutes mes forces le pied de lampe sur son crâne. Le son mat écœurant du choc me procura une intense satisfaction qui aurait eu de quoi inquiéter tous les psys du pays. Ça ne tuerait pas le démon, mais cela me fit un bien fou.

Jetant les restes de la lampe, je courus à la fenêtre guillotine, que je fis coulisser sous un chapelet de jurons créatifs et de menaces crachées par le démon. Je me contorsionnai par l'ouverture et m'immobilisai sur le rebord, évaluant mes chances d'atterrir sur l'auvent du petit porche à l'arrière de la maison.

Une partie de moi, depuis trop longtemps dans le monde des mortels, rechignait à l'idée de sauter du premier étage. L'autre partie de mon être, dans les veines de laquelle coulait encore le sang des dieux, sauta sans se poser de questions.

Le toit métallique grinça horriblement sous mon poids. Sans prendre le temps de réfléchir, je courus jusqu'au bord et sautai à nouveau. Je me réceptionnai dans l'herbe et tombai à genoux. Je me relevai aussitôt, ignorant les regards médusés des voisins, sortis voir ce qu'il se passait. Je fis alors la seule chose que l'on m'avait appris à ne surtout *jamais* faire quand j'étais au Covenant. Une chose à laquelle je me refusais mentalement, mais que je devais pourtant faire, je le savais.

Je pris la fuite.

Les joues encore humides de mes larmes et les mains tachées du sang de ma mère, je m'enfuis à toutes jambes.

APRÈS

Chapitre 7

Plantée devant le lavabo des toilettes d'une station-service, je me sentais profondément engourdie. Présentant mes mains sous le jet d'eau glacée, je les frottai machinalement l'une contre l'autre, hypnotisée par la faïence qui se teintait de rouge, puis de rose, enfin blanche à nouveau. Je continuai pourtant de me laver les mains jusqu'à ne plus les sentir non plus.

J'étais secouée de spasmes intermittents qui faisaient frémir les muscles de mes jambes et de mes bras. J'avais couru sans m'arrêter jusqu'à ce que chaque pas me meurtrisse les os. Mes yeux retournaient vers la bêche, comme pour constamment m'assurer de sa présence. Je l'avais déposée sur le rebord du lavabo, mais j'avais l'impression que c'était encore trop loin.

Je fermai le robinet, récupérai mon arme et la fourrai dans la ceinture de mon jean. Ses angles acérés mordaient dans la peau de mon bassin, mais je tirai mon tee-shirt pour la dissimuler, accueillant la douleur.

Je quittai les toilettes miteuses sans savoir où aller. Le dos de mon tee-shirt était trempé de sueur et les muscles de mes jambes protestaient à chaque mouvement, mais je continuais d'avancer sans but, m'arrêtant au bout de quelques mètres pour éprouver le contact rassurant de la bêche à travers le tissu, repartant, m'arrêtant de nouveau et me remettant en route.

« Prends l'argent et sauve-toi. »

Pour aller où ? Pas d'amis proches à qui nous pouvions dire la vérité. Ma part humaine me soufflait de m'adresser à la police, mais qu'est-ce que je lui dirais ? Quelqu'un avait dû appeler les secours et ils avaient sûrement trouvé son corps. Et après ? Si je me rendais aux autorités, je serais placée par le service à l'enfance, même si j'avais dix-sept ans. Nous avions dépensé tout notre argent au cours des trois dernières années, il ne restait rien d'autre que les quelques billets de cent dollars que j'avais en poche. Ces derniers temps, ma mère avait même été obligée d'user de sorts de compulsion pour obtenir des ristournes sur nos factures.

Je marchais donc tandis que ces questions tournaient dans mon cerveau. Le soleil allait bientôt se coucher et je ne pouvais qu'espérer que la chaleur pesante allait s'atténuer. Ma gorge était si rêche que j'avais l'impression d'avoir avalé une éponge desséchée et mon estomac gargouillait désagréablement. Repoussant ces sensations de mon esprit, j'avançais toujours. Je voulais mettre la plus grande distance possible entre notre maison et moi.

Où aller ?

L'image qui me vint de ma mère me cueillit comme un coup de poing à l'estomac. Pas celle de la nuit précédente, quand elle m'avait dit qu'elle m'aimait. Cette image-là m'échappait. Je ne voyais plus que son regard émeraude privé de vie.

Une douleur fulgurante m'obligea à ralentir. Cette souffrance dans mon cœur, dans mon âme, menaçait de me détruire. *Je n'y arriverai pas. Pas sans elle.*

Il le fallait pourtant. En dépit de la moiteur de l'air, je frissonnai. Les bras serrés autour du corps, je fonçai dans la rue, scrutant les gens que je croisais à la recherche de l'horrible face d'un démon. Il s'écoulerait quelques secondes avant que la magie élémentaire de leurs sorts d'illusion ait un effet sur moi. Cela serait peut-être suffisant pour me donner le temps de fuir, mais ils étaient manifestement capables de sentir le peu d'éther que je possédais. Il était peu probable qu'ils me suivent ; les démons ne chassaient pas les sang-mêlé. Ils n'hésitaient pas à nous attaquer et à nous drainer lorsqu'ils tombaient sur nous, mais ils ne nous cherchaient pas activement. L'éther dilué qui coulait dans nos veines ne les attirait pas autant que celui des purs.

Au bout d'un moment à déambuler dans les rues au hasard, je finis par trouver un motel relativement décent. Il me fallait un abri pour la nuit. Miami, après le coucher du soleil, n'était pas un endroit recommandable pour une jeune fille seule.

Je fis un arrêt au fast-food du coin pour acheter des burgers avant d'entrer dans le motel. Pour le type derrière le comptoir, la fille dégoulinante de transpiration qui lui demandait une chambre, sans bagage, un sac en papier à la main, était une cliente comme une autre. Du moment que je réglais en liquide, il semblait se ficher pas mal que je ne lui montre pas de pièce d'identité.

Ma chambre était au rez-de-chaussée, au bout d'un étroit corridor qui sentait le moisi. Des bruits douteux s'échappaient d'autres chambres, mais le linoléum crasseux me dérangeait davantage que ces gémissements sourds.

Les semelles de mes vieilles baskets semblaient plus propres.

Calant le sac du fast-food sous un bras, j'ouvris la porte de la chambre 13. Je n'étais pas insensible à l'ironie de ce numéro, mais j'étais trop anéantie pour m'en soucier.

À ma grande surprise, la chambre sentait bon, grâce au parfum d'ambiance à la pêche branché dans la prise murale. Je posai mes affaires sur la petite table et retirai la bêche de mon pantalon. Soulevant mon tee-shirt, je baissai la ceinture de mon jean de quelques centimètres pour tâter les marques que le métal avait laissées sur ma peau.

Ça pourrait être pire. Je pourrais être comme ma mè...

— Arrête ! m'intimai-je entre mes dents. Arrête tout de suite !

Mais la souffrance était bien là. L'impression de ne plus rien ressentir, et tout en même temps. Je pris une courte inspiration, mais ma poitrine était douloureuse. La vision de ma mère gisant au pied du lit me semblait toujours irréelle. Tout le reste aussi. J'allais me réveiller et découvrir que ce n'était qu'un cauchemar.

Il fallait juste que je me réveille.

Je me passai les mains sur le visage. La gorge me brûlait, un nœud m'empêchait d'avaler. *Elle est morte. Elle est morte. Ma mère est morte.* Attrapant le sac des burgers, je me jetai dessus. Je les dévorai rageusement, m'interrompant toutes les deux à trois bouchées pour boire une grande rasade de ma boisson. Au bout du deuxième, je fus prise de crampes d'estomac. Lâchant le sac, je me précipitai aux toilettes, où je me laissai tomber à genoux devant la cuvette, juste à temps pour vomir tout ce que je venais d'ingurgiter.

J'avais mal partout quand je m'affalai contre le mur, les paumes plaquées sur mes yeux brûlants. L'image du regard vide de ma mère me hantait, alternant avec celle de l'expression du démon juste avant qu'il se désintègre en un panache de fumée bleue. J'ouvris les yeux, mais je la voyais toujours, je voyais le sang maculant les pétales violets, du sang partout. Je me mis à trembler de tous mes membres.

Je n'y arriverai pas.

Enlaçant mes genoux remontés contre ma poitrine, je calai ma tête dessus et me balançai doucement, laissant ressurgir les souvenirs de ces dernières vingt-quatre heures, mais aussi de ces trois dernières années. Toutes les fois où j'aurais pu contacter le Covenant et ne l'avais pas fait. Des occasions ratées. Des chances qui ne se présenteraient plus. J'aurais dû essayer d'appeler. Un seul coup de fil aurait empêché ce qui venait de se produire.

Je voulais une seconde chance – un seul jour de plus pour tenir tête à ma mère et l'obliger à rentrer au Covenant et à regarder en face ce qui l'avait incitée à fuir au milieu de la nuit.

Ensemble – nous l'aurions fait ensemble.

Je plongeai les doigts dans mes cheveux et je tirai. Un petit râle de douleur se faufila entre mes mâchoires crispées. Je tirai plus fort, à pleines mains, mais la douleur aiguë qui me traversa le cuir chevelu ne soulagea en rien la contraction de ma poitrine ou le vide béant qui m'emplissait.

J'étais une sang-mêlé, mon devoir était de tuer les démons et de protéger les purs. J'avais failli à mes obligations de la pire façon. J'avais fait défaut à ma mère. Il n'y avait pas à tortiller, je devais regarder la vérité en face.

J'avais échoué.

Et j'avais pris la fuite.

Mes muscles se tétanisèrent et je sentis une bouffée de rage se répandre dans tout mon corps. Écrasant mes poings sur mes yeux, je lançai un coup de pied. Mon talon défonça la porte du placard sous le lavabo. Je me libérai, presque contente que le contreplaqué m'écorche la cheville, et je recommençai. Et encore. Et encore.

Quand je finis par me relever pour quitter la salle de bains, la chambre était plongée dans le noir. Je tirai la chaîne de la lampe et récupérai ma bêche en titane.

Chaque pas me coûtait après la position à laquelle j'avais soumis mes muscles ankylosés dans la salle de bains. Je m'assis sur le lit. Je voulais vérifier la porte, peut-être la bloquer avec un meuble, avant de m'affaler pour ne plus me relever, mais l'épuisement eut raison de moi et je sombrai dans un sommeil où j'espérais que les cauchemars ne me poursuivraient pas.

Chapitre 8

Le jour succéda à la nuit, mais je ne bougeai pas jusqu'à ce que le gérant du motel vienne frapper à ma porte, exigeant que je le paie ou que je déguerpisse. Je lui tendis quelques billets par la porte entrouverte et retournai me coucher.

Je rejouai la même séquence plusieurs jours d'affilée. Mes seuls repères temporels étaient mes passages aux toilettes, les jambes flageolantes. Je n'avais pas la force de prendre une douche, et ce motel n'était pas le genre d'endroit où l'on vous offrait des petites bouteilles de shampoing de toute façon. Il n'y avait même pas de miroir, seulement des crochets en plastique encadrant un emplacement rectangulaire au-dessus du lavabo. La lumière de la lune succédait à celle du soleil et je comptais les visites du gérant. Il était déjà venu trois fois se faire payer.

Durant tout ce temps, je pensais à ma mère et pleurais jusqu'à la nausée. La tempête se déchaînait à l'intérieur de moi, menaçant de me faire sombrer, et c'est ce qui arriva. Roulée en boule, je refusais de parler ou de m'alimenter, je désirais seulement ne plus bouger et disparaître. Mes larmes s'étaient taries depuis longtemps, sans m'apporter aucun réconfort, et j'étais comme paralysée, incapable d'émerger. J'avais l'impression qu'un grand vide n'attendait que de m'absorber, et je ne faisais rien pour y résister, m'y abandonnant avec une satisfaction perverse, jusqu'à la visite du gérant le quatrième jour.

Cette fois-ci, quand je lui remis l'argent, il m'adressa la parole.

— Tu as besoin de quelque chose, gamine ?

Je le dévisageai à travers l'entrebâillement de la porte. C'était un type d'âge mûr, qui approchait de la cinquantaine. Apparemment, il portait tous les jours la même chemise à fines rayures, mais elle avait l'air propre.

Il jeta un coup d'œil dans le couloir et passa la main dans ses cheveux châtains dégarnis.

— Tu veux que je prévienne quelqu'un ?

Je n'avais plus personne.

— Bon, si tu as besoin de quoi que ce soit, appelle la réception.

Il recula, prenant mon silence pour une réponse.

— Demande Fred. C'est moi.

— Fred, répétai-je lentement comme une idiote.

Fred parut hésiter et secoua la tête. Quand il la releva, ses yeux croisèrent les miens.

— Je ne sais pas dans quel pétrin tu t'es fourrée, gamine, mais tu es trop jeune pour finir dans un endroit comme celui-ci. Rentre chez toi. Retourne auprès des tiens.

Je le regardai partir, puis refermai la porte en tirant le verrou. Je me retournai lentement et contemplai le lit… où était posée la bêche. Les doigts me picotaient.

« Retourne auprès des tiens. »

Je n'avais plus de famille. Ma mère était morte, à présent, et…

M'arrachant à la porte, je me dirigeai vers le lit. Je ramassai la bêche et suivis du bout des doigts le tranchant acéré. « Retourne auprès des tiens. » Il n'y avait qu'un seul lieu où je me sentais chez moi, et ce n'était pas roulée en boule sur un lit dans un motel sordide du mauvais côté de Miami.

Retourne au Covenant.

Les petits cheveux sur ma nuque se hérissèrent. Le Covenant ? Pouvais-je réellement y retourner après trois ans, alors que je ne savais même pas pourquoi nous en étions parties ? Le comportement de ma mère laissait penser que nous n'y étions plus en sécurité, mais j'avais toujours mis son attitude sur le compte de la paranoïa. M'autoriseraient-ils à revenir sans elle ? Serais-je punie pour l'avoir quitté avec elle et ne pas l'avoir dénoncée ? Serais-je condamnée à devenir ce que j'étais parvenue à éviter toutes ces années plus tôt quand le Conseil m'avait testée et que j'avais donné un coup de pied à une très vieille dame ?

Ils pouvaient me réduire en esclavage.

Mais tous ces risques valaient mieux que de me faire dévorer par un démon, que de renoncer sans lutter. Je n'avais jamais baissé les bras. Ce n'était pas aujourd'hui que j'allais commencer, alors qu'il en allait de ma survie. Je devais me ressaisir.

Et à en juger par l'aspect de mon lit et l'odeur que je dégageais, j'étais officiellement en train de perdre pied.

Qu'aurait dit ma mère si elle avait pu me voir en ce moment ? Elle ne m'aurait pas conseillé d'aller au Covenant, mais elle n'aurait sûrement pas voulu que j'abandonne. Ce choix-là était une insulte à tout ce qu'elle avait défendu et à l'amour qu'elle m'avait porté.

Je ne devais pas baisser les bras.

Ma tempête intérieure s'apaisa et un plan commença à prendre forme. Le Covenant le plus proche se trouvait à Nashville, dans le Tennessee. Je ne savais pas exactement où il était, mais la ville entière devait grouiller de Gardiens et de Sentinelles. Nous étions capables de nous reconnaître entre nous – l'attraction de l'éther présent dans notre sang ne trompait pas, puissante chez les sang-pur, plus subtile chez les sang-mêlé. Je devais trouver un moyen de locomotion, je n'étais pas en mesure d'aller dans le Tennessee à pied. J'avais encore suffisamment d'argent pour me payer un ticket dans l'un de ces bus longue distance que je n'aurais jamais imaginé prendre. La gare routière du centre-ville était fermée depuis longtemps et l'arrêt le plus proche était celui de l'aéroport.

Ce qui représentait déjà une sacrée trotte.

Je jetai un coup d'œil dans la salle de bains. Aucune lumière ne filtrait par la fenêtre. C'était de nouveau la nuit. Dès qu'il ferait jour, je prendrais un taxi jusqu'à l'aéroport et je monterais à bord d'un autocar. Je m'assis sur le lit, souriant presque.

J'avais un plan, un plan dément qui avait des chances de se retourner contre moi, mais c'était toujours mieux que d'abandonner et de ne rien faire du tout. Un plan, c'était un *objectif,* et un peu d'espoir.

J'attendis l'aube et je pris un taxi pour l'aéroport, où je me retrouvai à déambuler dans une gare presque déserte. Ma seule compagnie était un vieux Noir qui nettoyait les sièges de plastique rigides et les rats galopant dans les couloirs les plus obscurs.

Aucun n'était bavard.

Ramenant mes pieds sur le siège, je plaçai la bêche sur mes genoux, m'efforçant de rester vigilante. Après ces jours passés dans le néant le plus profond, j'avais toujours envie de me blottir en pyjama dans le lit de ma maman. Sans tous les petits bruits qui me faisaient sursauter, je me serais assoupie et je serais tombée de mon siège.

Quand le soleil se leva derrière la vitre, une poignée de gens attendaient le bus.

Tous m'évitaient, sans doute à cause de mon apparence négligée. La douche du motel ne fonctionnait même pas quand j'avais finalement voulu me laver, et je n'avais pu faire qu'une rapide toilette dans le lavabo, sans savon ni shampoing. Je me levai avec raideur, attendant que la queue se forme, et baissai les yeux sur les vêtements que je portais depuis plusieurs jours. Les genoux de mon jean étaient déchirés et le tissu effiloché taché de rouge. Une vive douleur me tordit l'estomac.

Rassemblant mon courage, je grimpai dans le car, croisant brièvement le regard du chauffeur. Mauvaise idée. Avec son nuage de cheveux blancs et ses binocles à double foyer perchés sur un gros nez rougeaud, il avait l'air encore plus vieux que le type qui nettoyait les chaises dans la gare. Il y avait même un autocollant « R, Retraité » sur le pare-soleil et il portait carrément des bretelles. *Des bretelles ?*

Par les dieux, à tous les coups, Papa Noël allait piquer du nez sur son volant et on allait tous mourir.

Traînant les pieds, j'avançai jusqu'au milieu de l'allée et m'installai près d'une fenêtre. Par chance, le bus n'était qu'à moitié plein et les odeurs corporelles qui empuantissaient ce genre de véhicules étaient en dessous de leur niveau habituel.

Je crois même que j'étais la seule à sentir mauvais.

Mais je puais vraiment. Une femme assise un peu devant moi se retourna en fronçant le nez. Quand ses yeux se posèrent sur moi, je me hâtai de détourner la tête.

Mon hygiène douteuse aurait dû être le dernier de mes soucis, mais je sentis pourtant mes joues s'empourprer. Comment est-ce que je pouvais m'inquiéter de mon apparence ou de l'odeur que je dégageais dans un moment pareil ? Je me sentais humiliée ; je refusais d'être cette fille crasseuse qui empestait dans le bus.

La gêne que je ressentais me rappela un autre moment mortifiant de ma vie.

J'avais treize ans et je venais de commencer à travailler les attaques au Covenant. Je me souviens que j'étais surexcitée de pratiquer enfin autre chose que des exercices de cardio et des techniques de blocage. Caleb Nicolo – mon meilleur ami à l'époque, et accessoirement un mec génial – et moi avions passé tout le début de ce premier cours à nous pousser et à nous bousculer comme des singes surexcités.

Nous étions relativement... incontrôlables quand nous étions ensemble.

L'Instructeur Banks, un sang-mêlé d'un certain âge qui avait été blessé dans l'exercice de ses fonctions de Sentinelle, était notre professeur. Il avait dit que nous allions travailler les amenées au sol et m'avait mise en binôme avec un certain Nick. Il nous avait montré plusieurs fois la prise.

— C'est ainsi que vous devez procéder, nous avait-il prévenus. Si vous ne suivez pas les instructions à la lettre, vous risquez de briser le cou de votre partenaire, et ce n'est pas l'objectif de l'enseignement d'aujourd'hui.

Ça avait l'air facile, et la petite frappe arrogante que j'étais n'avait pas écouté les consignes.

— C'est trop de la balle, avais-je dit à Caleb, et nous nous étions tapé dans la main comme deux imbéciles avant de prendre place avec nos partenaires.

Nick avait parfaitement exécuté le mouvement, me balayant les jambes tout en me retenant par les bras. L'Instructeur Banks l'avait félicité. Quand mon tour était venu, il s'était mis en garde en souriant. En plein milieu de la manœuvre, mes mains avaient glissé sur le bras de Nick et je l'avais fait tomber sur la nuque.

Pas bon.

Il ne s'était pas relevé et s'était mis à convulser en poussant des gémissements. J'avais vite compris que je m'étais fait des illusions sur mon niveau technique. Je l'avais envoyé à l'infirmerie pour une bonne semaine et cela m'avait valu le surnom de « Rétameuse » plusieurs mois durant après ça.

Jusqu'à ce jour, je n'avais pas connu plus grande humiliation. Qu'est-ce qui était le pire : me ridiculiser devant mes pairs ou sentir aussi fort qu'une paire de chaussettes de sport oubliées au fond du panier à linge ?

Avec un gros soupir, j'examinai mon billet. Il y avait deux changements, à Orlando et Atlanta. J'espérais y trouver de quoi me laver un peu et acheter à manger. Et que les prochains bus ne seraient pas conduits par des chauffeurs bons pour la reforme.

Dans l'autocar, je regardai autour de moi en étouffant un bâillement. Pas de démons à bord, sûr et certain. Ils devaient détester les transports en commun. À première vue, pas non plus de tueur en série prêt à se jeter sur les filles crasseuses. Sortant ma bêche, je la glissai entre le siège et moi. Je m'assoupis presque aussitôt et me réveillai au bout de quelques heures, la nuque douloureusement raide.

Deux ou trois passagers étaient les heureux possesseurs de ces petits oreillers de voyage pour lesquels j'aurais donné mon bras gauche. Alors que je me tortillais sur mon siège, cherchant une position dans laquelle je n'avais pas l'impression d'être en cage, je n'avais pas vu arriver la femme qui s'arrêta devant mon siège dans l'allée.

C'était celle qui m'avait reniflée au départ. Je notai ses cheveux châtains brushés, son pantalon de ville bien repassé. Qu'est-ce qu'elle faisait ici ? La puanteur que je dégageais était-elle gênante à ce point ?

Avec un sourire crispé, elle me tendit le paquet de crackers qu'elle cachait dans son dos. Il y en avait six, emballés individuellement, avec du beurre de cacahuète au milieu. Mon estomac se mit à gargouiller.

Je clignai lentement les yeux, décontenancée.

Elle secoua la tête et je remarquai la croix qu'elle portait autour du cou, suspendue à une chaîne en or.

— J'ai pensé... que vous aviez peut-être faim ?

Une bouffée de fierté blessée fusa dans ma poitrine. Cette femme me prenait pour une gosse des rues. *Ouais... C'est EXACTEMENT ce que tu es.* Je ravalai difficilement la boule qui s'était formée dans ma gorge.

La main de la femme tremblait un peu quand elle fit mine de rebrousser chemin.

— Vous n'êtes pas obligée d'accepter. Si vous changez d'av...

— Attendez, l'arrêtai-je d'une voix éraillée qui me fit grimacer.

Je me raclai la gorge, les joues en feu.

— Je les veux bien. Merci... merci beaucoup.

Mes doigts paraissaient particulièrement sales à côté des siens, même si je les avais frottés dans la salle de bains du motel. Je m'apprêtais à la remercier encore une fois, mais elle avait déjà regagné sa place. Baissant les yeux sur le paquet de crackers, je sentis ma poitrine et ma mâchoire se serrer. J'avais lu quelque part que cela pouvait être le signe d'une crise cardiaque, mais ce n'était pas ça, mon problème.

Fermant les yeux très fort, je déchirai l'emballage et dévorai si vite les biscuits que je n'en sentis même pas le goût. De toute façon, les larmes qui m'obstruaient la gorge m'empêchaient de profiter de mon premier repas depuis plusieurs jours.

Chapitre 9

À Orlando, où nous changions de car, j'avais plusieurs heures devant moi, que je comptais bien mettre à profit pour me laver et chercher de quoi me nourrir. J'attendis qu'il n'y ait plus personne aux toilettes ni à proximité pour m'y enfermer à double tour, puis je m'approchai du lavabo. J'évitai mon reflet, ne voulant pas savoir à quoi je ressemblais. Je me débarrassai de mon tee-shirt, retenant un gémissement comme le mouvement réveillait des muscles endoloris. Faisant abstraction de l'idée que j'étais carrément en train de faire mes ablutions dans des toilettes publiques, je pris une poignée de serviettes en papier marron assez grossières pour m'écorcher la peau et les humidifiai. À l'aide du savon pour les mains, je me nettoyai rapidement du mieux que je pus. Entre mon soutien-gorge et la ceinture de mon jean, mon ventre était marqué d'hématomes violet foncé. Quant aux griffures dans mon dos, que j'avais récoltées en me glissant par la fenêtre de ma mère, elles n'étaient pas si moches que je l'avais craint.

Finalement, je n'étais pas en si mauvais état.

J'achetai une bouteille d'eau et des chips dans un distributeur avant de remonter dans le bus suivant. Je fus soulagée de voir que le chauffeur était nettement plus jeune que le précédent, car il commençait à faire sombre et la visibilité était réduite. Il y avait plus de monde dans cet autocar que dans celui de Miami, et je fus incapable de me rendormir. Je regardai défiler le paysage par la fenêtre tout en faisant courir mes doigts sur le tranchant de ma bêche. Dès que j'eus terminé mes chips, mon cerveau se mit en roue libre et je me retrouvai à mater un étudiant assis quelques sièges devant moi. Il avait un iPod qui me faisait envie. En fait, toute pensée construite déserta mon esprit pendant les cinq heures qui suivirent.

Il était autour de 2 heures du matin quand nous atteignîmes Atlanta, en avance sur l'horaire. L'atmosphère de la Géorgie était aussi lourde et moite que celle de la Floride, mais la pluie menaçait. La gare routière était située dans une sorte de zone industrielle au milieu des champs entourée d'entrepôts désaffectés. Apparemment en banlieue d'Atlanta, les lumières de la ville étant visibles dans le lointain à quelques kilomètres. Tout en massant ma nuque ankylosée, je m'enfonçai lentement dans la gare. Certains des voyageurs étaient attendus par des proches venus les chercher en voiture. L'étudiant se précipita vers une berline dont un homme d'âge mûr fatigué mais heureux descendit pour le serrer dans ses bras. Je me détournai, le cœur lourd, et partis en quête d'un distributeur.

Il me fallut plusieurs minutes pour en trouver un. Contrairement à la gare d'Orlando, ils étaient installés au fond, près des toilettes, ce qui était un peu dégoûtant. Sortant la liasse de billets de ma poche, je prélevai quelques coupures d'un dollar.

Une sorte de froufroutement, comme le bruit d'un bas de pantalon traînant par terre, me mit en alerte, et je me retournai pour scruter par-dessus mon épaule le couloir faiblement éclairé. Au bout, j'apercevais les portes vitrées de la salle d'attente. Je tendis l'oreille un moment sans rien entendre puis reportai mon attention sur la machine, où je choisis une nouvelle fois une bouteille d'eau et un paquet de chips.

La seule idée de rester assise plusieurs heures pour attendre le bus me donnait des envies de meurtre et je décidai d'emporter mes maigres provisions à l'extérieur. L'humidité de l'air avait une odeur agréable et j'attendais la pluie avec une certaine impatience. Une sorte de douche naturelle. Tout en grignotant mes chips, je m'éloignai du terminal, longeant une aire de repos pour les camions. Pas de sifflets ou de propositions salaces de la part des routiers devant qui je passais.

Et cela, quelque part, fit voler en éclats l'image que je m'en faisais.

De l'autre côté de la rampe d'accès, il y avait encore des usines. Elles ressemblaient à des maisons hantées dans un parc d'attractions : vitres cassées ou condamnées, herbes folles envahissant le trottoir fissuré et lierre qui grimpait à l'assaut des murs. Avant qu'il décide que j'étais un monstre, nous étions allés, Matt et moi, dans l'un de ces parcs à thème. Et, à la réflexion, j'aurais dû me douter que c'était une mauviette. Il avait crié comme une fille quand le type avait surgi pour nous poursuivre avec une tronçonneuse.

Souriant intérieurement, j'avançai sur l'étroit sentier qui contournait l'aire de repos, et en profitai pour jeter ma bouteille vide et l'emballage de mes chips dans une poubelle. Le ciel était chargé de gros nuages et le vrombissement sourd d'une machine agricole était étrangement rassurant. Encore quatre heures, et je serais à Nashville. Encore quatre heures, et je retrouverais...

Un bruit de verre brisé me fit sursauter. Le cœur battant, je me retournai, m'attendant à devoir affronter une horde de démons. Au lieu de quoi, je me trouvai nez à nez avec deux jeunes mecs. L'un d'eux venait de jeter une pierre dans les vitres d'un local de maintenance.

On veut jouer les rebelles.

J'éloignai ma main de la bêche toujours fourrée à l'arrière de mon jean et je les étudiai. Ils n'étaient pas plus vieux – ni plus propres – que moi. L'un d'eux portait un bonnet de laine rouge... au mois de mai. La météo réservait peut-être des surprises en Géorgie. Mes yeux passèrent ensuite sur l'autre, dont le regard faisait le va-et-vient entre son pote et moi.

Ça me rendait nerveuse.

Bonnet Rouge me sourit. Son tee-shirt d'un blanc douteux était trop grand pour son corps maigre. Il ne devait pas manger tous les jours à sa faim. Et son copain non plus.

— Tu t'en sors ? me demanda-t-il.

Je me mordis les lèvres.

— Ça peut aller. Et vous ?

Son pote laissa échapper un gloussement aigu et bref.

— On se débrouille.

Une boule se formait dans mon ventre. Respirant un grand coup, je tentai de les contourner.

— Bon... j'ai un bus à prendre.

Glousseur lança un coup d'œil à Bonnet Rouge, ce qui était apparemment un signal, et une seconde plus tard l'autre se plantait devant moi, un couteau pointé vers ma gorge.

— On a vu que t'avais de la thune tout à l'heure aux machines, dit Bonnet Rouge. Tu vas nous la donner.

Ça, c'était un peu fort. En plus de tout le reste, il fallait que je me fasse braquer. C'était maintenant officiel. Les dieux ne m'avaient pas à la bonne.

Et je les détestais aussi.

Chapitre 10

Abasourdie, je levai les mains au-dessus de la tête, relâchant lentement mon souffle.

Celui qui n'avait pas de couteau ouvrit des yeux ronds.

— Hé, mec, pourquoi tu sors ta lame ? C'est qu'une meuf. Elle va pas résister.

— Ferme ta trappe et laisse-moi faire.

Bonnet Rouge me prit par le bras et me reluqua dans les yeux, la pointe de son couteau piquée sous mon menton.

— C'est pas ce qui était prévu ! protesta celui qui n'était pas chaud pour me planter.

Je tournai vers lui des yeux implorants, mais il ne regardait que son pote, serrant et desserrant les poings le long de son corps.

Super. Je me fais braquer par des amateurs. Quelqu'un va prendre un mauvais coup et avec la chance que j'ai...

Ce n'était pas de la peur que j'éprouvais, plutôt un très grand agacement. Je n'avais pas de temps à perdre avec ces conneries. J'avais un bus à prendre, et, je l'espérais, une mort à venger.

— On t'a vue acheter de la bouffe.

Il fit glisser la pointe de son couteau sur ma gorge.

— On sait que t'as du cash. Un bon gros paquet de biftons, pas vrai, John ? T'as dû tapiner sec pour te faire autant de blé.

Quelle andouille ! J'aurais dû être plus prudente. En sortant ma liasse de billets, je ne pouvais que me faire braquer. Survivre à une attaque de démons pour me faire trancher la gorge à cause de quelques foutus dollars ? Putain, ce monde était pourri.

— T'as entendu ce que j'ai dit ?

Mes yeux n'étaient plus que deux fentes, ce qui voulait dire que j'allais devenir mauvaise.

— Ouais, je ne suis pas sourde.

Ses doigts s'enfoncèrent dans mon bras.

— Alors, file-nous le blé !

— Il faudra venir le chercher.

Je regardai son ami.

— Si vous l'osez.

Bonnet Rouge fit un signe à John.

— Prends les biftons dans sa poche.

Les yeux de John passèrent une fois de plus de son pote à moi. J'espérais qu'il refuserait, parce que dans le cas contraire il allait le regretter. Cette liasse de billets, c'était tout ce que je possédais. Il y avait même mon ticket pour le bus suivant à l'intérieur. Personne ne me la prendrait.

— Quelle poche ? demanda celui qui me tenait.

Comme je ne répondais pas, il me secoua, et ce fut la goutte d'eau.

Ma patience avait des limites. J'étais une tueuse et je n'avais rien à cirer de ce qui pouvait m'arriver. Toutes ces merdes qui me tombaient dessus et bouillonnaient à l'intérieur de moi explosèrent d'un seul coup. Ces petits voyous de pacotille croyaient peut-être me faire peur ? Après ce que je venais de traverser ? Je voyais rouge. Ils allaient mordre la poussière et ils s'en souviendraient.

J'éclatai d'un rire hystérique au nez de Bonnet Rouge. Surpris par ma réaction, il abaissa sa lame une fraction de seconde.

— Vous êtes sérieux, les mecs ?

Dégageant mon bras d'un coup sec, je lui arrachai le couteau des mains.

— Vous voulez me braquer, moi ?

Je le menaçai à mon tour, presque tentée de lui en faire tâter.

John commença à reculer.

— Ouh là, on se calme.

— T'as tout compris.

J'agitai le couteau devant moi.

— Si vous voulez garder vos roubi…

Un sinistre frisson me parcourut soudain l'échine. Mon sixième sens prit le relais et toutes les fibres de mon corps furent soudain en alerte. Comme quand j'avais vu ce démon depuis le balcon à Miami. Une bouffée de panique me comprima la poitrine.

Non. Ils ne peuvent pas être ici. C'est impossible.

Pourtant, ils étaient là. Les démons m'avaient retrouvée. Mais *pourquoi* ? Je n'étais pour eux qu'une sang-mêlé de deuxième catégorie. Même pas un goûter. Comme un chinois à emporter – l'éther contenu dans mon sang leur fournirait à peine de quoi tenir quelques heures. Leur temps serait bien mieux occupé à chasser les sang-pur. Pas moi. Je n'étais qu'une sang-mêlé.

Bonnet Rouge profita de ma distraction évidente. Se jetant en avant, il me tordit le bras jusqu'à me faire lâcher le couteau, qui tomba dans sa main.

— Pauvre conne, siffla-t-il tout contre mon visage.

Je le repoussai de ma main libre tout en regardant autour de nous.

— Vous devez partir ! Vous devez partir maintenant !

Bonnet Rouge me poussa à son tour et me déséquilibra.

— J'en ai marre de tes conneries. File-nous le fric ou tu vas le regretter !

Je me stabilisai, comprenant que ces deux-là étaient trop bêtes pour s'en sortir vivants. Et je ne m'en tirerais pas non plus si je continuais d'essayer de les convaincre.

— Vous ne comprenez pas. Vous devez partir. Ils sont là !

— De quoi elle parle ?

John se retourna, inspectant les ombres alentour.

— Qui est là ? Red, je crois qu'on devrait...

— Ferme-la, le coupa son acolyte.

Un rayon de lune perça les nuages, faisant étinceler la lame qu'il pointait vers son pote.

— Elle essaie juste de nous faire peur.

J'avais presque envie de détaler et de les laisser se débrouiller avec les démons, mais je ne pus m'y résoudre. Ce n'était que des mortels – des mortels totalement stupides qui m'avaient attaquée, mais ils ne méritaient pas la mort cruelle qui les attendait. Même s'ils avaient eu l'intention de me voler, je ne pouvais pas leur faire ça.

— Ces choses qui arrivent vont vous tuer. Je n'essaie pas de vous...

— Ferme ton clapet ! hurla Red en se jetant sur moi.

Une fois de plus, la pointe de son couteau était contre ma gorge.

— Je vais te faire taire définitivement !

Je regardai John, le plus raisonnable des deux.

— Je t'en prie, il faut me croire ! Tu dois partir et emmener ton pote avec toi. Maintenant.

— Même pas en rêve, John, l'avertit Red. Amène-toi et prends-lui le fric !

En désespoir de cause, je plongeai la main dans ma poche et en sortis la liasse de billets. Sans réfléchir à ce que je faisais, je la poussai contre la poitrine de Red.

— Tiens... Le voilà ! Prends le fric et tirez-vous tant qu'il est encore temps ! Fuyez !

Red baissa les yeux, sidéré.

— Qu'est-ce que...

Un ricanement froid et arrogant me glaça les veines. Red pivota sur ses talons, scrutant l'obscurité. On aurait presque dit que le démon s'était matérialisé à partir des ombres ; une seconde plus tôt, il n'y avait personne. Il se tenait maintenant à quelques mètres du bâtiment, la tête penchée sur le côté, son horrible faciès distendu dans un sourire épouvantable. Aux yeux des deux garçons, il ressemblait à un petit-bourgeois en jean Gap et polo – une cible idéale.

Je reconnus le démon que j'avais frappé avec la lampe.

John lança un regard à Red, visiblement soulagé.

— C'est tout ?

— Mec, on a tiré le gros lot ce soir.

— Fuyez, les pressai-je à voix basse tout en refermant les doigts sur le manche de la bêche dans mes reins. Courez aussi vite que vous le pouvez.

Red tourna la tête vers moi par-dessus son épaule en ricanant.

— C'est ton mac ?

Pas le temps de répondre à ça. Je me concentrai sur le démon, et mon cœur fit un bond quand il s'avança d'un pas nonchalant. Quelque chose clochait. Il était... trop détendu. Quand la magie élémentaire se stabilisa autour de lui, je discernai de l'amusement sur ses traits saisissants.

Et c'est alors, quand j'étais presque sûre d'avoir touché le fond, qu'un second démon sortit de l'ombre. Une femme, et derrière elle... un troisième.

J'étais foutue.

Chapitre 11

J'avais toujours le bras levé, les doigts crispés sur les quatre cent vingt-cinq dollars et mon ticket de bus. C'était peut-être la surprise qui m'avait figée dans cette position. Mon cerveau passa rapidement en revue ce que j'avais appris au Covenant à propos des sang-pur qui avaient goûté à l'éther et étaient passés du côté obscur.

Leçon numéro un : ils ne savaient pas travailler en coopération.

Faux.

Leçon numéro deux : ils ne se déplaçaient pas en meute.

Encore faux.

Leçon numéro trois : ils ne partageaient pas leur nourriture.

Encore et toujours faux.

Leçon numéro quatre : ils ne chassaient pas les sang-mêlé.

Si jamais je m'en tirais vivante, un Instructeur du Covenant se prendrait un coup de pied dans la face.

John recula d'un pas.

— Il y a trop de monde dans cette...

Le premier démon leva la main et une violente bourrasque s'éleva du champ derrière eux, remonta le sentier de terre et frappa John en pleine poitrine, le projetant brutalement en arrière à plusieurs mètres. Son dos heurta le mur du bâtiment, son cri d'effroi coupé net par le craquement de ses os. Il s'effondra dans les buissons, masse sombre et sans vie.

Red fit mine de déguerpir, mais le vent n'était pas tombé. La bourrasque le fit reculer et me happa le bras. J'eus l'impression de me trouver prise dans une tornade invisible. Les billets de cent dollars, les coupures d'un dollar et mon ticket de bus me furent arrachés des mains et s'envolèrent. J'éprouvai comme un vide dans la poitrine tandis que le vent les emportait. Presque comme si ces démons savaient ce qu'ils faisaient et que sans billets j'étais prise au piège. Sans aucune issue.

Leçon numéro cinq : les démons conservaient la maîtrise des éléments.

Les Instructeurs du Covenant avaient au moins eu bon sur ce coup-là.

— C'est quoi, ce truc ? demanda Red en reculant, trébuchant sur ses propres pieds. C'est quoi, ce bordel ?

— Le jour de ta mort est venu, répondit le démon en jean Gap. Voilà ce que c'est.

Je saisis Red par le bras.

— Viens ! Il va falloir courir !

La peur le tétanisait. Je le tirai jusqu'à ce qu'il se retourne et nous déguerpîmes en quatrième vitesse, moi et le type qui me menaçait d'un couteau quelques instants plus tôt. Des rires moqueurs nous escortèrent tandis que nous quittions le chemin pour entrer dans le champ.

— Cours ! lui hurlai-je en actionnant mes propres muscles à m'en faire mal. Cours ! COURS !

Red était nettement plus lent que moi et n'arrêtait pas de tomber. J'envisageai brièvement de le planter là et de le laisser se dépatouiller, mais ce n'était pas ce que ma mère m'avait appris. Ni le Covenant. Je le relevai donc, le traînant à moitié dans l'herbe. Des mots incohérents s'échappaient de ses lèvres tandis que je l'entraînais. Il priait et pleurait en même temps – il sanglotait même carrément. Un éclair illumina le ciel au-dessus de nous et un éclat de tonnerre nous fit sursauter tous les deux. Un second éclair suivit aussitôt.

À travers le brouillard qui flottait sur le champ, je distinguai les silhouettes d'autres entrepôts après un bosquet de vieux érables. Il fallait qu'on arrive là-bas. On pouvait les semer, en tout cas on allait essayer. Tout valait mieux que de rester à découvert. J'accélérai l'allure – tirant Red plus brutalement. Les hautes herbes nous ralentissaient et j'avais les poumons en feu. Mes bras me faisaient mal à cause de l'effort que je fournissais pour maintenir Red debout.

— Dépêche-toi, haletai-je tandis que nous pénétrions dans le sous-bois, obliquant sur la droite.

Cela me paraissait plus futé que de continuer tout droit.

— Ne t'arrête pas.

Red finit par caler sa course sur la mienne. Il avait perdu son bonnet, révélant une masse d'épaisses dreadlocks. Nous plongeâmes derrière un arbre, trébuchant l'un comme l'autre sur de grosses racines et des buissons. Les basses branches nous cinglaient le visage, griffaient nos vêtements, mais nous courions toujours.

— Que… Qui sont ces gens ? me demanda Red, hors d'haleine.

— Ils sont la mort, répondis-je, ne trouvant pas de meilleure façon de les décrire à un mortel.

Red poussa un gémissement. Je crois qu'il avait enfin compris que je ne plaisantais pas.

C'est alors qu'une masse surgie de nulle part nous percuta avec la force d'un train de marchandises lancé à pleine vitesse. Je heurtai le sol face la première, avalant de la salive et de la terre. Je parvins néanmoins à ne pas lâcher la bêche en titane et roulai sur le dos, priant les dieux que ce soit une chimère ou un minotaure, ce qui aurait été un moindre mal.

Je n'eus pas cette chance.

J'observai le démon alors qu'il soulevait Red à un bon mètre du sol d'une seule main. Le démon souriait alors que le gosse se débattait comme un fou en poussant des cris effrayés – même s'il ne voyait pas ses dents tranchantes comme des lames de rasoir. Terrorisée et en panique totale, je me relevai et chargeai le démon.

Avant que j'arrive sur eux, il recula son coude pour prendre son élan et son autre main se couvrit de flammes. Le feu élémentaire dégageait une lumière surnaturelle qui n'éclairait pas ses orbites noires et vides. Indifférent à l'horreur qui déformait les traits de Red et à ses hurlements d'épouvante, le démon posa les doigts sur sa joue. Le feu jaillit de sa main, se propageant au visage et au corps de Red en quelques secondes. Les cris atroces que poussa le garçon ne s'achevèrent que lorsqu'il ne fut qu'un brasier ardent.

Je reculai en titubant, ravalant un cri silencieux. Le goût de la bile m'emplissait la bouche.

Le démon lâcha le cadavre calciné de Red qui tomba sur le sol. Dès que sa main le quitta, les flammes s'éteignirent. Il se tourna vers moi dans un éclat de rire juste au moment où la magie élémentaire lui rendait son apparence antérieure.

Je refusais de croire ce que j'avais sous les yeux. Ce n'était pas le démon de Miami, ni celui qui avait parlé tout à l'heure. Un quatrième ! Ils étaient quatre – *quatre démons.* Un nouveau déferlement de panique monta en moi, et les pulsations de mon cœur s'accélérèrent alors que je battais en retraite. Le désespoir m'envahit. Quand je fis demi-tour, je le retrouvai en face de moi.

Rien n'était plus rapide qu'un démon, me rendis-je compte. Pas même moi.

Celui-ci me fit un clin d'œil.

Je plongeai sur le côté, mais il m'imita aussitôt. Il répondait à chacun de mes mouvements, riant aux éclats de mes pitoyables tentatives pour le feinter.

Enfin, il s'immobilisa, les bras le long du corps.

— Pauvre petite sang-mêlé, tu es coincée. Tu ne pourras pas nous échapper.

Les doigts crispés sur le manche de ma bêche, je fus incapable de prononcer un mot quand il s'effaça pour me laisser passer.

— Cours, sang-mêlé.

Le démon inclina la tête dans ma direction.

— Cela m'amuse de te chasser. Mais quand je t'aurai attrapée, même les dieux ne pourront plus rien pour toi. Cours !

Je ne me le fis pas répéter. J'avais beau inspirer aussi profondément que je le pouvais, j'avais l'impression de ne pas absorber assez d'oxygène. Tandis que les branches des arbres m'accrochaient les cheveux, une seule idée m'obsédait : je ne voulais pas mourir comme ça. Pas comme ça. Par les dieux... pas comme ça.

Le sol devint irrégulier et chaque pas provoquait un élancement de douleur dans ma jambe d'appui et dans mes hanches. Je quittai le couvert des arbres alors qu'un nouveau roulement de tonnerre oblitérait tous les sons à l'exception du battement de mon pouls à mes tempes. J'aperçus la masse de l'usine désaffectée et obligeai mes muscles douloureux à fournir un effort supplémentaire. Quittant la terre et la végétation, mes pieds martelaient à présent une fine couche de graviers. Je me précipitai au milieu des bâtiments, consciente, où que j'aille, de ne gagner sans doute qu'un répit de courte durée.

L'un des entrepôts, le plus éloigné de la forêt, se dressait sur plusieurs étages, dominant tous les autres. Les fenêtres du rez-de-chaussée étaient cassées ou condamnées. Je ralentis, jetant un regard inquiet par-dessus mon épaule avant de bifurquer vers la porte à la poignée rouillée, dans laquelle je donnai un violent coup de pied. Le bois se fendilla et céda, je me ruai à l'intérieur et refermai derrière moi. Je fouillai la pièce sombre des yeux, cherchant de quoi bloquer la porte. Au bout de plusieurs secondes, le temps que mes yeux s'habituent à l'obscurité, je distinguai vaguement la forme de vieux établis abandonnés, de presses et d'une volée de marches. Je parvins avec peine à calmer le tremblement de mes doigts, puis je remis la bêche sur mes reins, dans la ceinture de mon jean, et je saisis l'un des établis pour le tirer jusqu'à la porte. Les crissements stridents qu'il produisit contre le sol ressemblaient aux hurlements d'un démon, et des bestioles que j'avais dérangées détalèrent dans l'ombre. Une fois barricadée, je filai comme une flèche dans l'escalier. Les marches, que je gravissais deux par deux, la main crispée sur la rampe en métal, craquaient et se déformaient sous mon poids. Arrivée au deuxième étage, je fonçai tout droit dans une pièce dotée de larges baies vitrées, encombrée de vieux établis et de cartons aplatis entre lesquels je me frayai un chemin. Alors que je scrutais frénétiquement les abords du bâtiment pour essayer de repérer les démons, une chose me frappa soudain.

Si je ne parvenais pas à gagner Nashville, si cette nuit je trouvais la mort, personne ne le saurait jamais. Personne ne s'aviserait de ma disparition, personne ne s'inquiéterait. Aucun avis de recherche ne serait placardé.

L'angoisse me comprimait la poitrine comme un étau.

Ressortant de la pièce, je poursuivis mon ascension de l'escalier bringuebalant jusqu'au dernier étage. Je traversai en courant le couloir sombre, sourde aux piaillements des bêtes que mes pas faisaient fuir, ouvris la porte donnant sur le toit et m'y engouffrai. L'orage se déchaînait toujours, maintenant au-dessus de ma tête comme s'il faisait partie de moi. Des éclairs zébraient le ciel et le tonnerre vibrait jusqu'au cœur de mes cellules, tel un écho de la tempête intérieure qui m'agitait.

J'avançai jusqu'au bord du toit et scrutai le brouillard. Je fouillai du regard chaque centimètre carré de la forêt voisine et des champs que j'avais traversés. Rien. Je courus de l'autre côté, que j'inspectai de la même façon.

Les démons ne m'avaient pas suivie.

Peut-être voulaient-ils me faire croire que je les avais semés. Ils étaient encore là, à jouer au chat et à la souris avant de fondre sur moi et de me régler mon compte.

Je retournai au milieu du toit, le vent s'engouffrant dans mes cheveux qui volaient librement autour de mon visage. Un éclair illumina le ciel juste au-dessus de moi, projetant mon ombre allongée sur la surface de la toiture. Le désespoir, la colère et la frustration m'assaillirent par vagues, rouvrant des plaies qui ne pourraient jamais cicatriser. Je me pliai en deux, mains plaquées sur la bouche, et hurlai de toutes mes forces à l'instant où le tonnerre traversait les nuages noirs amoncelés.

— Ce n'est pas fini.

Ma voix n'était qu'un feulement rauque.

— Ça ne peut pas finir comme ça.

Je me redressai, ravalant tant bien que mal la boule qui m'obstruait la gorge.

— Allez vous faire foutre ! Allez tous vous faire foutre ! Je ne vais pas mourir ici. Pas dans cet État, pas dans cette ville de merde et certainement pas dans ce taudis pourri !

Une détermination sauvage, brûlante et enragée déferla dans mes veines tandis que je redescendais jusqu'à la pièce aux baies vitrées, où je me laissai tomber sur un empilement de cartons. Repliant mes jambes contre moi, je m'adossai contre le mur. Ma peau moite de transpiration et mes vêtements trempés étaient couverts d'une fine couche de poussière qui absorbait ma sueur.

Cela ne pouvait pas être la fin. Je n'avais plus d'argent ni de ticket de bus, et je resterais peut-être bloquée ici un moment, mais ce n'était pas ici que j'allais mourir. Je refusais d'envisager cette possibilité. Je fermai les yeux. Je ne pourrais pas me cacher ici éternellement.

Je fis courir mes doigts sur le tranchant de la bêche, me préparant à ce que je devrais faire quand les démons viendraient. Je ne fuirais pas, cette fois. Ma décision était prise. Les roulements de l'orage s'éloignaient à présent, cédant la place à une moiteur collante. Au loin, j'entendais le vrombissement des camions qui passaient sur la route dans la nuit. Dehors, la vie continuait et il en irait de même à l'intérieur de ces murs.

Ma vie ne s'achèvera pas ici...

Covenant - 1

Sang-mêlé

Pour Kathy.
Nous sommes nombreux à t'aimer
et tu nous manques.

Chapitre 1

J'ouvris les yeux d'un coup. Mon sixième sens surnaturel m'avertissait d'un danger imminent. La moiteur de la Géorgie et la poussière qui recouvrait le sol rendaient ma respiration laborieuse. Depuis que j'avais fui Miami, je n'étais plus en sécurité nulle part, dans cette usine désaffectée moins qu'ailleurs.

Les démons étaient là.

Je les entendais, à l'étage inférieur, fouiller méthodiquement chaque pièce. Le bruit des portes qui claquaient me ramena plusieurs jours en arrière, lorsque j'avais poussé celle de la chambre de ma mère. Je l'avais trouvée entre les bras de l'un de ces monstres, gisant à côté d'un pot d'hibiscus brisé, leurs pétales violets jonchant le sol au milieu d'une flaque de sang. Ce souvenir me fit l'effet d'un coup de poignard, mais ce n'était pas le moment de penser à elle.

Je bondis sur mes pieds et m'arrêtai dans le couloir étroit, tendant l'oreille pour localiser les démons. Combien étaient-ils ? Trois ? Davantage ? Ma main se referma sur le manche étroit de ma bêche. Je la brandis, faisant courir mes doigts sur le tranchant en titane pour me rappeler ce qui devait être fait. Les démons craignaient ce métal. Hormis la décapitation, qui était au-dessus de mes forces, c'était le seul moyen de leur ôter la vie. Ce métal tenant son nom des Titans était mortel pour ceux qui avaient goûté à l'éther.

Quelque part dans le bâtiment un plancher craqua et céda sous le poids d'un corps. Un cri déchira le silence, d'abord un gémissement grave qui monta rapidement dans des aigus stridents. Un hurlement morbide et inhumain. Rien en ce bas monde ne ressemblait au cri d'un démon – un démon affamé.

Et celui-ci était tout proche.

Je détalai dans le couloir de toute la vitesse surhumaine de mes jambes, mes baskets fatiguées martelant les vieilles planches, mes longs cheveux emmêlés de crasse flottant derrière moi. J'approchai du bout du couloir, consciente de ne disposer que de quelques secondes…

Un courant d'air fétide m'enveloppa quand le démon m'attrapa par mon tee-shirt pour me pousser brutalement contre le mur, faisant voler la poussière et des résidus de plâtre. Un peu sonnée, des taches noires dansant devant les yeux, je me relevai précipitamment. Deux orbites vides et sombres qui occupaient la place de ses yeux me transpercèrent d'un air gourmand comme s'il contemplait son prochain repas.

Le démon m'agrippa l'épaule et je réagis d'instinct. Pivotant sur mon pied d'appui, j'eus le temps de voir la surprise déformer ses traits avant de frapper. Mon pied le cueillit à la tempe et l'impact le fit reculer jusqu'au mur opposé. Je me jetai sur lui, bêche brandie. La surprise céda la place à l'horreur quand il baissa les yeux sur le métal que je lui avais planté dans l'estomac. Peu importait le point d'impact. Le titane était toujours fatal pour un démon.

Un borborygme guttural s'échappa de sa bouche ouverte juste avant qu'il se désagrège dans un geyser de poussière bleue.

Ma bêche toujours à la main, je fis demi-tour et dévalai les marches deux à deux. Faisant fi de la douleur dans mes os, je piquai un sprint en direction de la porte. J'allais y arriver – il le fallait. Je m'en voudrais toute ma vie dans l'autre monde si je mourais encore vierge dans ce trou à rats.

— Où cours-tu donc si vite, petite sang-mêlé ?

Je fis une embardée, percutant une grosse presse d'acier. Je me retournerai, le cœur battant à tout rompre. Le démon se trouvait à quelques pas derrière moi. Comme son comparse à l'étage, son apparence était hideuse. Une bouche béante exhibant une rangée de dents pointues, et je fus parcourue d'un frisson à la vue de ses orbites d'un noir absolu. Des yeux sans vie qui ne reflétaient nulle lumière. Ses joues creusées, livides comme la mort, étaient striées de veines noires protubérantes semblables à des serpents. Il avait l'air d'une créature infernale sortie tout droit de mes pires cauchemars. Seuls les sang-mêlé avaient la capacité de percer à jour leurs sorts d'illusion pendant quelques secondes. Puis la magie élémentaire se stabilisa, révélant son apparence antérieure. Adonis fut le mot qui me vint à l'esprit – un homme blond d'une incroyable beauté.

— Que fais-tu ici toute seule ? me demanda-t-il d'une voix profonde et enjôleuse.

Je reculai d'un pas, cherchant des yeux une sortie. Le pseudo-Adonis se tenait entre la porte et moi, et je ne pouvais pas rester là. Les démons conservaient la maîtrise des éléments après leur transformation, et s'il utilisait l'air ou le feu contre moi, j'étais foutue.

Il éclata d'un rire macabre dénué de toute joie.

— Peut-être que si tu m'implores, si tu m'implores *vraiment*, je t'accorderai une mort rapide. Franchement, les sang-mêlé, ce n'est pas mon truc. Les sang-pur, en revanche, ajouta-t-il avec un claquement de langue de gourmet, sont des mets raffinés. Mais avec vous, c'est comme aller au McDo.

— Un pas de plus et tu finiras comme ton copain là-haut.

J'espérais que j'étais menaçante. On peut toujours rêver.

— Tu veux voir ?

Le démon haussa les sourcils.

— Tu commences à me fatiguer. C'est le deuxième d'entre nous que tu as tué.

— Tu tiens le compte ?

Mon cœur cessa de battre quand le plancher craqua derrière moi. Je pivotai sur mes talons. Une démone s'avançait vers moi, m'obligeant à reculer vers son camarade.

J'étais prise en tenaille et n'avais plus d'issue. Un troisième démon poussa son cri sinistre quelque part dans l'usine. La panique et la peur me coupèrent la respiration. Mon estomac se révulsa tandis que mes doigts tremblaient sur le manche de la bêche. Par les dieux, j'étais sur le point de vomir.

Le meneur s'avança vers moi.

— Tu sais ce que je vais te faire ?

Je déglutis et parvins à afficher un sourire sarcastique.

— Bla bla bla. Tu vas me tuer. Toujours la même chanson.

Le hurlement vorace de la femelle l'empêcha de répondre. Elle était manifestement affamée. Elle se mit à tourner autour de moi tel un vautour, prête à me dépecer. Je concentrai mon attention sur elle. Les démons qui avaient faim étaient toujours les plus stupides – le maillon faible. La légende disait que la première gorgée d'éther – cette force vitale qui courait dans nos veines – était fatale pour les sang-pur. Il leur suffisait d'y goûter pour se transformer en démons et en devenir dépendants pour le restant de leurs jours.

J'avais une chance de me débarrasser d'elle. Quant à l'autre... chaque chose en son temps.

Je feintai la femelle. Telle une droguée fondant sur sa dose, elle se jeta sur moi. Le mâle lui hurla de ne pas bouger, mais c'était trop tard. Je filai à une vitesse olympique dans la direction opposée, droit vers la porte que j'avais défoncée à coups de pied un peu plus tôt dans la soirée. Une fois dehors, les probabilités me seraient de nouveau favorables. Une infime lueur d'espoir s'alluma en moi, raffermissant ma volonté.

C'est alors que la pire chose imaginable se produisit. Un mur de feu de plus de deux mètres de haut se dressa devant moi entre les établis. Des flammes tout ce qu'il y avait de réel. Ce n'était pas une illusion. Leur souffle ardent me repoussa en arrière tandis que le feu crépitait et dévorait les murs.

Et là, sous mes yeux, *il* se matérialisa à travers les flammes, dans toute la gloire d'un chasseur de démons. Le feu semblait glisser sur son uniforme. Pas un seul de ses cheveux bruns n'était dérangé par l'incendie qui faisait rage et son regard apaisant couleur d'un ciel d'orage était braqué sur moi.

Aiden St. Delphi.

Je n'avais oublié ni son nom ni son visage. Dès la première fois que j'avais posé les yeux sur lui devant le gymnase, j'étais tombée ridiculement amoureuse de lui. J'avais alors quatorze ans et lui dix-sept. Et qu'il soit un sang-pur n'avait rien changé à l'affaire chaque fois que je l'avais revu à l'académie.

La présence d'Aiden dans cet entrepôt ne pouvait signifier qu'une chose : les Sentinelles étaient arrivées.

Ses yeux croisèrent les miens, puis se portèrent au-delà de moi.

— À terre !

Pas besoin de me le dire deux fois. Comme une pro, je me jetai au sol. Un faisceau de chaleur intense fendit l'air au-dessus de ma tête, atteignant sa cible de plein fouet. Le sol fut secoué des tremblements frénétiques de la femelle démon qui se débattait, et ses hurlements blessés emplirent la pièce. S'il n'y avait que le titane pour tuer les démons, les brûler vifs ne devait pas leur faire du bien, c'était sûr et certain.

En appui sur les coudes, je regardai la scène à travers le rideau de mes cheveux crasseux et vis Aiden ramener sa main contre lui. Un claquement sec accompagna son geste et les flammes s'éteignirent aussi vite qu'elles étaient apparues. En quelques secondes, il ne restait que l'odeur du bois et de la chair brûlés, et un peu de fumée.

Deux autres Sentinelles s'engouffrèrent dans la pièce. Je reconnus le premier. Kain Poros : un sang-mêlé plus vieux que moi d'une année. Par le passé, nous nous entraînions au combat ensemble. Kain se déplaçait aujourd'hui avec une grâce qu'il ne possédait pas alors. Il marcha droit sur la démone et planta d'un geste assuré une longue dague mince dans sa chair calcinée, et elle aussi redevint poussière.

Je n'avais jamais vu la seconde Sentinelle, qui avait tout d'un sang-pur. Il était extrêmement musclé – du genre à prendre des stéroïdes – et se lança à la recherche du dernier démon qui se trouvait dans cette usine mais que je n'avais pas encore aperçu. La vision de ce corps massif bougeant avec une telle agilité me donna l'impression d'être une nullité, d'autant plus que j'étais toujours allongée sur le sol face contre terre. Je me relevai lentement tandis que l'adrénaline refluait dans mes veines.

Sans prévenir, une explosion de douleur m'envahit tandis que ma tempe heurtait violemment le plancher. Sonnée et ahurie, je mis quelques instants à comprendre que l'ex-Adonis m'avait saisi les jambes. Je tentai de me retourner, mais cet enfoiré plongea les mains dans mes cheveux et me tira la tête en arrière. J'enfonçai mes ongles dans ses mains, tentant en vain de soulager la tension qu'il faisait peser sur ma nuque. Pendant une seconde, je crus qu'il allait m'arracher la tête, mais il planta alors ses dents tranchantes comme des rasoirs dans mon épaule, transperçant le tissu et la chair. Je poussai un hurlement démentiel.

J'avais l'impression que tout mon corps s'embrasait. J'étais en feu et une douleur lancinante se communiqua à toutes les cellules de mon corps. Je n'étais qu'une sang-mêlé, dont les veines ne regorgeaient pas d'éther comme celles des sang-pur, mais le démon continuait pourtant à me drainer comme si c'était le cas. Ce n'était pas mon sang qui l'intéressait, mais il était prêt à en boire des litres pour accéder à l'éther qu'il contenait. J'avais l'impression qu'il m'aspirait l'âme et je n'étais plus que souffrance.

Soudain, le démon releva la tête.

— Qu'est-ce que tu es ? murmura-t-il d'une voix étouffée.

Sans me laisser le temps de m'interroger sur le sens de sa question, il fut arraché de mon cou, et je m'effondrai sur le sol. Je me roulai en boule, comprimant mon épaule ensanglantée, gémissant comme un animal blessé. C'était la première fois que je subissais la morsure d'un démon.

À travers mes râles, j'entendis un craquement sinistre, puis des cris inhumains, mais la douleur avait oblitéré mes sens. Elle commença à régresser, de l'extrémité de mes doigts vers le cœur de mon être, où elle était toujours brûlante. Je m'efforçais de respirer, mais *par les dieux*...

Des mains attentionnées me firent doucement rouler sur le dos, écartant mes doigts de mon épaule. Je regardai Aiden dans les yeux.

— Est-ce que ça va ? Alexandria ? S'il te plaît, dis quelque chose.

— Alex, parvins-je à prononcer. Tout le monde m'appelle Alex.

Il émit un petit rire soulagé.

— Bon. Très bien. Alex, es-tu capable de te mettre debout ?

Je crois que je hochai la tête. La douleur était toujours là, des flashs qui me transperçaient le corps, mais elle perdait de son intensité.

— Ça fait… un mal de chien, ce truc.

Aiden m'aida à me relever et je tanguai sur mes pieds tandis qu'il repoussait mes cheveux pour évaluer les dégâts.

— Dans quelques minutes, la douleur s'estompera.

Je relevai la tête pour regarder autour de moi. Kain et la troisième Sentinelle contemplaient des tas presque identiques de poussière bleue à leurs pieds. Le sang-pur se tourna vers nous.

— Je crois qu'il n'en reste plus.

Aiden opina du chef.

— Alex, nous devons partir. Tout de suite. Nous rentrons au Covenant.

Le Covenant ? En proie à un flot d'émotions contradictoires, je pivotai vers Aiden – tout de noir vêtu dans la tenue des Sentinelles. Pendant une seconde exaltante, je retrouvai l'émoi de l'adolescente d'autrefois. Aiden était quasi divin, mais la fureur que j'éprouvais balaya cette amourette.

Le Covenant n'était pas tout blanc dans cette histoire. Ils étaient venus à mon secours ? Où étaient-ils donc quand ces démons s'étaient introduits chez nous ?

Il fit un pas vers moi, mais ce n'était pas lui que je voyais. Je revoyais le corps sans vie de ma mère. Sa dernière vision sur cette terre avait été l'odieux visage d'un démon, et sa dernière sensation... Je frissonnai au souvenir de la douleur atroce de la morsure d'un démon.

Aiden se rapprocha encore. Ma réaction fut guidée par la peur et la colère. Je me jetai sur lui, retrouvant des gestes oubliés que je n'avais plus accomplis depuis trois ans. Je maîtrisais les attaques poing-pied, mais je n'avais pas été formée aux techniques offensives proprement dites.

Utilisant mon avant-bras comme un levier, il me fit faire un demi-tour complet sur moi-même. En quelques secondes, il m'avait immobilisé les bras le long du corps, mais la douleur et le chagrin me submergèrent, et je perdis le sens commun. Je me pliai en deux dans l'intention de me ménager un espace suffisant pour lui décocher un coup de pied arrière vicieux.

— Ne fais pas ça, me mit-il en garde d'une voix traîtreusement douce. Je ne veux pas te faire mal.

Ma respiration était rauque et hachée, le sang chaud coulant de ma plaie se mêlant à ma transpiration. Je continuai de me débattre alors que la tête me tournait, et la facilité avec laquelle il évitait mes coups me rendait encore plus dingue.

— Hé ! me cria Kain depuis le côté. Alex, tu nous connais ! Tu te souviens de moi ? Nous ne te voulons pas de mal.

— La ferme !

Je m'arrachai à la prise d'Aiden, esquivant Kain et Monsieur Muscles, pris au dépourvu.

Je courus jusqu'à la porte, enjambai les débris et me précipitai dehors. Je me dirigeai vers le champ de l'autre côté de la route, les pensées se bousculant dans ma tête. Pourquoi est-ce que je m'enfuyais ? Mon objectif était pourtant de rentrer au Covenant après l'attaque des démons de Miami.

En dépit des protestations de mon corps, je poursuivis ma course dans les hautes herbes et les broussailles. Des pas résonnèrent derrière moi, de plus en plus proches. Ma vision s'obscurcit et mon cœur s'emballa. Je ne savais plus où j'en étais, je…

Un corps musclé me percuta, expulsant l'air de mes poumons, et je m'effondrai dans un entrelacs de bras et de jambes. D'une manière ou d'une autre, Aiden s'arrangea pour se retourner et amortir ma chute. Je restai un moment sur lui, puis il fit basculer nos corps, me plaquant contre l'herbe drue.

Un vent de panique et de rage s'empara de moi.

— Tu es content ? Où étais-tu, la semaine dernière ? Où était le Covenant pendant que ma mère se faisait tuer ? Où étiez-vous ?

Aiden se recula, les yeux écarquillés.

— Je suis désolé. Nous ne…

Ses excuses ne firent qu'attiser ma colère. Je voulais lui faire mal. L'obliger à me lâcher. Je voulais… Je voulais… Je ne savais plus ce que je voulais, mais je hurlais, griffais et lançais des coups de pied sans pouvoir m'arrêter. Je m'interrompis seulement quand il pressa son grand corps élancé contre le mien. Le poids de son torse musculeux et cette proximité étouffante me forcèrent à m'immobiliser.

Plus un seul millimètre ne séparait nos corps. Je sentais le relief ferme de ses abdominaux contre mon ventre et ses lèvres toutes proches des miennes. Soudain, une idée folle me traversa l'esprit. Étaient-elles aussi douces qu'elles en avaient l'air ? Parce qu'elles paraissaient délicieuses.

Mais qu'est-ce qu'il me prenait ? J'avais perdu la tête – c'était la seule explication à ces absurdités. Regarder sa bouche avec envie, ce désir d'un baiser – tout cela était absurde pour une multitude de raisons. Non seulement je voulais le frapper quelques secondes plus tôt, mais en plus je ne ressemblais à rien. Le visage maculé de crasse au point d'être méconnaissable ; je ne m'étais pas lavée depuis une semaine et je devais empester. Carrément répugnante, voilà ce que j'étais.

Pourtant, quand il baissa la tête, je crus réellement qu'il allait m'embrasser. Tout mon corps se tendit, comme dans l'attente d'un premier baiser, ce qui n'était absolument pas le cas. J'avais déjà embrassé des tas d'autres garçons… mais pas lui.

Un sang-pur.

Le centre de gravité d'Aiden se déplaça et il pesa plus lourd sur moi. Je pris une profonde inspiration tandis que mon cerveau carburait à cent à l'heure, sans trouver une idée satisfaisante. Il posa la main sur mon front, et ce geste déclencha une alarme.

Il proféra rapidement à voix basse un sort de compulsion, une suite de mots incompréhensibles.

Espèce de sal…

Un voile noir obscurcit aussitôt mon esprit, n'y laissant qu'un grand vide qui n'avait plus de sens. Une injonction d'une telle puissance était impossible à combattre. Sans un mot de protestation, je sombrai dans les profondeurs glauques de l'inconscience.

Chapitre 2

Ma tête reposait sur quelque chose de ferme, et pourtant étrangement douillet. Je m'y blottis plus étroitement, pénétrée d'une impression de chaleur et de sécurité – un sentiment que je n'avais plus éprouvé depuis que ma mère m'avait tirée du lit pour fuir le Covenant trois ans auparavant. Nos déménagements successifs m'avaient privée de ce confort. Il y avait un problème.

J'ouvris les yeux.

Le salaud.

Je retirai si hâtivement ma tête de l'épaule d'Aiden que je me cognai contre la vitre.

— Merde.

Il se tourna vers moi, haussant des sourcils charbonneux.

— Ça va ?

Sourde à l'inquiétude contenue dans sa voix, je lui jetai un regard meurtrier. Combien de temps étais-je demeurée inconsciente ? Si j'en croyais le bleu du ciel que je distinguais à travers les vitres teintées, certainement plusieurs heures. Les sang-pur n'étaient pas censés utiliser de sorts de compulsion sur les sang-mêlé qui n'étaient pas en servitude ; c'était considéré comme une entorse à l'éthique, les compulsions privant ceux qui les subissaient de leur libre arbitre et de bien d'autres choses.

Foutus Hématoï. L'éthique et eux, ça faisait deux.

Avant leur mort, les demi-dieux originels, comme Hercule ou Persée, s'étaient accouplés entre eux comme seuls les Grecs savaient le faire, et leurs unions avaient produit les Hématoï, ceux qu'on appelait les sang-pur, une race dotée de puissants pouvoirs. Ils possédaient la maîtrise des quatre éléments – l'air, l'eau, le feu et la terre – et la capacité de moduler cette énergie brute sous la forme de magie élémentaire comme les sorts de compulsion. Les sang-pur n'étaient pas autorisés à faire usage de leurs pouvoirs contre leurs pairs sous peine d'emprisonnement – voire de mort dans certains cas.

En tant que sang-mêlé, fruit de l'union d'un sang-pur et d'un simple mortel et donc une bâtarde aux yeux des Hématoï, je n'avais aucun pouvoir sur les éléments. Ceux de mon espèce étaient doués d'une force et d'une vitesse surhumaines comme les purs, mais nous possédions également un autre don particulier, qui nous rendait précieux. Celui de percer à jour la magie élémentaire que pratiquaient les démons. Les purs en étaient incapables.

Les sang-mêlé étaient légion, sans doute bien plus nombreux que les sang-pur. Les purs étant contraints de contracter des mariages de raison et non d'amour pour renforcer leur position sociale, ils avaient l'habitude d'aller voir ailleurs – et plutôt deux fois qu'une. Épargnés par les maladies qui frappaient les mortels, ils ne voyaient pas l'intérêt d'avoir des rapports protégés. Et leurs rejetons sang-mêlé possédaient de surcroît un don utile à la communauté.

Aiden me regardait toujours et fronça les sourcils.

— Alex ? Ça va ?

— Bien sûr, tout va bien.

J'examinai mon environnement d'un air sinistre. Nous nous trouvions dans un véhicule spacieux – sans doute l'un de ces énormes 4 × 4 que les purs affectionnaient, capables de raser des villages entiers. Les Hématoï n'avaient pas de problèmes d'argent et se fichaient totalement de la consommation d'essence. « Plus c'est gros, plus c'est beau », telle était leur devise.

L'autre sang-pur – le géant tout en muscles – était au volant et Kain, assis sur le siège passager, contemplait en silence le paysage qui défilait par la fenêtre.

— Où sommes-nous ?

— Sur la côte, à la hauteur de l'île de Bald-Head. Nous arriverons bientôt sur l'île des Dieux.

Mon cœur bondit dans ma poitrine.

— Quoi ?

— Nous rentrons au Covenant, Alex.

Le Covenant – l'académie où j'avais commencé ma formation et que je considérais comme mon chez-moi jusqu'à ce que je la quitte. En soupirant, je me massai l'arrière du crâne.

— C'est le Covenant qui t'a envoyé ? Ou… mon beau-père ?

— Le Covenant.

Je respirai. Mon sang-pur de beau-père ne serait pas ravi de me voir.

— Tu travailles pour le Covenant, maintenant ?

— Non. Je ne suis qu'une Sentinelle. Disons que je suis détaché, dans l'immédiat. Ton oncle nous a envoyés te chercher.

Aiden s'interrompit, jetant un coup d'œil par la fenêtre.

— Beaucoup de choses ont changé depuis ton départ.

J'avais envie de lui demander ce qu'une Sentinelle pouvait bien faire sur l'île des Dieux, déjà sous haute protection, mais ce n'était pas mes affaires.

— Qu'est-ce qui a changé ?

— Eh bien, ton oncle est maintenant le Doyen du Covenant.

— Marcus ? Attends un peu… quoi ? Qu'est-il arrivé au Doyen Nasso ?

— Il est mort il y a deux ans.

— Oh.

Pas vraiment surprenant. Il était vieux comme les pierres. Je n'ajoutai rien, réfléchissant aux implications de cette information. Mon oncle était donc à présent le Doyen Andros. Argh. Je fis la grimace. Je le connaissais peu, mais si mes souvenirs étaient bons, il avait toujours fait des pieds et des mains pour s'élever dans les arcanes du pouvoir des sang-pur. Rien d'étonnant à ce qu'il ait acquis une position si convoitée.

— Alex, je suis désolé pour le sort de compulsion, dit Aiden, rompant le silence qui s'était installé. Je ne voulais pas que tu te blesses.

Je ne répondis pas.

— Et… je suis navré pour ta mère. Nous vous avons cherchées partout toutes les deux, mais vous ne restiez jamais assez longtemps au même endroit. Nous arrivions toujours trop tard.

Mon cœur se serra.

— Oui, vous êtes arrivés trop tard.

Un autre silence s'abattit dans l'habitacle, qui dura plusieurs longues minutes.

— Pourquoi est-ce que ta mère est partie il y a trois ans ?

Je le regardai à travers mes cheveux. Ses yeux étaient posés sur moi et il attendait ma réponse à cette question cruciale.

— Je n'en sais rien.

Depuis l'âge de sept ans, j'avais été une sang-mêlé en formation – je faisais partie des « privilégiés ». Nous autres n'avions en effet que deux options dans la vie : le service au Covenant ou le prolétariat. Les sang-mêlé pour lesquels un sang-pur se portait garant et acceptait de payer les frais de scolarité étaient enrôlés au Covenant pour devenir des Sentinelles ou des Gardiens. Le reste d'entre nous avait moins de chance.

Ils étaient envoyés auprès des Maîtres, un groupe de sang-pur experts dans l'art des sorts de compulsion. Ils préparaient une boisson à partir d'une variété spéciale de pavots et de thé. La concoction avait des effets spécifiques sur l'organisme des sang-mêlé. Au lieu de les plonger dans une somnolence léthargique, ces pavots améliorés les rendaient dociles comme des agneaux – autant dire qu'ils planaient en permanence et ne redescendaient jamais. Les Maîtres donnaient l'Élixir aux apprentis à partir de sept ans – l'âge de raison – sous la forme d'une dose quotidienne. Ces derniers n'allaient jamais à l'école. Ils étaient privés de liberté.

La caste des Maîtres avait la mainmise sur la distribution de l'Élixir et la tutelle des sang-mêlé en servitude. Ils leur appliquaient également la marque sur le front. Un cercle traversé d'une ligne droite – le signe odieux de l'esclavage.

Les sang-mêlé redoutaient tous ce sort. Même ceux qui étaient formés au Covenant. Il suffisait d'un seul faux pas pour tomber sous le joug de la boisson tant redoutée. Et la défection de ma mère qui m'avait retirée du Covenant sans l'ombre d'une explication jouait nettement en ma défaveur.

Et qu'elle ait emporté dans la foulée la moitié de la fortune de son mari – de mon beau-père donc – n'arrangeait certainement pas mes affaires.

Sans compter les nombreuses occasions manquées où je n'avais pas fait ce que l'on attendait de moi : entrer en contact avec le Covenant pour la dénoncer.

Un petit coup de fil qui aurait sauvé la vie de ma mère.

Le Covenant me reprocherait également sa mort.

Le souvenir de cette journée qui avait marqué le début de ce cauchemar me revint en mémoire. La veille, elle m'avait demandé de nettoyer le balcon empli de plantes auquel je tenais tant, mais j'avais fait la grasse matinée. Quand je m'étais enfin levée et que j'avais sorti mes outils de jardinage, il était déjà midi.

Croyant la trouver au jardin, j'étais sortie sur le balcon, mais je ne l'avais pas vue. J'avais inspecté les rues alentour, jouant avec la bêche. Et là, au milieu des passants, un homme était sorti de l'ombre – ou plutôt un démon. Dans la rue, en plein jour, et il m'avait dévisagée. Si proche que j'aurais pu l'atteindre en lui jetant ma bêche. La gorge nouée par l'effroi, j'étais rentrée dans la maison pour me précipiter vers la chambre de ma mère, hurlant un avertissement. Elle ne m'avait pas répondu. J'avais couru aussi vite que je pouvais, les pièces défilant dans l'étroit corridor, et puis j'avais ouvert sa porte. La scène que j'avais alors découverte me hanterait toute ma vie – du sang, en grande quantité, et le regard de ma mère, absent et privé de vie.

— On arrive.

Kain se pencha en avant avec impatience.

Mon cerveau se vida tandis que mon ventre se serrait. Je me tournai vers la fenêtre. Ce que nous appelions l'île des Dieux était constitué en réalité de deux îles distinctes. Les purs vivaient sur la première dans leurs belles villas et rien ne la différenciait aux yeux du monde extérieur d'une île ordinaire. Des rues bordées de boutiques et de restaurants. Certains étaient même tenus par des mortels, pour qui ils avaient été adaptés. Les plages de sable blanc étaient d'une beauté à couper le souffle.

Les démons redoutaient l'eau. Lorsqu'un pur basculait du côté obscur, la transformation altérait sa maîtrise de la magie élémentaire, qui ne pouvait être utilisée que s'il était en contact avec la terre. Dès qu'ils s'en éloignaient, ils étaient affaiblis. Une île constituait donc un parfait sanctuaire pour les Hématoï.

À cette heure matinale, les rues étaient désertes, et nous franchîmes le second pont quelques minutes plus tard. Sur cette partie de l'île des Dieux, entre les marécages, les plages et des forêts jamais foulées par l'homme, se dressait le Covenant.

Nichée entre l'immensité de la mer et une enfilade de criques de sable blanc, cette imposante bâtisse de grès était l'académie où les jeunes sang-pur et sang-mêlé étaient instruits. Avec ses colonnes de marbre et les statues des dieux placées aux endroits stratégiques, c'était un lieu intimidant à l'écart du monde. Les mortels le prenaient pour une école privée destinée à l'élite que leurs propres enfants n'auraient jamais le privilège de fréquenter. Et ils avaient raison. Il fallait posséder une hérédité très spéciale pour en franchir les murs.

Derrière le bâtiment principal se trouvaient les dortoirs, flanqués de leurs propres colonnes et statues. Il y avait ensuite quelques constructions plus modestes, avant les grands gymnases et leurs salles de combat, adjacents aux jardins. Ils m'avaient toujours fait penser aux anciens colisées, sauf que les nôtres étaient couverts. Les cyclones étaient redoutables sous ces latitudes.

C'était un endroit magnifique – que j'aimais et haïssais à la fois. À l'instant où je l'aperçus, je me rendis compte à quel point il m'avait manqué… et l'absence de ma mère n'en fut que plus cruelle. Elle restait généralement sur l'île principale pendant que j'étais à l'école, mais venait souvent me chercher à l'heure du déjeuner, et elle avait convaincu le vieux Doyen de me laisser passer les week-ends avec elle. Par les dieux, j'aurais tellement voulu avoir une dernière occasion de lui dire…

Je me ressaisis.

De la maîtrise – il me fallait maîtriser mes émotions. Me laisser aller au chagrin ne me mènerait nulle part. La tête haute, je descendis donc du 4 × 4 et emboîtai le pas à Aiden en direction du dortoir des filles. Nous étions seuls dans les couloirs déserts. C'était le début de l'été et il ne restait au Covenant que de rares élèves.

— Va te laver. Je reviendrai te chercher dans un moment.

Il se dirigea vers la porte, puis s'arrêta.

— Je vais te trouver des vêtements. Je les poserai sur la table.

J'acquiesçai, en peine de mots. Malgré tous mes efforts pour refouler mes émotions, certaines étaient toujours hors de contrôle. Trois ans plus tôt, j'avais un avenir tout tracé. Tous les Instructeurs du Covenant louaient mes talents de combattante. Ils allaient même jusqu'à dire que j'avais l'étoffe d'une Sentinelle.

Les Sentinelles étaient un corps d'élite – et je faisais partie des meilleurs cadets.

À cause de ces trois années blanches, j'avais pris un retard considérable sur mes pairs, et c'était certainement une vie de servitude qui m'attendait – un destin que je refusais d'envisager. Être soumise aux quatre volontés des purs sans avoir un seul mot à dire, sans décider de rien... cette perspective m'emplissait d'effroi.

D'autant que mon vœu le plus cher était de chasser les démons.

J'avais déjà le combat dans le sang, mais après les derniers événements, ce désir se trouvait décuplé. Seul le Covenant était à même de me permettre d'atteindre mon but, et mon sort reposait entre les mains de cet oncle au sang pur que je connaissais à peine.

J'explorai d'un pas lourd les quartiers familiers. Ils étaient confortablement meublés, plus grands que dans mon souvenir. Il y avait un salon et une chambre spacieuse. Ainsi qu'une salle de bains privative. Le Covenant offrait à ses cadets ce qui se faisait de mieux.

Je passai sous le jet un temps plus long que nécessaire, savourant le plaisir de me sentir enfin propre. Les gens prennent les douches pour argent comptant. Cela avait été mon cas. Après l'attaque des démons, je m'étais enfuie avec très peu d'argent et ma survie était passée avant l'hygiène.

Une fois récurée des pieds à la tête, je trouvai des vêtements propres bien rangés sur la table basse du salon. Quand je les dépliai, je reconnus immédiatement la tenue d'entraînement de l'académie. Le pantalon était deux fois trop grand pour moi, mais ce n'était pas le moment de faire la fine bouche. Je les portai à mes narines et respirai leur bonne odeur de frais.

De retour dans la salle de bains, je me tordis le cou pour examiner mon épaule. Le démon m'avait ponctionnée à la jointure avec la clavicule. La blessure resterait à vif pendant un jour ou deux avant de s'estomper, laissant une pâle cicatrice.

La morsure d'un démon était indélébile. La rangée de stigmates, presque tous identiques, que ses dents avaient imprimée me soulevait le cœur en même temps qu'elle me rappelait l'une de mes anciennes Instructrices. Une belle femme d'âge mûr qui avait pris sa retraite du service actif pour enseigner les techniques de combat défensif après une rencontre traumatisante avec un démon. Ses bras étaient couverts de cicatrices en forme de croissant plus pâles d'un ton ou deux que le reste de sa peau.

Une seule morsure était déjà terrible et je n'osais pas imaginer ce qu'elle avait dû endurer. Les démons avaient eu l'intention de la transformer en la drainant de tout son éther. La contamination d'un pur n'impliquait aucun échange de sang.

Le processus était effroyablement simple.

Il suffisait qu'un démon pose ses lèvres sur celles d'un pur vidé de son éther pour lui insuffler un peu du sien, et hop ! ils avaient un nouveau démon tout neuf. Comme pour une maladie infectieuse, l'éther vicié qu'ils transmettaient suffisait à contaminer un pur, et il n'existait pas de remède. Le sang-pur était perdu à jamais. À ma connaissance, c'était le seul moyen de créer un démon, mais, là encore, nous n'avions jamais eu l'occasion de leur poser la question. Ils étaient tués à vue.

Une politique que j'avais toujours trouvée stupide. Personne – y compris le Conseil – ne savait ce que cherchaient les démons lorsqu'ils tuaient les purs, alors qu'il aurait suffi d'en capturer un et de l'interroger pour élargir nos connaissances. Qu'avaient-ils dans la tête ? Qu'espéraient-ils ? Poursuivaient-ils un objectif ou bien n'étaient-ils motivés que par le besoin d'éther ? Nous ignorions tout d'eux. La seule chose qui intéressait les Hématoï, c'était de les éliminer pour éviter que d'autres purs soient transformés.

Quoi qu'il en soit, on racontait que notre Instructrice avait attendu le dernier moment pour se défendre, contrecarrant ainsi le plan de son assaillant. Dans mon souvenir, je ne pouvais pas détacher mes yeux de ces cicatrices qui gâtaient son corps autrement parfait.

Je contemplais à présent mon reflet dans le miroir embué. Cette marque ne serait pas facile à dissimuler, mais j'avais eu de la chance. Il aurait pu me défigurer en m'arrachant une partie du visage – les démons étaient très cruels.

Les sang-mêlé étaient naturellement immunisés contre les effets de l'éther démoniaque, ce qui faisait de nous d'excellents combattants. La mort était ce qui pouvait nous arriver de pire. Et personne ne se souciait de perdre un sang-mêlé sur le champ de bataille.

Aux yeux des purs, nous étions de la chair à canon, facilement remplaçables.

Avec un soupir, je rabattis mes cheveux sur mon épaule et me détournai du miroir au même moment où l'on frappait doucement à ma porte. Une seconde plus tard, Aiden pénétrait dans ma chambre. Et ce grand garçon d'un mètre quatre-vingt-quinze s'immobilisa tout net sur le seuil en me voyant. Son visage exprimait une grande surprise alors qu'il contemplait cette nouvelle version de moi.

Que dire ? Je m'étais refait une beauté.

Sous la couche de crasse et de poussière que j'avais nettoyée, je ressemblais beaucoup à ma mère. De longs cheveux bruns cascadant dans mon dos, assortis des pommettes saillantes et des lèvres pleines des sang-pur. Une silhouette un peu plus galbée que son corps élancé, et je n'avais pas ses yeux extraordinaires. Les miens étaient d'un marron banal à pleurer.

Rejetant la tête en arrière, je regardai Aiden droit dans les yeux pour la première fois.

— Quoi ?

Il se ressaisit en un temps record.

— Rien. Tu es prête ?

— Il le faut bien.

Je le reluquai en douce alors qu'il ressortait dans le couloir.

Ses cheveux bruns et souples lui tombaient sur le front, effleurant des sourcils tout aussi charbonneux. Les traits de son visage étaient presque parfaits, une mâchoire virile, et la bouche la plus expressive que j'avais jamais vue. Mais c'était surtout ses yeux couleur des nuages d'orage que je trouvais sublimes. Personne d'autre que lui n'avait ces yeux-là.

Durant le bref instant où il m'avait immobilisée sous lui dans la prairie, j'avais pu me rendre compte que son corps était tout aussi parfait. Quel dommage qu'il soit un sang-pur. Les purs m'étaient interdits, ainsi qu'à tous les sang-mêlé. On disait que les dieux avaient mis leur veto aux ébats amoureux entre purs et sang-mêlé depuis la nuit des temps. La pureté du sang des Hématoï devait être préservée – ils craignaient que les enfants nés d'une telle union ne soient… Je fronçai les sourcils tout en suivant Aiden.

Ne soient quoi ? Des cyclopes ?

J'ignorais ce qu'il pouvait en résulter, mais je savais que c'était très grave. Les dieux en auraient été offensés, ce qui n'était jamais bon. Ainsi, dès que nous étions en âge de comprendre comment on faisait les bébés, nous apprenions à regarder les sang-pur avec le respect et l'admiration qui leur étaient dus et surtout rien de plus. Quant aux purs, on leur répétait à l'envi de ne pas souiller leur lignée en s'accouplant avec les sang-mêlé. Il arrivait pourtant que de tels rapprochements se produisent. Cela finissait mal, et c'était toujours les sang-mêlé qui en faisaient les frais.

C'était injuste, mais ainsi allaient les choses dans notre monde. Les purs composaient l'espèce dominante. C'étaient eux qui faisaient les lois, qui siégeaient au Conseil et même qui dirigeaient le Covenant.

Aiden me lança un regard par-dessus son épaule.

— Combien de démons as-tu tués ?

— Seulement deux.

J'accélérai l'allure pour ne pas me laisser distancer, car il avait des jambes immenses.

— Seulement deux ?

Sa voix se teinta de respect et d'admiration.

— Est-ce que tu te rends compte que c'est déjà incroyable qu'une sang-mêlé qui n'a pas achevé sa formation soit capable de tuer un démon, sans parler de deux ?

— Il paraît.

Je m'interrompis. La colère bouillonnant en moi menaçait de déborder. Quand le démon m'avait vue sur le seuil de la chambre de ma mère, il s'était carrément jeté sur moi... et sur la bêche que je tenais à la main. *Sombre crétin.* L'autre démon n'avait pas été aussi bête.

— J'aurais pu tuer l'autre aussi à Miami... mais j'étais... Je ne sais pas. Je n'avais plus toute ma tête. Je sais que j'aurais dû le poursuivre, mais j'ai paniqué.

Aiden s'arrêta et se tourna vers moi.

— Alex, c'est déjà remarquable que tu aies été capable de neutraliser un démon alors que tu n'as pas achevé ta formation. C'était très courageux, mais également stupide.

— Merci du compliment.

— Tu n'es pas entraînée. Ce démon aurait pu te tuer très facilement. Quant à celui qui était à l'usine... Encore un acte téméraire, mais déraisonnable.

Je me rembrunis.

— Je croyais que c'était « incroyable » et « remarquable ».

— En effet, mais tu aurais pu y laisser la vie.

Il se remit en marche et je me hâtai de le rattraper.

— Qu'est-ce que ça peut te faire ? Et Marcus ? Je le connais à peine, et s'il s'oppose à ce que je poursuive ma formation, c'est comme si j'étais morte, de toute façon.

— Ce serait vraiment du gâchis. Tu as tellement de potentiel.

Je lançai un regard mauvais au dos d'Aiden. J'avais soudain une envie presque irrépressible de le pousser. Nous n'échangeâmes plus un mot après ça. Une fois dehors, le vent s'engouffra dans mes cheveux et je savourai le goût du sel sur mes lèvres et la chaude caresse du soleil sur ma peau glacée.

Aiden me conduisit dans le bâtiment principal et me fit gravir les innombrables marches menant au bureau du Doyen. La redoutable porte à double battant se dressa bientôt devant moi et je déglutis avec difficulté. J'étais souvent venue dans ce bureau quand le Doyen Nasso dirigeait le Covenant.

Tandis que les Gardiens nous faisaient entrer, me revint en mémoire la dernière fois que j'y avais été convoquée quand j'avais quatorze ans. Pour m'amuser, j'avais persuadé l'un des purs d'inonder l'aile des sciences grâce à sa maîtrise de l'eau élémentaire. Le pur, bien sûr, m'avait dénoncée.

Nasso était entré dans une colère mémorable.

À première vue, le bureau du Doyen était semblable à mes souvenirs : impeccable et richement meublé. Plusieurs chaises de cuir entouraient une grande table en merisier. Des poissons colorés allaient et venaient dans l'aquarium qui occupait le mur derrière le bureau.

Mon oncle entra dans mon champ de vision et je me sentis vaciller. Cela faisait si longtemps que je ne l'avais pas vu – de nombreuses années. J'avais oublié à quel point il ressemblait à ma mère. Ils avaient les mêmes yeux émeraude dont la teinte se modulait en fonction de leurs humeurs. Eux seuls possédaient de tels yeux.

Sauf que la dernière fois que je les avais vus, la vie avait quitté ceux de ma mère. Une vague de chagrin m'étreignit. Je pénétrai dans la pièce, m'efforçant de repousser ce sentiment.

— Alexandria.

La voix grave et cultivée de Marcus me ramena à la réalité.

— Cela fait tant d'années que je ne t'avais pas vue. Les mots me manquent.

C'était mon oncle – je l'avais toujours appelé ainsi – mais ce terme ne semblait pas décrire un membre de ma proche famille. Son ton était froid et artificiel. Quand je croisai son regard, je compris aussitôt que j'étais condamnée. Rien dans ses yeux ne me reliait à lui – aucune joie ni aucun soulagement de voir que son unique nièce était saine et sauve. Il avait presque l'air de s'ennuyer.

Un raclement de gorge au fond de la pièce attira mon attention. Nous n'étions pas seuls. Monsieur Muscles était là, en compagnie d'une sang-pur. Grande et mince avec une masse de cheveux noir corbeau. Forcément une Instructrice.

Seuls les purs qui n'ambitionnaient pas une carrière politique au sein de la communauté enseignaient au Covenant ou optaient pour la voie des Sentinelles, ou ceux qui comme Aiden avaient pour cela des raisons personnelles – comme avoir assisté au meurtre de leurs parents tués par des démons quand ils étaient enfants. C'était ce qu'il lui était arrivé. Je supposais que ce malheur avait guidé son choix. Sans doute par désir de vengeance.

Une chose que nous avions en commun.

— Assieds-toi.

Marcus me montra l'une des chaises.

— Il y a beaucoup de choses dont nous devons parler.

Détournant les yeux des deux purs, j'avançai vers la table. Leur présence avait ranimé en moi une étincelle d'espoir. Pourquoi des sang-pur seraient-ils ici si ce n'était pour discuter du retard que j'avais accumulé dans ma formation et des moyens de le rattraper ?

Marcus passa derrière son bureau et prit un siège. Puis il croisa les mains et me regarda dans les yeux. Je me redressai instantanément et mes pieds ne touchaient plus le sol.

— Je ne sais vraiment pas par où commencer avec… cette pagaille provoquée par Rachelle.

Je ne répondis pas. J'avais sûrement mal entendu.

— Pour commencer, elle a presque détruit Lucien. Par deux fois.

Son ton laissait entendre que j'y étais pour quelque chose.

— Le scandale de sa rencontre avec ton père lui avait déjà fait assez mal, mais quand elle a vidé son compte en banque pour s'enfuir avec toi... je suis sûr que tu peux comprendre toute la portée d'une décision aussi malavisée.

Lucien, parlons-en. Le mari parfait, au sang pur, de ma mère – mon beau-père. J'imaginais très bien sa réaction. Il avait dû piquer une colère et déplorer de s'être laissé berner. J'ignorais si ma mère l'avait jamais aimé ni si elle avait aimé mon père mortel avec qui elle avait eu une aventure, mais je savais que Lucien n'était qu'un pisse-froid prétentieux.

Marcus continua d'énumérer tous les affronts qu'elle lui avait infligés. Je ne l'écoutais plus vraiment. Je me souvenais que Lucien briguait un siège au Conseil des Hématoï. Calqué sur la cour de l'Olympe, le Conseil était composé de douze figures d'autorité, au sein desquelles deux seulement étaient des Magistrats.

Les Magistrats étaient les plus puissants. Ils présidaient à la destinée des sang-pur et des sang-mêlé confondus, comme Zeus et Héra présidaient l'Olympe. Et il allait sans dire que les Magistrats jouissaient tous d'un ego démesuré.

Chaque Covenant possédait un Conseil : la Caroline du Nord, le Tennessee, New York et l'université des sang-pur du Dakota du Sud. Leurs huit Magistrats avaient la mainmise sur le Grand Conseil.

— Est-ce que tu m'écoutes, Alexandria ? me demanda Marcus d'un air sombre.

Je relevai la tête.

— Oui... tu parles de tous les malheurs qu'a endurés Lucien. Je suis désolée pour lui. Vraiment. Je suis sûre que perdre la vie n'est rien à côté de ce qu'il a subi.

Une étrange expression traversa son visage.

— Fais-tu référence au destin de ta mère ?
— Tu veux dire de ta sœur ?
Mon regard se durcit quand je croisai le sien.
Marcus me dévisagea, impassible.
— Rachelle a scellé son destin quand elle a quitté la protection de notre communauté. Ce qui lui est arrivé est une tragédie, mais je n'éprouve aucune pitié à son égard. Quand elle t'a arrachée au Covenant, elle a fait la preuve qu'elle ne se souciait pas plus de la réputation de Lucien que de ta sécurité. Elle s'est montrée égoïste, irresponsable...
— Elle était tout pour moi ! le coupai-je en bondissant sur mes pieds. Elle s'est toujours souciée de moi ! Ce qu'il lui est arrivé est une *atrocité* – une « tragédie », c'est pour les gens qui meurent dans un accident de la route !
Il demeura imperturbable.
— Elle s'est toujours souciée de toi, dis-tu ? Comme c'est étrange. Elle a pourtant renoncé à la protection du Covenant et vous a mises en danger toutes les deux.
Je me mordis les joues.
— Tu sais que j'ai raison.
Son regard se fit glacial.
— Rassieds-toi, Alexandria.
Folle de rage, je lui obéis et gardai le silence.
— T'a-t-elle dit pour quelle raison tu devais quitter le Covenant ? T'a-t-elle donné un seul argument pour justifier une décision aussi imprudente ?
Je regardai les sang-pur. Aiden avait pris position à côté des deux autres et ils assistaient tous les trois à cette scène digne d'un feuilleton télévisé sans trahir la moindre émotion. Ils ne m'étaient pas d'une grande aide.
— Alexandria, je t'ai posé une question.
Je serrais si fort le bois de la chaise qu'il s'incrusta dans mes paumes.

— J'ai entendu. Non. Elle ne m'a rien dit.

Un muscle tressaillit sur la mâchoire de Marcus, qui me regardait en silence.

— Eh bien, voilà qui est dommage.

Ne sachant quoi répondre, je l'observai tandis qu'il ouvrait un dossier sur son bureau et en sortait plusieurs documents qu'il plaça devant lui. Je me penchai en avant pour tenter de déchiffrer ce que c'était.

Il s'éclaircit la voix et s'empara de l'un des papiers.

— Quoi qu'il en soit, je ne peux pas te tenir pour responsable des agissements de Rachelle. Les dieux savent qu'elle en a subi les conséquences.

— Je crois qu'Alexandria est très consciente de ce que sa mère a souffert, l'interrompit la pure. Il est inutile d'insister.

Le regard de Marcus devint carrément polaire.

— Oui, tu as sans doute raison, Laadan.

Il reporta son regard sur le document qu'il tenait entre ses doigts racés.

— Quand on m'a prévenu que tu avais enfin été localisée, j'ai demandé qu'on m'apporte les rapports te concernant.

Je me rassis au fond de ma chaise avec une grimace. Rien de bon ne sortirait de tout ça.

— Tous tes Instructeurs n'ont eu qu'à se féliciter pour ce qui est de ta formation.

Un faible sourire étira mes lèvres.

— J'étais effectivement douée.

— Cependant, continua-t-il, croisant brièvement mon regard, en ce qui concerne ton comportement, je suis positivement... sidéré.

Mon sourire s'effaça.

— Plusieurs comptes rendus font état d'irrespect envers tes professeurs et les autres élèves, poursuivit-il. Une note en particulier, de la main de l'Instructeur Banks, rapporte que le respect dont tu fais montre envers tes supérieurs laisse fortement à désirer et a posé de nombreux problèmes.

— L'Instructeur Banks n'a aucun sens de l'humour.

Marcus haussa un sourcil.

— Et je suppose que l'Instructeur Richards et l'Instructeur Octavien n'en avaient pas non plus ? Ils ont également rapporté, et ce à plusieurs reprises, que tu étais incontrôlable et manquais totalement de discipline.

Les protestations moururent sur mes lèvres. Je ne trouvai rien à dire.

— Et ton attitude irrespectueuse n'est apparemment pas ton seul problème.

Il se saisit d'un autre document et arrondit les yeux.

— Tu as été sanctionnée de nombreuses fois : sortie du Covenant sans autorisation, bagarre, perturbation des cours, manquement à plusieurs règles, et... ah oui, ma préférée...

Il releva la tête avec un petit sourire.

— Tu as accumulé les blâmes pour non-respect du couvre-feu et visite nocturne au dortoir des garçons.

Je remuai nerveusement sur ma chaise.

— Tout cela alors que tu n'avais pas encore quatorze ans.

Il pinça la bouche.

— Tu peux être fière de toi.

J'écarquillai les yeux en regardant son bureau.

— Ce n'est pas le mot que j'emploierais.

— Ai-je demandé ton avis ?

Je relevai la tête.

— Euh... non ?

Le petit sourire réapparut.

— En considération de ton comportement passé, je crains d'avoir à t'annoncer qu'il est hors de question que j'autorise la poursuite de ta formation...

— Quoi ?

Ma voix était montée dans les aigus.

— Qu'est-ce que je fais ici, alors ?

Marcus remit les documents dans le dossier, qu'il referma.

— Notre communauté a toujours besoin de main-d'œuvre. J'ai parlé à Lucien ce matin même. Il t'a offert une place dans sa maison. Tu devrais en être honorée.

— Non !

Je me levai une fois de plus, ivre de panique et de rage.

— Je ne me laisserai pas droguer ! Je ne servirai pas dans sa maison ni dans celle d'aucun pur !

— Que feras-tu, alors ?

Marcus croisa les mains et me considéra calmement.

— Tu retourneras vivre dans la rue ? Je ne le permettrai pas. Nous avons pris une décision. Tu ne réintégreras pas le Covenant.

Chapitre 3

Ces paroles me firent l'effet d'une bombe et me réduisirent au silence. Tous mes rêves de vengeance venaient d'être anéantis. Je regardai fixement mon oncle ; je le détestais presque autant que les démons.

Monsieur Muscles se racla la gorge.

— Permission de parler ?

Marcus et moi nous tournâmes vers lui. J'étais surprise qu'il ait voix au chapitre, mais Marcus lui fit signe de continuer.

— Elle a tué deux démons.

— Je sais cela, Léon.

Celui qui était sur le point de faire voler mon monde en éclats semblait s'en moquer comme de sa première toge.

— Quand nous l'avons trouvée en Géorgie, elle tenait tête à deux autres démons, poursuivit Léon. Avec une formation adéquate, son potentiel est astronomique.

Surprise qu'un sang-pur prenne ma défense, je me rassis lentement. Marcus n'avait pas l'air impressionné et ses yeux verts étincelants étaient durs comme la glace.

— J'entends bien, mais son comportement avant cet épisode avec sa mère ne peut être rayé d'un trait. C'est une académie ici, pas une garderie. Je n'ai ni le temps ni l'énergie de la chaperonner et il est hors de question que je la laisse faire sa loi dans cet établissement, où les autres élèves seront soumis à son influence.

Je roulai des yeux. Il parlait de moi comme d'une dangereuse criminelle prête à mettre le Covenant à feu et à sang.

— Dans ce cas, affectez quelqu'un à sa surveillance, dit Léon. Il y a des Instructeurs présents durant les vacances d'été qui pourront la garder à l'œil.

— Je n'ai pas besoin d'une nounou. Je promets de ne pas incendier de bâtiment.

Personne ne me prêtait attention.

Marcus soupira.

— Même si nous lui assignons quelqu'un, elle a pris un retard considérable dans sa formation. Elle ne sera jamais au niveau de ceux de sa promotion. À la rentrée, elle sera à la traîne.

Cette fois-ci, ce fut Aiden qui prit la parole.

— Nous aurions tout l'été pour la mettre à niveau. Elle pourrait être prête à reprendre avec les autres.

— Qui a le temps de se charger de ça ? grogna Marcus. Aiden, tu es une Sentinelle, pas un Instructeur. Léon non plus. Et Laadan repart bientôt pour New York. Les autres Instructeurs ont une vie et je ne peux pas leur demander de tout quitter pour une seule sang-mêlé.

Le visage d'Aiden était indéchiffrable, et ce qu'il dit ensuite était inattendu.

— Je peux travailler avec elle. Cela n'interférera pas avec mon service.

— Tu es l'une de nos meilleures Sentinelles, fit remarquer Marcus en secouant la tête. Ce serait gâcher tes talents…

Ils continuèrent d'argumenter sur ce qu'ils allaient faire de moi. Je tentai une fois d'intervenir, mais Léon et Aiden me lancèrent tous les deux un regard d'avertissement et je finis par me taire. Marcus était toujours persuadé que j'étais une cause perdue, tandis que les deux Sentinelles soutenaient qu'il y avait encore de l'espoir. La volonté de mon oncle de me livrer à Lucien était comme un coup de poignard. Une vie de servitude n'était pas un avenir enviable. Tout le monde savait ça. J'avais entendu raconter des choses affreuses sur la façon dont les sang-pur traitaient les sang-mêlé – surtout les filles.

Alors qu'Aiden et Marcus en étaient au point mort, Laadan fit un pas en avant. Elle ramena lentement ses longs cheveux sur une épaule.

— Pourquoi ne pas conclure un marché, Doyen Andros ? Si Aiden vous assure qu'il peut se charger d'elle sans empiéter sur son service, vous n'avez rien à perdre. Et si elle n'est pas au niveau à la fin de l'été, elle s'en ira.

Je pivotai vers Marcus, soudain pleine d'espérance.

Il me dévisagea pendant ce qui me parut une éternité.

— Très bien, dit-il enfin en se laissant aller contre son dossier. Mais tu répondras d'elle, Aiden. Est-ce que c'est clair ? Ses moindres incartades – et je pèse mes mots – te seront imputables. Et tu peux me croire, il y en aura. Elle est exactement comme sa mère.

Aiden me lança un regard circonspect avant de répondre.

— Oui. C'est très clair.

Je me fendis d'un large sourire, ce qui sembla accentuer ses hésitations, mais quand je me tournai vers Marcus, ma joie s'évapora sous son regard glacial.

— Je serai moins tolérant que ton ancien Doyen, Alexandria. Ne me fais pas regretter cette décision.

Je hochai la tête en silence, redoutant de tout gâcher si j'ajoutais un mot.

Après quoi Marcus me congédia d'un geste de la main et je quittai son bureau. Laadan et Léon restèrent avec lui, mais Aiden me suivit.

— Merci, lui lançai-je par-dessus mon épaule.

Il me dévisagea.

— Ne me remercie pas encore.

Étouffant un bâillement, je haussai les épaules.

— Trop tard. Et je pense vraiment que sans vous trois, Marcus m'aurait envoyée chez Lucien.

— En effet. Ton beau-père est ton tuteur officiel.

Je frissonnai.

— J'en ai de la chance.

Aiden nota ma réaction.

— Est-ce que c'est à cause de Lucien que vous êtes parties, ta mère et toi ?

— Non, mais Lucien... n'a jamais été fan de moi. Je suis l'enfant de l'amour de ma mère, et lui... eh bien, c'est Lucien. Et j'aimerais bien savoir ce qu'il mijote, d'ailleurs, ce vieux chnoque.

Aiden écarquilla les yeux.

— Ce vieux chnoque est un Magistrat du Conseil.

J'en restai comme deux ronds de flan.

— Quoi ? C'est une blague, c'est ça ?

— Pourquoi est-ce que je plaisanterais sur un sujet pareil ? Alors, tu ferais mieux de ne pas le traiter de vieux chnoque en public. Je crois que ça te desservirait.

Apprendre que Lucien était devenu Magistrat me noua l'estomac, surtout maintenant que je savais qu'il m'avait réservé une « place » dans sa maison. Je secouai la tête pour écarter cette pensée. J'avais d'autres soucis dans l'immédiat.

— Tu devrais prendre du repos. Nous commencerons ta remise à niveau demain... si tu t'en sens capable.

— Bien sûr.

Les yeux d'Aiden détaillèrent mon visage encore marqué d'ecchymoses, puis mon corps, comme s'il voyait les hématomes et les coupures que j'avais accumulés depuis que j'avais fui Miami.

— Tu en es certaine ?

J'acquiesçai, et mon regard s'arrêta sur la mèche qui retombait toujours sur son front.

— On commence par quoi ? Je n'ai pas encore été formée aux techniques offensives ni au silat[1].

Il secoua la tête.

— Désolé de te décevoir, mais tu ne commenceras pas par le silat.

J'étais effectivement déçue. J'avais un faible pour les dagues et toutes les armes blanches et très envie d'apprendre à m'en servir efficacement. Je me dirigeais déjà vers ma chambre quand la voix d'Aiden m'arrêta.

— Alex. Ne... me laisse pas tomber. Je devrai répondre de tout ce que tu feras. Tu comprends ce que ça veut dire ?

— Oui. Ne t'inquiète pas. Je ne suis pas si terrible que Marcus le laisse entendre.

Il semblait en douter.

— Visite nocturne au dortoir des garçons ?

Je piquai un fard.

— J'allais voir des *amis*. Et pas pour coucher avec eux. Je n'avais que quatorze ans. Je ne suis pas ce genre de fille.

— Je préfère ça, dit-il avant de s'éloigner.

Je retournai dans ma chambre en soupirant. J'étais exténuée, mais également surexcitée à l'idée d'avoir une seconde chance. Après avoir contemplé mon lit pendant un laps de temps invraisemblable, je finis par ressortir et déambulai dans les couloirs vides du dortoir des filles. Il n'y avait qu'au Covenant que les sang-pur

1. Art martial indonésien qui se pratique à mains nues ou à l'arme blanche. (*N.d.T.*)

et les sang-mêlé partageaient les mêmes lieux de vie. Partout ailleurs, nous étions séparés.

Je tentai de rassembler mes souvenirs de ma vie d'avant à l'académie. Les programmes d'entraînement draconiens, tous les cours ridicules où l'on étudiait des matières qui m'ennuyaient à mourir, et les rapports sociaux entre sang-pur et sang-mêlé. Nous étions une bande d'adolescents débordants d'énergie capables de jouer des poings avec une force phénoménale ou de mettre le feu par la seule force de la pensée. Il fallait donc faire attention à bien choisir ses amis et ses ennemis. Dans tous les cas, c'était toujours une bonne chose de s'être mis dans la poche un maître du feu.

Chacun avait un rôle à jouer. On me trouvait cool pour une sang-mêlé autrefois. À voir ce qu'il en serait à la rentrée.

Après un tour dans les parties communes du dortoir des filles, où il n'y avait personne, je dirigeai mes pas vers l'un des petits édifices bordant le marécage. Cette bâtisse carrée de plain-pied entourant une cour colorée abritait la cafétéria et des salles de jeux. Je ralentis l'allure à l'approche de l'une des plus grandes. Les rires et le chahut qui s'en échappaient m'apportèrent la preuve que je n'étais pas la seule ici pendant les vacances d'été. Une sensation d'angoisse m'étreignit. Accepteraient-ils mon retour ? Me reconnaîtraient-ils ? Par les enfers, ils n'en auraient sûrement rien à foutre !

Je respirai un grand coup avant de pousser la porte. Personne ne parut me remarquer. Ils étaient tous occupés à encourager une pure qui faisait léviter des meubles. La fille, très jeune, était novice dans la maîtrise de l'air élémentaire, ce qui expliquait le raffut. Ma mère aussi était Maître du Vent. C'était le plus commun des éléments. Les sang-pur n'en contrôlaient généralement qu'un seul, quelquefois deux lorsqu'ils étaient vraiment puissants.

J'examinai la fille. Avec ses cheveux roux et ses grands yeux pervenche dans son mignon petit pull, elle semblait minuscule, peut-être une douzaine d'années, à côté des sang-mêlé montés en graine. Mais je pouvais parler. Je culminais moi-même à un mètre soixante-huit, et j'étais une naine comparée à la plupart de mes camarades.

La faute à mon mortel de père.

En attendant, la petite sang-pur fit la grimace quand une chaise rejoignit celles déjà retombées sur le sol et que des ricanements s'élevèrent dans le public – ils riaient tous, sauf un. Caleb Nicolo. Grand, blond, sourire charmeur. Caleb et moi faisions la paire pour les bêtises quand j'étais au Covenant. Sa présence en ces lieux pendant l'été n'avait rien de surprenant. Sa mère mortelle n'avait jamais voulu s'occuper de son enfant « différent » et son père au sang pur brillait par son absence.

Caleb me dévisagea, ouvrant de grands yeux stupéfaits.

— Merde alors.

Tous les regards se braquèrent sur moi, y compris ceux de la pure. Cette distraction l'avait déconcentrée et tous les meubles chutèrent sur le sol. Plusieurs sang-mêlé s'écartèrent quand le canapé atterrit, puis la table de billard.

Je saluai Caleb en agitant les doigts.

— Ça fait un bail, hein ?

Sortant de sa stupeur, il traversa la pièce à grandes enjambées et me serra très fort dans ses bras. Puis il me souleva et me fit tournoyer.

— Où étais-tu passée, par les enfers ?

Il me reposa sur mes pieds.

— Ça fait trois ans, Alex ! Par tous les dieux ! Tu sais ce que racontaient la moitié des élèves ? Que ta mère et toi, vous étiez mortes ! Je crois que je vais te mettre mon poing dans la gueule, et pas plus tard que tout de suite.

J'avais toutes les peines du monde à réprimer un grand sourire.

— Toi aussi, tu m'as manqué.

Il continuait de me regarder comme si j'étais un mirage.

— Je n'arrive même pas à croire que tu es là en chair et en os. Tu as intérêt à avoir une excuse béton.

J'éclatai de rire.

— Genre, quoi ?

— Tu as eu un bébé, tu as tué quelqu'un ou tu as couché avec un pur. Une des trois. Toutes les autres seront inacceptables.

— Tu vas être déçu, alors, je n'ai rien d'aussi extraordinaire.

Caleb me prit par les épaules pour m'entraîner vers l'un des canapés.

— Alors raconte ce que tu as fait et comment tu es revenue. Et pourquoi tu n'as appelé personne ? Il y a du réseau partout dans le monde.

— À mon avis, elle a tué quelqu'un.

Renversant la tête en arrière, je repérai Jackson Manos dans le groupe des sang-mêlé que je ne connaissais pas. Il n'avait pas changé. Cheveux bruns, raie au milieu, un corps à faire tomber les filles et des yeux noirs ultra-sexy. Je lui octroyai mon plus beau sourire.

— Pense ce que tu veux, crétin. Je n'ai tué personne.

Jackson se rapprocha en secouant la tête.

— Tu te souviens quand tu as fait tomber Nick sur les cervicales alors qu'on travaillait les amenées au sol ? Tu as failli le tuer. Heureusement qu'on guérit vite ou il aurait manqué l'entraînement plusieurs mois d'affilée.

Nous gloussâmes tous les trois à ce souvenir. Attirés par nos rires et une bonne dose de curiosité, les autres sang-mêlé s'étaient rapprochés. Consciente qu'il me faudrait d'une façon ou d'une autre répondre à leurs questions, je finis tout bonnement par leur raconter que ma mère avait voulu vivre parmi les mortels. Caleb me lança un regard dubitatif, mais il n'insista pas.

— C'est quoi, ces fringues ? La tenue d'entraînement des garçons, à ce qu'on dirait, dit-il en tirant sur ma manche.

— C'est tout ce que j'ai.

Je soupirai pitoyablement comme une pauvre malheureuse.

— Ça m'étonnerait que j'aie le droit de sortir pour le moment, et de toute façon je n'ai pas d'argent.

Il me gratifia d'un sourire jusqu'aux oreilles.

— Je sais où ils rangent les tenues. Et je peux aussi aller t'acheter des vêtements en ville demain.

— Ce n'est pas la peine. En plus, je ne suis pas sûre que ce soit une bonne idée que tu choisisses mes fringues. Je risquerais de ressembler à une strip-teaseuse.

Il éclata de rire, plissant tout son visage autour de ses yeux bleus.

— Pas de problème. Mon père m'a envoyé une petite fortune il y a quelques semaines. Pour se faire pardonner d'être un mauvais papa. Et puis, de toute manière, je demanderai à l'une des filles de m'accompagner.

La pure – qui s'appelait Théa – finit aussi par nous rejoindre. Elle semblait sympathique et réellement curieuse de savoir qui j'étais, mais elle me posa la question que je redoutais.

— Alors, est-ce que ta mère… s'est réconciliée avec Lucien ? demanda-t-elle d'une petite voix enfantine.

Je m'efforçai de rester impassible.

— Non.

Elle parut surprise, et les sang-mêlé aussi.

— Mais... ils ne peuvent pas divorcer, fit remarquer Caleb. Est-ce qu'ils vont faire maison à part ?

Les sang-pur ne divorçaient jamais. Ils croyaient que leurs conjoints leur étaient prédestinés, choisis par les dieux. J'avais toujours pensé que c'était du délire, mais cela expliquait pourquoi ils étaient si nombreux à aller voir ailleurs.

— Euh... non, répondis-je. Ma mère... n'a pas survécu dehors.

Caleb se décomposa.

— Oh. Merde, je suis désolé.

Je parvins à hausser les épaules avec désinvolture.

— Ça va.

— Qu'est-ce qu'il lui est arrivé ? demanda Jackson, toujours aussi délicat.

Prenant une longue inspiration, je décidai de leur dire la vérité.

— Un démon lui a réglé son compte.

Cette révélation me valut une autre avalanche de questions, auxquelles je répondis avec franchise. Je lus de la surprise et de l'admiration sur leurs visages quand je leur racontai comment j'avais combattu et tué deux démons. Même Jackson semblait impressionné. Aucun d'eux n'avait jamais vu un démon en chair et en os.

Je n'entrai pas dans les détails de ma rencontre avec Marcus, mais je leur expliquai néanmoins que je n'étais pas là pour m'amuser. Quand je leur dis que je m'entraînerais tout l'été avec Aiden, un grognement collectif s'éleva.

— Quoi ?

Je les regardai tour à tour.

Caleb retira ses jambes de mes genoux et se leva.

— Aiden est l'un des plus coriaces...

— Des plus implacables, ajouta solennellement Jackson.

— Des plus vicieux, lança une sang-mêlé aux cheveux châtains hyper courts, qui portait le nom d'Éléna.

Je me sentis soudain mal à l'aise. Dans quoi est-ce que je m'étais fourrée ? Et ce n'était pas fini.

— Des plus puissants, continua quelqu'un d'autre.

Éléna jeta un coup d'œil circulaire dans la pièce, un petit sourire au coin des lèvres.

— Des plus sexy aussi.

Toutes les filles poussèrent un soupir pâmé, mais Caleb fronça les sourcils.

— Ça, on s'en fout. Ce mec est une bête. Ce n'est même pas un Instructeur. C'est une Sentinelle jusqu'au bout des ongles.

— Les deux dernières promos ont été assignées dans sa zone, dit Jackson d'un air dégoûté. Ce n'est même pas un Mentor, mais il en a recalé la moitié et les a renvoyés chez les Gardiens.

— Oh.

Je haussai les épaules. Rien à redire à ça. J'allais le lui faire remarquer quand une nouvelle voix me prit de vitesse.

— Eh bien, regardez qui est de retour… Si ce n'est pas notre seule et unique décrocheuse, ronronna Léa Samos de son accent traînant.

Je fermai les yeux pour compter jusqu'à dix. Je les rouvris à cinq.

— Tu t'es trompée d'endroit, Léa. Ce n'est pas le dispensaire pour les tests de grossesse, ici.

— Oh, oh.

Caleb se déplaça derrière le canapé, prenant le large. Il avait ses raisons. Léa et moi étions des ennemies de longue date. Elle était impliquée dans presque tous les rapports d'incidents pour bagarre que Marcus avait mentionnés.

Elle laissa échapper ce rire de gorge que je ne connaissais que trop et je relevai la tête. Elle n'avait pas changé d'un poil.

Rectification.

Si cela était possible, elle avait encore embelli au cours de ces trois dernières années. Avec ses longs cheveux cuivrés, ses grands yeux améthyste et sa peau incroyablement dorée, elle ressemblait à un top-modèle. Je ne pus m'empêcher de penser au marron si banal de mes propres iris.

Si mon nom à l'époque était sur toutes les lèvres à cause de ma réputation, Léa régnait sur le Covenant. Ou plutôt non. Il lui appartenait.

Elle me détailla de la tête aux pieds tout en traversant la salle de jeux, avisant mon tee-shirt trop grand et mon pantalon de survêtement usé, puis haussa un sourcil parfaitement maquillé.

— Quelle tenue ravissante.

Elle, bien évidemment, était vêtue de la jupe la plus moulante et la plus courte imaginable.

— Ce n'est pas la même jupe que tu portais en quatrième ? Elle commence à te boudiner. Tu devrais prendre trois tailles au-dessus.

Avec un petit sourire en coin, elle ramena la masse de ses cheveux par-dessus son épaule, puis s'installa dans le fauteuil d'osier habillé d'un coussin fluo juste en face de nous.

— Qu'est-ce qui est arrivé à ton visage ?

— Qu'est-ce qui est arrivé au tien ? répliquai-je du tac au tac. On dirait un Oompa Loompa dans *Charlie et la chocolaterie*. Tu devrais arrêter l'autobronzant, Léa.

Quelques ricanements fusèrent dans le public de notre joute improvisée, mais Léa n'y prêta aucune attention. Elle était concentrée sur moi, son ennemie jurée. C'était comme ça depuis que nous avions sept ans. Peut-être même depuis le bac à sable.

— Tu sais ce que j'ai entendu, ce matin ?

— Quoi ? demandai-je avec un soupir.

Jackson la rejoignit nonchalamment, ses yeux noirs dévorant ses longues jambes. Se plaçant derrière elle, il tira sur une mèche de ses cheveux.

— Léa, laisse tomber. Elle vient juste d'arriver.

J'ouvris de grands yeux ronds quand elle lui fit signe d'approcher d'un geste de son petit doigt, et qu'il posa ses lèvres sur les siennes. Lentement, je me tournai vers Caleb. Il haussa les épaules d'un air blasé. Les Instructeurs ne pouvaient pas empêcher les élèves de sortir ensemble. Normal. Il fallait s'y attendre au sein d'un groupe d'adolescents, mais ça ne plaisait pas au Covenant et les élèves restaient généralement discrets.

Quand ils eurent fini de se galocher, Léa posa de nouveau les yeux sur moi.

— J'ai entendu que le Doyen Andros ne voulait pas te reprendre. Ton oncle lui-même voulait t'envoyer en servitude. C'est triste.

Je répondis d'un geste désinvolte.

— Il a fallu l'intervention de trois purs pour convaincre son oncle que ça valait le coup de la garder, reprit-elle.

Caleb poussa un grognement de mépris.

— Alex fait partie des meilleurs. Je suis sûr qu'ils n'ont pas dû insister beaucoup.

Elle ouvrit la bouche pour répondre, mais je lui grillai la politesse.

— Je *faisais* partie des meilleurs il y a trois ans. Et ça n'a pas été facile de le convaincre. Apparemment, j'ai une sale réputation et il pense que j'ai perdu trop de temps.

— Quoi ?

Caleb me dévisagea et je haussai les épaules.

— J'ai jusqu'à la fin de l'été pour prouver à Marcus que je peux rattraper mon retard pour la rentrée. Ça ne devrait pas être trop difficile, pas vrai, Léa ?

Je me tournai vers elle, sourire aux lèvres.

— Je pense que tu te souviens de la dernière fois que nous nous sommes entraînées ensemble ? Ça remonte, mais je suis sûre que c'est encore frais à ta mémoire.

Les joues dorées de Léa s'empourprèrent soudain et elle porta la main à son nez dans un geste certainement inconscient qui élargit encore mon sourire. À l'âge que nous avions alors, nous n'étions pas censés porter de coups réels. Mais une insulte avait mené à une autre et je lui avais cassé le nez.

Double fracture.

Cela m'avait aussi valu une exclusion temporaire de trois semaines.

Léa pinça ses lèvres pulpeuses.

— Je sais encore autre chose, Alex. Ça t'intéresse ?

Je croisai les bras sur ma poitrine.

— Quoi ?

— Peut-être que tout le monde ici gobe l'excuse minable que tu as dû leur donner pour expliquer le départ de ta mère, mais moi, je sais la vérité.

Son regard brillait d'un éclat mauvais.

Un froid glacial s'insinua en moi.

— Et comment tu le sais ?

Ses lèvres s'incurvèrent tandis qu'elle me regardait droit dans les yeux. Je remarquai vaguement que Jackson s'était écarté d'elle.

— Ta mère a rencontré Grand-Mère Piperi.

Grand-Mère Piperi ? Je levai les yeux au ciel. Piperi était une vieille folle que l'on disait être un oracle. Les sang-pur étaient persuadés qu'elle conversait intimement avec les divinités. Moi, je croyais surtout qu'elle conversait *très* intimement avec la dive bouteille.

— Et alors ?

— Je sais ce que Grand-Mère Piperi a dit à ta mère. Ce qui l'a mise dans tous ses états. C'est bien ce qui s'est passé, n'est-ce pas ?

Je m'étais levée sans même m'en rendre compte.

— Léa, ferme-la.

Elle me regardait toujours sans ciller.

— Alex, il faut que tu te calmes. Une seule petite bagarre et tu récureras les toilettes pour le restant de tes jours.

Je serrai les poings. Elle était cachée sous la table dans le bureau de Marcus, ou quoi ? Comment pouvait-elle en savoir aussi long ? Mais elle avait raison, et c'était vraiment nul. Je devais me montrer raisonnable et lâcher l'affaire. Ce fut plus difficile que je l'avais imaginé, comme marcher dans des sables mouvants. À chaque pas, une force m'intimait de rester et de lui casser une nouvelle fois le nez. Je parvins pourtant à prendre sur moi et à passer à côté d'elle sans la frapper. J'étais devenue différente – une meilleure personne.

— Tu n'as pas envie d'entendre ce qu'elle a dit à ta mère pour lui faire perdre son sang-froid ? Au point de quitter le Covenant ? Tu seras heureuse de savoir que ça te concerne directement.

Je me figeai. Exactement comme Léa l'avait prévu.

Caleb était soudain à côté de moi et me prit par le bras.

— Viens, Alex. Si ce qu'elle dit est vrai, tu ne vas pas tomber dans le panneau. Elle ne sait rien du tout.

Léa se retourna, jetant un bras gracile par-dessus le dossier de son fauteuil.

— Mais je sais ce qu'elle lui a dit. Ta mère et Piperi n'étaient pas seules dans le jardin. Quelqu'un a entendu leur conversation.

Je repoussai le bras de Caleb et pivotai sur mes talons.

— Qui les a entendues ?

Elle haussa les épaules, étudiant ses ongles laqués. C'est à ce moment-là que je sus que j'allais la frapper.

— L'oracle a dit à ta mère que tu la tuerais. Étant donné que tu n'as pas été capable d'empêcher un démon de la drainer, je suppose que Piperi parlait au sens figuré. Quelle est l'utilité d'une sang-mêlé qui n'est même pas fichue de protéger sa propre mère ? Pas étonnant que Marcus ne veuille pas te reprendre.

Pendant quelques secondes, personne dans la pièce ne fit un geste, pas même moi. Puis je souris à Léa, juste avant de l'empoigner par les cheveux et de la tirer de son fauteuil.

Une meilleure personne ? Rien à cirer.

Chapitre 4

Son expression de surprise tandis qu'elle basculait en arrière suffit presque à me venger de ses paroles cruelles. De toute évidence, elle ne s'était pas attendue à ma réaction, persuadée que la menace d'une expulsion me retiendrait. Léa ne se rendait pas compte du pouvoir de ses propres mots.

Je pris mon élan, bien décidée à atomiser le boulot qu'avaient fait les docteurs pour réparer son joli petit nez, mais mon poing n'entra jamais en contact avec son visage. Caleb s'était interposé avant que je puisse faire un pas de plus. Il me porta carrément à l'extérieur de la salle de jeux, puis me reposa au sol, bloquant l'accès pour m'empêcher d'y retourner. Alors que je tentais de le contourner, il me sourit de toutes ses dents.

— Laisse-moi passer, Caleb. Je jure par les dieux que je vais la massacrer !

— Et c'est ton premier jour, Alex. Waouh.

— Ferme-la.

Je le fusillai du regard.

— Alex, laisse tomber. Si tu es impliquée dans une bagarre, tu seras renvoyée. Et après ? Tu veux être une servante jusqu'à la fin de tes jours ? De toute façon, tu sais qu'elle ment. Alors, lâche l'affaire.

En baissant les yeux sur ma main, je découvris une poignée de cheveux cuivrés enroulée autour de mes doigts. C'était déjà ça.

Reconnaissant l'éclat mauvais dans mes yeux, Caleb parut comprendre que cela finirait mal si on restait ici. Il me prit par le bras et me tira carrément dans le couloir.

— Ce n'est qu'une idiote. Tu sais qu'elle raconte des craques, non ?

— Peut-être pas, grommelai-je. Elle a raison. Je ne sais pas pourquoi ma mère est partie. Elle a très bien pu avoir cette conversation avec Grand-Mère Piperi. Je n'en sais rien du tout.

— Sérieux, je doute que l'oracle ait dit que tu tuerais ta mère.

Toujours pas convaincue, j'ouvris la porte extérieure d'un coup de poing rageur, Caleb sur mes talons.

— Oublie ça, d'accord ? Tu dois te concentrer sur ton entraînement. Pas sur Léa et ce qu'a pu raconter l'oracle.

— Facile à dire.

— Très bien. Dans ce cas, tu n'as qu'à demander à l'oracle ce qu'elle a révélé à ta mère.

Je le regardai fixement.

— Quoi ? Rien ne t'empêche d'interroger l'oracle si ça te prend tellement la tête.

— Il n'y a aucune chance que cette femme soit encore de ce monde.

Le soleil aveuglant à l'extérieur me fit plisser les yeux.

— Si ma mère lui a vraiment parlé, c'était il y a trois ans.

À son tour, il me fixa des yeux en silence.

— Quoi ? Elle est forcément morte. Elle aurait... genre, cent cinquante ans aujourd'hui.

— Alex, c'est l'oracle. Elle restera en vie jusqu'à ce que le prochain la remplace.

Je lui fis les gros yeux.

— Ce n'est qu'une vieille folle. Elle parle avec les dieux ? Elle ne parle qu'aux arbres et aux membres de son club de bridge.

Il émit un claquement de langue exaspéré.

— Je suis toujours surpris que tu ne croies pas aux dieux, alors que ta propre nature – notre nature – est la preuve de leur existence.

— Non. Je ne crois pas en eux. Pour moi, ce ne sont que des proprios qui ne sont jamais là. En ce moment, je te parie qu'ils sont à Las Vegas en train de sauter des danseuses et de tricher au poker.

Caleb recula d'un bond, atterrissant dans les graviers blancs et bruns de l'allée.

— Rappelle-moi de ne pas rester à côté de toi quand ils te foudroieront.

Je pouffai de rire.

— Mais oui, c'est sûr qu'ils nous observent et qu'ils s'occupent de nos affaires. C'est pour ça qu'il y a des démons partout qui vident les purs de leur éther et tuent les mortels par plaisir.

— Et c'est justement pour empêcher ça que les dieux nous ont mis là.

Caleb souriait d'un air important, très fier de sa démonstration.

— Mouais.

Nous étions arrivés au bout du chemin de graviers, d'où l'on pouvait bifurquer vers le dortoir des filles ou celui des garçons.

Nous contemplions tous les deux le marécage s'étendant à nos pieds. Les eaux saumâtres étaient parsemées de hautes tiges et de buissons touffus qui en rendaient la traversée presque impossible. Au-delà s'étendait la forêt – où personne n'allait jamais. Lorsque j'étais petite, je pensais que ces bois étaient peuplés de monstres. En grandissant, je m'étais rendu compte que l'on pouvait gagner l'île principale en longeant les marais, itinéraire parfait pour ne pas se faire prendre.

— Est-ce que cette vieille sorcière vit toujours ici ? lui demandai-je finalement. Je pourrais peut-être aller lui parler.

Caleb hocha la tête.

— Je crois, mais va savoir. Elle vient de temps en temps sur le campus.

— Oh.

Je clignai les yeux dans le soleil.

— Tu veux savoir ce que je pense ?

Il me lança un regard curieux.

— Quoi ?

— Ma mère ne m'a jamais dit pourquoi nous avons dû partir, Caleb. Pas un mot en trois ans. J'ai l'impression que... je me sentirais mieux si je connaissais ses raisons. Je sais bien que ça ne changera rien, ce qui est fait est fait, mais je comprendrais au moins ce qui était tellement important, au point de nous obliger à quitter le Covenant.

— Il n'y a que l'oracle pour le savoir, et personne ne sait quand elle reviendra. Tu ne peux pas aller la voir. Elle habite très loin d'ici. Même moi, je ne m'aventure pas aussi loin dans les marais. Ce n'est même pas la peine d'y songer.

Mes lèvres s'incurvèrent en un sourire.

— Après toutes ces années, tu me connais toujours aussi bien.

Il gloussa.

— On pourrait organiser une fête pour la faire venir. Il me semble qu'elle est venue pour l'équinoxe de printemps.

— Ah oui ?

Si je pouvais parler à l'oracle, peut-être qu'elle me fournirait des réponses... ou me révélerait mon avenir.

Caleb haussa les épaules.

— Je n'en suis pas sûr, mais puisqu'on parle de fêtes, il y aura une soirée ce week-end sur l'île principale. C'est Zarak qui l'organise. Tu en seras ?

J'étouffai un bâillement.

— Zarak ? Waouh. Ça fait une éternité que je ne l'ai pas vu, mais ça m'étonnerait que je puisse aller à une soirée. Je suis cantonnée au Covenant pour tout l'été.

— Quoi ?

Caleb n'en revenait pas.

— Tu pourrais faire le mur. Tu as toujours été très douée pour ça.

— Oui, mais c'était avant que mon oncle devienne Doyen et que je risque l'expulsion au moindre écart de conduite.

Caleb ricana.

— Alex, tu as déjà failli te faire renvoyer trois fois. Ça ne t'a jamais arrêtée. Bah, je suis sûr qu'on trouvera un moyen. Et puis, ce serait l'occasion de célébrer ton retour.

Mauvaise idée, mais l'excitation familière me chatouillait agréablement le ventre.

— Eh bien... je ne m'entraînerai pas la nuit.

— Non, confirma Caleb.

Je sentis un sourire facétieux étirer mes lèvres.

— Et faire le mur n'a jamais tué personne.

— Et personne ne s'est jamais fait renvoyer pour ça.

Nous échangeâmes un grand sourire complice, et c'était reparti pour un tour, comme avant que ma vie devienne un enfer.

***

Après dîner, nous fîmes une brève incursion dans la réserve du bâtiment principal de l'académie, où nous « empruntâmes » toutes sortes de vêtements à ma taille, et Caleb me promit une fois de plus qu'il irait m'acheter des fringues en ville avec l'une des sang-mêlé le lendemain. Quant à savoir ce qu'il me rapporterait...

Les bras chargés, nous nous dirigions vers le dortoir des filles lorsque je reconnus la haute silhouette d'Aiden près des massives colonnes de marbre ornant le large porche. Caleb écarquilla les yeux et je poussai un grognement.

— Aïe.

Je ralentis le pas tandis que nous nous rapprochions de lui. Son expression était indéchiffrable, de même que le signe de tête respectueux dont il salua Caleb. Pour la première fois de sa vie, ce dernier ne trouva rien à dire quand Aiden fit un pas vers lui pour le décharger des vêtements qui lui encombraient les bras.

— Dois-je te rappeler que les garçons ne sont pas autorisés dans le dortoir des filles, Nicolo ?

Caleb secoua la tête en silence.

Puis Aiden se tourna vers moi en arquant les sourcils.

— Il faut qu'on parle.

Je me tournai vers Caleb pour chercher son soutien, mais il recula avec un demi-sourire d'excuse. L'espace d'une folle seconde, j'envisageai de le suivre, mais je me ravisai.

— De quoi devons-nous parler ?

Aiden me fit signe d'avancer d'un bref hochement de tête.

— Tu n'as pas pris de repos de toute la journée, n'est-ce pas ?

Je transférai les vêtements que je portais sur mon autre bras avant de lui répondre.

— Non. J'ai rattrapé le temps perdu avec des amis.

Il parut réfléchir à ma réponse tandis que nous avancions dans le couloir. Les dieux soient remerciés, on m'avait attribué une chambre au rez-de-chaussée. Je détestais les escaliers, et le Covenant avait beau bénéficier de fonds apparemment inépuisables, il n'y avait pas le moindre ascenseur dans aucun bâtiment.

— Tu aurais dû prendre du repos. La journée de demain ne sera pas facile pour toi.

— Tu pourrais faire en sorte qu'elle le soit.

Aiden éclata de rire. Un rire grave et profond qui m'aurait mise en joie s'il n'avait pas été à mes dépens.

Je me rembrunis alors que je poussais la porte de ma chambre.

— Pourquoi as-tu le droit d'entrer chez moi et pas Caleb ?

Il haussa un sourcil surpris.

— Je ne suis pas un élève.

— Mais un garçon quand même.

J'emportai les vêtements dans ma chambre, où je les déposai sur le sol.

— Tu n'es même pas un Instructeur ou un Mentor. Donc, d'après moi, si tu as le droit d'être ici, Caleb devrait l'avoir aussi.

Aiden m'étudia un moment, les bras croisés sur sa poitrine.

— On m'a dit que tu avais formulé le vœu de devenir une Sentinelle.

Je me laissai tomber sur mon lit, un grand sourire aux lèvres.

— Je vois que tu t'es renseigné.

— Je préfère être préparé.

— Je suis sûre qu'on t'a dit des merveilles sur moi.

Il leva les yeux au ciel.

— En gros, tout ce qu'a dit le Doyen Andros était correct. Les Instructeurs te connaissent bien. Ils ont loué tes talents et ton ambition. Pour le reste… Eh bien, rien de très surprenant. Tu n'étais qu'une gamine – tu es toujours une gamine.

— Je ne suis plus une gamine.

Les lèvres d'Aiden frémirent comme s'il réprimait un sourire.

— Tu es toujours une gamine.

Je sentis mes joues s'empourprer. C'était une chose de se faire traiter d'enfant par une vieille personne, et je m'en fichais pas mal. Mais dans la bouche d'un mec super canon de la trempe d'Aiden, ça prenait une autre dimension, plutôt désagréable.

— Je ne suis plus une gamine, m'entêtai-je.

— Ah non ? Tu es donc une adulte ?

— Exactement.

Je le gratifiai de mon sourire le plus radieux, celui qui me permettait habituellement de me tirer de tous les mauvais pas.

Mais ça ne prit pas sur Aiden.

— Intéressant. Une adulte est censée avoir suffisamment de jugeote pour savoir quand éviter la bagarre, Alex. Surtout quand on l'a prévenue que le moindre écart de conduite pouvait se traduire par son renvoi du Covenant.

Mon sourire s'effaça.

— Je ne sais pas de quoi tu parles, mais je ne peux qu'être d'accord avec toi.

Aiden pencha la tête sur le côté.

— Tu ne vois pas de quoi je parle ?

— Non.

Un petit sourire apparut sur ses lèvres. Cela aurait dû me mettre la puce à l'oreille, mais je ne prêtais attention qu'à sa bouche bien dessinée au lieu de me concentrer sur son manège. Soudain, il s'accroupit devant moi pour me regarder dans les yeux.

— Dans ce cas, je suis soulagé d'apprendre que ce qu'on m'a rapporté il y a une heure est faux. Ce n'est pas toi qui as violemment tiré une fille – par les cheveux – de son fauteuil dans la salle commune.

J'ouvris la bouche pour le détromper, mais mes protestations moururent sur mes lèvres. Bon sang. Il y avait *toujours* quelqu'un pour vous dénoncer.

— Est-ce que tu comprends la situation précaire dans laquelle tu te trouves ? me demanda-t-il sans me quitter des yeux. Et que c'est stupide de laisser de simples mots te conduire à la violence ?

Oui, c'était bête d'avoir tiré Léa par les cheveux, mais elle m'avait mise hors de moi.

— Elle a dit des choses sur ma mère.

— Est-ce que c'est important ? Réfléchis à ça. Ce ne sont que des mots, les mots ne comptent pas. Seuls les actes ont une importance. Vas-tu te battre chaque fois que quelqu'un dira quelque chose sur ta mère ou toi ? Si c'est le cas, autant faire tes bagages tout de suite.

— Mais...

— Il y aura forcément des bruits de couloir – totalement incongrus – pour trouver des raisons au départ de ta mère. Et expliquer pourquoi tu n'es pas revenue plus tôt. Tu ne peux pas frapper tous ceux qui t'agaceront.

Je penchai la tête sur le côté.

— Je pourrais toujours essayer.

— Alex, tu dois concentrer tes efforts sur ta réintégration au Covenant. Pour le moment, on t'a fait une faveur. Tu veux te venger des démons, n'est-ce pas ?

— Oui ! répondis-je avec exaltation, les poings serrés.

— Tu veux pouvoir sortir dans le monde extérieur pour les combattre ? Pour cela, tu dois consacrer toute ton attention à ta formation, pas à ce qu'on dit de toi.

— Mais elle a dit que ma mère était morte à cause de moi !

Ma voix se fêla et je détournai les yeux. C'était une faiblesse et c'était très embarrassant. Pas digne d'une Sentinelle.

— Alex, regarde-moi.

J'hésitai un instant, mais j'obéis. Son expression s'était radoucie. Quand il me regardait comme ça, j'avais l'impression qu'il me comprenait. Il n'approuvait peut-être pas ma réaction, mais il entendait au moins mes raisons.

— Tu sais qu'il n'y avait rien que tu pouvais faire pour sauver ta mère.

Ses yeux cherchèrent les miens.

— Tu le sais, n'est-ce pas ?

— J'aurais dû faire quelque chose. J'ai eu beaucoup de temps, j'aurais pu contacter quelqu'un. Et peut-être qu'alors...

J'enfouis la main dans mes cheveux et pris une profonde inspiration.

— Rien de tout ça ne serait arrivé.

— Alex, tu ne pouvais pas deviner que ça finirait comme ça.

— Bien sûr que si.

Je fermai les yeux, sentant mon ventre se nouer.

— Tout le monde le sait. C'est ce qui arrive quand on quitte la protection de la communauté. Je savais comment ça finirait, mais j'avais peur qu'ils ne l'autorisent pas à rentrer. Je ne pouvais pas... la laisser toute seule dehors.

Aiden ne dit rien pendant si longtemps que je crus qu'il était parti, puis je sentis sa main sur mon épaule. J'ouvris les yeux et inclinai la tête pour contempler ses longs doigts élégants. Ces doigts constituaient certainement une arme létale, mais pour l'instant, ils n'étaient que douceur. Comme privée de volonté, je plongeai les yeux dans son regard argenté. Je ne pus m'empêcher de repenser à ce qu'il s'était passé entre nous dans l'usine désaffectée.

Abruptement, Aiden retira sa main. Il fit courir ses doigts dans ses cheveux, comme s'il était un peu décontenancé.

— Bon, tu dois te reposer. L'entraînement commence à 8 heures demain matin, et ça arrivera vite.

Il se dirigea vers la porte, puis s'arrêta.

— Ne sors plus de ta chambre ce soir. Je ne veux pas découvrir demain matin que tu as mis le feu à un village pendant que je dormais.

Plusieurs répliques me vinrent à l'esprit, toutes plus spirituelles les unes que les autres, mais je les ravalai et me levai. Aiden s'arrêta sur le seuil, balayant du regard le couloir vide.

— Alex, tu n'es pour rien dans ce qui est arrivé à ta mère. Porter sur tes épaules cette culpabilité ne sera pour toi qu'un fardeau. Ça ne te mènera nulle part. Est-ce que tu comprends ?

— Oui, répondis-je, mais c'était un mensonge.

J'aurais voulu le croire, mais je savais que ce n'était pas la vérité. Si j'avais appelé le Covenant, ma mère serait toujours en vie. Alors, oui, en un sens, Léa avait raison.

J'étais responsable de la mort de ma mère.

Chapitre 5

Le jour suivant me fit l'impression d'un retour dans le passé – debout bien trop tôt pour avoir les idées claires dans mes vêtements faits pour prendre des coups. Je notai cependant deux ou trois changements.

Quand je vis Aiden par exemple, je compris qu'il était différent de mes Instructeurs précédents – des Sentinelles ou des Gardiens blessés dans l'exercice de leurs fonctions, ou qui souhaitaient se mettre au vert. À l'époque, mes Instructeurs étaient toujours vieux comme les pierres ou barbants comme la mort.

Aiden n'était aucun des deux.

Il avait revêtu un pantalon de survêtement semblable à ceux que j'avais piqués dans la réserve, mais avait préféré un débardeur au tee-shirt blanc que je portais. Et il ne manquait pas d'atouts à mettre en valeur. Il avait la peau lisse et ferme, n'était pas du tout ennuyeux et combattait pour de vrai des démons à l'extérieur.

Il avait pourtant une chose en commun avec mes anciens Instructeurs. À peine eus-je franchi les portes du gymnase qu'il ne pensait déjà qu'au boulot. Dès les exercices d'échauffement et la façon dont il m'ordonna de dérouler les tapis, je sus que j'aurais des courbatures à la fin de la journée.

— Que te reste-t-il de tes entraînements antérieurs ? me demanda-t-il.

Je regardai autour de moi, redécouvrant ce que je n'avais pas vu depuis trois ans : tapis pour amortir les chutes, mannequins de frappe imitant la peau humaine, kits de premiers soins disposés un peu partout. Au cours des entraînements, il y avait généralement du sang à un moment ou à un autre. Mais c'était le mur du fond qui éveillait surtout ma convoitise. Il était couvert de couteaux à l'aspect redoutable que je n'avais jamais manipulés.

— Les trucs habituels : les principes de base du combat offensif, les techniques de frappe pieds-poings.

Je me dirigeai tout droit vers le râtelier des armes blanches, irrésistiblement attirée.

— Pas grand-chose, donc, résuma Aiden.

Je m'emparai de l'une des fines dagues en titane dont étaient généralement dotées les Sentinelles tout en hochant la tête.

— On venait juste de commencer les trucs intéressants quand...

Aiden tendit le bras, me prenant la dague des mains pour la remettre en place. Ses doigts s'attardèrent sur la lame presque religieusement.

— Tu n'as pas gagné le droit de toucher ces armes, *celle-là* moins que les autres.

Je crus d'abord qu'il plaisantait, mais l'expression de son visage me détrompa.

— Pourquoi ?

Il ne répondit pas.

Je mourais d'envie de sentir à nouveau le métal entre mes doigts, mais je retirai ma main et m'éloignai du râtelier.

— J'étais douée pour tout ce qu'on m'enseignait. Mes frappes étaient puissantes et j'étais la plus rapide de ma promo à la course.

Il regagna le milieu de la salle et posa les mains sur ses hanches étroites.

— Pas grand-chose, donc, répéta-t-il.

Je le suivis des yeux.

— On peut dire ça.

— Tu ferais mieux de t'habituer à cette salle de combat. Parce que nous allons y passer huit heures par jour.

— C'est une blague, pas vrai ?

Il n'avait pas l'air de rigoler.

— Au bout du couloir, il y a une salle de musculation. Tu devras la fréquenter... *régulièrement*.

Ma mâchoire se décrocha.

Aiden me lança un regard impassible.

— Tu es beaucoup trop maigre. Tu as besoin de prendre du poids et de la masse.

Il s'approcha de moi pour tâter mon bras.

— La force et la vitesse, tu les possèdes naturellement. Mais telle que tu es, tu ne ferais pas le poids contre un gosse de dix ans.

Je refermai la bouche. Il marquait un point. Ce matin, j'avais dû faire deux nœuds au cordon de mon survêtement pour qu'il ne tombe pas.

— Disons que je n'ai pas toujours mangé à ma faim. Et puisqu'on en parle, je suis affamée. Je n'ai pas droit à un petit déjeuner ?

Son regard s'adoucit et il afficha un instant la même expression compatissante que la veille dans ma chambre.

— Je t'ai apporté une boisson protéinée.

— Beurk, grognai-je, mais quand il alla chercher un shaker de plastique et qu'il me le tendit, je l'acceptai.

— Bois-le entièrement. Nous allons d'abord passer en revue quelques règles de base.

Il recula d'un pas.

— Assieds-toi. Je veux que tu écoutes attentivement.

Son regard avait repris sa dureté. Levant les yeux au ciel, je m'assis par terre en tailleur et portai le shaker à mes lèvres. Ça sentait le vieux chocolat et j'avais l'impression de boire un milk-shake coupé à l'eau. Dégueulasse.

Il se planta devant moi, ses bras incroyablement sculptés croisés sur la poitrine.

— Première règle : pas d'alcool, pas de cigarettes.

— Flûte. Je dois aussi arrêter le crack ?

Il me toisa sans se laisser impressionner.

— Tu ne seras pas autorisée à quitter le Covenant sans permission ou… Ne me regarde pas comme ça.

— Bon sang, quel âge as-tu ?

Je le savais parfaitement, mais j'avais envie de le taquiner un peu.

Il fit craquer son cou.

— J'aurai vingt et un ans au mois d'octobre.

— Voyez-vous ça.

J'agitai le shaker.

— Et tu as toujours été aussi… mûr ?

Il fronça les sourcils.

— Que veux-tu dire par là ?

— Eh bien, tu parles comme un père.

Je pris une voix grave et affichai un air sévère :

— « Ne me regarde pas comme ça ou sinon… »

Aiden cligna lentement les yeux.

— Je n'ai pas cette voix-là et je n'ai pas dit « ou sinon ».

— Mais si tu l'avais dit, de quoi me menacerais-tu ?

Je dissimulai un sourire, abritée derrière le shaker.

Il détourna les yeux en fronçant les sourcils.

— Puis-je continuer sans que tu m'interrompes ?

— Comme tu voudras.

Je bus une gorgée de ma boisson.

— Pourquoi n'ai-je pas le droit de quitter l'île ?

— Pour ta sécurité et la paix de mon esprit.

Aiden reprit sa position initiale, jambes écartées et bras croisés.

— Tu ne devras pas quitter l'île sans être accompagnée.

— Par mes amis, ça compte ? lui demandai-je, plaisantant à moitié.

— Non.

— Qui sera mon chaperon, alors ?

Aiden ferma les yeux et soupira.

— Moi ou l'un des autres Instructeurs.

Je fis tourner le liquide dans le shaker.

— Je connais les règles, Aiden. Tu n'as pas besoin de me les répéter.

Il semblait sur le point de souligner que j'avais sûrement besoin qu'on me rafraîchisse la mémoire, mais il se ravisa. Quand j'eus fini de boire, il reprit le shaker et alla le poser près des sacs de frappe alignés contre un mur.

Je me levai et m'étirai.

— Alors, on commence par quoi ? N'importe quoi pourvu que tu ne me mettes pas une raclée.

Ses lèvres frémirent comme s'il réprimait un sourire.

— La base.

— La base, répétai-je avec une moue. Tu te fiches de moi. La base, je la connais.

— Tu en sais juste assez pour ne pas te faire tuer au premier engagement.

Il fronça les sourcils en me voyant sautiller d'un pied sur l'autre.

— Qu'est-ce que tu fais ?

Je m'immobilisai et haussai les épaules.

— Je commence à m'ennuyer.

Aiden leva les yeux au ciel.

— Alors on va commencer. Tu ne vas pas t'ennuyer longtemps.

— Oui, maître.

Il fit la grimace.

— Ne m'appelle pas comme ça. Je ne suis pas ton maître. Seuls les dieux sont nos maîtres.

— Oui…

Je marquai une pause tandis que ses yeux étincelaient et que sa mâchoire se crispait.

— … *chef*.

Il me dévisagea quelques secondes avant de hocher la tête.

— Bien. Je voudrais voir comment tu chutes.

— Je t'ai presque touché quand on s'est battus à l'usine.

Je ressentais le besoin de le lui faire remarquer.

Tournant la tête vers moi, il se dirigea vers un tapis.

— Presque, ça ne compte pas, Alex. Ça ne compte jamais.

Je le rejoignis et m'arrêtai devant lui tandis qu'il me tournait autour.

— Les démons n'utilisent pas que leur force quand ils attaquent, mais aussi la magie élémentaire.

— Oui, je sais.

La puissance des démons dépendait du nombre de sang-pur ou de sang-mêlé qu'ils avaient drainés. Essuyer une attaque par l'air élémentaire, c'était comme se faire percuter par un train de marchandises. Le seul moment où les démons étaient inoffensifs, c'était quand ils étaient en train de se nourrir.

— Ce qu'il faut surtout éviter, c'est de se laisser mettre au sol, mais cela arrive, même aux meilleurs. Quand ça se produira, tu dois être capable de te relever.

Ses yeux gris se verrouillèrent sur moi.

Il commençait à devenir lourd.

— Aiden, je n'ai pas oublié ma formation. Je sais tomber.

— Vraiment ?

— C'est ce qu'il y a de plus…

Mon dos entra brutalement en contact avec le tapis et une vive douleur me transperça. J'étais sonnée et je restai au sol.

Aiden me toisait de toute sa hauteur.

— Ce n'était qu'une petite tape affectueuse, et tu n'es pas tombée correctement.

— Aïe.

Je n'étais pas sûre de pouvoir bouger.

— Tu aurais dû te recevoir sur le haut du dos. Ça fait moins mal et c'est plus facile de se relever.

Il me tendit la main.

— Je croyais que tu savais tomber...

— Par les dieux, protestai-je d'un ton agacé. Tu aurais pu me prévenir.

Délaissant sa main, je constatai que je pouvais finalement remuer. Je me relevai, le bombardant d'un regard noir.

Un petit sourire en coin se forma sur ses lèvres.

— Même sans avertissement, tu disposes d'une seconde avant de toucher le sol. Amplement suffisant pour placer correctement ton corps.

— Basculer le bassin et rentrer le menton, grimaçai-je en me massant les reins. Oui, je me souviens.

— Alors, montre-moi.

Il s'immobilisa et me détailla comme si j'étais un animal étrange.

— Garde haute... voilà. Comme ça.

Il plaça mes bras de façon à protéger mon thorax.

— Tes muscles doivent rester toniques. Pas de bras en chewing-gum.

— D'accord.

Il fit la moue à la vue de mes bras maigrichons.

— Enfin, aussi toniques que possible.

— Ha ha.

De nouveau, ce petit sourire.

— Bien.

Il me frappa les bras avec le plat du sien. À la vérité, il n'avait pas mis beaucoup de puissance, mais je fus déséquilibrée quand même. Et je ne tombai pas bien. Je roulai sur moi-même en faisant la grimace.

— Alex, tu sais ce que tu dois faire.

Je poussai un grognement.

— Eh bien... on dirait que j'ai oublié.

— Relève-toi.

Il m'offrit de nouveau sa main, que je refusai encore. Je me remis debout.

— Garde haute.

Je m'exécutai et me préparai à l'impact. Je me retrouvai au tapis, et encore et encore. Je passai les deux heures suivantes sur le dos, et pas de la façon la plus agréable. J'en arrivai au point où Aiden dut revoir avec moi la mécanique de la chute comme si j'avais dix ans.

Au bout du compte, je retrouvai enfin au fond des brumes de mon cerveau la technique enseignée toutes ces années auparavant pour la restituer correctement.

— Pas trop tôt, grommela Aiden.

Nous fîmes une pause à l'heure du déjeuner, c'est-à-dire que je mangeai seule pendant qu'Aiden partait vaquer à d'autres occupations. Au bout d'un quart d'heure, une sang-pur en blouse blanche se planta devant moi. J'avalai la bouchée que j'étais en train de mastiquer avant de la saluer.

— Bonjour ?

— Viens avec moi, s'il te plaît, me dit-elle.

Avec un regard de regret à mon sandwich à moitié dévoré, je soupirai. Je jetai mon assiette à la poubelle et la suivis jusqu'au centre hospitalier derrière le gymnase.

— Je dois passer une visite médicale ?

Pas de réponse.

Toutes mes tentatives pour engager la conversation demeurèrent lettre morte, et j'avais fini par laisser tomber quand je m'installai sur la table d'examen.

J'observai la sang-pur qui se dirigea vers une paillasse, sur laquelle elle farfouilla pendant quelques secondes. Quand elle se retourna, elle donnait une chiquenaude dans l'aiguille d'une seringue remplie.

J'écarquillai les yeux.

— Hé… qu'est-ce que c'est ?

— Relève ta manche, je te prie.

Je m'exécutai avec méfiance.

— Mais qu'est-ce que vous allez m'injecter… *Aïe !*

Je ressentis une vive brûlure dans le haut du bras, là où elle m'avait piquée.

— Ça fait mal !

Ses lèvres s'incurvèrent en un semblant de sourire, mais sa voix exprimait du dégoût quand elle reprit la parole.

— Tu recevras une dose de rappel dans six mois. Durant les prochaines quarante-huit heures, essaie de t'abstenir de relations sexuelles non protégées.

« Essaie de t'abstenir » ? Comme si j'avais des pulsions animales incontrôlables et que je sautais sur tous les sang-mêlé que je croisais !

— Je ne suis pas nymphomane, madame.

La pure me tourna le dos et je compris que j'étais congédiée. Je sautai de la table en rabattant ma manche. Comment avais-je pu oublier le programme obligatoire de contrôle des naissances que le Covenant imposait aux filles sang-mêlé ? Les produits de l'accouplement de deux sang-mêlé n'étaient que de simples mortels, sans aucune utilité pour les purs. Ça ne m'avait jamais dérangée, car je doutais que j'éprouverais un jour un désir d'enfant. Mais cette pure aurait pu me prévenir avant de m'injecter son contraceptif.

Quand je regagnai la salle de combat, Aiden remarqua que je me frottais le bras, mais je ne lui fournis pas d'explication. Nous enchaînâmes ensuite avec un autre de mes exercices préférés : me relever sans l'aide des mains après une projection.

Et là encore, j'étais totalement nulle.

À la fin de notre session, les muscles de mon dos étaient en charpie et j'avais l'impression que l'on m'avait boxé les cuisses. En voyant ma raideur pour ranger les tapis, Aiden prit le relais.

— Ce sera bientôt plus facile.

Il releva la tête alors que j'avançais en boitillant vers l'endroit où il empilait les tapis.

— Ton corps va retrouver ses habitudes.

— J'espère.

— Tu es dispensée de musculation pour quelques jours.

Je l'aurais embrassé.

— Mais pas des étirements en fin de journée. Ça t'aidera à assouplir tes muscles et à réduire les courbatures.

Je le suivis jusqu'à la porte. C'était sans doute un bon conseil. Une fois sortie de la salle de combat, j'attendis qu'il referme les deux battants derrière nous.

— Demain, nous travaillerons encore les sauts. Puis nous passerons aux blocages.

Sur le point de lui faire remarquer que j'avais déjà appris plusieurs techniques, je me rappelai la facilité avec laquelle le démon m'avait mordue en Géorgie. Je portai la main à mon épaule, caressant la cicatrice irrégulière.

— Ça va ?

Je laissai retomber mon bras et acquiesçai.

— Oui.

Comme s'il lisait dans mes pensées, il s'approcha de moi et repoussa mon épaisse queue-de-cheval. Ce simple effleurement me fit frissonner.

— Ce n'est pas vilain. Bientôt, il n'y paraîtra plus.

— J'aurai une cicatrice… j'en ai déjà une.

— Certains considèrent ces cicatrices comme des trophées.

— Vraiment ?

Aiden hocha la tête.

— Oui. C'est la preuve de ta force et de ta bravoure. Il n'y a pas de quoi en avoir honte.

— Bien sûr.

Je m'efforçai de lui sourire.

Je lus dans ses yeux qu'il n'était pas dupe, mais il n'insista pas, et je regagnai ma chambre en traînant la jambe. Caleb m'attendait devant la porte, chargé de sacs et l'air un peu nerveux.

— Caleb, il ne fallait pas. Et tu vas te faire remonter les bretelles si on te trouve ici.

— Fais-moi vite entrer dans ta chambre avant que je me fasse choper. Et pas de souci pour les courses. J'ai demandé à des filles super canon de faire les essayages et, tu peux me croire, j'y ai aussi trouvé mon compte.

Je boitillai jusqu'au canapé, sur lequel je me laissai tomber avec un grognement.

— Merci. Je te revaudrai ça.

Il se lança ensuite dans un compte rendu détaillé de tout ce que j'avais raté au Covenant durant mon « absence » – c'est ainsi que je nommais désormais cette période – tandis que je déballais plusieurs jeans, des robes et des shorts qui n'avaient aucune chance de correspondre aux codes vestimentaires de l'académie. Je secouai la tête d'un air dubitatif. Où étais-je censée porter tous ces trucs ? Au coin d'une rue, pour faire le trottoir ?

Apparemment, rien n'avait changé. Tout le monde faisait toujours le mur et fricotait avec tout le monde. Léa avait réussi à dresser deux ou trois garçons les uns contre les autres pour le privilège de s'agiter entre ses jambes. Jackson semblait tenir la corde d'après ce que j'avais vu la veille. Deux sang-mêlé de la promo juste avant la nôtre, Rosalie et Nathaniel, avaient obtenu leur diplôme et étaient à présent des Sentinelles. J'étais verte de jalousie. Après mon entraînement d'aujourd'hui, je doutais qu'Aiden pense toujours que j'avais du potentiel.

Luke, un sang-mêlé de mes amis, avait fait son coming out l'année précédente. Ce n'était pourtant pas une grande affaire ici d'être gay ou bisexuel. Nous étions les enfants d'une bande de dieux obsédés par le sexe qui n'étaient pas très regardants sur le choix de leurs partenaires, et rien ne nous choquait vraiment.

Il semblait que j'étais la dernière vierge dans le lot. Je poussai un soupir.

— C'était si terrible que ça, ton entraînement ?

— Je crois que j'ai le dos brisé.

Mon ton pince-sans-rire parut l'amuser.

— Tu n'as pas le dos brisé. Tu manques juste... de pratique. Dans quelques jours, c'est toi qui mettras une raclée à Aiden.

— Ça m'étonnerait.

— Qu'est-ce qu'il voulait hier soir ? Honnêtement, je flippe qu'il débarque à l'improviste et me passe un savon parce que je suis dans ta chambre.

— Si tu as peur de lui, tu n'as qu'à t'en aller.

Il prétendit ne pas avoir entendu.

— Alors, qu'est-ce qu'il voulait ?

— Je crois que Léa m'a dénoncée. Aiden était au courant de notre altercation dans la salle de jeux. Il ne m'a pas vraiment engueulée, mais je me serais bien passée de son sermon.

— C'est une garce, celle-là.

Il s'assit au fond de son siège et se passa la main dans les cheveux.

— On devrait lui cramer les sourcils, ou un truc du genre. Je suis sûr que Zarak serait partant.

J'éclatai de rire.

— Pas sûre que ça soit bon pour moi.

— Tu sais, je suis sorti avec elle...

— Quoi ? m'écriai-je en manquant tomber du canapé, ce qui réveilla mes muscles endoloris. Ne me dis pas que tu as couché avec Léa ?

Il haussa les épaules.

— Je m'ennuyais et elle était libre. Ce n'est pas un mauvais coup...

Dégoûtée, je lui jetai un coussin pour le faire taire.

— Je ne veux pas le savoir. Je vais faire comme si tu ne m'avais rien dit.

Il sourit d'un air malicieux.

— En tout cas, si c'est elle qui t'a dénoncée, c'est qu'elle a l'intention de t'attirer des ennuis.

Je me rallongeai sur le canapé, songeant à ceux qui étaient également présents lors de notre altercation.

— Je n'en sais rien. C'est peut-être cette pure qui était avec nous ?

— Théa ?

Il secoua la tête.

— Ce n'est pas son genre.

— Qu'est-ce qu'elle fait ici, d'ailleurs ?

C'était inhabituel pour une sang-pur de rester au Covenant pendant l'été.

À la fin de l'année scolaire, ils partaient généralement en vacances avec leurs parents – voyages à l'étranger ou d'autres trucs qui coûtaient une blinde. Des trucs géniaux et hyper cool. Ils étaient, bien évidemment, accompagnés par des Gardiens dans leurs tribulations au cas où ça aurait donné des idées à un démon.

— Ses parents sont membres du Conseil et n'ont pas le temps de s'occuper d'elle. Elle est vraiment sympa, mais plutôt réservée. Je crois qu'elle craque pour Deacon.

— Deacon, tu veux dire le frère d'Aiden ?

— Ouais.

Je sentais qu'il y avait autre chose.

— Où est le problème ? Ce sont tous les deux des purs.

Caleb me regarda en haussant un sourcil, puis parut se rappeler que je n'étais pas là ces trois dernières années.

— Deacon a sa réputation.

— OK.

Je m'efforçai de détendre mes dorsaux, qui s'étaient soudainement noués.

— Et Théa a la sienne. Disons qu'elle pourrait concourir pour le prix de la chasteté.

Toujours bon de savoir que je n'étais pas la seule vierge.

— Et alors ?

— Deacon, de son côté, est plutôt… hum, comment dire ça gentiment ?

Il s'interrompit, l'air songeur.

— Deacon tient plutôt de Zeus… si tu vois ce que je veux dire.

— Eh bien… les opposés s'attirent, c'est bien connu.

— Mais *ce genre* d'opposés, ça ne peut pas marcher.

Je haussai les épaules, terminant par une grimace.

— J'ai failli oublier. Tu ne devineras jamais ce que j'ai entendu en ville aujourd'hui. L'une des vendeuses était en train de potiner pendant que j'étais à la caisse, sans se soucier de qui pouvait l'entendre – oh, et elle a dû me prendre pour un travesti.

Je pouffai poliment.

Il étrécit les yeux devant mon manque d'intérêt.

— Passons. Tu te souviens de Kélia Lothos ?

Je poussai les lèvres en avant. Kélia Lothos… ce nom m'était familier.

— Ce n'était pas une Gardienne du Covenant ?

— C'est ça. Elle a une dizaine d'années de plus que nous. Et un nouveau petit ami.

— Cool pour elle.

— Attends la suite, Alex. Il s'appelle Hector – je ne me souviens plus de son nom de famille. Mais c'est un pur d'une autre communauté.

Il marqua un temps d'arrêt, guettant ma réaction.

Je tripotai machinalement ma queue-de-cheval. Où voulait-il en venir ?

— C'est un sang-pur ! s'exclama-t-il en écartant les mains. C'est interdit. Tu as oublié ?

J'ouvris de grands yeux médusés.

— Mince, ça craint.

Il opina du chef et ses cheveux blonds lui tombèrent dans les yeux.

— Tu peux croire ça ?

Nous n'avions pas le droit d'entretenir une relation intime de quelque nature que ce soit avec un pur et cette règle nous était inculquée depuis notre naissance. La plupart des sang-mêlé ne la remettaient pas en question, mais il fallait bien dire que nous étions habitués à courber le dos. L'obéissance était enracinée en nous depuis les origines.

Je cherchai une position plus confortable sur le canapé.

— Qu'est-ce qu'il va arriver à Kélia, à ton avis ?

Caleb poussa un grognement de mépris.

— Ils vont sans doute la mettre à pied et l'envoyer en servitude dans l'une de leurs maisons.

Cela m'inspira de la colère et beaucoup d'aigreur.

— Et Hector se fera taper sur les doigts. Où est la justice, là-dedans ?

Il me lança un regard étrange.

— Il n'y en a pas, mais c'est comme ça.

— C'est nul.

Je sentis un muscle se contracter dans ma mâchoire.

— Qui ça gêne qu'un sang-mêlé et un sang-pur se mettent ensemble ? Est-ce si grave que Kélia doive tout perdre ?

Caleb ouvrit de grands yeux étonnés.

— C'est comme ça depuis toujours, Alex. Et tu le sais.

Je croisai les bras, sans trop savoir moi-même pourquoi cette information me mettait dans un tel état. Les choses en allaient ainsi depuis une éternité, mais ça me paraissait très injuste.

— Ce n'est pas normal, Caleb. Kélia va se retrouver ni plus ni moins en esclavage, juste parce qu'elle est sortie avec un pur.

Il ne répondit pas tout de suite, puis son regard se verrouilla sur moi.

— Ta réaction est-elle liée au fait que ton nouvel entraîneur personnel se trouve être le pur qui fait tourner la tête de toutes les filles ?

Je grimaçai.

— Absolument pas... tu es fou, ou quoi ? Il va surtout finir par me massacrer.

Je m'interrompis pour me caler dans les coussins.

— Je crois que c'est ce qu'il a prévu.

— Si tu le dis.

Tout en allongeant mes jambes, je lui lançai un regard pénétrant.

— Tu oublies que je viens de passer trois ans dehors dans le monde des mortels – un monde où les purs et les sang-mêlé n'existent même pas. Personne ne vérifie son héritage divin avant de sortir avec quelqu'un.

Son regard se perdit dans le vague pendant quelques instants.

— Comment c'était ?

— De quoi tu parles ?

Caleb tambourinait des doigts sur le bord de sa chaise.

— D'être dehors, loin de... tout ça ?

— Oh.

Je me relevai sur un coude. La plupart des sang-mêlé ne connaissaient pas le monde extérieur. Bien sûr, il leur arrivait de s'y fondre – c'était bien le mot – mais ils n'en faisaient pas partie, à aucun moment. Pas plus que les purs. Le monde des mortels nous paraissait violent, un lieu où les démons n'étaient pas le seul danger dont il fallait se protéger.

Certes, nous avions aussi nos cinglés. Les garçons pour qui le mot « non » n'était pas dans le dictionnaire, les filles qui vous poignardaient dans le dos et les gens prêts à *tout* pour obtenir ce qu'ils voulaient. Mais rien de comparable au monde des mortels, et je ne savais pas si c'était un bien ou un mal.

— Disons que c'est autre chose. Il y a beaucoup de gens très différents. Et j'avais plus ou moins réussi à m'intégrer.

Caleb m'écouta parler de la vie dehors avec beaucoup trop d'enthousiasme pour son bien. Chaque fois que nous déménagions, ma mère avait dû se servir de sorts de compulsion pour m'inscrire à l'école sans mon dossier. Il montra également beaucoup trop d'intérêt pour le système scolaire des mortels, qui différait beaucoup de celui du Covenant. Ici, le gros de nos journées était consacré aux combats. Dans le monde des mortels, je passais presque tout mon temps à regarder un tableau noir.

Ce n'était pas forcément bon d'éprouver de la curiosité pour le monde extérieur. Le plus souvent, cela finissait par une fugue. Ma mère et moi y étions restées plus longtemps que la plupart de ceux qui s'y étaient aventurés. Le Covenant retrouvait toujours ceux qui tentaient de vivre parmi les mortels.

Pour nous, ils étaient seulement arrivés trop tard.

Caleb m'observait, la tête penchée sur le côté.

— Comment ça va depuis ton retour ?

Je me rallongeai sur les coussins, contemplant le plafond.

— Bien.

— Sérieux ?

Il se leva.

— Tu as quand même traversé des moments difficiles.

— Oui, ça va.

Il me rejoignit sur le canapé, me faisant presque rouler sur le côté.

— Aïe.

— Alex, tout ce qui est arrivé, ça ne peut pas te laisser indifférente. À ta place, ça m'aurait fait un choc.

Je fermai les yeux.

— Caleb, merci de t'inquiéter pour moi, mais tu es pratiquement assis sur moi.

Il se poussa, mais resta à côté de moi.

— Tu ne veux pas m'en parler ?

— Écoute, je te dis que ça va. Pas que ça ne m'a rien fait.

Quand je rouvris les yeux, il m'étudiait, attendant une réponse.

— D'accord. Ça m'a fait un choc. Tu es content ?

— Évidemment, non.

Je n'avais jamais été douée pour parler de mes sentiments. Par les enfers, je n'étais même pas capable d'y *penser*. Mais Caleb ne semblait pas avoir l'intention de bouger.

— Je... J'essaie de ne pas y penser. C'est mieux comme ça.

Il fronça les sourcils.

— Ah ouais ? Dois-je te rappeler les bases de la psychologie ? Ce n'est pas bon pour toi de refouler tout ça.

Je poussai un grognement.

— Je hais tout ce bla-bla de psychologue, alors je t'en prie, tu ne vas pas t'y mettre aussi.

— Alex ?

Je me redressai en position assise, malgré les protestations des muscles de mon dos, et le poussai du canapé. Il reprit facilement son équilibre.

— Qu'est-ce que tu veux que je te dise ? Que ma mère me manque ? Oui. Elle me manque. Que ça craint de se faire mordre par un démon ? Oui, ça craint. Que c'était cool de combattre des démons et de penser que j'allais crever ? Non. Ce n'était pas cool. C'était vraiment très nul *aussi*.

Il hocha lentement la tête, acceptant ma tirade.

— Est-ce que tu as pu organiser des funérailles pour elle, ou quelque chose ?

— C'est une question idiote, Caleb.

Je repoussai les cheveux qui s'étaient échappés de ma queue-de-cheval.

— Je n'ai pas eu le temps. Après que je venais de tuer le premier démon, un autre est arrivé et je me suis enfuie.

Il blêmit.

— Est-ce que quelqu'un est allé récupérer son corps ?

J'eus un mouvement de recul.

— Je n'en sais rien. Je n'ai pas demandé.

Il avait l'air de cogiter.

— Ça t'aiderait peut-être d'organiser une cérémonie. Tu sais, une petite réunion intime pour se souvenir d'elle.

Je le fusillai du regard.

— Nous n'organiserons pas de cérémonie. Je suis sérieuse. Si jamais tu y songes, je t'en collerai une, quitte à me faire exclure.

Des funérailles m'obligeraient à regarder sa mort en face. Le mur – le bouclier rigide dont je m'étais entourée – se fissurerait et je... ne pourrais pas le supporter.

— D'accord. D'accord.

Il leva les deux mains en geste d'apaisement.

— Je me disais juste que ça te permettrait de faire ton deuil.

— J'ai fait mon deuil. Elle est morte sous mes yeux.

C'est lui qui eut un mouvement de recul cette fois-ci.

— Alex... Je suis vraiment désolé. Par les dieux, je ne sais pas ce que tu as dû ressentir. Je n'ose même pas l'imaginer.

Il fit un mouvement vers moi, comme pour me prendre dans ses bras, mais je l'arrêtai d'un geste. Il parut finalement comprendre que je ne voulais plus en parler et revint en terrain plus sûr en me racontant d'autres potins et les micmacs qui se tramaient au Covenant.

Quand il finit par repartir en catimini du dortoir des filles, je ne bougeai pas de mon canapé. J'aurais dû commencer à avoir faim ou envie de voir des amis, mais non. La discussion que nous venions d'avoir, à propos de ma mère, était toujours présente à mon esprit comme une plaie béante. Je m'efforçai de me concentrer sur les ragots qu'il m'avait rapportés. Je pensai même au corps de Jackson, qui était devenu un sacré beau gosse... et de Caleb, qui avait pris du muscle ces trois dernières années... mais ces images furent vite remplacées par les biceps d'Aiden.

Et ça, ça n'allait pas *du tout*.

Je me rallongeai sur les coussins, les yeux de nouveau braqués sur le plafond. Tout allait bien pour moi. Très bien, même. J'étais mille fois mieux au Covenant que dehors dans le monde des mortels ou que dans la maison d'un pur à récurer les toilettes. Je me frottai les yeux en faisant la grimace. Tout allait bien pour moi.

Il le faudrait bien.

Chapitre 6

J'avais envie de me rouler en boule dans un coin et de mourir.

— Voilà, approuva Aiden alors que je déviais l'une de ses frappes. Sers-toi de ton avant-bras. Tes déplacements doivent être pensés.

Pensés ? Et si je me déplaçais vers un endroit où m'allonger ? Ça, je voulais bien y penser. Aiden passa à l'attaque et je parai son coup de poing. Oui, pour ça, j'étais douée. Il tourna ensuite sur lui-même et pour quelqu'un d'aussi immense il bougeait son grand corps comme un ninja.

Son talon pénétra ma garde et s'écrasa contre mes côtes, ce que mon cerveau enregistra à peine. Mon échelle de douleur avait changé. J'avais fini par m'habituer à ces coups de poignard fulgurants et aux élancements qui suivaient. J'inspirai lentement, m'efforçant de respirer malgré la douleur. « Les sang-mêlé restent impassibles face à l'ennemi. » Je me souvenais au moins de ça.

Aiden se redressa, le visage marqué par l'inquiétude.

— Ça va ?

Je serrai les dents.

— Oui.

Il s'approcha de moi d'un air dubitatif.

— Je n'ai pas retenu mon coup, Alex. C'est normal que ça fasse mal. On va faire une pause.

— Non.

Je fis quelques pas pour dissiper la douleur.

— Ça va. On recommence.

Et nous reprîmes le combat. Encaisser quelques coups valait mille fois mieux que faire des tours de piste comme la veille ou que de passer un après-midi entier dans la salle de musculation. C'était ce que j'avais récolté quand je m'étais plainte de douleurs au dos et dans les côtes la dernière fois. Aiden me montra plusieurs techniques de blocage qu'un gamin de dix ans aurait pu maîtriser tandis que j'étudiais ses mouvements jusqu'à l'obsession. Au cours des jours précédents, j'avais pris une conscience aiguë de mon retard phénoménal et je n'en revenais pas moi-même d'avoir été capable de tuer deux démons.

Je ne parvenais même pas à bloquer la plupart des coups de pied d'Aiden.

— Observe-moi.

Il décrivait des cercles autour de moi, le corps tendu.

— Il y a toujours un détail qui trahira mon prochain mouvement. Un muscle qui frémit, un regard, il y aura toujours quelque chose. Quand un démon attaque, c'est pareil.

J'acquiesçai et je me mis en garde. Aiden frappa du tranchant de la main. Je déviai son bras, puis l'autre. Ses membres supérieurs ne me posaient pas de problèmes, contrairement à ses jambes – ses coups de pied circulaires étaient redoutablement rapides. Cette fois, pourtant, je vis ses yeux s'arrêter sur ma taille.

Je pivotai sur mon pied d'appui pour absorber la frappe et parai d'un balayage du bras impeccable… une seconde trop tard. Son pied entra en contact avec mon dos déjà meurtri. Je me pliai aussitôt en deux, agrippant mes genoux tout en respirant lentement à fond.

Aiden fut immédiatement auprès de moi.

— Alex ?

— Ça... fait mal.

— Si ça peut te soulager un peu, tu as presque réussi cette fois.

Relevant la tête, je laissai échapper un rire bref en voyant son sourire en coin.

— Contente que tu le dises.

Il s'apprêtait à répliquer, mais son sourire s'effaça et il me lança un avertissement à voix basse.

— Alex. Relève-toi.

Mon dos n'était pas d'accord, mais je vis alors Marcus sur le pas de la porte et compris l'urgence de son ordre. Je ne devais pas me montrer à mon désavantage.

Marcus s'adossa au chambranle, les bras croisés.

— Je me demandais comment se déroulait l'entraînement. Apparemment, comme prévu.

Aïe. Je respirai un grand coup.

— Tu as peut-être envie de me tester toi-même ?

Marcus haussa les sourcils en souriant, mais Aiden posa la main sur mon bras.

— Ne fais pas ça.

Je me dégageai. J'étais sûre d'avoir le dessus contre mon oncle. Avec ses cheveux bien coiffés et son pantalon de ville parfaitement repassé, on aurait dit une publicité pour un yacht-club.

— Je te prends si tu veux, proposai-je à nouveau, souriant de toutes mes dents.

— Alex, je te dis de ne pas faire ça. C'est une ancienne...

Marcus s'avança dans la salle.

— Ça va, Aiden. Je n'ai pas l'habitude de relever des défis aussi ridicules, mais je me sens l'âme charitable aujourd'hui.

Je ricanai.

— Charitable ?

— Marcus, ce n'est pas une bonne idée.

Aiden s'interposa devant moi.

— Elle commence tout juste à bloquer correctement les coups.

Je regardai Aiden d'un air dégoûté. *Merci pour le soutien, mec.* Mon ego blessé se réveilla et je le contournai.

— Je crois que je m'en sortirai.

Marcus éclata de rire, la tête rejetée en arrière, mais Aiden semblait trouver la situation beaucoup moins drôle.

— Alex, je te dis de ne pas faire ça. Tais-toi et écoute-moi.

Je tournai vers lui des yeux innocents.

— Faire quoi ?

— Non. Elle dit qu'elle s'en sortira, Aiden. Voyons ce qu'elle a appris. Puisqu'elle me défie, j'imagine qu'elle est prête.

Je posai les mains sur mes hanches.

— Je ne sais pas. Je m'en voudrais d'amocher un vieillard.

Le regard émeraude de Marcus se verrouilla sur moi.

— Attaque-moi.

— Quoi ?

Il parut étonné, puis claqua des doigts.

— Où avais-je la tête ! Tu n'as pas encore travaillé les techniques offensives. C'est donc moi qui prendrai l'initiative. Tu maîtrises au moins les blocages ?

Marcus savait ce qu'était un blocage ? Déplaçant mon centre de gravité, je regardai Aiden, qui ne semblait pas content du tout.

— Ouais.

— Dans ce cas, tu dois être capable de te défendre.

Marcus marqua une pause et son sourire s'effaça.

— Imagine que je suis un ennemi, Alexandria.

— Oh, ça ne sera pas trop difficile, *Doyen Andros*.

Levant les mains, je lui fis signe que je l'attendais. Une vraie dure à cuire.

Sans autre avertissement qu'un frémissement du biceps, Marcus passa à l'attaque. Je levai le bras comme Aiden me l'avait appris et parai son direct. Je ne pus réprimer un grand sourire quand je déviai un autre puissant coup de poing. Je ne quittai pas mon oncle des yeux tandis qu'il se redressait et se préparait à frapper de nouveau.

— Recule.

La voix d'Aiden me parvint du bord des tapis, sourde et rauque.

— Tu es trop près.

Je m'avançai encore, bloquant de nouveau une frappe de Marcus, et je devins arrogante.

— Il va falloir être plus rapide...

Mais au lieu d'un bon vieux coup de pied circulaire comme je m'y attendais, Marcus m'attrapa le bras et le tordit. En même temps qu'il me faisait pivoter contre lui, il abattit l'autre bras sur mon cou dans un étranglement brutal.

Mon cœur cognait contre mes côtes. Le moindre mouvement ne faisait que rendre ma position encore plus inconfortable. En une poignée de secondes, il m'avait neutralisée. Dans n'importe quelle autre situation, c'est-à-dire si mon oncle ne m'avait pas tenue à sa merci, j'aurais loué sa rapidité.

Il inclina la tête, ses lèvres contre mon oreille.

— Et maintenant, imagine que je sois un démon. Que se passerait-il ensuite, à ton avis ?

Serrant les dents, je refusai de répondre.

— Alexandria, je t'ai posé une question. Que se passerait-il si j'étais un démon ?

Il durcit sa clé sur mon bras.

Mon regard croisa celui d'Aiden. Son visage exprimait une colère impuissante à la vision de cette scène. Je vis qu'il avait envie d'intervenir, tout en sachant qu'il ne le pouvait pas.

— Dois-je te la reposer ? me demanda Marcus.

— Non ! Je serais... morte.

— Oui. Tu serais morte.

Marcus me relâcha et je trébuchai en avant. Il me dépassa, s'adressant à Aiden.

— Si tu as le moindre espoir qu'elle soit prête pour la rentrée, tu vas devoir travailler son attitude et t'assurer qu'elle suit tes instructions. Si elle continue comme ça, elle est certaine d'échouer.

Sans me quitter des yeux une seule seconde, Aiden hocha brièvement la tête pour toute réponse.

Je trépignai de rage en silence jusqu'à ce que Marcus soit parti.

— Qu'est-ce que je lui ai fait, par les enfers ? m'écriai-je en me massant machinalement le cou. Il aurait pu me casser le bras !

— S'il avait voulu te casser le bras, il l'aurait fait. Je t'avais dit de te taire, Alex. À quoi t'attendais-tu ? Tu croyais que Marcus était un de ces sang-pur sans défense qui ont besoin qu'on les protège ?

Sa voix dégoulinait de sarcasme.

— C'est pourtant à ça qu'il ressemble ! Comment pouvais-je deviner qu'il se prenait pour Rambo ?

Aiden marcha sur moi à grandes enjambées et me prit le menton.

— Tu aurais dû le comprendre quand je t'ai dit de ne pas le provoquer. Mais tu l'as fait quand même. Tu ne m'as pas écouté. C'est une ancienne Sentinelle, Alex.

— Quoi ? Marcus était une Sentinelle ? Je l'ignorais !

— J'ai tenté de te le dire.

Aiden ferma les yeux et me lâcha le menton, puis il s'éloigna à grands pas, la main dans les cheveux.

— Marcus a raison. Tu ne seras jamais prête à la rentrée si tu ne m'écoutes pas.

Il soupira.

— C'est précisément pour cette raison que je ne pourrais jamais être un Instructeur ou un Mentor. Je n'ai pas la patience pour ces sottises.

C'était l'un de ces moments où je savais que j'aurais dû faire profil bas, mais c'était au-dessus de mes forces. Ivre de colère, je le suivis.

— Je t'écoute !

Il fit brusquement volte-face.

— Quand est-ce que tu m'as écouté, Alex ? Je t'ai explicitement dit de ne pas le provoquer. Si tu es incapable de m'écouter, qui peut s'attendre – Marcus en premier lieu – à ce que tu écoutes tes Instructeurs à la rentrée ?

Je savais qu'il avait raison, mais j'étais trop vexée et trop furieuse pour l'admettre.

— C'est parce qu'il ne m'aime pas qu'il a fait ça.

Aiden laissa échapper un grognement excédé.

— La question n'est pas de savoir si Marcus t'aime ou pas, Alex. Le problème, c'est que tu n'écoutes pas ce qu'on te dit ! Tu as passé trop de temps dehors où tu pouvais te défendre facilement, mais tu n'es plus dans le monde des mortels.

— Je le sais bien. Je ne suis pas stupide !

— Ah non ?

Il était en colère et ses yeux lançaient des éclairs argentés.

— Tu es en retard sur tous les élèves du Covenant. Même les sang-pur qui arriveront à la rentrée sauront se défendre. Tu veux toujours devenir une Sentinelle ? Après ce que tu m'as montré aujourd'hui, je ne le crois pas. Tu sais ce qui caractérise une Sentinelle ? La discipline, Alex.

Je sentis mes joues s'enflammer et les larmes me monter aux yeux. Je battis des paupières pour les refouler et détournai la tête.

Aiden jura entre ses dents.

— Je... Mon intention n'est pas de te mettre mal à l'aise, Alex. Je me contente d'exposer les faits. Cela ne fait qu'une semaine que nous nous entraînons et tu as encore un long chemin à parcourir. Il faut que tu m'écoutes.

Une fois certaine que je n'allais pas fondre en larmes, je lui fis de nouveau face.

— Pourquoi as-tu pris ma défense ? Quand Marcus était prêt à me livrer à Lucien ?

Aiden détourna les yeux, le visage sombre.

— Parce que tu as du potentiel et que nous ne pouvons pas nous permettre de le gâcher.

— Si je... n'avais pas été absente aussi longtemps, je sais que je serais bonne.

Il me regarda de nouveau, le gris de ses prunelles s'étant adouci.

— Je sais, mais tu as pris beaucoup de retard. Nous devons maintenant le rattraper. Te battre avec ton oncle ne te servira à rien.

Mes épaules s'affaissèrent et je détournai la tête.

— Il me hait. C'est la vérité.

— Alex, il ne te hait pas.

— Oh si, je suis sûre qu'il me déteste. C'est la première fois que je le revois depuis mon arrivée, et tout ce qu'il voulait, c'était prouver que je ne suis bonne à rien. C'est clair qu'il ne veut pas que je reprenne ma formation.

— Ce n'est pas vrai.

Je plongeai mes yeux dans les siens.

— Tu crois ça ? Qu'est-ce qu'il veut, alors ?

Aiden ouvrit la bouche, mais la referma aussitôt.

— Voilà. Exactement.

Il resta silencieux pendant quelques instants.

— Vous étiez proches, tous les deux ?

J'éructai un rire bref.

— Tu veux dire avant ? Non. Je le voyais seulement quand il venait rendre visite à ma mère. Il ne s'est jamais intéressé à moi. Et j'ai toujours pensé qu'il était un de ces purs qui n'aiment pas beaucoup... les gens comme moi.

Il y avait beaucoup de sang-pur qui méprisaient les sang-mêlé, qu'ils considéraient comme des citoyens de seconde zone. Ils avaient besoin de nous, mais malgré cela, à leurs yeux, nous n'étions pas comme eux.

— Marcus n'a jamais pensé ça des... sang-mêlé.

Je haussai les épaules, soudain fatiguée de parler.

— Alors, c'est juste moi.

Je relevai la tête et m'efforçai de lui sourire.

— Bon... tu veux bien me montrer ce que j'ai fait de travers ?

— Quelle partie ?

Sa bouche se crispa.

— Tout ?

Il finit par sourire aussi, mais les plaisanteries que nous échangions d'habitude pendant nos séances d'entraînement étaient absentes. Ses instructions directes et formelles disaient assez que je l'avais déçu. Mais qu'est-ce que j'aurais pu faire ? Je ne pouvais pas deviner que Marcus était Chuck Norris. Je m'étais laissé emporter, rien de plus. Pourquoi donc avais-je l'impression d'être une catastrophe ambulante ?

Une fois l'entraînement terminé, ce sentiment ne m'avait pas quittée. Et je l'éprouvais toujours quand Caleb frappa à ma porte quelques heures plus tard.

Je le fis entrer en fronçant les sourcils.

— Tu deviens vraiment doué pour t'introduire en douce dans le dortoir des filles, Caleb.

Il me gratifia d'un petit sourire fanfaron, qui disparut quand il avisa mes vêtements maculés de sueur.

— C'est la fête chez Zarak, ce soir. Tu l'avais oubliée ?

— Zut. Oui.

Je refermai la porte d'un coup de pied.

— Ben, dépêche-toi de t'habiller. On est déjà en retard.

J'avais presque envie de lui dire que je n'étais pas d'humeur, mais l'idée de bouder toute seule dans ma chambre n'était guère réjouissante. Je méritais bien de m'amuser un peu après la journée de merde que je venais de passer, surtout que ni Aiden ni Marcus ne le sauraient.

— Il faut d'abord que je prenne une douche. Je n'en aurai pas pour longtemps. Fais comme chez toi.

— OK.

Il s'affala sur le canapé et ramassa la télécommande.

— Il y aura beaucoup de purs là-bas. Des gens qui ne t'ont pas vue depuis ton retour. Évidemment, ils savent que tu es revenue. Tout le monde ne parle que de ça.

Levant les yeux au ciel, j'ouvris la porte de la salle de bains et me débarrassai de mes vêtements. Je me fichais bien que Caleb puisse entrer. Cela reviendrait pour lui à voir sa sœur à poil et ça ne l'intéressait pas de me reluquer. En me contorsionnant devant le miroir, je notai que mon dos et mes flancs étaient semés de bleus. Pas beau à voir.

Caleb poursuivit la conversation depuis le salon.

— Léa et Jackson se sont disputés, quelque chose de bien, aujourd'hui. Sur la plage, devant tout le monde. C'était marrant à regarder.

Marrant ? Ça m'étonnerait. Après une douche rapide, je me séchai les cheveux pour leur donner un mouvement. Et maintenant, le choix de la tenue.

— Tu es bientôt prête ? Par les dieux, je commence à en avoir marre.

— Presque.

J'optai pour un jean et un tee-shirt. J'aurais préféré mettre cette petite robe noire indécente que Caleb avait choisie pour moi, mais elle était décolletée dans le dos et tous mes bleus seraient apparents.

Quand je revins au salon, Caleb se leva.

— T'es un canon dans cette tenue.

Je fis la grimace.

— Tu trouves ?

Il éclata de rire en se dirigeant vers la porte.

— Non.

Le temps de traverser le campus et de retrouver plusieurs autres sang-mêlé, le flot de paroles incessant de Caleb qui passait en revue tous ceux qui seraient à la soirée m'avait tirée de mon humeur maussade. Alors que nous traversions le pont menant sur l'île principale, je remarquai qu'il n'arrêtait pas de mater en douce l'une des filles qui nous avait rejoints. Je ne pensais plus du tout à mon entraînement au combat et à tout ce que j'avais manqué ces trois dernières années.

Nous passâmes les Gardiens sans aucune difficulté. Aucun d'eux ne me reconnut, et si c'était le cas, aucun ne prit la peine de me renvoyer dans ma chambre. Ils avaient l'habitude des allées et venues des élèves d'une île à l'autre, surtout pendant l'été.

— Waouh, souffla une fille à mi-voix tandis que nous longions les dunes. On dirait que la fête bat son plein.

Elle avait raison. Au détour du dernier virage, nous découvrîmes une foule dense de sang-pur et de sang-mêlé agglutinés autour de la grande villa sur la plage. Cela faisait une éternité que je n'étais pas venue chez Zarak. Comme Théa, ses parents étaient membres du Conseil et n'avaient pas le temps de s'occuper de leur fils au sang pur.

Avec cette vue imprenable sur l'océan, son crépi bleu pâle sur les murs et ses terrasses blanchies à la chaux, la villa des parents de Zarak ressemblait trait pour trait à la maison de ma mère. Je supposai que celle-ci existait toujours de l'autre côté de l'île. Un sentiment de nostalgie m'envahit. Je me revoyais petite fille, jouant sur le perron ou courant dans les dunes en riant aux éclats, et je revoyais ma mère qui me souriait. Elle souriait toujours.

— Hé.

Caleb s'approcha par-derrière.

— Ça va ?

— Oui.

Il me prit par les épaules et m'étreignit.

— Viens. Tu vas être une vraie rock star, ce soir. Tout le monde sera content de te voir.

En effet, tandis que j'avançais vers la villa, je me sentais comme une superstar. Partout où je tournais la tête des gens m'interpellaient ou se précipitaient sur moi pour me serrer dans leurs bras et me souhaiter la bienvenue. Pendant quelques instants, je me sentis comme une étrangère dans cette mer de visages familiers, mais on me glissa dans la main un gobelet en plastique qui fut aussitôt rempli et je me retrouvai bientôt dans le brouhaha chaleureux d'une réunion de vieux amis.

Je gravis les larges marches du perron, dans l'espoir de trouver Zarak à l'intérieur. C'était l'un de mes sang-pur préférés. Contournant deux sang-mêlé occupés à se bécoter sans lâcher leur gobelet de plastique rouge, ce qui était une sorte d'exploit, je me faufilai dans la cuisine moins bondée. Enfin, je repérai les cheveux dorés que je cherchais. Apparemment, il était en grande « conversation » avec une jolie blonde.

Je n'arrivais pas au meilleur moment, mais je ne pensais pas que Zarak m'en voudrait. Je lui avais sûrement manqué. Je m'approchai et lui tapai sur l'épaule. Le garçon prit son temps pour relever la tête et se retourner, puis une paire d'yeux gris absolument splendides rencontra les miens… Ce n'était pas ceux de Zarak.

Chapitre 7

Je reculai d'un pas. Je n'avais jamais vu ce garçon, mais quelque chose dans ses yeux et les traits de son visage me rappelait quelqu'un.

— Qu'est-ce que nous avons là ?

Il me salua d'un sourire nonchalant.

— Une sang-mêlé qui meurt d'envie de faire ma connaissance ?

Il se retourna vers la fille, puis de nouveau vers moi.

— Oh... Je t'ai pris pour quelqu'un d'autre. Désolée.

Une lueur d'amusement brilla dans ses yeux.

— Bah, j'ai peut-être été un peu présomptueux, alors ?

Je ne pus m'empêcher de sourire.

— Un peu, oui.

— Et toi aussi de me prendre pour quelqu'un d'autre. Tu le regrettes ?

Je secouai la tête.

— Bon, je ferais mieux de me présenter.

Il s'avança vers moi et s'inclina – littéralement – dans un salut formel.

— Je suis Deacon St. Delphi, et toi, qui es-tu ?

Ça me coupa carrément la chique. Honnêtement, j'aurais dû m'en douter à la seconde où j'avais vu ses yeux. Ils étaient pratiquement semblables à ceux d'Aiden.

Les lèvres de Deacon s'incurvèrent en un petit sourire ironique.

— Tu as entendu parler de moi, à ce que je vois.

— Oui, je connais ton frère.

Il haussa des sourcils surpris.

— Mon frère parfait connaît une sang-mêlé ? Voilà qui est intéressant. Comment t'appelles-tu ?

Visiblement vexée de ne plus être le centre de son attention, la fille derrière lui s'éclipsa en pestant. Je la suivis des yeux, mais il ne lui jeta pas un regard.

— Je m'appelle Alexandria Andros, mais...

— Mais tout le monde t'appelle Alex.

Deacon soupira.

— Oui. Moi aussi, j'ai entendu parler de toi.

Je bus une gorgée de ma boisson, l'observant pardessus le bord de mon gobelet.

— Ah. Je n'ose pas te demander comment.

Il gagna le comptoir, où se trouvait une bouteille dont il but une longue rasade.

— Tu es la fille que mon frère a cherchée partout pendant plusieurs mois et qu'il doit maintenant entraîner.

Mon sourire se fit amer.

— C'est une corvée ?

Il gloussa, faisant danser la bouteille qu'il retenait par le goulot entre ses doigts.

— Pour ma part, je ne demanderais pas mieux que de me retrouver en tête à tête avec toi, mais mon frère... disons qu'il apprécie rarement les plaisirs de la vie. Avec moi, par exemple. Il passe le plus clair de son temps libre à s'assurer que je me conduis en bon sang-pur au lieu de m'amuser. Maintenant... c'est *toi* qu'il va surveiller comme le lait sur le feu.

Qu'est-ce qu'il entendait par là ?

— Je ne crois pas que ton frère soit fou de moi en ce moment.

— Je pense que tu te trompes.

Il me proposa la bouteille, mais je déclinai son offre. Il se servit un verre et son sourire s'élargit.

— Je crois au contraire que mon frère s'intéresse beaucoup à toi.

— Qu'est-ce qui te...

Écartant la bouteille, il attrapa son verre et posa un doigt sur le bord. Des flammes en jaillirent aussitôt. Au bout d'une seconde, il les éteignit en soufflant dessus et le vida cul sec. Un autre Maître du Feu. Ça aussi, j'aurais dû m'en douter. L'affinité des purs avec les éléments était souvent héréditaire.

— Qu'est-ce qui me fait penser ça ?

Deacon se pencha vers moi comme pour me révéler un grand secret.

— Parce que je connais mon frère et que je sais qu'il ne se serait pas porté volontaire pour entraîner n'importe quelle sang-mêlé. La patience n'est pas au nombre de ses qualités.

Je fronçai les sourcils.

— Je le trouve très patient avec moi.

Sauf aujourd'hui, mais ça ne le regardait pas.

Deacon m'enveloppa d'un regard entendu.

— Tu veux que je développe ?

— Je crois que ce n'est pas la peine.

Il semblait amusé. M'entourant les épaules de son bras libre, il m'entraîna vers le perron et nous tombâmes nez à nez avec Léa et Éléna, la fille que j'avais rencontrée dans la salle de jeux le jour de mon arrivée. L'unique raison pour laquelle je me souvenais d'elle était sa coupe de cheveux ultra courte.

Je poussai un soupir.

Deacon me lança un regard en biais.

— Une de tes copines ?

— Pas vraiment, marmonnai-je.

— Salut, rouquine, susurra-t-il. Tu es très belle.

Je ne pouvais qu'en convenir. Léa était divine dans sa robe rouge hyper moulante qui épousait chaque courbe de son corps parfait. Cette fille était vraiment un canon – dommage qu'elle soit aussi une garce.

Elle me détailla, puis son regard glissa sur le bras de Deacon, toujours posé sur mes épaules.

— Par les dieux, dis-moi que tu as renversé ton verre sur ta chemise et que tu te sers d'elle pour cacher la tache. Parce que, Deacon, à ta place, je préférerais utiliser un poil de démon en guise de fil à dents que de parader avec une excroissance de ce genre à mon bras.

Deacon me regarda en haussant les sourcils.

— Je vois ce que tu veux dire.

Je lui jetai un regard indifférent.

Il se retourna vers Léa avec un sourire éclatant. Il avait même des fossettes, et j'étais sûre qu'Aiden aurait eu les mêmes s'il souriait vraiment.

— Quel dommage d'entendre des paroles aussi moches dans une si jolie bouche.

— Tu ne t'es pas toujours plaint de ce que faisait ma bouche, minauda Léa.

Je dévisageai Deacon, ébahie.

— Oh… waouh.

Il esquissa un demi-sourire sans répondre.

Je le plantai là et me dépêchai de rejoindre Caleb sur la véranda, où il y avait maintenant beaucoup moins de monde. Coulant un regard par-dessus mon épaule, je vis que Léa et Deacon s'éloignaient au fond de la pièce. Je tapotai l'épaule de Caleb.

— Dis donc, est-ce que j'ai raté quelque chose pendant mon absence ?

Caleb plissa le front.

— De quoi est-ce que tu parles ?

— Est-ce que Léa et Deacon jouent à touche-pipi ensemble ?

Il éclata de rire.

— Non, mais ils adorent faire comme si.

Je lui donnai une tape sur le bras.

— Ne te moque pas de moi. Et si les gens croyaient que c'était vrai ? Léa pourrait avoir de gros ennuis.

— Ils ne fricotent pas ensemble, Alex. Léa est une idiote, mais pas à ce point. Même s'ils essaient de changer les lois de la Hiérarchie du sang, aucun sang-mêlé de chez nous ne serait prêt à avoir une aventure avec un pur.

— Ils veulent abroger la Hiérarchie du sang ?

— Ils *essaient*. Le succès d'une telle entreprise, c'est une autre paire de manches.

Caleb ouvrit des yeux ronds en reconnaissant la voix qui venait de s'exprimer. Je pivotai sur moi-même et faillis lâcher mon gobelet. Kain Poros était assis sur la balustrade, vêtu de l'uniforme du Covenant.

— Qu'est-ce que tu fais ici ?

— Mission de surveillance, grommela Kain. Et je me fiche bien de ce que vous buvez, alors ne vous fatiguez pas à planquer vos verres.

Une fois revenue de ma surprise devant son attitude blasée à propos de l'alcool et des mineurs, je me fendis d'un sourire radieux.

— Alors, ils essaient d'abroger la Hiérarchie du sang ?

— Affirmatif, mais ils rencontrent une résistance farouche.

Il s'interrompit, tournant les yeux en direction d'un sang-mêlé qui s'approchait d'un peu trop près d'un feu de joie que quelqu'un venait d'allumer.

— Hé ! Oui ! Toi ! Recule immédiatement.

Caleb en profita pour glisser le bras derrière moi et poser discrètement son gobelet par terre.

— C'est nul d'appeler ça la Hiérarchie du sang. C'est tellement pompeux.

— Je suis d'accord, approuva Kain d'un hochement de tête. Mais c'est comme ça qu'on l'appelle depuis toujours.

Nous avions à présent un public.

— Quelqu'un peut me mettre au courant ? Qu'est-ce qu'ils veulent changer ?

— Une pétition circule pour demander le retrait de la loi de ségrégation, répondit un garçon aux cheveux bruns coupés en brosse avec un sourire sarcastique.

— Une pétition pour que les purs et les sang-mêlé puissent se mélanger ? Qui a lancé ça ?

Je n'en croyais pas mes oreilles.

Le sang-pur renifla avec mépris.

— Ne te fais pas d'illusions. Ça n'arrivera jamais. Le rapprochement des purs et des sang-mêlé n'est pas leur seule revendication. Le Conseil ne s'opposera pas aux dieux et il n'a certainement pas l'intention d'autoriser les sang-mêlé à siéger parmi ses membres. Il n'y a pas de quoi s'exciter.

L'envie de lui lancer le contenu de mon gobelet au visage me démangeait, mais Kain ne tolérerait sûrement pas ça.

— Qui es-tu ?

Il me fusilla du regard, n'appréciant manifestement pas mon ton.

— Ce serait plutôt à moi de te poser cette question, sang-mêlé.

Caleb s'interposa avant que je puisse répondre.

— Il s'appelle Cody Hale.

Sans tenir compte de son intervention, je toisai le sang-pur.

— Je devrais savoir qui tu es ?

— Lâche l'affaire, Alex.

Kain descendit de la balustrade, me rappelant ma place dans l'ordre des choses. Si Cody me demandait de sauter, je n'aurais qu'à m'exécuter. Un sang-mêlé ne devait jamais se montrer insolent avec un pur – en aucune circonstance.

— Quoi qu'il en soit, poursuivit Kain, j'ai entendu des membres du Conseil qui en parlaient. Les sang-mêlé du Covenant du Tennessee sont les plus actifs. Ils réclament des sièges au Conseil.

— Ça m'étonnerait qu'ils en obtiennent, dit Caleb.

— Sait-on jamais, répondit Kain. Il y a de fortes chances que le Conseil les reçoive en novembre, et il lâchera peut-être du lest.

J'écarquillai les yeux.

— Quand est-ce que ça a commencé ?

— Il y a environ un an, répondit Kain avec un haussement d'épaules. Ça a pris de l'ampleur depuis. Le Covenant du Dakota du Sud a suivi. C'est dans l'air du temps.

— Et ici et à New York ? demandai-je.

Caleb poussa un grognement.

— Alex, la ligue de la Caroline du Nord existe depuis l'Antiquité et le Haut Conseil est à New York. Ils ne démordront pas des anciens rites. C'est un autre monde. Ils sont férocement attachés aux traditions.

Je fronçai les sourcils, repensant à l'histoire que Caleb m'avait racontée.

— Si le mouvement a pris une telle ampleur, pourquoi est-ce qu'Hector et Kélia ont autant d'ennuis ?

— Parce que rien n'est fait et je crois que nos Magistrats veulent faire un exemple, répondit Kain, lèvres serrées.

— Ouais, une façon de nous remettre à notre place et de nous rappeler ce qui arrive quand on viole les règles.

Jackson se fraya un chemin à travers le petit groupe, souriant malgré la vérité déprimante qu'il venait d'énoncer.

— Oh, pour l'amour des dieux ! aboya Kain.

Pivotant sur lui-même, il dévala les marches du perron en direction de deux sang-mêlé qui essayaient de faire démarrer un buggy.

— Vous avez intérêt à mettre le plus de distance possible entre cet engin et vous avant que j'arrive. Oui ! Vous deux !

La discussion au sujet de la pétition mourut de sa belle mort tandis qu'une nouvelle tournée remplissait nos gobelets. Visiblement, à partir du troisième verre, on ne parlait plus politique. J'étais encore en train de cogiter à propos de la Hiérarchie du sang et ses implications quand Jackson vint s'asseoir à côté de moi sur la balancelle.

Je relevai la tête en souriant.

— Salut.

Il me gratifia d'un sourire charmeur.

— Est-ce que tu as vu Léa ?

— Tout le monde a vu Léa, gloussai-je.

Il ne semblait pas trouver ça aussi drôle que moi, mais ma petite vacherie eut deux conséquences. Jackson ne me lâcha plus pour le reste de la soirée et, quand Léa réapparut, son visage se marbra de rouge quand elle vit à quel point nous étions proches. Nous étions carrément collés serrés sur la balancelle. J'étais même pratiquement sur ses genoux.

Je levai mon gobelet à la santé de Léa.

Le regard mauvais qu'elle me lança en disait long. Avec une certaine satisfaction, je me tournai vers Jackson, un petit sourire ironique aux lèvres.

— Ta petite amie n'a pas l'air très contente.

— C'est comme ça depuis que tu es revenue.

Il fit courir un doigt le long de mon bras.

— C'est quoi, le truc entre vous deux, d'ailleurs ?

Entre Léa et moi, c'était une vieille histoire. Sans doute parce que nous aimions toutes les deux les conflits et la compétition, mais il y avait autre chose... que j'avais oublié. Je haussai les épaules.

— Va savoir...

Zarak finit par faire son apparition et fut très heureux de me voir. À son initiative et à celle de Cody, tout le monde s'était mis en tête de changer d'endroit. Le plan était de prendre les Porsche des parents pour descendre jusqu'à Myrtle Beach, en Caroline du Sud.

Occupée comme je l'étais avec Jackson, j'avais perdu Caleb, et je planquai mon gobelet encore à moitié plein derrière la balancelle. Je n'avais rien contre un peu d'euphorie, mais si je continuais à boire, je risquais de finir à plat ventre dans un fossé.

— Tu vas avec eux ?

Je regardai Jackson en fronçant les sourcils.

— Hein ?

Il se pencha sur moi en souriant et ses lèvres touchaient presque mon oreille quand il me répondit.

— À Myrtle Beach ?

— Oh.

Je balançai mes pieds.

— Je ne sais pas trop, ça a l'air plutôt cool.

Me prenant les deux mains, Jackson me fit lever.

— Zarak est sur le départ. On peut monter dans sa voiture.

J'avais dû zapper le moment où nous étions devenus inséparables, mais je ne protestai pas quand il m'entraîna sur les marches, puis sur la plage. Plusieurs des invités étaient déjà partis, et je vis Léa se glisser sur la banquette arrière avec Deacon. Où était passé Kain ? Je ne l'avais pas revu depuis l'incident du buggy.

Zarak s'installa au volant du seul autre véhicule – il semblait au moins en état de conduire. La fille que j'avais vue plus tôt avec Deacon prenait son temps pour décider laquelle des deux voitures lui semblait la plus cool.

Soudain lasse, je m'adossai au mur de la villa tandis que la fille papotait avec Léa. Jackson me rejoignit.

Je renversai la tête en arrière, goûtant avec plaisir la caresse de la brise tiède sur mon visage.

— Tu ne ferais pas mieux d'aller avec elle ?

Il jeta un coup d'œil par-dessus son épaule.

— Elle a visiblement d'autres plans.

— Pourtant, elle te regarde, lui fis-je remarquer.

Le visage de Léa était collé contre la vitre.

— Si ça lui fait plaisir.

Il se rapprocha encore avec un sourire malicieux.

— Elle a fait son choix, non ?

— J'imagine.

— J'ai fait le mien.

Jackson s'inclina vers moi pour m'embrasser.

J'aurais certainement adoré voir la tête de Léa me regardant échanger un baiser avec son petit ami, mais je me dérobai. Jackson entendait clairement rendre à Léa la monnaie de sa pièce et je n'avais pas envie de ça.

Il gloussa et tendit la main pour me rattraper par le bras et m'attirer vers lui.

— Tu vas m'obliger à te courir après ?

Ma petite soirée détente risquait de virer au mauvais trip si je continuais ce petit jeu-là. Je libérai mon bras avec un sourire forcé.

— Tu ferais mieux d'y aller. Zarak va partir sans toi.

Il tenta de nouveau de m'attraper, mais j'évitai ses mains baladeuses.

— Tu ne viens pas ?

Je secouai la tête.

— Non. Je crois que je vais aller me coucher.

— Je peux te tenir compagnie, si ça te dit. On pourrait finir la soirée chez moi ou dans la chambre de Zarak.

Mais il se dirigeait déjà à reculons vers la voiture.

— Je ne crois pas que ça le gênerait. Dernière chance, Alex.

Je dus faire appel à toute ma volonté pour ne pas lui rire au nez. Je secouai la tête et reculai aussi, consciente de n'être qu'une sale allumeuse.

— Une autre fois, peut-être.

Je lui tournai le dos, coupant court à ses tentatives de m'entraîner dans la voiture.

Caleb avait dû partir avec les autres à Myrtle Beach, aussi pris-je le chemin du retour, longeant la plage et plusieurs villas silencieuses en direction du pont. L'air avait un parfum iodé que j'adorais. Ça me rappelait ma mère et les journées que nous passions sur la plage. Plongée dans mes souvenirs, je ne retrouvai la réalité que lorsqu'un frisson me parcourut l'échine à l'approche du pont.

Les broussailles et les hautes herbes ondulaient dans le vent, soudain devenu frais. Bizarre, alors que la brise était si douce quelques minutes auparavant. Je m'avançai d'un pas, scrutant les marais devant moi. Ils étaient plongés dans l'obscurité, mais une ombre plus dense sembla se détacher de l'eau et prendre consistance.

Le vent m'apporta un murmure. « Lexie... »

Je devais avoir des hallucinations. Seule ma mère m'appelait ainsi, les marécages étaient déserts, mais l'appréhension planta ses serres dans mon ventre.

Sans prévenir, deux mains puissantes m'agrippèrent par les épaules pour me tirer en arrière. Mon cœur cessa de battre pendant une fraction de seconde. Sur le point de frapper celui ou celle qui m'avait saisie par-derrière, je reconnus soudain une odeur familière de savon et d'océan.

Aiden.

— Qu'est-ce que tu fais ?

Sa voix exigeait une réponse.

Faisant volte-face, je levai les yeux sur lui. Les siens n'étaient plus que deux fentes. Cette vision me rendit muette pendant une seconde.

— Je... Il y a quelque chose là-bas.

Il retira ses mains de mes épaules et se tourna dans la direction que j'indiquais. Il n'y avait rien, bien sûr, que les ombres habituelles que la lune faisait danser sur le marécage. Il me regarda de nouveau.

— Je ne vois rien. Qu'est-ce que tu fais ici toute seule ? Tu n'as pas le droit de quitter l'île sans être accompagnée, Alex. En aucune circonstance.

Aïe. Je reculai d'un pas, hésitant à répondre.

Il se pencha alors vers moi, reniflant l'air.

— Tu as bu.

— Même pas vrai.

Il haussa les sourcils, lèvres serrées.

— Que fais-tu à l'extérieur du Covenant ?

Mal à l'aise, je jouai avec l'ourlet de mon tee-shirt.

— Je... Je suis allée chez des amis, et si mes souvenirs sont bons, c'est l'île qu'on m'a défendu de quitter. Techniquement, je suis encore sur l'île des Dieux.

Il inclina la tête sur le côté, les bras croisés.

— Je suis certain que l'on sous-entendait l'île sous la protection du Covenant.

— Eh bien, tu sais ce qu'on dit des sous-entendus.

— Alex.

Sa voix devint plus grave, sonnant comme un avertissement.

— Et qu'est-ce que tu fais là, à te cacher dans le noir comme un... voyeur ?

À peine ce mot eut-il franchi mes lèvres que j'eus envie de me donner des claques.

Aiden éclata d'un rire incrédule.

— Ce ne sont pas tes affaires, mais figure-toi que je m'apprêtais à suivre une bande d'idiots jusqu'à Myrtle Beach.

J'en restai bouche bée.
— Tu les suivais ?
— Oui, avec quelques autres Sentinelles.
Sa bouche se déforma en un sourire en coin.
— Quoi ? Tu as l'air surprise. Tu crois vraiment que nous laissons des adolescents quitter l'île sans protection ? Ils n'ont sans doute pas conscience que nous les surveillons, mais personne ne sort d'ici sans que nous le sachions.
— Ça alors… c'est fantastique.
Je notai cette information dans un coin de ma tête.
— Qu'est-ce que tu fais encore ici, dans ce cas ?
Il ne répondit pas tout de suite, m'entraînant dans la direction du pont.
— J'ai vu que tu n'allais pas avec eux.
Je trébuchai.
— Que… Qu'est-ce que tu as vu, exactement ?
Il me toisa, agitant un sourcil.
— J'en ai vu suffisamment.
Rougissant jusqu'à la racine des cheveux, je poussai un gémissement.
Un petit rire discret lui échappa, mais je l'entendis quand même.
— Pourquoi n'es-tu pas partie avec eux ?
J'envisageai de lui répliquer qu'il le savait déjà, mais je me ravisai. Pas besoin de m'attirer davantage d'ennuis.
— Je… Je me suis dit que j'avais fait assez de bêtises pour la soirée.
Il éclata cette fois d'un rire franc, profond et mélodique. Très chouette. Je le matai en douce, espérant voir *ses* fossettes. Je n'eus pas cette chance.
— Ça me fait plaisir de te l'entendre dire.
Mes épaules s'affaissèrent.
— Alors, je vais avoir des ennuis ?
Aiden parut réfléchir quelques instants.

— Je n'ai pas l'intention de le répéter à Marcus, si c'est ce que tu veux dire.

Surprise, je souris joyeusement.

— Merci.

Il détourna les yeux en secouant la tête.

— Ne me remercie pas encore.

Il m'avait déjà dit ça une fois. Quand devrais-je le remercier, alors ?

— Mais c'est la dernière fois que je veux te voir un verre à la main.

Je lui fis les gros yeux.

— Et voilà, tu recommences à parler comme un vieux. Tu devrais te rappeler que tu as vingt ans.

Il ne releva pas, saluant de la tête les Gardiens en faction à l'autre bout du pont.

— J'ai déjà assez de soucis à surveiller mon frère. S'il te plaît, n'en rajoute pas.

J'osai alors le regarder franchement. Il avait les yeux fixés devant lui, la mâchoire serrée.

— Oui... ça ne doit pas être facile.

— Ce n'est rien de le dire.

Je me rappelai que Deacon avait dit qu'Aiden m'aurait aussi à l'œil désormais.

— Je suis... désolée. Je ne veux pas que tu te sentes obligé de... me surveiller.

Aiden me lança un regard pénétrant.

— Eh bien... je te remercie.

Je me tordis les mains, ne sachant quoi répondre.

— Ça n'a pas dû être facile de devoir l'élever, pratiquement tout seul.

Il poussa un grognement.

— Tu n'as pas idée.

En effet. Aiden n'était lui-même qu'un adolescent quand ses parents avaient été tués. Que ferais-je si j'avais un petit frère ou une petite sœur dont je devrais m'occuper ? Je ne m'en sortirais pas. Je n'arrivais même pas à me l'imaginer.

Je demeurai silencieuse quelques instants, puis je lui demandai :

— Comment... tu as fait ?

— Quoi, Alex ?

Le pont était maintenant loin et la haute silhouette du Covenant se dressait devant nous. Je ralentis l'allure.

— Comment as-tu fait pour t'occuper de Deacon après... ce qui est arrivé ?

Un sourire crispé incurva ses lèvres.

— Je n'ai pas eu le choix. Je ne voulais pas que Deacon soit confié à une autre famille. Je crois... que mes parents auraient voulu que je m'en charge.

— Mais c'est une responsabilité énorme. Comment as-tu pu l'assumer en allant à l'académie ? Et les entraînements ?

Après avoir obtenu leur diplôme, les Sentinelles continuaient à s'entraîner. La première année de service était réputée difficile. Ils partageaient leur temps entre l'accompagnement de Sentinelles exercées que l'on appelait des Mentors et un entraînement intensif aux arts martiaux et à la gestion du stress.

Aiden enfouit ses mains dans les poches de son uniforme noir du Covenant.

— J'ai tout d'abord envisagé de faire ce que ma famille aurait voulu pour moi. Rentrer à la maison après ma formation et m'engager en politique. Je sais que mes parents auraient voulu que je m'occupe de Deacon, mais ils n'auraient pas souhaité que je devienne une Sentinelle. Ils n'ont jamais compris... ce genre de vie.

Comme la plupart des purs, et moi-même avant d'avoir vu ma mère se faire attaquer. Ce n'est qu'à ce moment-là que j'avais pleinement saisi l'utilité des Sentinelles. Écartant ces pensées troublantes, je tentai de rassembler mes souvenirs à propos de ses parents.

D'apparence juvénile, comme la plupart des purs, ils étaient également puissants.

— Ils siégeaient au Conseil, n'est-ce pas ?

Il hocha la tête.

— Après leur mort, j'ai éprouvé le désir d'être une Sentinelle.

— Tu en as éprouvé le *besoin*, le corrigeai-je doucement.

Ses pas se firent plus lents et il eut l'air surpris.

— Tu as raison. J'en ai eu besoin... et c'est toujours le cas.

Il s'interrompit un instant, détournant la tête.

— Tu sais de quoi tu parles. Tu ressens la même chose.

— Oui.

— Comment as-tu survécu ?

Il me retournait la question.

De plus en plus mal à l'aise, je portai mon regard sur les eaux calmes de l'océan. La nuit, éclairé seulement par la lune, il semblait aussi noir et huileux que du pétrole.

— Je ne sais pas.

— Tu n'avais pas le choix, Alex.

Je haussai les épaules.

— Sans doute.

— Tu n'aimes pas en parler, n'est-ce pas ?

— Ça se voit tant que ça ?

Nous nous arrêtâmes à l'endroit où les chemins menant au dortoir des filles et à celui des garçons se séparaient.

— Tu ne crois pas que ça te ferait du bien ?

Sa voix était emplie d'une gravité qui le faisait paraître beaucoup plus âgé.

— Tu n'as pas eu le temps de faire ton deuil après ce qui est arrivé à ta mère... de gérer ce que tu as vu et ce que tu as dû faire.

Je sentis ma gorge se nouer.

— Ce que j'ai dû faire, c'est le devoir de toute Sentinelle. Je suis formée pour tuer des démons. Et je ne peux en parler à personne. Si Marcus avait le moindre soupçon que je puisse éprouver des difficultés, il me livrerait lui-même à Lucien.

Aiden s'arrêta et me regarda, et je lus sur son visage une patience infinie. Une nouvelle fois, je repensai aux paroles de Deacon.

— Tu n'as que dix-sept ans. La plupart des Sentinelles ne tuent leur premier démon qu'une bonne année après leur diplôme.

Je soupirai ; il était temps de changer de sujet.

— Tu as dit tout à l'heure que ce n'était pas la vie que tes parents voulaient pour toi, n'est-ce pas ?

Il hocha la tête, curieux de savoir où je voulais en venir.

— Je crois... ou plutôt non, je *sais* qu'ils seraient fiers de toi.

Il haussa un sourcil.

— Tu dis ça parce que je me suis porté volontaire pour t'entraîner ?

— Non. Je le pense, parce que je me souviens de toi.

Cette déclaration sembla le prendre au dépourvu.

— Comment ? Nous n'avons jamais eu de cours ou d'entraînements communs.

— Je t'ai vu plusieurs fois. Je savais toujours quand tu étais là, balbutiai-je.

Le coin de ses lèvres s'était relevé quand il baissa les yeux sur moi.

— Quoi ?

Je reculai d'un pas, rougissante.

— Eh bien, tu avais la réputation d'être une vraie terreur. Tu étais peut-être encore à l'académie, mais tout le monde savait que tu deviendrais un jour une super Sentinelle.

— Oh.

Il laissa échapper un autre rire, se détendant un peu.

— Je devrais être flatté, je suppose.

Je hochai la tête avec vigueur.

— Absolument. Les sang-mêlé t'admirent tous. Du moins, ceux qui aspirent à devenir des Sentinelles. L'autre jour encore, ils me parlaient de tous les démons que tu as tués. C'est légendaire. Surtout pour un pur... oups, désolée. Enfin, je ne veux pas dire que c'est forcément une bonne chose de tuer des tas de démons, il n'y a pas de quoi en être fier en soi, mais... Bref, il vaudrait mieux que je la ferme.

— Non. Je comprends ce que tu veux dire. Tuer est une nécessité de notre monde. Et chaque démon que l'on tue est une souffrance, parce qu'il a un jour été quelqu'un de bien. Quelqu'un que tu as peut-être connu. Ce n'est jamais facile de prendre la vie de quelqu'un, mais c'est encore plus dur quand tu dois tuer celui qui était hier ton ami.

Je fis la grimace.

— Je ne sais pas si je pourrais le faire...

Je vis l'amusement s'effacer de son visage. Mauvaise réponse.

— C'est-à-dire que nous, les sang-mêlé, nous connaissons le vrai visage des démons. Du moins au début, avant de voir qui ils étaient avant. C'est la magie élémentaire qui leur rend leur apparence première. Mais tu sais déjà cela, bien sûr, même si tu n'as pas, comme nous, cette capacité de voir à travers la magie noire. Je pourrais le faire. Je suis sûre que je pourrais tuer quelqu'un que j'ai connu.

Aiden pinça les lèvres et détourna les yeux.

— C'est difficile quand c'est quelqu'un que tu as connu.

— Tu as déjà dû combattre quelqu'un que tu avais connu avant qu'il bascule de l'autre côté ?

— Oui.

Je déglutis.

— Est-ce que tu... ?

— Oui. Cela n'a pas été facile.

Il se tourna vers moi.

— Il est tard, l'heure de ton couvre-feu est largement passée, et tu ne t'en tireras pas comme ça pour ton escapade de ce soir. Je t'attends demain matin au gymnase à 8 heures.

— Quoi ?

Je pensais avoir mon week-end.

Il se contenta de hausser les sourcils.

— Dois-je énumérer tes entorses au règlement ?

Je faillis lui faire remarquer que je n'étais pas la seule à avoir enfreint les règles ce soir – et que d'autres que moi les enfreignaient encore en ce moment même – mais je réussis à fermer mon clapet. Je savais pertinemment que je m'en tirais à bon compte.

Hochant la tête, je pris la direction du dortoir des filles.

— Alex ?

Je me retournai, redoutant qu'il n'ait changé d'avis et ne m'ordonne d'aller voir Marcus le lendemain matin pour lui avouer mes frasques.

— Oui ?

Repoussant une mèche brune de son front, il m'offrit son petit sourire en coin.

— Je me souviens de toi.

Je fronçais le nez.

— Quoi ?

Son petit sourire s'épanouit... Oooh, cette fois les fossettes étaient là, et j'en eus le souffle coupé.

— Je me souviens aussi de toi.

Chapitre 8

J'étais donc sanctionnée.

Le sous-entendu n'en était pas un, et c'était bien l'île sous la protection du Covenant que je n'étais pas autorisée à quitter. Bon. Je le savais déjà, mais, honnêtement, est-ce que c'était si grave ?

Ça l'était visiblement pour Aiden.

Il me traîna à la salle de muscu dès potron-minet et nous y passâmes une bonne partie de la journée. Il me montra ce qu'il voulait que je fasse, une série de répétitions avec des poids, et beaucoup de cardio.

Je détestais le cardio.

Tandis que j'enchaînais les exercices, courant d'une machine à la suivante, Aiden s'était assis, ses longues jambes étendues, et il avait ouvert un livre énorme qui devait peser aussi lourd que moi.

— Qu'est-ce que tu lis ? lui demandai-je en fixant des yeux la presse à cuisses.

Il me répondit sans lever la tête.

— Si tu es capable de parler pendant tes exercices, c'est que tu ne travailles pas assez fort.

Je lui tirai la langue et m'installai dans la machine. Une fois ma série de répétitions accomplie, je compris qu'il n'existait pas de façon élégante de s'extraire de ce truc. Redoutant de me ridiculiser, je lui lançai un regard furtif avant de rouler sur le côté.

Il y avait d'autres machines sur lesquelles il m'avait demandé de travailler, et je demeurai silencieuse pendant cinq bonnes minutes.

— Tu lis ce gros bouquin pour le plaisir ?

Il releva cette fois la tête pour me lancer un regard désapprobateur.

— Tu parles pour le plaisir d'entendre le son de ta propre voix ?

J'écarquillai les yeux.

— Tu es d'humeur massacrante, aujourd'hui.

Il tourna une page du livre gigantesque en équilibre sur son genou.

— C'est la musculature du haut de ton corps que tu dois renforcer, Alex. Pas ton moulin à paroles.

J'envisageai de lui balancer mon haltère à la figure. Mais son visage était trop beau et ce serait dommage de l'abîmer. Les heures passèrent. Aiden lisait son livre et je le chambrais ; il me hurlait des ordres et je changeais de machine.

C'était peut-être triste, mais je m'amusais beaucoup à l'asticoter et je crois que lui aussi. De temps en temps, un petit – et je dis bien *petit* – sourire daignait orner ses lèvres à l'occasion d'une question provocante. Lisait-il seulement son livre ?

— Alex, arrête de me regarder et fais ton entraînement cardio.

Il tourna une page.

Je clignai les yeux.

— J'espère que c'est un livre sur la sociabilité et les relations personnelles.

Aha ! Un de ces petits sourires.

— Le cardio. Reste concentrée sur le cardio. Tu es rapide, Alex. Les démons le sont aussi, et les démons affamés bien davantage encore.

Je baissai la tête avec un grognement dégoûté tout en me traînant vers le tapis de course qu'il m'avait désigné.

— Combien de temps ?

— Soixante minutes.

Par les dieux des enfers ! Avait-il perdu l'esprit ? Je lui posai la question et cela ne l'amusa pas. Je dus m'y reprendre à plusieurs fois pour régler le tapis sur une vitesse à laquelle je pouvais courir sur la durée.

Cinq minutes plus tard, Aiden leva les yeux pour vérifier ce que je faisais. Il se remit debout d'un air exaspéré et s'approcha du tapis de course. Sans un mot, il monta la vitesse à plus de 4, alors que j'étais à 2, puis retourna lire contre son mur.

Qu'il soit maudit.

Hors d'haleine et toujours pas au top de mes capacités, je faillis tomber du tapis quand il décéléra en mode récupération une fois les soixante minutes écoulées. Je jetai un regard vers Aiden, toujours plongé dans la lecture de son pavé.

— Tu vas me dire ce que tu lis ?

Il releva la tête en soupirant.

— *Les Contes et Légendes de la Grèce antique.*

— Oh !

J'avais toujours adoré ces histoires que les mortels avaient écrites sur nos dieux. Une partie reflétait fidèlement la réalité, le reste n'était que balivernes.

— Je l'ai emprunté à la bibliothèque. Tu sais, l'endroit où tu devrais passer ton temps libre au lieu de boire.

Je frissonnai.

— Je déteste la bibliothèque. Tout le monde ici déteste la bibliothèque.

Il referma son livre en secouant la tête.

— Pourquoi les sang-mêlé croient-ils qu'elle est infestée de cerbères, de harpies et de furies ? Je ne comprends pas.

— Tu es déjà allé à la bibliothèque, sérieusement ? Argh, c'est totalement flippant et il y a toutes sortes de bruits bizarres. Quand j'étais petite, j'ai entendu une fois un grognement.

Je descendis du tapis de course et me plantai devant lui.

— Caleb a même entendu des battements d'ailes qui venaient du sous-sol. Je ne plaisante pas.

Aiden partit d'un rire profond.

— Vous êtes ridicules. Il n'y a rien du tout à la bibliothèque. Et toutes ces créatures n'existent plus depuis longtemps dans le monde des mortels.

Il souleva le livre et l'agita.

— Quoi qu'il en soit, c'est un livre au programme de ta formation.

Je me laissai tomber par terre à côté de lui.

— Oh. Génial. Comment peux-tu lire des livres scolaires pour le plaisir ?

Je marquai une pause, méditant ce que je venais de dire.

— Oublie ça. À la réflexion, tu es parfaitement capable de lire des livres scolaires pour le plaisir.

Il tourna la tête vers moi.

— Étirements pour éviter les courbatures.

— Oui, chef ! répondis-je avec un salut militaire avant de tendre les jambes et d'agripper mes orteils. Quelle légende es-tu en train de lire ? Une qui parle des mœurs légères de Zeus ?

L'une des mythologies que les mortels avaient su retranscrire correctement. Zeus était le géniteur de la plupart des demi-dieux originels.

— Non.

Il me tendit le bouquin.

— C'est ici. Tu devrais l'emporter pour le lire dans ta chambre. J'ai comme l'impression qu'à partir d'aujourd'hui tu vas y passer de longues soirées.

Je levai les yeux au ciel, mais acceptai le livre. Après l'entraînement, je retrouvai Caleb et me plaignis d'Aiden pendant l'heure qui suivit. Puis je lui reprochai d'avoir disparu l'autre soir en me laissant avec Jackson.

En tant qu'ami, il était là pour m'empêcher de me comporter comme une traînée.

Quelques jours plus tard, je choisis de rester dans ma chambre plutôt que de faire le mur avec Caleb. Mon petit doigt me disait que je me ferais pincer et je n'avais vraiment pas envie de passer une autre journée dans la salle de musculation. Les presque deux heures quotidiennes où j'y souffrais chaque soir me suffisaient.

Désœuvrée, je pris le vieux grimoire qui sentait le renfermé et le feuilletai. Toute la première moitié était écrite en grec ancien, que j'étais incapable de déchiffrer. Ça ressemblait pour moi à une suite de signes incompréhensibles. Quand j'eus trouvé la section en anglais, je m'aperçus que ce n'était pas tout à fait un livre de contes et de légendes. Il décrivait avec moult détails chacune des divinités, ce qu'elles représentaient et l'histoire de leur ascension vers le pouvoir. Une section entière était même consacrée aux sang-pur et à leurs inférieurs – c'est-à-dire nous.

Sans blague, c'était écrit noir sur blanc dans ce bouquin :

« Les sang-pur et leurs inférieurs : les sang-mêlé. »

Je parcourus ces pages et m'attardai sur un encart intitulé « Éthos Krian ». Même moi, je me souvenais de ce nom. Tous les sang-mêlé le connaissaient. C'était le premier d'un groupe très fermé de sang-mêlé capables de contrôler les éléments. Mais… oh, il était plus que ça. C'était le premier des *Apollyons*. Les seuls sang-mêlé qui avaient la maîtrise des éléments et la capacité d'user de sorts de compulsion comme ceux que les purs utilisaient sur les mortels.

Autrement dit, l'Apollyon était un super sang-mêlé méga puissant.

Éthos Krian, né à Naples en 2848 ED (1256 après J.-C.) de l'union d'un sang-pur et d'une mortelle, fut le premier sang-mêlé attesté à démontrer les aptitudes d'un véritable Hématoï. Comme l'avait annoncé l'oracle de Rome, les pouvoirs d'Éthos furent éveillés en lui le jour de son dix-huitième anniversaire par palingénésie.

*Plusieurs écoles de pensées s'opposent à propos de l'origine de l'Apollyon et de sa raison d'être. La croyance populaire affirme que les dieux tenant cour sur l'Olympe accordèrent à Éthos le don des quatre éléments et le pouvoir de l'*akasha*, le cinquième et ultime élément, afin de se garantir de l'éventualité que la puissance d'aucun sang-pur soit à même de surpasser celle de leurs maîtres. L'Apollyon est directement relié aux dieux et remplit le rôle du Destructeur. On appelle l'Apollyon « celui qui marche parmi les dieux ».*

Depuis l'Éveil d'Éthos, un Apollyon est incarné à chaque génération, selon les prédictions de l'oracle...

Venait ensuite une liste des noms de tous les Apollyons qui s'étaient succédé jusqu'à l'année 3517 dans le calendrier des Hématoï, soit 1925 après J.-C.

Nous avions *tellement* besoin d'actualiser nos manuels.

Je sautai cette section et passai à la page suivante. Un paragraphe décrivait les caractéristiques de l'Apollyon, puis je tombai sur un autre passage dont je n'avais jamais entendu parler.

Je fus estomaquée à la première lecture et le lus une seconde fois.

— Impossible.

Au fil des époques, chaque génération n'a connu l'Éveil que d'un unique Apollyon, à l'exception de ce que l'on a appelé « la Tragédie de Solaris ». En 3203 ED (1611 après J.-C.), un second Apollyon fut découvert dans le Nouveau Monde. La palingénésie éveilla Solaris (nom de famille et ascendants inconnus) le jour de son dix-huitième anniversaire, déclenchant une chaîne d'événements dramatiques. À ce jour, on ne sait toujours pas pourquoi ni comment deux Apollyons ont pu être éveillés dans la même génération.

Je relus encore une fois cette partie du texte. Deux Apollyons ne pouvaient pas coexister. Cela n'arrivait jamais. Lorsque j'étais enfant, j'avais entendu des légendes sur l'existence simultanée de deux Apollyons, mais je les avais toujours considérées pour ce qu'elles étaient, c'est-à-dire... des légendes, justement. Poursuivant ma lecture, je me rendis très vite compte que je n'étais qu'une ignorante.

Il est ainsi accepté que le Premier sentit la marque d'un second Apollyon le jour du dix-huitième anniversaire de Solaris, et la rejoignit dans le Nouveau Monde, sans se douter des conséquences de cette décision. Il est rapporté que les effets de leur union furent spectaculaires et dévastateurs, pour les sang-pur mais aussi pour leurs maîtres. Une fois réunis, comme s'ils étaient les deux moitiés d'un être unique, les pouvoirs de Solaris furent transférés au Premier Apollyon, qui se mua en ce que l'on redoutait depuis la nuit des temps : le Tueur de Dieux. La puissance du Premier fut décuplée, devenant instable et destructrice.

La réaction des dieux, en particulier l'Ordre de Thanatos, fut immédiate et sans pitié. Les deux Apollyons furent exécutés sans procès.

— Waouh…

Je refermai le livre et me laissai retomber contre mes oreillers. Les dieux, quand ils se sentaient menacés, n'y allaient pas par quatre chemins. Un unique Apollyon, capable de combattre tout opposant, assurait l'équilibre du système, mais quand ils étaient deux…

Notre génération comptait actuellement un Apollyon, mais je ne l'avais jamais rencontré. C'était une sorte de célébrité. Tout le monde connaissait son existence, mais personne ne l'avait jamais vu en chair et en os. De nos jours, l'Apollyon était utilisé pour combattre les démons au lieu d'être le bras armé des dieux contre les sang-pur. Depuis la création du Conseil, les purs ne s'estimaient plus capables d'affronter les dieux – ou, en tout cas, ne le disaient pas ouvertement.

Reposant le grimoire, j'éteignis la lumière.

Pauvre Solaris.

D'une certaine façon, les dieux avaient merdé et en avaient créé deux. Elle n'y était pour rien. Elle avait même sans doute été la première surprise.

***

Alors que le Covenant bouillonnait des préparatifs des célébrations du Solstice d'été, je retrouvai la vie ordinaire d'un sang-mêlé en formation. L'intérêt suscité par mon retour s'était estompé et les cadets restés au Covenant pour les vacances s'étaient habitués à ma présence. Le fait d'avoir tué deux démons me valait quand même une certaine réputation. Même Léa mit la pédale douce sur ses commentaires venimeux.

Léa et Jackson rompirent, se remirent ensemble, et, aux dernières nouvelles, s'étaient séparés de nouveau.

Chaque fois que Jackson se retrouvait célibataire, je m'arrangeais pour l'éviter. Oui, il était totalement beau gosse, mais il avait aussi les mains trop baladeuses et j'avais dû à plusieurs reprises les éloigner de mon postérieur. Caleb ne se gênait pas pour me faire remarquer que je l'avais bien cherché et qu'il ne fallait pas me plaindre.

J'avais aussi pris une autre habitude, un peu bizarre, dans mes relations avec Aiden. Étant acté que j'étais toujours grincheuse le matin, nous commencions les entraînements par des étirements et des tours de piste – en gros tout ce qui nous dispensait de parler. En fin de matinée, j'étais moins encline à le rembarrer et plus réceptive au travail de fond. Il ne m'avait pas reparlé de la nuit où il m'avait prise en flagrant délit à cette soirée chez Zarak et où nous avions discuté de notre besoin mutuel de devenir des Sentinelles. Il n'était jamais non plus revenu sur ce qu'il avait voulu dire par son « Je me souviens de toi ».

J'avais échafaudé, bien sûr, des tas d'hypothèses plus ridicules les unes que les autres. Du genre : j'étais si incroyablement douée que *tout le monde* savait qui j'étais. Mes faits d'armes en salle de combat et ailleurs avaient fait de moi une légende à part entière. Ou encore : il avait été frappé par mon incroyable beauté. Cette dernière était la plus stupide. Je n'étais qu'une godiche insignifiante à l'époque. Sans mentionner qu'un garçon comme Aiden ne regarderait *jamais* une sang-mêlé avec les yeux de Chimène.

Pendant nos entraînements, Aiden était sévère et très rigide dans ses méthodes. Je ne le surprenais à se laisser aller à sourire qu'en de rares occasions quand il pensait que je ne le voyais pas. Mais je le regardais tout le temps.

Qui pourrait m'en blâmer ? Aiden était… le canon absolu. Je passais mon temps à baver devant ses bras sculptés et à envier la grâce féline avec laquelle il se mouvait, mais il n'y avait pas que ça. Jamais de toute ma vie je n'avais rencontré quelqu'un d'aussi patient et tolérant avec moi. Les dieux savent à quel point je peux être pénible, mais Aiden me traitait comme si j'étais son égale. Aucun autre pur ne faisait ça. Le jour où je m'étais ridiculisée en défiant mon oncle au combat semblait oublié et Aiden faisait tout ce qu'il fallait pour s'assurer de mes progrès.

Grâce à ses conseils avisés, mon corps s'était habitué aux exigences de l'entraînement et au tribut qu'elles prélevaient. J'avais même pris de la masse musculaire. Je me sentais pourtant toujours aussi nulle, et Aiden ne me laissait *toujours pas* approcher à moins de trois mètres du râtelier où étaient rangées toutes les armes super cool.

Le jour du Solstice d'été, je tentai d'avancer vers le mur de la destruction à la fin de notre entraînement.

— N'y songe même pas, me dit Aiden. Tu serais capable de te trancher une main… ou à moi.

Je me figeai, les doigts à quelques centimètres d'une dague qui avait l'air mortelle. Grrrr.

— Alex.

Cela semblait l'amuser.

— Il ne nous reste plus beaucoup de temps. Nous devons travailler tes blocages.

Avec un grognement frustré, je m'arrachai à ce que j'avais vraiment envie d'apprendre.

— Encore des blocages ? Mais on ne fait que ça depuis des semaines.

Aiden croisa les bras. Le simple tee-shirt blanc qu'il portait aujourd'hui mettait sa musculature en valeur.

— Nous n'avons pas fait que ça.

— D'accord. Mais je suis prête à passer à la vitesse supérieure, genre le maniement des armes blanches ou la défense contre les forces du mal. Des trucs cool, quoi.

— Tu viens de citer *Harry Potter* ?

— Peut-être bien, lui répondis-je en souriant.

Il secoua la tête.

— Nous en sommes aux frappes pieds-poings, Alex. Et tu as encore besoin de travailler tes blocages. Combien de mes coups de pied as-tu été capable de parer, aujourd'hui ?

— Euh...

Je fis la grimace. Il connaissait la réponse. Ils se comptaient sur les doigts d'une main.

— Deux ou trois, mais tu es rapide.

— Les démons le sont davantage.

— Je n'en suis pas sûre.

Rien ni personne n'était plus rapide qu'Aiden. Je pouvais à peine suivre ses mouvements, le plus souvent. Je me mis néanmoins en garde, comme un bon petit soldat.

Aiden me fit répéter les gestes de défense une fois de plus, et j'étais presque sûre qu'il avait ralenti le rythme de ses attaques, parce que je parvins à bloquer davantage de ses coups de pied que jamais.

Nous nous séparâmes, prêts à un nouveau round, quand un sifflet admiratif retentit dans le couloir.

Le coupable – Luke et ses cheveux de bronze – s'encadra sur le pas de la porte de la salle de combat. Je le saluai de la main en souriant.

— Tu n'es plus attentive, aboya Aiden.

Je me décomposai, tandis que Luke et deux ou trois autres sang-mêlé détalaient dans le couloir.

— Désolée.

Il soupira et me fit signe de me mettre en garde. Je m'exécutai sans broncher.

— Un autre de tes chevaliers servants ? Tu es toujours avec cet autre garçon.

Les bras m'en tombèrent et je baissai ma garde.

— Quoi ?

La jambe d'Aiden se détendit, j'eus à peine le temps de bloquer son coup de pied circulaire.

— Est-ce que c'est un autre de tes petits copains ?

Est-ce que je devais en rire, me vexer ou m'extasier qu'il ait remarqué que j'étais toujours avec l'*autre garçon* ? Expédiant ma queue-de-cheval par-dessus mon épaule, j'interceptai son avant-bras juste avant qu'il n'entre en contact avec mon estomac.

— Ça ne te regarde pas, mais je te signale que ce n'était pas *moi* qu'il sifflait.

Il ramena son bras en fronçant les sourcils.

— Qu'est-ce que tu veux dire par là ?

Je le regardai en haussant les sourcils, attendant qu'il comprenne tout seul. Il écarquilla alors de grands yeux et sa bouche forma un cercle parfait. C'était à se tordre de rire, mais j'en profitai pour placer un coup de pied vicieux. Je visai son plexus, excitée comme une puce à l'idée d'une frappe si parfaite.

Mon pied n'atteignit jamais sa cible.

D'un habile balayage du bras, il brisa mon attaque et me projeta au tapis. Me dominant de toute sa hauteur, il souriait pour de bon.

— Bien tenté.

Je me relevai sur les coudes et le bombardai d'un regard noir.

— Ça te fait plaisir de me mettre à terre ?

Il me tendit la main.

— Je me contente de petites choses.

J'acceptai sa main et il me releva.

— Chacun son truc.

Avec un haussement d'épaules désinvolte, je passai devant lui pour ramasser ma bouteille d'eau.

— Alors... euh, tu vas aller aux célébrations, ce soir ?

Le Solstice était une grande affaire pour les purs. C'était le coup d'envoi de plus d'un mois de festivités qui se clôturaient avec la réunion du Conseil en août. C'était ce soir la plus importante, et si les dieux devaient les honorer de leur présence, ce serait aujourd'hui ou jamais. Il y avait très peu de chances qu'un dieu descende sur terre, mais les purs revêtaient leurs plus beaux atours, juste au cas où.

De nombreuses fêtes seraient aussi organisées sur l'île principale, mais les sang-mêlé n'y étaient pas conviés. Tous les parents des purs seraient chez eux et il n'y aurait donc pas non plus de soirée chez Zarak. Le bruit courait pourtant qu'il y aurait une fête sauvage sur la plage, organisée par le seul et unique Jackson. J'hésitais à y faire une apparition.

— Sans doute, répondit Aiden en s'étirant, dévoilant une bande de peau ferme au-dessus de la ceinture de son pantalon. Je ne suis pas fan des célébrations, mais il faut bien que je me montre à quelques-unes.

Je m'efforçai de le regarder dans les yeux, ce qui se révéla plus difficile que je ne le pensais.

— Pourquoi tu es obligé d'y aller ?

Il me lança un sourire moqueur.

— Parce que c'est ce que font les adultes, Alex.

Je levai les yeux au ciel et bus une gorgée d'eau.

— Tu pourrais aussi faire la fête avec tes amis. Ce serait plus amusant.

Aiden me regarda comme si je lui parlais chinois.

— S'amuser, tu sais ce que ça veut dire, oui ?

— Bien sûr.

Venue de nulle part, une idée me frappa soudain. Aiden était *incapable* de prendre du bon temps. De la même façon que j'étais incapable de penser réellement à ce qui était arrivé à ma mère. La culpabilité du survivant – je crois que c'est le nom qu'on attribue à ce sentiment.

Aiden me donna une tape sur le bras.

— À quoi tu penses ?

Relevant la tête, je vis qu'il m'observait.

— À... rien de spécial.

Il recula pour s'adosser au mur, m'examinant avec curiosité.

— À quoi, exactement ?

— Tu as du mal à... t'amuser, n'est-ce pas ? C'est vrai, je ne te vois jamais rien faire. Tu es toujours avec Kain ou Léon, jamais de filles. Je ne t'ai vu qu'une seule fois en jean...

Je m'interrompis, le feu aux joues. Qu'est-ce que ça venait faire là ? Mais il fallait avouer que ça valait le coup d'œil.

— Bref, je suppose que c'est dur pour toi après ce qui est arrivé à tes parents.

Aiden se redressa, et ses prunelles avaient la couleur de l'acier.

— J'ai des amis, Alex, et je sais m'amuser.

Je rougis encore davantage.

Visiblement, j'avais touché un point sensible. Oups. Je me sentais vraiment stupide. À la fin de notre séance, je battis hâtivement en retraite dans ma chambre. Est-ce que je réfléchissais de temps en temps avant d'ouvrir ma grande bouche ?

Dégoûtée, je pris une douche rapide et enfilai un short. Peu après, je me dirigeai vers la cafétéria où je devais retrouver Caleb, bien décidée à me changer les idées.

Il était déjà là, en grande conversation avec un autre sang-mêlé. Ils comparaient les notes qu'ils avaient obtenues dans les exercices de terrain à la fin du dernier semestre. N'ayant jamais pris part à ce type d'évaluation, je me sentais hors du coup. Une vraie minable.

— Tu viens à la fête ce soir ? me demanda Caleb.

— Sûrement. Je n'ai rien de mieux à faire.

— Ne finis pas comme la dernière fois.

Je le toisai d'un regard meurtrier.

— Si tu ne m'abandonnes pas pour filer à Myrtle Beach, espèce de lâcheur.

Il gloussa.

— Tu aurais dû venir. Léa a soûlé tout le monde jusqu'à ce qu'elle voie que Jackson n'était plus avec toi. Elle nous a gâché la soirée. Enfin, disons que c'est plutôt Cody.

J'allongeai les jambes devant moi et m'enfonçai contre le dossier de mon siège. Voilà un truc dont je n'avais pas entendu parler.

— Qu'est-ce qu'il s'est passé ?

Il grimaça.

— Quelqu'un a remis sur le tapis le truc de la Hiérarchie du sang, et Cody a pété un câble. Il s'est mis à déblatérer. Il a dit que les sang-mêlé n'avaient rien à faire au Conseil.

— Tout le monde a dû apprécier.

Il m'adressa un sourire ironique.

— Ouais, surtout qu'il en a rajouté une couche, comme quoi on ne devait pas se mélanger et toutes ces conneries sur la pureté de leur sang.

Il se tut et ses yeux soudain pétillants se portèrent derrière moi.

Je me retournai, mais n'entraperçus qu'un teint couleur caramel et de longs cheveux bouclés. Je le regardai à nouveau, haussant un sourcil curieux.

— Alors ? Il s'est passé quoi ?

— Ben... ça n'a pas plu à quelques sang-mêlé, qui se sont énervés. Je ne sais pas trop comment c'est arrivé, mais Cody et Jackson en sont venus aux mains. Et ils ne faisaient pas semblant.

J'ouvris de grands yeux ronds.

— Est-ce que Cody l'a signalé ?

— Non, dit Caleb dans un sourire. Zarak l'en a dissuadé, mais Jackson lui a fichu une raclée. C'était impressionnant. Bien sûr, ces deux crétins ont fait la paix après coup. Maintenant, tout va bien entre eux.

Soulagée, je me laissai retomber contre mon dossier.

Frapper un pur – même pour se défendre – était le meilleur moyen de se faire renvoyer du Covenant. Tuer un pur, quelles que soient les circonstances, valait l'exécution, même s'il essayait de vous trancher la tête. C'était injuste, mais nous devions toujours faire attention où nous mettions les pieds dans le monde des sang-pur. Nous pouvions nous étriper entre nous, mais les purs étaient intouchables. Et si par malheur l'un de nous enfreignait les règles... on était bons pour une vie de servitude – ou la peine de mort.

Avec un frisson, je songeai à ma propre situation. Si on ne me reprenait pas au Covenant à la rentrée, c'était l'esclavage qui m'attendait. Hors de question. Je devrais partir, mais pour aller où ? Pour faire quoi ? Vivre dans la rue ? Me trouver un boulot et prétendre une fois de plus que j'étais une simple mortelle ?

Écartant ces pensées inopportunes, je me concentrai sur la soirée de Jackson, à laquelle je décidai finalement de me rendre, et où je débarquai quelques heures plus tard. La prétendue « petite fête improvisée » n'était pas si petite que ça. Tous les sang-mêlé coincés au Covenant semblaient avoir investi la plage, qui sur des couvertures, qui sur des transats. Personne n'était dans l'eau.

Je choisis de m'installer à côté de Luke sur une couverture qui avait l'air douillette. Ritter, un sang-mêlé plus jeune que nous arborant la crinière rousse la plus flamboyante que j'aie jamais vue, me tendit un gobelet de plastique jaune, mais je déclinai son offre. Rit s'attarda un peu avec nous, nous expliquant qu'il partait bientôt en Californie jusqu'à la fin de l'été. Je n'étais qu'un tout petit peu jalouse.

— Tu ne bois pas ? me demanda Luke.

Ma décision m'avait moi-même surprise, mais je haussai les épaules avec désinvolture.

— Ça ne me dit rien, ce soir.

Il écarta de ses yeux une longue mèche de cheveux bronze.

— Tu as eu des ennuis à cause de moi, à l'entraînement ?

— Non. Je me laisse toujours facilement distraire, Aiden a l'habitude.

Luke me donna un coup de coude avec un sourire coquin.

— Je comprends que tu sois distraite. Dommage que ce soit un pur. Je donnerais ma fesse gauche pour y goûter.

— Il aime les filles.

— Et alors ?

Luke éclata de rire en voyant ma tête.

— Il est comment ? Il a l'air si maître de lui. Je suis sûr que c'est un bon c...

— Arrête tout de suite ! gloussai-je en levant la main.

Le mouvement réveilla les muscles endoloris de mon dos.

Luke renversa la tête en arrière en riant.

— Ne me dis pas que tu n'y as jamais pensé.

— C'est... C'est un pur, répétai-je comme si cela suffisait à nier son sex-appeal.

Luke me lança un regard entendu.

— OK, soupirai-je. En fait, il est... très gentil et très patient. Le plus souvent... et ça me fait bizarre de parler de lui. Tu ne préfères pas qu'on parle d'un autre mec canon ?

— Oh, oui ! Parlons d'un autre mec canon ! ricana Caleb. Exactement ce que j'ai envie de faire.

Luke ne prêta pas attention à sa remarque, fouillant la plage des yeux. Son regard s'arrêta près des glacières.

— Jackson ?

Je m'allongeai sur la couverture.

— Ne prononce pas son nom.

Mes efforts misérables pour me rendre invisible le firent pouffer.

— Il vient d'arriver *sans* Léa. Et puisqu'on en parle, où elle est passée, cette petite catin ?

Je ne voulais pas relever la tête et risquer d'attirer l'attention de Jackson.

— Aucune idée. Je ne l'ai pas vue.

— Tu t'en plains ? demanda Caleb.

— Oh, Alex, tu es repérée, annonça Luke.

Je n'avais pas d'issue, et je lançai des regards implorants à Caleb et Luke, qui ne cachaient ni l'un ni l'autre leur amusement.

— Alex, où tu étais passée ? me demanda Jackson d'une voix pâteuse. Je ne te vois plus.

Je fermai très fort les yeux, proférant à mi-voix une série de jurons.

— Je m'entraîne tout le temps.

Jackson tangua vers la droite, où se trouvait Caleb, qui regardait ailleurs.

— Aiden devrait comprendre que tu as besoin de sortir et de te détendre un peu.

Luke se tourna vers moi et me gratifia d'un clin d'œil ironique avant de se lever. Je me redressai en position assise, mais fus stoppée dans mon élan. Jackson s'était laissé tomber sur la place libérée par Luke en m'entourant les épaules d'un bras, manquant me renverser. Son haleine était trop chaude et empestait la bière.

— Si tu as envie de rester après la fête, tu sais que tu es la bienvenue.

— Oh… je ne crois pas.

En souriant, il se rapprocha de moi. C'était le genre de mec que j'aurais normalement dû trouver à mon goût, mais il m'écœurait maintenant. Je devais avoir un problème. C'était la seule explication.

— Tu ne t'entraîneras sûrement pas demain. Pas après les célébrations. Même Aiden fera la grasse matinée.

Cela m'aurait beaucoup étonnée. Je me surpris alors à me demander ce qu'il faisait de sa soirée. Prenait-il du bon temps ? Était-il resté pour les réjouissances après les célébrations ? Ou s'était-il seulement montré avant de rentrer chez lui ? J'espérais pour lui qu'il était resté et qu'il s'amusait bien. Il avait bien mérité ça après une journée entière cloîtré avec moi.

— Alex ?

— Hum ?

Jackson gloussa, puis me caressa l'épaule. Je retirai sa main, que je posai sur ses genoux. Sans se laisser démonter, il revint à la charge.

— Je te demandais si tu voulais un verre. Zarak a fait chauffer ses sorts de compulsion et on est blindés jusqu'à la fin de l'été.

Quelle bonne nouvelle.

— Non. Ça va. J'ai pas soif.

Au bout du compte, Jackson finit par se lasser de mon manque d'enthousiasme et alla voir ailleurs. Soulagée, je me tournai vers Caleb.

— File-moi une baffe la prochaine fois que je chauffe un mec. Je suis sérieuse.

Il contemplait le contenu de son verre, les sourcils froncés.

— Qu'est-ce qu'il s'est passé avec lui ? Il s'est montré trop insistant ?

Une expression féroce traversa son visage tandis qu'il fixait des yeux le dos de Jackson.

— Dois-je aller le corriger ?

— Non ! répondis-je en riant. C'est juste... Je ne sais pas.

Jackson était maintenant en compagnie de la sang-mêlé que j'avais eu l'occasion d'apercevoir plus tôt. Une jolie brune aux courbes généreuses et à la peau caramel.

— Jackson n'est pas pour moi.

— Personne ne l'est.
Ses yeux se posèrent sur la fille qui était avec Jackson.
— C'est qui, cette meuf ?
Il se détourna en soupirant.
— Elle s'appelle Olivia. Son nom de famille est un de ces noms grecs imprononçables. Papa mortel, maman pure.
Je l'examinai plus en détail. Elle portait un jean de créateur pour lequel j'aurais été prête à tuer. Elle s'efforçait, à son tour, d'éviter les mains baladeuses de Jackson.
— Comment ça se fait que je ne l'aie jamais vue ?
— Je crois qu'elle était avec son père.
Il se racla la gorge.
— Elle est... plutôt sympa.
Je lui lançai un regard perçant.
— Elle te plaît, c'est ça ?
— Non ! Bien sûr que non.
Sa voix paraissait étranglée.
Ma curiosité fut ravivée quand ses yeux revinrent malgré lui sur Olivia. Il avait les joues en feu.
— Mais oui, c'est ça. Cette fille ne t'intéresse pas du tout.
Caleb but une longue gorgée de son gobelet.
— La ferme, Alex.
J'ouvris la bouche pour répliquer, mais l'apparition soudaine de Deacon St. Delphi surgi de nulle part me coupa la chique.
— Qu'est-ce qu'il vient faire ici, lui ?
Caleb suivit mon regard.
— Ça oui, ça m'intéresse.
Voir Deacon sur la plage n'était pas surprenant en soi, mais le soir du Solstice alors que tous les purs étaient rassemblés, c'était choquant.
Un comportement très... *impur* de sa part.

Deacon balaya nonchalamment du regard la foule des sang-mêlé et se fendit d'un sourire ironique quand il nous aperçut. Tout en venant vers nous, il sortit de la poche de son jean une flasque en argent brillant.

— Joyeux Solstice d'été !

Caleb faillit s'étrangler.

— À toi aussi.

Il s'assit à côté de moi, à la place laissée vacante par Jackson, apparemment aveugle aux regards choqués braqués sur lui. Je m'éclaircis la voix.

— Qu'est-ce… que tu fais ici ?

— Quoi ? Je m'ennuyais à mourir sur l'île principale. Tous ces discours pompeux suffisent à vous faire passer l'envie de trinquer.

— Bien sûr, on va te croire !

J'avisai les cernes rougis sous ses yeux.

— Es-tu jamais à jeun ?

Il parut réfléchir quelques secondes.

— Pas si je peux l'éviter. Ça rend les choses… plus faciles.

Je savais qu'il parlait de ses parents. Ne sachant trop quelle attitude adopter, j'attendis qu'il continue.

— Ça déplaît à Aiden que je boive autant.

Il baissa les yeux sur sa flasque avant d'ajouter :

— C'est lui qui a raison, tu sais.

J'enroulai ma chevelure autour de mes doigts jusqu'à obtenir une corde épaisse.

— Raison pour quoi ?

Deacon renversa la tête en arrière, admirant les étoiles qui constellaient le ciel.

— Pour tout, mais en particulier pour la voie qu'il a choisie.

Il s'interrompit et éclata de rire.

— Si seulement il m'entendait, hein ?

— Personne ne va s'apercevoir que tu es parti ?

Caleb m'ôtait les mots de la bouche.
— Et venir gâcher votre fête ? Oh, si, absolument. D'ici une heure, quand ils commenceront les chants rituels et toutes leurs conneries, quelqu'un – sans doute mon frère – s'apercevra de mon absence et viendra me chercher.
Ma bouche s'ouvrit de surprise.
— Aiden est encore là-bas ?
— Tu es venu ici sachant qu'ils te suivraient ? demanda Caleb en fronçant les sourcils.
Nos deux questions parurent l'amuser.
— Oui et oui.
Il repoussa une mèche blonde sur son front.
Caleb se leva précipitamment tandis que je retournais dans ma tête la décision d'Aiden de rester à la soirée.
— Merde ! Alex, nous devons partir.
— Rassieds-toi, lui dit Deacon en levant la main. Tu as au moins une heure devant toi. Je laisserai le temps aux fêtards de dégager, tu peux me faire confiance.
Caleb ne semblait plus l'entendre. Ses yeux s'étaient posés plus loin sur la plage, où Olivia et un autre sang-mêlé étaient très proches l'un de l'autre. Plusieurs secondes s'écoulèrent et ses traits se durcirent. Je me penchai vers lui et tirai le bas de son tee-shirt.
J'eus droit à un large sourire.
— Tu sais quoi ? Je suis vanné. Je crois que je vais rentrer me coucher.
— Bouh.
Deacon fit la moue, avançant sa lèvre inférieure.
Je me levai à mon tour.
— Désolée.
— Double bouh.
Il secoua la tête.
— On commençait juste à s'amuser.

Saluant Deacon d'un geste de la main, je suivis Caleb sur la plage. Nous croisâmes Léa sur le ponton de bois.

— Tu te rabats sur mes restes ? demanda-t-elle en fronçant le nez. Trop mignon.

Une fraction de seconde plus tard, je lui agrippais l'avant-bras.

— Hé.

Léa tenta de se dégager, mais j'étais plus forte qu'elle.

— Qu'est-ce que tu veux ?

Je la gratifiai de mon plus beau sourire.

— Ton petit ami a essayé de me tripoter. Visiblement, tu ne lui suffis pas.

Je la relâchai et laissai derrière moi une Léa furax.

— Caleb ! Attends-moi !

Je le rattrapai.

— Je sais ce que tu vas me dire, et je ne veux pas t'écouter.

Je ramenai mes cheveux derrière mes oreilles.

— Comment tu peux savoir ce que j'allais dire ? Je voulais juste te signaler que si cette fille te plaît, tu pourrais…

Il me fit les gros yeux en me lançant un regard de travers.

— Je n'ai pas envie d'en parler.

— Mais… je ne vois pas où est le problème. Pourquoi tu ne veux pas l'admettre ?

Il soupira.

— Il s'est passé un truc, l'autre soir, à Myrtle Beach.

Je faillis trébucher.

— Quoi ?

— Pas ce que tu penses. Enfin… pas vraiment, mais presque.

— Quoi ? hurlai-je d'une voix suraiguë en lui donnant un coup de poing dans le bras. Pourquoi tu ne m'as rien raconté ? Avec cette Olivia ? Purée, je suis ta meilleure amie et tu ne m'as rien dit ?

— On avait bu, Alex. On se chamaillait pour monter devant dans la voiture... et on s'est retrouvés à s'embrasser à pleine bouche.

Je me mordis les lèvres.

— C'est chaud. Mais pourquoi tu ne vas pas lui parler ?

Un long silence s'étira entre nous avant qu'il ne réponde.

— Parce qu'elle me plaît vraiment, et je suis sûr qu'elle te plairait aussi. Elle est intelligente, elle est drôle, elle a du caractère et elle a un cul tellement...

— Caleb, OK. J'ai compris le message. Elle te plaît vraiment. Va lui parler.

Nous avancions vers le jardin qui séparait les deux dortoirs.

— Tu ne comprends pas. Tu le devrais pourtant. Ça ne nous mènera nulle part. Tu sais bien comment ça se passe pour nous.

— Hein ?

J'étais hypnotisée par les motifs intriqués de l'allée. Des runes et des symboles gravés dans le marbre. Certains représentaient des dieux, et d'autres ressemblaient aux gribouillages d'un gosse qui aurait volé un marqueur. J'aurais même pu en faire autant.

— Laisse tomber. Il faut que je me trouve une autre nana, pour me sortir ce truc de la tête.

Je relevai les yeux, abandonnant la contemplation de ces étranges dessins.

— Ça m'a l'air d'un plan efficace.

— Je devrais peut-être ressortir avec Léa ou quelqu'un d'autre. Pourquoi pas toi ?

Je lui jetai un regard dégoûté.

— Non, merci. Mais, sans blague, tu n'as pas envie de sortir avec n'importe qui. Tu as envie... d'une histoire... sérieuse.

Je m'interrompis tout net. Où est-ce que j'étais allée pêcher ça ?

Visiblement, il se posait la même question.

— Une histoire sérieuse ? Ma parole, Alex, tu es restée trop longtemps dans le monde des mortels. Tu sais comment sont les choses pour nous. On ne peut pas avoir d'histoires « sérieuses ».

Je soupirai.

— Oui, je le sais.

— Nous deviendrons des Gardiens ou des Sentinelles, pas des maris, des femmes ou des parents.

Il s'interrompit, le visage sombre.

— Des coups d'un soir ou des copines. C'est le mieux que nous pouvons espérer. Le service ne nous autorise rien d'autre.

Il avait raison. Lorsque l'on naissait sang-mêlé, on n'avait aucune chance de vivre une relation sentimentale sérieuse. Comme l'avait dit Caleb, notre fonction ne nous permettait pas de nouer des liens profonds – que nous pourrions avoir peur de perdre ou d'abandonner. Une fois diplômés, nous pouvions être affectés n'importe où, et toujours susceptibles d'être déplacés. C'était une vie difficile, solitaire, mais qui avait un sens.

Je donnai un coup de pied dans un petit caillou, qui se perdit dans les épais buissons.

— On n'est peut-être pas en cage, mais...

La peau de mon front se plissa tandis qu'un froid soudain m'envahissait. Je ne savais pas d'où ça venait, mais Caleb le sentait aussi, je le vis sur son visage.

— Un garçon, une fille, l'un à l'orée d'un avenir radieux et bref, l'autre remplie d'ombres et de doute.

Nous nous figeâmes tous les deux en entendant la voix cassée et chevrotante qui venait de parler, et nous nous retournâmes. Le banc de pierre qui était vide la seconde précédente était à présent occupé.

Par une femme tellement âgée qu'elle aurait dû ne plus être de ce monde.

Une masse de cheveux d'un blanc pur empilée sur le haut du crâne, la peau noire comme le charbon et marquée de rides profondes. Sa posture voûtée la vieillissait encore, mais son regard était vif. Pétillant d'intelligence.

Je n'avais jamais vu cette femme, mais je sus d'instinct qui elle était.

— Grand-Mère Piperi ?

Renversant la tête en arrière, elle éclata d'un rire désordonné. Le poids de ses cheveux menaçait de la déséquilibrer, mais elle se redressa.

— Oh, Alexandria, tu as l'air tellement surprise. Tu croyais que je n'existais pas ?

Caleb me donna plusieurs coups de coude, mais j'étais comme hypnotisée.

— Vous savez qui je suis ?

Ses yeux sombres se posèrent sur Caleb.

— Bien sûr.

Elle lissa sur son giron ce qui ressemblait à une robe de chambre.

— Je me souviens aussi de ta maman.

Incrédule, je me rapprochai de l'oracle, mais la stupeur me laissa sans voix.

— Je me souviens de ta maman, répéta-t-elle, hochant vigoureusement la tête. Elle est venue me voir il y a trois ans, elle est venue. Je lui ai révélé la vérité, vois-tu. La vérité qui lui était destinée, à elle seulement.

Elle s'interrompit, se tournant de nouveau vers Caleb.

— Que fais-tu ici, mon enfant ?

Les yeux exorbités, il se dandinait maladroitement.

— Nous étions... en train de rentrer nous coucher.

Grand-Mère Piperi sourit, étirant la peau parcheminée autour de sa bouche.

— Veux-tu entendre la vérité – ta vérité ? Ce que les dieux te réservent ?

Caleb blêmit. Le truc avec ce genre de vérités, c'est qu'elles vous rendaient fou. Même si on savait que c'était des sornettes.

— Grand-Mère Piperi, qu'avez-vous révélé à ma mère ?

— Si je te le disais, qu'est-ce que ça changerait ? Le destin est écrit, vois-tu. L'amour aussi est écrit.

Elle gloussa comme si elle venait de dire quelque chose de follement drôle.

— Ce que les dieux ont décidé adviendra. Est déjà en grande partie advenu. Tellement triste quand les enfants se sont retournés contre leurs créateurs.

Mais de quoi parlait-elle ? De toute façon, elle était bonne à enfermer, mais je voulais savoir ce qu'elle avait dit à ma mère.

— Je vous en prie. J'ai besoin d'entendre ce que vous lui avez dit. Ce qui l'a décidée à partir.

La vieille femme pencha la tête sur le côté.

— Tu ne veux pas connaître ta vérité, mon enfant ? C'est ce qui compte aujourd'hui. Au sujet de l'amour ? Celui qui est interdit et celui qui est destiné ?

Mes épaules s'affaissèrent et je refoulai les larmes qui me montaient soudainement aux yeux.

— Je ne veux rien savoir sur l'amour.

— Tu le devrais pourtant, mon enfant. Il faut que tu connaisses l'amour. Ce que les gens feront en son nom. Toutes les vérités parlent d'amour, n'est-ce pas ? D'une façon ou d'une autre, on en revient toujours à l'amour. Vois-tu, l'amour et le désir sont deux choses différentes. Ce que l'on éprouve parfois est immédiat, sans rime ni raison.

Elle se redressa légèrement sur le banc.

— Deux personnes, un regard au travers d'une pièce, un frôlement de peau. Chaque âme reconnaît l'autre comme sienne. Le temps ne fait rien à l'affaire. L'âme le sait toujours… que ce soit bien ou mal.

Caleb m'agrippa par le bras.

— Viens. Allons-nous-en. Elle ne te dira pas ce que tu veux entendre.

— Le premier… le premier est toujours le plus puissant.

Elle ferma les yeux et soupira.

— Ensuite viennent le désir et le destin. C'est autre chose. Le désir prend les atours de l'amour, mais le désir… n'est jamais l'amour. Garde-toi de ceux qui te désirent. Derrière le désir, il y a toujours une exigence, vois-tu.

Caleb me lâcha le bras, indiquant à grands signes le chemin derrière nous.

— Tu confondras parfois le désir et l'amour. Attention. La voie du désir n'est jamais belle et bonne. C'est plutôt celle dont il faut t'écarter. Méfie-toi de celui qui désire.

C'était une vieille folle, mais ses paroles me firent pourtant frissonner.

— Pourquoi mon chemin ne sera pas facile ? lui demandai-je, sans m'occuper de Caleb.

Elle se leva. De toute la hauteur de son vieux corps ratatiné.

— Tous les chemins sont rudes, aucun n'est jamais lisse. Celui-ci, dit-elle avec un petit gloussement en désignant Caleb du menton, son chemin est empli de lumière.

Caleb s'arrêta de me faire de grands signes.

— Content de le savoir.

— Son chemin sera bref et lumineux, ajouta Grand-Mère Piperi.

Il se décomposa.

— Je… Bon à savoir aussi.

— Le chemin ? la relançai-je, espérant une réponse intelligible.

— Ah, les chemins sont toujours difficiles. Le tien est peuplé d'ombres, empli d'actes qui doivent être accomplis. C'est celui de tes semblables.

Caleb me jeta un regard éloquent, mais je secouai la tête. Je n'avais aucune idée de ce dont parlait cette femme, mais je ne voulais pas encore partir. Elle me dépassa en boitillant, et je m'effaçai du sentier pour la laisser passer. Mon dos effleura quelque chose de doux et de chaud qui attira mon attention. Me retournant, je découvris de grandes fleurs violettes au cœur jaune comme des soleils. Je m'approchai plus près, humant l'odeur amère, presque âcre qu'elles dégageaient.

— Méfie-toi, mon enfant. Cette fleur que tu touches s'appelle la belladone. La Belle Dame. Les fleurs de la nuit.

Elle s'immobilisa, se retournant vers nous.

— Très dangereuse... comme les baisers de ceux qui marchent parmi les dieux. Enivrante, délicieuse et mortelle... Il faut savoir l'utiliser. Quelques gouttes, tout va bien. À trop forte dose... elle emporte ce qui fait de toi qui tu es.

Elle sourit tendrement, comme à un souvenir.

— Les dieux sont là autour de nous, toujours proches. Ils observent, ils attendent de voir qui sera le plus fort. Ils sont ici en ce moment. Vois-tu, leur fin est proche, la nôtre à tous. Même les dieux doutent.

Caleb me fit à nouveau les gros yeux, mais je haussai les épaules, tentant ma chance une dernière fois.

— Vous ne voulez rien me dire au sujet de ma mère ?

— Je n'ai rien à te dire qu'on ne t'ait déjà dit.

— Attendez...

Je fus parcourue d'un frisson à la fois glacé et brûlant.

— Ce... qu'a dit Léa était vrai ? Ma mère est morte à cause de moi ?

Caleb s'éloigna à reculons.

— Partons, Alex. Tu as raison. Ce n'est qu'une vieille folle.

Piperi soupira.

— Il y a des oreilles partout, mais les oreilles n'entendent que ce qu'elles veulent.

— Alex, allons-nous-en.

Le temps d'un battement de paupières – je n'exagère pas – et Grand-Mère Piperi se tenait devant moi. Cette vieille femme était vive. Sa main aux ongles longs se referma sur mon épaule à m'en faire grimacer.

Elle plongea dans mes yeux un regard acéré comme une lame. Quand elle parla, sa voix avait perdu sa raucité. Et ses paroles n'étaient plus du tout décousues. Oh non, son message était clair et allait droit au but.

— Tu tueras ceux que tu aimes. C'est inscrit dans ton sang et tel est ton destin. Ainsi ont parlé les dieux et tel est ce qu'ils ont prévu pour toi.

Chapitre 9

— Alex ! Observe ses mains. Tu laisses passer beaucoup trop de coups !

Je hochai la tête en écoutant les mots durs d'Aiden et me remis en garde face à Kain. Aiden avait raison. Je me faisais massacrer. Mes mouvements étaient trop lents, trop saccadés, j'étais distraite – j'étais restée éveillée une bonne partie de la nuit à ressasser cette étrange conversation avec Grand-Mère Piperi.

Ce n'était pourtant pas le moment d'avoir la tête ailleurs. Aujourd'hui, pour la première fois, je m'entraînais avec Kain et je combattais comme une débutante. Il ne me ménageait pas, ce qui n'était pas plus mal, mais je n'avais pas envie non plus d'avoir l'air d'une buse devant une autre Sentinelle.

Une frappe du pied brutale perça de nouveau ma défense et je n'eus que le temps de l'esquiver à la dernière seconde. Mais ce n'était pas les esquives que je travaillais. Dommage, j'aurais assuré grave de ce côté-là.

Aiden s'avança vivement vers moi pour replacer correctement mes bras de façon à dévier la jambe de Kain.

— Observe-le. Guette le moindre frémissement musculaire qui annoncera son attaque. Tu dois être plus concentrée, Alex.

— Je sais.

Je reculai d'un pas, m'essuyant le front de mon avant-bras.

— Je vais y arriver.

Kain secoua la tête avant de rompre l'engagement pour aller prendre sa bouteille d'eau tandis qu'Aiden m'entraînait par le bras à l'autre bout de la salle. Il se pencha pour me regarder dans les yeux.

— C'est quoi, ton problème, aujourd'hui ? Je sais que tu es capable de faire mieux que ça.

Je me baissai pour ramasser ma propre bouteille, mais elle était vide. Aiden me tendit la sienne.

— C'est juste... Je ne suis pas à ce que je fais, aujourd'hui.

Je bus une gorgée avant de lui rendre sa bouteille.

— Ça se voit.

Je me mordis les lèvres et piquai un fard. Je valais mieux que ça et, par les dieux, je voulais le prouver à Aiden. Si je ne surmontais pas cet obstacle, je ne pourrais pas passer à l'étape supérieure – et apprendre tous les trucs super cool qui m'intéressaient.

— Alex, tu as été distraite toute la journée.

Il plongea les yeux dans les miens.

— J'espère que ça n'a rien à voir avec la soirée que Jackson a organisée sur la plage hier.

Par les enfers, rien ne lui échappait donc jamais ? Je secouai la tête.

— Non.

Il me lança un regard entendu, puis avala une bonne lampée du contenu de sa bouteille avant de me la fourrer entre les mains.

— Tu peux la finir.

Je soupirai en pivotant vers les tapis.

— On y retourne ?

Aiden fit signe à Kain de revenir, puis me donna une tape sur l'épaule.

— Tu peux y arriver, Alex.

Je rassemblai mes esprits et bus encore une gorgée avant de reposer la bouteille par terre. Je rejoignis Kain au centre du tapis et hochai la tête.

Il m'étudia d'un air las.

— Prête ?

— Oui.

Je serrai les dents. Kain haussa les sourcils d'un air dubitatif.

— Très bien.

Il secoua la tête et nous nous mîmes en garde une fois de plus.

— Pense à anticiper mes mouvements.

Je bloquai son premier coup de pied, puis son poing. Nous nous tournâmes autour un petit moment et je songeai à nouveau aux paroles de Grand-Mère Piperi. « Tu tueras ceux que tu aimes. » Cela n'avait aucun sens. La seule personne que j'avais aimée était déjà morte et je savais très bien que je ne l'avais pas tuée. On ne pouvait pas tuer un mort, et je n'aimais…

Le pied botté de Kain venait de franchir ma garde et me frappa violemment à l'estomac. Une douleur fulgurante explosa en moi, tellement intense que je tombai à genoux. Ce mouvement déclencha une douleur dans mon dos martyrisé. Avec une grimace, je me ceignis les reins d'une main, l'autre sur l'estomac.

J'étais une loque.

Kain s'agenouilla devant moi.

— Mais enfin, Alex ! Qu'est-ce que tu fabriques ? Tu aurais dû garder tes distances.

— Oui, grognai-je.

Respire à fond et laisse passer la douleur. Vas-y, respire à fond. Plus facile à dire qu'à faire, mais je continuai de m'encourager intérieurement. Je m'attendais à me faire sonner les cloches, et quelque chose de bien, par Aiden, mais il ne me dit rien du tout. Il nous rejoignit à grandes enjambées et releva Kain par la peau du cou, le soulevant presque du sol.

— Fin de l'entraînement.

La bouche de Kain s'ouvrit et son teint habituellement bronzé était livide.

— Mais...

— Je ne suis pas assez clair ?

La voix d'Aiden n'était qu'un grondement menaçant.

Je me remis debout tant bien que mal.

— Aiden, c'est ma faute, j'étais trop près.

Pas besoin d'entrer dans les détails, j'avais foiré.

Aiden me lança un regard par-dessus son épaule, toujours tendu. Quelques secondes plus tard, il relâcha Kain.

— Va-t'en.

Kain recula en remettant son tee-shirt en place. Il se tourna ensuite vers moi, ses yeux de la couleur de l'océan écarquillés.

— Alex, je suis désolé.

J'agitai la main pour le rassurer.

— Ce n'est rien.

Aiden s'approcha de moi, sans ajouter un mot pour Kain.

— Laisse-moi voir ça.

— Oh... ça va.

Je lui tournai le dos. J'avais les larmes aux yeux, mais pas à cause de la douleur toujours cuisante. J'avais envie de m'asseoir par terre et de pleurer. Je m'étais carrément livrée à ce coup pied. Un gosse n'aurait pas commis cette erreur. J'étais vraiment une quiche.

Aiden me posa une main étonnement douce sur l'épaule pour m'obliger à lui faire face. L'expression de son visage disait qu'il comprenait ma gêne.

— Ce n'est pas grave, Alex.

Comme je ne bougeais toujours pas, il recula d'un pas.

— Tu as porté une main à ton dos. Je dois m'assurer que tu n'es pas blessée.

Je ne pouvais pas y couper, aussi le suivis-je dans un local adjacent à la salle de combat où était entreposé le matériel médical. C'était une pièce froide et stérile qui ressemblait au cabinet d'un docteur, à l'exception d'une peinture d'Aphrodite dans toute sa beauté et sa nudité, dont la présence me surprit et me mit légèrement mal à l'aise.

— Monte sur la table d'examen.

J'avais surtout envie de courir me cacher dans ma chambre pour broyer du noir dans mon coin, mais je lui obéis.

Aiden s'approcha de moi, le regard fixé au-dessus de ma tête.

— Ton estomac ?

— Ça va.

— Pourquoi t'es-tu tenu le dos ?

— Il me fait mal.

Je frottai mes mains sur mes cuisses.

— Je suis nulle.

— Ne dis pas ça.

— Si. J'aurais dû me concentrer. J'étais trop près. Ce n'était pas la faute de Kain.

Il parut réfléchir quelques secondes.

— C'est la première fois que je te vois aussi distraite.

Depuis un mois, nous nous entraînions ensemble huit heures par jour, et il avait vu de moi beaucoup de choses. Mais jamais une telle déconcentration.

— Tu ne peux pas te le permettre, continua-t-il d'une voix douce. Tes progrès sont remarquables, mais tu n'as pas de temps à perdre. Nous serons bientôt en juillet, et nous n'avons plus que deux mois pour te mettre à niveau. Ton oncle exige des rapports hebdomadaires. Ne pense pas qu'il t'a oubliée.

Honteuse et déçue, je contemplai mes mains.

— Je sais.

Aiden me prit par le menton pour me relever la tête.

— Qu'est-ce qui te déconcentre, Alex ? On dirait que tu manques de sommeil et que ton esprit est à mille lieues d'ici. Si ce n'est pas la fête d'hier, est-ce que c'est un garçon qui te distrait ?

Je grinçai des dents.

— Écoute, il y a plusieurs sujets dont je ne compte pas parler avec toi. Et les garçons en font partie.

Il haussa les sourcils.

— Ah bon ? Si cela nuit à ton entraînement, ça me regarde.

Je me tortillai inconfortablement sous son regard inquisiteur.

— Il n'y a pas de garçon. Je n'ai pas de petit ami.

Il ne dit rien, attendant que je poursuive. Son regard patient était apaisant. Même s'il ne s'agissait que de sottises et que je n'étais qu'une idiote, je décidai de lui dire ce qui me préoccupait. Je pris une profonde inspiration.

— J'ai vu Grand-Mère Piperi hier soir.

Visiblement, il s'attendait à tout sauf à ça. Son expression demeura impassible, mais son regard s'intensifia.

— Et ?

— Ce que Léa a dit était vrai...

— Alex, me coupa-t-il. Pas de ça. Tu n'es pas responsable.

— Ce qu'elle a dit était vrai et faux à la fois.

Je m'interrompis et soupirai devant son expression perplexe.

— Grand-Mère Piperi ne m'a pas tout dit. En fait, elle m'a débité des tas de bêtises sur l'amour et le désir... et le baiser des dieux. Bref. Elle a aussi dit que je tuerais ceux que j'aimais, mais ce n'est pas possible. Ma mère est déjà morte.

Une étrange émotion traversa le visage d'Aiden, si brièvement que je n'eus pas le temps de la décrypter.

— Je pensais que tu ne croyais pas à ces prophéties.

Comme par hasard, de tout ce que j'avais pu dire, c'était de *ça* qu'il se souvenait.

— Non, mais on ne me dit pas tous les jours que je tuerai quelqu'un que j'aime.

— Et c'est ça qui t'a travaillée toute la journée ?

Mes mains se crispèrent sur mes cuisses.

— Oui. Non. Je ne sais pas. Tu crois que ma mère est morte à cause de moi ?

— Oh, Alex.

Il secoua la tête.

— Tu te rappelles quand tu m'as demandé pourquoi je m'étais porté volontaire pour t'entraîner ?

— Oui.

Il lâcha la table sur laquelle il était appuyé.

— Eh bien, je t'ai menti.

Je me mordis les lèvres et détournai les yeux.

— Oui. J'avais déjà compris.

— Ah oui ?

Il semblait surpris.

— Tu as pris ma défense à cause de ce qui est arrivé à tes parents.

Je le regardai à la dérobée : il me dévisageait en silence.

— Je crois que je te fais penser à toi quand cela est arrivé.

Aiden soutint mon regard pendant une seconde qui dura une éternité.

— Tu es bien plus observatrice que je ne le supposais.

— Merci.

Pas besoin de préciser que je ne l'avais compris que très récemment.

Son petit sourire en coin apparut.

— Tu as raison, si ça peut te soulager. Je me souviens de ce que j'ai ressenti après. On se demande ce qu'on aurait pu faire différemment, même si ça ne sert à rien, on ne peut pas s'empêcher de penser à tout ce qui aurait pu se passer autrement.

Son sourire s'effaça et il détourna la tête.

— Pendant longtemps, je me suis dit que si j'avais décidé plus tôt de devenir Sentinelle, j'aurais pu arrêter ce démon.

— Mais tu ne pouvais pas savoir qu'un démon attaquerait. Tu étais – tu es toujours – un sang-pur. Vous êtes très peu nombreux à... choisir cette vie. Et tu n'étais qu'un adolescent. Tu n'as rien à te reprocher.

Aiden se tourna vers moi, les yeux pleins de curiosité.

— Dans ce cas, comment peux-tu te sentir responsable de ce qui est arrivé à ta mère ? Tu étais consciente de la possibilité qu'un démon vous retrouve, mais tu n'en savais rien.

— Non.

Je détestais quand il avait raison.

— Tu t'accroches encore à cette culpabilité. Au point d'accorder trop d'importance aux paroles de l'oracle. Tu ne dois pas te laisser influencer par ce qu'elle a dit, Alex. Un oracle n'énonce que des possibilités, pas des faits.

— Je croyais que les oracles communiquaient avec les dieux et connaissaient notre destinée, répondis-je sèchement.

Il avait l'air sceptique.

— Les oracles ont une vision du passé et des futurs possibles, mais ce n'est pas gravé dans le marbre. Notre destin n'est jamais écrit d'avance. Nous avons notre mot à dire. Tu n'es pas responsable de... ce qui est arrivé à ta mère. Tu dois te libérer de cette culpabilité.

— Pourquoi le dire comme ça ? Personne ne dit jamais qu'elle est morte. On dirait que ça fait peur à tout le monde. Ce qui est arrivé à ma mère, c'est que quelqu'un l'a tuée.

Son visage s'assombrit de nouveau, mais il fit le tour de la table d'examen.

— Laisse-moi examiner ton dos.

Sans que j'aie le temps de réagir, il souleva mon tee-shirt et hoqueta aussitôt.

— Quoi ? lui demandai-je, mais il ne répondit pas.

Il releva mon tee-shirt un peu plus haut et je lui tapai sur les doigts.

— Hé... Qu'est-ce que tu fais ?

Il contourna de nouveau la table, le gris de ses yeux sombre comme l'acier.

— À ton avis ? Depuis quand ton dos est-il dans cet état ?

Je me tassai sur moi-même.

— Depuis... euh... qu'on a commencé à travailler les blocages.

— Pourquoi ne m'en as-tu rien dit ?

— Ce n'est pas grand-chose. Ça ne me fait pas vraiment mal.

Aiden pivota sur lui-même.

— Satanés sang-mêlé ! Je sais que vous avez une tolérance à la douleur supérieure à la normale, mais là, c'est ridicule. Là, c'est forcément douloureux.

Je le regardai fouiller dans plusieurs armoires.

— Je suis une combattante en formation.

Je m'efforçai de parler comme une adulte.

— Nous ne sommes pas censés nous plaindre. Ça fait partie de l'entraînement... du métier de Sentinelle. Ce sont des choses qui arrivent.

Aiden se tourna vers moi comme s'il n'en croyait pas ses oreilles.

— Tu ne t'entraînes plus depuis trois ans, Alex. Ton corps – ta peau n'est plus habituée aux coups.

Tu ne peux pas fermer les yeux sur ce genre de choses parce que tu penses qu'on te méprisera.

Je battis des paupières.

— Ce n'est pas ce que je pense. Ce ne sont que quelques maudits bleus. Certains se sont même déjà estompés. Tu vois ?

Il posa un petit pot d'onguent sur la table à côté de moi.

— Conneries.

— C'est la première fois que je t'entends dire un gros mot.

Étrangement, j'avais envie de rire.

— Ce ne sont pas *quelques* bleus, Alex. Ton dos en est couvert.

Il s'arrêta, serrant les poings.

— Tu avais peur que cela te rabaisse à mes yeux si tu m'en parlais ?

Je secouai légèrement la tête.

— Non.

Il pinça les lèvres.

— Je savais que ton corps avait besoin d'un temps d'adaptation. Honnêtement, j'aurais dû m'en douter.

— Aiden… vraiment, ce n'est pas si terrible.

Je m'étais habituée à ces élancements sourds omniprésents, et je ne mentais pas vraiment.

Il s'empara de la pommade et fit le tour de la table.

— Ça devrait te soulager un peu. Et la prochaine fois, il faut me dire quand quelque chose ne va pas.

— D'accord.

Mieux valait faire profil bas. Il ne semblait pas disposé à entendre une remarque sarcastique en ce moment.

— C'est quoi, ce machin ?

Il dévissa le couvercle.

— Un mélange d'arnica et de menthol. L'arnica vient d'une fleur. Elle a une action anti-inflammatoire et analgésique. Ça te soulagera.

Je m'attendais à ce qu'il me donne le pot, au lieu de quoi il plongea les doigts à l'intérieur.

— Qu'est-ce que tu... ?

— Soulève ton tee-shirt. Je ne veux pas en mettre partout. Ça tache les vêtements.

Abasourdie, je lui obéis. Il jura de nouveau entre ses dents à la vue de mon dos.

— Alex, tu ne peux pas laisser ce genre de choses sans soins.

Cette fois, il ne semblait plus en colère.

— Si tu es blessée, tu dois me le dire. Je n'aurais pas...

Il m'aurait ménagée ? Il ne m'aurait pas laissée me battre contre Kain pour me faire massacrer ? Je ne voulais pas de ça.

— Je veux que tu te sentes libre de m'informer quand il y a un problème. Je ne veux pas que tu penses que je me moque de ton bien-être.

— Tu n'y es pour rien. Je n'avais qu'à te le dire...

Ses doigts entrèrent en contact avec ma peau et je manquai défaillir. Pas parce que le baume était froid – et il était pourtant glacial – mais parce qu'*il* me massait le dos. Un pur ne touchait pas un sang-mêlé de cette façon. Ou peut-être que si, à présent ? Je n'en savais rien, mais je n'imaginais pas les autres purs que je connaissais s'efforcer de soulager la douleur d'un sang-mêlé. Ils se fichaient bien de nous.

Aiden étala le baume sur mes reins sans prononcer un mot, puis ses mains remontèrent. Il finit par frôler le bord de mon soutien-gorge de sport. Ma peau était étrangement brûlante, surtout sous l'effet d'un produit d'une telle fraîcheur. Et puis il y avait ce tableau d'Aphrodite perchée sur son rocher. Son visage extatique et ses seins exposés aux yeux du monde.

Ça ne m'aidait pas du tout.

Aiden continua de me masser en silence. De temps en temps, j'étais parcourue de frissons et des vagues de chaleur incendiaires déferlaient partout dans mon corps.

La voix posée d'Aiden s'insinua dans mes pensées.

— Est-ce que tu as connu ton père biologique ?

Je secouai la tête.

— Non, il est mort avant ma naissance.

Ses doigts habiles redescendirent sur ma taille.

— Tu ne sais rien de lui ?

— Non. Ma mère ne m'en a jamais vraiment parlé, mais je pense qu'ils s'étaient rencontrés à Gatlinburg, dans le Tennessee. Nous allions passer le Solstice d'hiver là-bas chaque fois qu'elle pouvait... échapper à Lucien. J'ai l'impression... qu'elle se sentait proche de lui dans ces montagnes.

— Elle l'aimait ?

Je hochai la tête.

— Je crois que oui.

Il me frictionnait à présent les lombaires, faisant pénétrer l'onguent par de lents mouvements circulaires, et je captai des bouffées de menthol.

— Qu'est-ce que tu comptais faire si ces démons n'étaient pas arrivés ? Tu avais certainement des projets, non ?

Je déglutis. Sa question était plutôt simple, mais j'avais du mal à me concentrer sur autre chose que ses mains.

— Euh... Je voulais faire beaucoup de choses.

Ses doigts s'immobilisèrent et il rit doucement.

— Quoi, par exemple ?

— Je... Je ne sais pas.

— Songeais-tu à revenir au Covenant ?

— Oui et non.

Je déglutis encore, cette fois avec difficulté.

— Avant l'attaque, je pensais que je ne reverrais jamais le Covenant. Après, j'ai essayé de gagner le Covenant de Nashville, mais les démons... m'en ont empêchée.

— Qu'est-ce que tu comptais faire si les démons ne vous avaient pas trouvées ?

Il avait la délicatesse de ne pas m'interroger sur cette semaine terrible qui avait suivi l'attaque. Il savait que je ne souhaitais pas en parler.

— Quand... j'étais toute petite, ma mère et quelques Sentinelles nous avaient emmenés au zoo, moi et d'autres enfants. J'avais adoré ça – surtout les animaux. Cet été-là, je n'ai pas cessé de répéter à ma mère que je m'y sentais à ma place.

Cela parut le surprendre.

— Quoi ? Tu pensais que ta place était dans un zoo ?

Un petit sourire me vint aux lèvres.

— Oui, j'étais une petite fille étrange. Et c'était l'une des choses que j'envisageais de faire. Travailler dans un zoo avec les animaux, mais...

Je haussai les épaules, me sentant totalement stupide.

— Mais quoi, Alex ?

Même sans le voir, je *sentais* son sourire.

Je contemplai mes mains.

— Mais j'ai toujours voulu revenir au Covenant. Comme une nécessité. J'avais du mal à m'intégrer dans le monde des mortels. Le Covenant me manquait, le fait d'avoir un but et de savoir ce qui m'attendait.

Ses mains quittèrent mon dos et il ne dit plus rien pendant si longtemps que je crus qu'il lui était arrivé quelque chose. Je me retournai et m'assis sur la table pour le regarder.

— Qu'est-ce qu'il y a ?

Il inclina la tête sur le côté.

— Rien.

Croisant les jambes, je laissai échapper un soupir.

— Tu me regardes comme si j'étais tordue.

Aiden écarta le pot d'onguent.
— Tu n'es pas tordue.
— Alors quoi ?
Je baissai mon tee-shirt et m'emparai du pot.
— Tu as fini ?
Il acquiesça et je revissai le couvercle.
Aiden se pencha alors en avant, prenant appui sur la table de chaque côté de mes jambes.
— La prochaine fois que tu as mal quelque part, je veux que tu me le dises.
Quand je relevai la tête, nos yeux se trouvaient à la même hauteur et nous n'étions plus séparés que par quelques centimètres – plus proches que nous ne l'avions jamais été en dehors de la salle de combat.
— D'accord.
— Et… tu n'es pas bizarre. Disons que j'ai rencontré des gens plus dérangés que toi.
J'allais sourire, mais quelque chose dans son expression m'arrêta. J'avais l'impression qu'il se sentait responsable de moi et qu'il prenait sur ses épaules mes états d'âme. Ce n'était pas qu'une impression. Peut-être parce qu'il avait l'habitude de s'occuper de Deacon… et à propos de Deacon, je me souvins soudain de ce qu'il avait dit la veille.
M'éclaircissant la voix, je regardai son épaule.
— Est-ce que Deacon exprime ce qu'il ressent ? Tu sais, à propos de vos parents ?
Ma question le prit au dépourvu. Il eut besoin de plusieurs secondes pour me répondre.
— Non. Exactement comme toi.
Je refusai de mordre à l'hameçon.
— S'il boit autant, je crois que c'est pour éviter d'y penser.
Aiden cligna les yeux.
— C'est pour ça que tu bois, toi aussi ?

— Non ! Je ne bois pas tant que ça, mais ce n'est pas la question. Ce que je veux dire...

Par les dieux, qu'est-ce que j'étais en train de faire ? De lui donner des conseils à propos de son frère ?

— Qu'est-ce que tu voulais dire ?

Croisant les doigts pour ne pas dépasser les bornes, je me lançai.

— Je crois que Deacon boit pour anesthésier ses émotions.

— Je le sais bien, soupira Aiden. C'est ce que disent les psychologues et tous ses professeurs. Mais j'ai beau faire et l'emmener consulter, il ne se livre jamais.

Je hochai la tête. Je comprenais les problèmes de Deacon. C'était très dur pour lui.

— Il est... fier de toi. Il ne l'a pas dit exactement dans ces termes, mais il est fier de ce que tu fais.

Il sursauta.

— Que... Qu'est-ce que tu en sais ?

Je haussai les épaules.

— Je crois que tu dois continuer dans cette voie, parce que c'est la bonne, et qu'il s'en sortira.

Le visage d'Aiden était toujours grave, mais il y avait aussi autre chose. Il se faisait du souci. Et, pour des raisons que je ne voulais pas explorer, cela ne me laissait pas indifférente.

— Hé.

Je lui donnai une tape sur la main en appui près de mon genou gauche.

— Tu es...

Sa main emprisonna la mienne et je me figeai quand il mêla ses doigts aux miens.

— Je suis quoi ?

Beau. Gentil. Patient. Parfait. Je ne lui dis rien de tout cela, bien sûr. Je me contentai de contempler fixement ses doigts. Avait-il conscience de me tenir la main ?

— Tu es toujours si...

Il se mit à me caresser la main avec son pouce. À cause de l'onguent, cet attouchement était frais et très doux.

— Quoi ?

Dès que je relevai le visage, je fus prise au piège de ses yeux. L'intensité de son regard, le contact de ses doigts, tout cela provoquait en moi d'étranges sensations. Je me sentais enfiévrée et j'avais la tête qui tournait, comme après être restée toute une journée au soleil. Je ne pensais plus à rien d'autre qu'à la caresse de sa main sur la mienne. Puis je me pris à fantasmer qu'il effleurait d'autres parties de mon corps. Des pensées qui m'étaient interdites.

Aiden était un *pur*.

La porte du local s'ouvrit tout à coup. Je sursautai et ma main retomba sur mes genoux.

Une silhouette haute et massive s'encadra sur le pas de la porte. Monsieur Muscles – Léon – passa la tête par la porte et son regard s'arrêta sur Aiden, qui s'était reculé à une distance plus appropriée.

— Je te cherchais partout, lui dit Léon.

— Que se passe-t-il ? demanda Aiden d'une voix neutre.

Léon daigna m'accorder un regard. Il ne soupçonnait rien. Pourquoi l'aurait-il fait ? Aiden était un pur très respecté et je n'étais qu'une sang-mêlé qu'il entraînait.

— Elle s'est blessée ?

— Ça va. Qu'est-ce que tu voulais ?

— Marcus a demandé à nous voir.

Aiden hocha la tête. Emboîtant le pas à Léon, il s'arrêta sur le seuil pour se tourner vers moi, plus professionnel que jamais.

— Nous reparlerons de tout ça plus tard.

— D'accord, répondis-je, mais il était déjà parti.

Mon regard s'attarda sur le tableau représentant la déesse de l'amour. Ma gorge se noua tandis que ma main se crispait sur le pot d'onguent. Il ne fallait surtout pas que je pense à Aiden de cette façon. Bien sûr, il était beau à se pâmer et vraiment adorable, patient et drôle à sa façon pince-sans-rire. Beaucoup de choses chez lui étaient attirantes. Et s'il avait été un sang-mêlé, il n'y aurait eu aucun problème. Il n'était pas employé par le Covenant, donc pas de relation élève-professeur, et il n'avait que trois ans de plus que moi. Si Aiden avait été un sang-mêlé, il y a sans doute longtemps que je lui serais tombée dans les bras.

Mais Aiden était un sang-pur.

Un maudit sang-pur aux doigts merveilleusement habiles et son sourire… me donnait l'impression d'avoir un nid de papillons dans le ventre. Le regard qu'il posait sur moi – la façon dont ses yeux passaient de l'acier à l'argent en une fraction de seconde – m'affectait encore maintenant. Mon stupide petit cœur faisait des bonds dans ma poitrine.

Chapitre 10

Aiden choisit le moment où j'étais allongée sur les tapis en train de faire mes étirements deux jours plus tard pour m'annoncer pourquoi Marcus avait voulu le voir.

— Lucien arrive bientôt.

Je contemplai le plafond, dépitée.

— Et alors ?

Au lieu de rester debout et de me dominer de toute sa hauteur comme il le faisait habituellement, Aiden s'assit par terre à côté de moi. L'une de ses jambes effleura la mienne et mon cœur fit une embardée. *Tu es totalement ridicule, Alex. Pense à autre chose.* Je me décalai pour rompre le contact.

— Il voudra te parler.

Écartant de mes pensées cette attraction absurde qu'il exerçait sur moi, je me concentrai sur ses paroles.

— Pourquoi ?

Il replia les jambes et verrouilla ses genoux avec ses bras.

— Lucien est ton tuteur légal. Il est sans doute curieux de savoir comment tu progresses.

— Curieux ?

Je donnai des coups de pied en l'air. Sans trop savoir pourquoi.

— Lucien ne s'est jamais intéressé à moi. Pourquoi commencerait-il aujourd'hui ?

Le visage d'Aiden se ferma.

— La situation est différente. Maintenant que ta mère...

— Ça ne change rien. Ça ne me concerne pas.

Son expression restait impénétrable tandis qu'il me regardait pointer les orteils vers le plafond.

— Cela te concerne, au contraire.

Il prit une profonde inspiration, semblant chercher ses mots.

— Lucien s'oppose à ce que tu reprennes ta formation.

— Lucien et Marcus ont au moins ça en commun.

Sa mâchoire se contracta.

— Lucien et Marcus n'ont rien de commun.

Ce n'était pas la première fois qu'il essayait de me convaincre que mon oncle n'était pas l'abruti que je croyais. Il s'y employait depuis plusieurs semaines, insistant sur l'inquiétude de Marcus quand ma mère et moi avions disparu, et son soulagement quand il avait appris que j'étais en vie. Sympa de sa part d'essayer de renouer les liens familiaux, mais il ignorait visiblement que ceux-ci n'avaient jamais existé entre mon oncle et moi.

Aiden tendit le bras pour ramener mes jambes au sol.

— Tu ne restes jamais tranquille une seule seconde ?

Je m'assis avec un sourire joueur.

— Jamais.

Il avait l'air d'être tenté de sourire aussi, mais ne se l'autorisa pas.

— Ce soir, quand tu verras Lucien, il faut que ton comportement soit exemplaire.

Je me relevai, rigolant franchement.

— Exemplaire ? Tu veux dire que je ne dois pas le défier en combat singulier ? Je serais pourtant sûre de gagner. C'est une mauviette.

Le pli sévère qui barra le beau visage d'Aiden indiquait clairement que cela ne l'amusait pas.

— Tu as conscience que ton beau-père peut passer au-dessus de la décision de Marcus de te reprendre ou pas au Covenant ? Son autorité sur toi est supérieure à celle de ton oncle.

— Je le sais, répondis-je, les mains sur les hanches. Mais comme la décision de Marcus dépend du niveau que j'aurai à la rentrée, je ne vois pas où est le problème.

Aiden se releva d'un mouvement souple et fluide et s'éloigna avec vélocité. Pendant quelques secondes, je fus frappée par sa grâce féline.

— Le problème, c'est que si tu réponds au Magistrat comme tu le fais avec Marcus, tu n'auras pas de deuxième chance. Personne ne pourra t'aider.

Je me résignai à détourner les yeux.

— Je ne répondrai pas à Lucien. Sérieusement, rien de ce qu'il pourra dire ne me fera sortir de mes gonds. Lucien n'est rien pour moi. Il n'a jamais rien représenté.

Il ne semblait pas convaincu.

— Tâche de t'en souvenir.

Je lui adressai un petit sourire sarcastique.

— Merci de ta confiance.

Étonnamment, il me le retourna. Cela me fit chaud au cœur et je me sentis stupide.

— Comment va ton dos ?

— Oh, très bien. Ce... baume que tu m'as donné est vraiment efficace.

Il revint vers moi à grands pas, ses yeux argent fixés sur moi.

— Pense à l'appliquer tous les soirs. Les bleus devraient avoir disparu dans quelques jours.

Tu pourrais peut-être me masser à nouveau, songeai-je en mon for intérieur, sans le dire tout haut. Je battis en retraite pour garder mes distances.

— Oui, sensei.

Aiden s'arrêta devant moi.

— Allons-y. Le Magistrat et ses Gardiens vont bientôt arriver, et il veut rencontrer tous ceux qui sont actuellement présents au Covenant.

Je poussai un grognement. Tout le monde serait en uniforme et personne ne m'en avait donné.

— J'aurai l'air d'une...

Aiden m'attrapa par les bras, et toute pensée rationnelle s'évapora. Je le regardai dans les yeux, imaginant un scénario complètement fou où il m'attirait contre lui pour m'embrasser langoureusement comme les hommes virils dans les bouquins à l'eau de rose que lisait ma mère.

Il me souleva du sol et me reposa un peu plus loin, puis s'accroupit pour rouler les tapis, mettant un terme à mes fantasmes.

— Tu auras l'air de quoi ?

Je me frottai les bras.

— Je n'ai pas d'uniforme. Je détonnerai et tous les regards seront braqués sur moi.

Il me lança un coup d'œil par en dessous à travers ses cils fournis.

— Depuis quand ça te gêne d'être le centre de l'attention ?

— Un point pour toi.

Je lui lançai un sourire radieux avant de quitter la salle de combat.

— À plus tard.

Quand j'arrivai dans la salle commune, tout le monde ne parlait que de ça.

Ce n'était pas à cause de l'arrivée de Lucien que Caleb arpentait nerveusement la salle à grands pas. Même Léa semblait tendue et entortillait ses cheveux autour de ses doigts. Aucun sang-mêlé ne s'intéressait à Lucien pour lui-même, mais en tant que membre dirigeant du Conseil, il avait toute autorité sur les purs et les sang-mêlé. Et tout le monde se demandait ce qu'un Magistrat venait faire au Covenant en plein été, quand une bonne partie des cadets étaient absents.

Une image d'Aiden en pirate me prenant dans ses bras flottait encore dans mon esprit.

— Tu sais quelque chose ? me demanda Luke.

Sans me laisser le temps de répondre, Léa intervint.

— Qu'est-ce qu'elle pourrait savoir ? Lucien reconnaît à peine son existence.

Je lui lançai un regard en biais.

— Tu essayais de me blesser ?

Elle haussa les épaules.

— Ma belle-mère vient me voir tous les dimanches. Pourquoi Lucien n'est pas venu te rendre visite ?

— Qu'est-ce que tu en sais ?

Elle prit un air entendu.

— Je le sais.

Je fronçai les sourcils.

— Tu couches avec un Gardien, c'est ça ? Ça expliquerait comment tu sais tant de choses.

Les yeux de Léa s'étrécirent à la manière de ceux d'un chat qui a repéré une souris.

Je gloussai. J'étais prête à parier que c'était Clive, un jeune Gardien qui était présent le jour de mon arrivée. Il était beau garçon, aimait surveiller les adolescentes et je l'avais vu deux ou trois fois près des dortoirs.

— Peut-être bien que Lucien vient te retirer du Covenant, ajouta Léa, examinant ses ongles. J'ai toujours pensé que ta place était parmi les esclaves.

Je me baissai nonchalamment pour ramasser un gros magazine, que je lui lançai à la tête. Elle l'intercepta avec des réflexes de sang-mêlé.

— Merci. Je cherchais quelque chose à lire, justement.

Elle se mit à le feuilleter.

Vers 19 heures, je regagnai ma chambre pour me préparer. Soigneusement posé sur la table basse, je trouvai un uniforme kaki du Covenant. Écarquillant les yeux, je m'en emparai, faisant tomber un petit mot plié en deux. Je l'ouvris avec des doigts tremblants :

J'ai choisi la taille au jugé. À ce soir.

Sourire aux lèvres, je vérifiai l'étiquette à l'intérieur du pantalon. Pile ma taille. Une bouffée de reconnaissance me submergea. Ce cadeau d'Aiden signifiait beaucoup pour moi. Ce soir, j'aurais l'air à ma place au Covenant.

Les uniformes des cadets étaient du même modèle que les tenues noires des Sentinelles – inspirés des treillis militaires. Ils étaient bourrés de petites poches pratiques et de mousquetons pour accrocher des armes, ce que je trouvais très cool.

Je me douchai rapidement, et, une fois habillée, j'éprouvai une montée d'adrénaline. Cela faisait des années que je n'avais pas revêtu cette tenue et j'avais parfois cru ne plus jamais en avoir l'occasion. Tournant sur moi-même devant le miroir, je trouvais que je portais bien l'uniforme.

Excitée comme une puce, je nouai mes cheveux en une queue-de-cheval haute et partis retrouver Caleb. Nous nous dirigeâmes ensemble vers le bâtiment principal de l'académie et une étrange vague de nostalgie me saisit quand nous pénétrâmes dans le grand hall.

J'avais évité cette partie du campus depuis mon retour, principalement parce qu'elle abritait le bureau de Marcus. Et aussi parce que je préférais ne pas réveiller ces souvenirs au cas où il déciderait de ne pas me reprendre dans un peu plus d'un mois.

Caleb, évidemment, était certain que ce n'était qu'une formalité et que Marcus m'autoriserait à rester, mais j'étais moins catégorique. Je ne l'avais pas revu depuis le jour où il était venu au gymnase et où je m'étais ridiculisée. J'étais sûre qu'il ne l'avait pas oublié. À la réflexion, Aiden avait raison de s'inquiéter de la façon dont je m'adresserais à Lucien.

Secouant la tête, je passai en revue la foule autour de nous qui emplissait le péristyle majestueux de l'académie. Tous les Gardiens et toutes les Sentinelles semblaient être présents, au garde-à-vous sous les statues des muses. Les neuf Muses Piérides, nées sur les monts Piéra tout proches de l'Olympe, filles de Zeus et de Mnémosyne, ou allez savoir qui. Comment en être sûr avec lui ? Ce dieu était un coureur invétéré.

Les Gardiens étaient alignés le long des murs, sécurisant toutes les issues, le visage dur et l'air farouche. Les Sentinelles étaient placées au centre, féroces et prêtes au combat. Sans surprise, je repérai immédiatement Aiden. Entre Kain et Léon. De mon point de vue, ces trois-là étaient les plus redoutables de toute la clique.

Aiden releva la tête au même moment, et nos regards se croisèrent. Il me salua brièvement, et même s'il ne pouvait rien dire, ses yeux parlaient pour lui, pleins d'affection et de fierté. Peut-être même qu'il se disait que je faisais honneur à l'uniforme des cadets. Une ébauche de sourire se formait déjà sur mes lèvres, mais Caleb m'entraîna plus loin, à la gauche des Sentinelles, où les élèves étaient tous rassemblés. Nous réussîmes à nous glisser à côté d'Olivia, l'obsession secrète de Caleb. Comme par hasard.

Elle nous sourit.

— Je me demandais si vous arriveriez à l'heure.

Caleb grommela une réponse incohérente, rouge comme une écrevisse. Je me détournai, gênée pour lui, sans même écouter ce qu'elle lui répondait. Pauvre Caleb.

— Tu en jettes, Alex, me murmura Jackson.

Évidemment. C'était toujours le gars que je ne voulais pas voir qui me remarquait.

Relevant la tête, je lui adressai un sourire forcé.

— Merci.

Il eut l'air satisfait, comme si j'appréciais vraiment le compliment, mais c'est alors que Léa débarqua, démarche chaloupée, étroitement sanglée dans son uniforme. Je baissai les yeux sur ma tenue. Mes jambes étaient loin d'égaler les siennes. La garce.

Je la regardai parader devant les Gardiens, adressant un sourire éclatant à l'un d'entre eux avant de se faufiler entre Luke et Jackson. Elle chuchota quelque chose, mais un spectacle nettement plus intéressant que ses belles gambettes attira mon attention.

Les serviteurs sang-mêlé se tenaient derrière nous, immobiles et silencieux sur plusieurs rangées. Leurs tuniques de toile grise grossière et leurs pantalons blancs usés les faisaient paraître tous identiques. Depuis mon retour au Covenant, je n'en avais aperçu que très rarement. C'était leur job de se rendre invisibles, de se faire oublier. Ou peut-être que nous autres, les sang-mêlé libres de nos mouvements, avions pris l'habitude de fermer les yeux. Par les dieux, ils étaient si nombreux et se ressemblaient tous : les yeux vitreux, le visage inexpressif, arborant sur le front le cercle grossier traversé d'une ligne de la servitude. Une marque qui affirmait aux yeux de tous leur position dans ce système de castes. Cela me frappa pour la première fois.

Je pourrais devenir l'une d'entre eux.

Ravalant une bouffée acide de panique, je me retournai juste à temps pour voir Marcus s'avancer au milieu de la pièce, où il s'immobilisa, mains croisées dans le dos. Pas un des cheveux châtains de mon oncle ne dépassait, et le costume sombre qu'il portait tranchait carrément sur le reste de l'assemblée. Même les Instructeurs présents faisaient pâle figure à côté de lui dans leurs uniformes du Covenant.

Les grandes portes de verre et de marbre du frontispice s'ouvrirent alors et la Garde du Conseil fit son entrée. Je ne pus retenir un petit hoquet. Leurs uniformes immaculés et leurs visages implacables les rendaient très impressionnants. Ils précédaient les membres du Conseil – au nombre de deux seulement dans le sillage des Gardiens. La femme m'était inconnue, mais j'identifiai l'homme immédiatement.

Vêtu de la toge blanche des Magistrats, Lucien n'avait pas changé d'un iota depuis la dernière fois que je l'avais vu. Ses cheveux noir corbeau étaient toujours aussi ridiculement longs, et son visage aussi insensible que celui d'un démon. C'était indéniablement un bel homme – comme tous les purs – mais quelque chose en lui me laissait un mauvais goût dans la bouche.

L'arrogance qu'il affichait était comme une seconde peau. Alors qu'il se rapprochait de Marcus, ses lèvres se déformèrent en un sourire artificiel. Les deux hommes se saluèrent. Marcus s'inclina même légèrement. Les dieux soient loués, on n'attendait pas de nous toute cette comédie. Il aurait fallu me forcer à m'agenouiller en me sautant sur le dos à pieds joints.

Lucien était peut-être un Magistrat, ce n'était pas un dieu. Il n'était même pas de sang royal. Ce n'était qu'un sang-pur avec beaucoup de pouvoir. Et de suffisance. Je ne pouvais pas l'oublier. Je n'avais jamais compris ce que ma mère avait pu trouver d'attirant chez lui.

Sa fortune, sa puissance, son prestige ?

Je soupirai. Personne n'était parfait – pas même elle.

D'autres Gardiens fermaient la marche derrière Lucien et cette femme, qui était, je le compris, la seconde Magistrate. Ils semblaient clonés sur les précédents, à l'exception d'un seul. Celui-là était différent, très différent du reste des sang-mêlé rassemblés dans le hall.

J'eus l'impression d'être privée d'oxygène à l'instant où *il* pénétra dans le bâtiment.

Il était grand – peut-être autant qu'Aiden. Ses cheveux blonds noués en catogan encadraient un visage à la peau dorée aux traits incroyablement parfaits. Il était tout de noir vêtu, comme les Sentinelles. En d'autres circonstances, si je n'avais pas su ce qu'il était, je l'aurais décrit comme une bombe.

— Par tous les dieux, murmura Luke, admiratif.

Un léger courant électrique se répandit dans la pièce, je le sentis chatouiller ma peau, puis me traverser. Frissonnante, je fis un pas en arrière, heurtant Caleb.

— L'Apollyon, dit quelqu'un derrière moi.

Léa ? Impossible à dire.

Par tous les dieux, en effet.

L'Apollyon prit place derrière Lucien et Marcus, à distance respectueuse. Sans empiéter sur leur espace, il était prêt à réagir à toute attaque potentielle. Nous n'avions tous d'yeux que pour lui, hypnotisés par sa seule présence.

Inconsciemment, je reculai encore d'un pas quand les trois hommes se dirigèrent vers nous. Je ne savais pas ce qui me prenait, mais j'éprouvai soudain à la fois l'envie de m'enfuir loin d'ici… et un besoin impérieux de me trouver là, plus puissant que toute autre chose au monde. Enfin… peut-être pas « toute autre chose », mais pas loin.

Je ne voulais pas le dévisager ainsi, mais ne pouvais pas détourner les yeux. Mon estomac se noua quand nos regards se croisèrent. Ses yeux… possédaient la couleur la plus étrange, et ce n'était pas le fruit de mon imagination, comme je le découvris quand il se rapprocha. Ils avaient la couleur de l'ambre, presque opalescents.

Tandis qu'il m'observait, une chose étrange se produisit. Cela commença par une ligne, d'abord à peine visible sur ses bras, qui devint ensuite d'un noir profond en atteignant ses doigts. Sans transition, un fin réseau de marques noires se répandit sur sa peau dorée, telles des arabesques. Le tatouage évoluait sans cesse et changeait d'apparence, disparaissant sous son tee-shirt pour réapparaître sur son cou, jusqu'à ce que le motif complexe recouvre la moitié droite de son visage. Ces marques avaient un sens. Lequel ? Je l'ignorais. Quand il passa à côté de nous, je ne pus retenir un gémissement rauque.

— Ça va ? s'inquiéta Caleb.

— Oui.

Je repoussai mes cheveux en arrière avec des mains tremblantes.

— Il est...

— Totalement canon.

Éléna se tourna vers moi, les yeux brillants.

— Qui aurait cru que l'Apollyon était une vraie bombe atomique ?

Caleb fit la grimace.

— C'est l'Apollyon, Éléna. Tu ne devrais pas parler de lui comme ça.

Je fronçai les sourcils.

— Mais ces marques sur sa peau...

Éléna foudroya Caleb d'un regard noir.

— Quelles marques ? Et pourquoi je n'aurais pas le droit de dire que je le trouve canon ? Ça m'étonnerait qu'il s'en offense.

— Qu'est-ce que tu veux dire ?

J'écartai Caleb.

— Tu n'as pas vu ses... tatouages ? Ils sont apparus d'un seul coup. Sur tout son corps et son visage !

Éléna me considéra avec une moue.

— Je n'ai rien vu. Je devais faire une fixette sur sa bouche.

— Et sur son cul, intervint Léa.

— Et sur ses bras, ajouta Éléna.

— Vous êtes sérieuses ?

Je les dévisageai à tour de rôle.

— Vous n'avez vu aucun tatouage ?

Elles secouèrent la tête.

Tous les garçons, à l'exception de Luke, avaient l'air un peu écœurés par les commentaires des deux filles. Moi aussi. Exaspérée, je pivotai sur mes talons… et percutai Aiden.

— Oups ! Désolée.

Il haussa des sourcils réprobateurs.

— Ne t'éloigne pas.

Ce furent ses seules paroles.

Caleb me prit à part.

— Qu'est-ce que ça veut dire ?

— Ah ! Lucien veut me parler.

Il fit la grimace.

— Ça craint.

— À qui le dis-tu.

Les tatouages de l'Apollyon étaient momentanément oubliés.

Même si je l'avais voulu, je ne serais pas allée loin. Notre petit groupe se retrouva dehors sous le soleil couchant. Tout le monde ne parlait que de l'Apollyon. Personne ne s'était attendu à le voir ici. Depuis quand faisait-il partie de la Garde de Lucien ? Ce dernier résidait sur l'île principale et quelqu'un aurait dû remarquer plus tôt la présence de cette Sentinelle peu ordinaire. Cette question en amena une autre, beaucoup plus pertinente.

— Normalement, l'Apollyon est chargé de la lutte contre les démons, fit remarquer Luke, se hissant sur la balustrade. Pourquoi a-t-il été affecté à la protection de Lucien ?

— Il se passe peut-être quelque chose, suggéra Caleb en se retournant vers le bâtiment. Genre, quelque chose de grave. Lucien a peut-être reçu des menaces ?

Adossée contre une colonne, je fronçai les sourcils.

— Qu'est-ce qui pourrait le menacer ? Il est toujours entouré d'une flopée de Gardiens. Aucun démon ne pourrait l'approcher.

— On s'en fiche ! soupira Léa. L'Apollyon est ici et c'est une bombe. Est-ce qu'on a besoin de se soucier d'autre chose ?

Je plissai le nez.

— Ouais. Toi, tu feras une excellente Sentinelle un jour.

Elle me lança un sourire méprisant.

— Mais moi, au moins, je serai un jour une Sentinelle.

Je lui jetai un regard mauvais, mais c'est Olivia, qui était extrêmement agitée, qui fit les frais de mon agressivité.

— Qu'est-ce que tu as à te tortiller comme ça ?

Olivia me dévisagea de ses grands yeux chocolat.

— Désolée. C'est juste... Je suis super nerveuse.

Elle frissonna, enroulant ses bras autour de sa taille.

— Comment vous pouvez le trouver canon ? Attention, je ne dis pas le contraire, mais c'est l'Apollyon. Toute cette puissance, c'est carrément flippant.

— Toute cette puissance, c'est carrément sexy, ronronna Léa qui ferma les yeux en soupirant. Imaginez ce que ça doit être au...

Les portes s'ouvrirent derrière nous et Aiden me fit signe de le rejoindre. Sur les marches, plus bas, quelqu'un poussa un grognement sourd. Sans y prêter plus d'attention, j'abandonnai ma petite bande d'amis et d'ennemis.

— Déjà ? me plaignis-je une fois dans le hall.

Il acquiesça.

— Je suppose qu'ils veulent en finir au plus vite.

— Oh.
Je le suivis dans l'escalier.
— Au fait : merci pour l'uniforme.
Je souris de nouveau en songeant à cette attention.
Il me jeta un coup d'œil par-dessus son épaule.
— Pas de problème. Tu le portes bien.
J'écarquillai les yeux et mon cœur fit un bond dans ma poitrine.
Aiden rougit et détourna la tête.
— Je veux dire… c'est bien que tu le portes.
Mon sourire s'élargit dans des proportions astronomiques. Je le rattrapai et grimpai les marches à côté de lui.
— Alors… l'Apollyon ?
Aiden se raidit.
— Je ne savais pas qu'il accompagnerait Lucien. Son changement d'affectation doit être très récent.
— Pourquoi ?
Il me donna un coup de coude.
— Il y a des choses que je ne peux pas divulguer, Alex.
En temps normal, je n'aurais pas insisté, mais la façon dont il avait dit ça, d'un air taquin, me fit tourner la tête.
— Pas juste.
Il ne répondit pas et nous gravîmes quelques étages en silence.
— Est-ce que tu… as senti quelque chose lorsque Seth est entré ?
— Seth ?
— L'Apollyon s'appelle Seth.
— Oh. C'est nul comme nom. Il devrait s'appeler autrement.
Il laissa échapper un petit rire.
— Comme quoi, par exemple ?
Je réfléchis quelques instants.

— Je ne sais pas. Un nom qui sonne grec, ou au moins, qui annonce la couleur.

— Comment tu voudrais qu'il s'appelle ?

— Je n'en sais rien. Un truc bizarre et cool. Peut-être bien Apollon. Tu vois le truc ? Apollon l'Apollyon.

Aiden éclata de rire.

— Bref, est-ce que tu as ressenti quelque chose ?

— Oui… c'était étrange. Comme une sorte de courant électrique basse tension.

Il hocha la tête, souriant toujours.

— C'est l'éther qui coule dans ses veines. Il est très concentré.

Nous approchions du dernier étage et je m'essuyai le front. Ces escaliers étaient une calamité.

— Pourquoi cette question ?

— Tu avais l'air troublée. C'est toujours déroutant la première fois qu'on se trouve en sa présence. Si j'avais su qu'il serait là, je t'aurais avertie.

— Ce n'était pas ça le plus troublant.

— Ah bon ?

Je respirai à fond.

— Ce sont ses… tatouages qui m'ont mise mal à l'aise.

Je l'observai attentivement pour voir sa réaction. Je voulais savoir si j'étais folle.

Aiden s'immobilisa d'un coup.

— Quoi ?

C'était officiel. J'étais dingo.

Il redescendit une marche pour se porter à ma hauteur.

— Quels tatouages, Alex ?

Je déglutis sous son regard pénétrant.

— J'ai eu l'impression de voir des marques sur lui. D'abord il n'y avait rien, puis elles sont apparues. Je… dois avoir des hallucinations.

Aiden relâcha lentement son souffle sans me quitter des yeux. Il repoussa de mon visage une mèche qui s'était échappée de ma queue-de-cheval. Sa main s'attarda sur ma joue et rien n'était plus important en cet instant que le contact de ses doigts sur ma peau. Hébétée, je le regardai.

Il s'empressa de retirer sa main et ses yeux plongèrent dans les miens. Je lus dans son regard qu'il avait envie de dire plusieurs choses mais que, pour une raison quelconque, cela lui était impossible.

— Dépêchons-nous. Marcus attend. Alex, essaie de te montrer sous ton meilleur jour, d'accord ?

Il reprit l'ascension des marches et je pressai le pas pour le rattraper.

— Alors, j'ai des hallucinations ?

Aiden désigna d'un regard éloquent les Gardiens postés au bout du couloir.

— Je ne sais pas. On en reparlera plus tard.

Frustrée, je le suivis dans le bureau de Marcus. Lucien n'était pas encore arrivé et mon oncle était assis derrière son grand bureau en merisier. Il portait la même tenue que tout à l'heure dans le hall, mais avait retiré la veste de son costume.

Il me fit signe d'avancer.

— Entre. Assieds-toi.

Je traversai la pièce, soulagée de voir qu'Aiden ne me laissait pas seule. Il ne s'assit pourtant pas sur le siège à côté du mien, prenant place contre le mur au même endroit que la dernière fois que je m'étais trouvée face à Marcus.

Tout ça ne me disait rien qui vaille, mais je n'eus pas le loisir de me poser beaucoup de questions. Bien que tournant le dos à la porte, je sus immédiatement quand la suite de Lucien approcha. Mais ce n'était pas lui qui me donnait la chair de poule. À l'instant où l'Apollyon franchit le seuil en compagnie de mon beau-père, tout l'oxygène de la pièce s'évapora.

Luttant contre une envie presque irrépressible de me retourner, j'agrippai de toutes mes forces les bras de mon fauteuil. Pas question de faire ce plaisir à Lucien et je ne voulais pas regarder l'Apollyon.

Aiden se racla la gorge et je relevai aussitôt la tête. Marcus me toisait d'un air réprobateur. *Et merde.* Mes jambes étaient comme du coton quand je me décidai enfin à me lever.

Du coin de l'œil, je vis Seth prendre position à côté d'Aiden. Il salua le sang-pur d'un bref hochement de tête qu'Aiden lui retourna. Ne voyant pas trace de ses tatouages, j'osai l'observer franchement.

Instantanément, mes yeux croisèrent les siens. Le regard dont il m'enveloppait n'était pas flatteur. Il m'évaluait, mais pas comme les garçons le font d'habitude. Il m'étudiait, plutôt. De si près, je me rendis compte qu'il était jeune et cela me surprit. Avec toute cette puissance et sa réputation, je m'étais attendue à quelqu'un de plus vieux, mais il avait à peu près mon âge.

Et il était vraiment... très beau. Aussi fin qu'un garçon pouvait l'être. Pourtant, sa beauté était dure et froide, comme s'il avait été créé selon des canons parfaits mais que les dieux avaient oublié de lui insuffler une touche d'humanité – de vie.

Je sentais le poids du regard des autres sur moi. Quand je me tournai vers Aiden, il nous observait tous les deux avec perplexité. Quant à Marcus... il avait l'air d'attendre qu'il se passe quelque chose.

— Alexandria.

Il me désigna Lucien d'un hochement de tête.

Refoulant le grognement qui me montait aux lèvres, je saluai familièrement de la main le Magistrat du Conseil.

— Coucou.

Quelqu'un – Aiden ou Seth – étouffa un rire. Puis quelque chose d'hallucinant se produisit. Lucien marcha vers moi et m'étreignit. Je me figeai, les bras plaqués le long du corps, tandis qu'un parfum d'herbes et d'encens assaillait mes sens.

— Oh, Alexandria, c'est si bon de te revoir. Après toutes ces années d'angoisse et d'inquiétude, tu es enfin là. Les dieux ont exaucé nos prières.

Lucien recula, les mains toujours posées sur mes épaules. Ses yeux noirs scrutaient attentivement chaque centimètre de mon visage.

— Par les dieux... tu ressembles tellement à Rachelle.

Je ne comprenais plus rien. Je m'étais attendue à tout sauf à ça. Par le passé, chaque fois que je m'étais trouvée à proximité de Lucien, il m'avait toujours regardée avec un froid dédain. Cette étrange démonstration d'affection me laissait sans voix.

— À l'instant où Marcus m'a informé que tu étais saine et sauve, je me suis réjoui. Je lui ai aussitôt assuré qu'il y avait une place pour toi dans ma maison.

Les yeux de Lucien remontèrent vers les miens, mais la chaleur de son regard ne m'inspirait aucune confiance.

— J'aurais voulu venir plus tôt, mais tu sais ce que c'est, les affaires du Conseil. Ton ancienne chambre... celle que tu occupais lorsque tu vivais avec nous... est toujours là. Je veux que tu rentres à la maison, Alexandria. Tu n'as pas besoin de rester ici.

Ma mâchoire se décrocha. Avait-il été remplacé par un autre sang-pur plus aimable au cours de ces trois années ?

— Quoi ?

— Je suis sûr que c'est la joie qui submerge Alexandria, déclara Marcus d'une voix blanche.

À nouveau, ce rire étouffé, et j'étais pratiquement certaine que c'était Seth. Aiden était bien trop professionnel pour commettre deux fois la même bévue.

Je dévisageai Lucien.

— Je suis... seulement déroutée.

— C'est très compréhensible. Après tout ce que tu as traversé.

Lucien me lâcha les épaules pour s'emparer de ma main. J'eus un mouvement de recul, que je m'efforçai de dissimuler.

— Tu es bien trop jeune pour avoir tant souffert. Cette morsure... elle ne s'effacera jamais, n'est-ce pas, ma chère enfant ?

Je portai inconsciemment l'autre main à mon cou.

— Non.

Il hocha la tête avec compassion, puis me guida vers les chaises. Il me lâcha enfin la main, réajusta sa toge et prit place. Je me laissai tomber comme une masse sur le siège à côté du sien.

— Tu dois rentrer à la maison.

Ses yeux plongèrent une nouvelle fois dans les miens.

— Tu n'as plus besoin de te battre pour rattraper ton retard. Cette vie n'est plus nécessaire. J'ai longuement discuté avec Marcus. Tu pourras revenir au Covenant en tant qu'élève, mais tu ne seras plus formée au combat.

J'avais sûrement mal entendu. Les sang-mêlé ne suivaient pas les enseignements du Covenant. Soit ils étaient formés pour devenir des combattants, soit ils entraient en servitude.

Marcus se rassit lentement, son regard lumineux braqué sur moi.

— Alexandria, Lucien t'offre une chance de mener une vie très différente.

Ce fut plus fort que moi. Le rire prit naissance au fond de ma gorge et monta jusqu'à mes lèvres.

— C'est... une blague, c'est ça ?

Lucien et Marcus échangèrent un regard.

— Non. Je suis sérieux, Alexandria. Je sais que nous n'avons pas toujours été proches quand tu étais plus jeune, mais après tout ce qui est arrivé, je me suis rendu compte de mes manquements en tant que père.

J'éclatai à nouveau de rire, m'attirant un regard réprobateur de Marcus.

— Pardon.

Je fis de mon mieux pour reprendre mon sérieux.

— Ce n'est tellement pas ce à quoi je m'attendais.

— Tu n'as rien à te faire pardonner, ma fille.

Je m'étouffai.

— Tu n'es pas mon père.

— Alexandria ! m'avertit Marcus.

Je regardai mon oncle.

— Quoi ? C'est la vérité.

— Ce n'est rien, Marcus.

La voix de Lucien était comme de l'acier dans un fourreau de velours.

— Lorsque Alexandria était plus jeune, je n'étais rien pour elle. Je laissais ma propre amertume gouverner ma vie. Mais à présent, tout cela me paraît tellement futile.

Il se tourna vers moi.

— Si j'avais représenté pour toi une vraie figure paternelle, tu m'aurais peut-être appelé à l'aide lorsque ta mère a quitté le Covenant avec toi.

Je me passai la main sur le visage. J'avais l'impression d'avoir pénétré dans un monde parallèle. Un monde où Lucien n'était pas un abruti et où j'avais encore quelqu'un qui était techniquement de ma famille et se souciait vraiment de moi.

— Mais tout cela, c'est du passé, ma chère enfant. Je suis venu te chercher pour te ramener à la maison.

Il me sourit du bout des lèvres.

— J'en ai parlé avec Marcus, et nous pensons, étant donné les circonstances, que c'est ce qu'il y a de mieux à faire.

J'émergeai tout à coup de mon hébétude.

— Un instant. Je suis en train de rattraper mon retard, non ?

Je pivotai sur mon siège.

— Aiden, je progresse, non ? Je serai prête à la rentrée.

— Oui.

C'est à Marcus qu'il s'adressait.

— Plus vite que je ne l'aurais cru possible, pour être honnête.

Encouragée par cette déclaration, je me tournai vers mon oncle.

— Je peux y arriver. Je veux devenir une Sentinelle. Je ne désire rien d'autre.

Le désespoir fêlait ma voix.

— Je ne sais rien faire d'autre.

Pour la première fois depuis que je connaissais Marcus, il semblait mal à l'aise, comme s'il s'apprêtait à dire quelque chose contre sa volonté.

— Alexandria, nous ne remettons pas en cause tes compétences. Je suis conscient de tes progrès.

— Alors quoi ?

J'étais totalement paniquée, et je me fichais pas mal qu'il y ait des témoins. J'avais l'impression que les murs se refermaient sur moi et je ne comprenais pas pourquoi.

— Je subviendrai à tes besoins, dit Lucien d'une voix qui se voulait rassurante. Alexandria, tu ne peux plus devenir une Sentinelle. Le conflit d'intérêts est trop terrible.

— Quoi ?

Je regardai alternativement mon oncle et mon beau-père.

— Quel conflit d'intérêts ? Plus que quiconque, j'ai une raison de devenir Sentinelle !

Lucien prit un air grave.

— Plus que quiconque, tu as une raison de ne *pas* être une Sentinelle, au contraire.

— Magistrat...

Aiden fit un pas en avant, concentrant son regard sur Lucien.

— Je sais que tu as travaillé très dur avec elle, et je te sais gré de ton dévouement, St. Delphi. Mais je ne peux pas l'autoriser à continuer.

Lucien leva la main.

— Que se passera-t-il une fois qu'elle sera diplômée ? Quand elle quittera l'île ?

— Euh... je chasserai les démons ?

Lucien me regarda avec horreur.

— Chasser les démons ?

Il blêmit – ce qui était assez remarquable vu sa pâleur naturelle – quand il se tourna vers Marcus.

— Elle n'est pas au courant, n'est-ce pas ?

Marcus ferma brièvement les yeux.

— Non. Nous avons pensé... que cela valait mieux.

Un frisson glacé me parcourut le dos.

— Au courant de quoi ?

— Irresponsable, siffla Lucien entre ses dents.

Il inclina la tête et se pinça l'arête du nez.

Je bondis sur mes pieds.

— Au courant de *quoi* ?

Marcus me regarda, les traits marqués et le visage livide.

— Il n'y a pas de bonne façon de t'annoncer ça. Ta mère n'est pas morte.

Chapitre 11

Plus rien n'existait que les paroles qu'il venait de prononcer.

Marcus se leva et fit le tour de son bureau avant de s'arrêter devant moi. Il avait de nouveau l'air mal à l'aise, mais cette fois son regard exprimait aussi de la compassion.

Le mécanisme de l'horloge murale et le bourdonnement sourd des moteurs de l'aquarium emplissaient la pièce. Personne ne pipait mot ; tous les regards étaient braqués sur moi. Je ne sais pas combien de temps je suis restée plantée là à le dévisager, m'efforçant de trouver un sens à ses paroles. Au début, tout était confus. L'espoir et l'incrédulité m'assaillirent d'abord, puis je mesurai avec horreur toutes les implications de cette révélation tandis que je comprenais l'origine de la compassion qui avait traversé son visage. Ma mère était toujours vivante, mais...

— Non...

Je m'éloignai de mon siège comme pour mettre la plus grande distance possible entre moi et les mots qu'il venait de prononcer.

— Tu mens. Je l'ai vue. Le démon l'a vidée de son éther et je l'ai touchée. Son corps était... glacé.

— Alexandria, je suis désolé, mais...

— Non ! C'est impossible. Elle était morte !

Aiden était soudain à côté de moi, la main dans mon dos.

— Alex...

Je me dérobai à son contact. Sa voix... *Oh, par les dieux,* sa voix était révélatrice. Quand je le regardai et que je vis la tristesse qui imprégnait son beau visage, je sus que c'était la vérité.

— Alex, il y avait un autre démon. Tu le sais.

La voix de Marcus me parvenait à travers l'afflux de sang qui bourdonnait à mes oreilles.

— Oui, mais...

Je me souvenais de la peur qui m'étreignait. Je sanglotais, totalement hystérique, je l'avais secouée, je l'avais suppliée de se réveiller, mais elle ne bougeait plus.

Et j'avais entendu du bruit dans l'escalier.

Prise de panique, je m'étais barricadée dans sa chambre et j'avais pris l'argent. J'avais l'esprit troublé. Je ne pensais qu'à m'enfuir. Comme ma mère m'y avait préparée dans l'éventualité d'un tel événement.

Mon cœur bafouilla et s'arrêta presque.

— Elle... elle était encore vivante ? Oh... par les dieux. Je l'ai abandonnée.

J'avais envie de vomir sur les souliers bien cirés de Marcus.

— Je l'ai abandonnée ! J'aurais pu la secourir ! J'aurais pu faire quelque chose !

— Non.

Aiden tendit la main vers moi, mais je reculai.

— Tu n'aurais rien pu faire.

— C'est l'autre démon qui a fait ça ?

Je toisai Marcus, exigeant une réponse.

Il hocha la tête.

— C'est ce que nous pensons.

Je me mis à trembler.

— Non. Maman n'a pas pu devenir… C'est impossible. Vous… vous vous trompez tous.

— Alexandria, tu sais que cela a pu se produire.

Marcus avait raison. L'énergie transmise par un démon était viciée. Dès la première goutte, ma mère avait pu être intoxiquée. C'était une façon très cruelle de transformer un sang-pur, en le privant de sa volonté.

J'avais envie de crier et de pleurer, mais je voulais me persuader que j'étais capable de me maîtriser – en dépit des larmes brûlantes qui me montaient aux yeux et disaient pourtant le contraire. Je me retournai vers Marcus.

— Elle est… devenue un démon ?

Ce qui ressemblait à de la souffrance traversa brièvement le visage de mon oncle autrement stoïque.

— Oui.

Je me sentais prise au piège dans cette pièce avec des étrangers. Mon regard vola de l'un à l'autre. Lucien paraissait agacé, ce qui était un peu fort après les démonstrations débordantes d'affection et de soutien dont il m'avait inondée quelques minutes plus tôt. Aiden semblait avoir beaucoup de mal à rester impassible. Quant à Seth… il m'observait avec curiosité, comme s'il attendait quelque chose. Que je fasse une crise de nerfs, probablement.

Pas impossible. J'étais à deux doigts de péter un très gros câble.

Ravalant la boule dans ma gorge, je m'efforçai de ralentir les battements de mon cœur emballé.

— Comment peux-tu en être sûr ?

— C'est ma sœur. Si elle était morte, je le saurais.

— Tu peux te tromper.

Ce pauvre murmure contenait une lueur d'espoir. Mieux valait qu'elle soit morte. Quand un pur se transformait en démon, c'était irrémédiable. Aucune force, aucune prière ne pouvait rien y changer – pas même les dieux.

Marcus secoua la tête.

— Elle a été localisée en Géorgie. Juste avant qu'on te trouve.

Je voyais que tout ça était pour lui une souffrance – peut-être presque autant que pour moi. Ma mère avait été sa sœur, après tout. Marcus n'était pas cet homme sans cœur qu'il prétendait être.

C'est alors que l'Apollyon prit la parole.

— Vous dites que sa mère a été vue en Géorgie. Ce n'est pas aussi en Géorgie que vous avez trouvé Alexandria ?

Il avait un léger accent, qui rendait son phrasé presque musical.

Je pivotai lentement vers lui.

— En effet, répondit Aiden, fronçant ses sourcils charbonneux.

Seth réfléchit un instant.

— Personne ne trouve ça bizarre ? Se pourrait-il que sa mère se souvienne d'elle ? Voire qu'elle l'ait suivie ?

Une étrange expression traversa le visage de Marcus.

— Nous avons envisagé cette possibilité.

Cela n'avait aucun sens. Lorsque les purs étaient contaminés, ils oubliaient leur vie d'avant. Du moins, c'est ce que nous pensions. Mais, encore une fois, personne n'avait jamais pris la peine d'interroger un démon. On les tuait à vue. Sans poser de questions.

— Vous croyez que sa mère se souvient d'elle, et pourrait même la chercher ? demanda Seth.

— On peut le penser, mais nous n'en sommes pas sûrs. Sa présence en Géorgie n'était peut-être qu'une coïncidence.

La voix de Marcus sonnait faux.

— Sa présence ainsi que celle des deux autres démons qui la suivaient, une coïncidence ? s'étonna Aiden.

Le visage de Marcus s'assombrit encore, mais Aiden poursuivit.

— Vous connaissez mon opinion sur la question. Nous ne savons pas ce que conservent les démons de leur ancienne vie. On ne peut pas exclure qu'elle soit à la recherche d'Alex.

La pièce se mit à tourner autour de moi et je fermai très fort les yeux. À ma recherche ? Pas ma mère, mais le démon qu'elle était devenue. Pour quelle raison ? Les réponses qui affluèrent à mon esprit me donnèrent envie de vomir.

— Raison de plus pour la retirer du Covenant, St. Delphi. Avec moi, Alexandria sera sous la protection de la Garde du Conseil et de l'Apollyon. Si Rachelle est effectivement à sa recherche, elle sera plus en sécurité à mes côtés.

Quand je rouvris les yeux, j'étais toujours debout au milieu de la pièce. Chaque respiration était douloureuse. Les larmes me brûlaient les yeux, exigeant de couler, mais je me fis violence pour les ravaler. Relevant la tête, je regardai Marcus en face.

— Vous savez où elle est ?

Marcus tourna un sourcil interrogateur vers Lucien, qui répondit après une hésitation.

— Douze de mes meilleures Sentinelles sont à sa recherche actuellement.

Je hochai la tête.

— Et vous, tous autant que vous êtes, vous pensez que savoir que ma mère… est un démon m'empêchera de faire mon devoir de Sentinelle ?

Silence.

— Nous ne sommes pas tous d'accord, mais oui.

— Je ne suis certainement pas la première à qui ce problème se pose.

— Non, bien sûr, dit Marcus. Mais tu es très jeune, Alexandria, et tu es…

Ma gorge se noua de nouveau.
— Je suis quoi ? Irrationnelle ? Affolée ? En colère ? Tels étaient bien certains des sentiments que j'éprouvais en cet instant.
Il secoua la tête.
— Les choses sont différentes pour toi, Alexandria.
— Non. Elles ne le sont pas.
Ma voix était éraillée.
— Je suis une sang-mêlé. Mon devoir est de tuer les démons quoi qu'il arrive. Cela ne m'affectera pas. Ma mère... est morte pour moi.
Marcus me dévisagea.
— Alexandria...
— Allez-vous l'obliger à quitter le Covenant contre sa volonté, Magistrat ? questionna Seth.
— *Nous* ne l'y obligerons pas, intervint Marcus, sans me quitter des yeux.
Lucien pivota aussitôt vers lui. Sa voix était sourde et tendue.
— Nous étions pourtant d'accord, Marcus. Elle doit être placée sous ma garde.
Cette assertion était lourde de sous-entendus, que je vis mon oncle soupeser mentalement avant de répondre.
— Elle peut rester au Covenant.
Son regard ne fléchit pas.
— Sa présence en ce lieu ne représente pas une menace supplémentaire. Nous réglerons les détails plus tard, qu'en dites-vous ?
J'écarquillai les yeux de surprise quand le Magistrat se soumit à Marcus.
— Oui. Nous avons beaucoup de détails à régler.
Marcus accepta sa réponse d'un hochement de tête, puis se tourna vers moi.
— Notre marché tient toujours, Alexandria. Tu devras me prouver que tu es prête à reprendre ta formation à la rentrée.

Je laissai échapper un soupir soulagé.

— Est-ce tout ?

— Oui.

Je m'apprêtai à quitter la pièce, mais Marcus m'arrêta.

— Alexandria... Je suis désolé de ce qui est arrivé. Ta mère... ne méritait pas ça. Et toi non plus.

Des condoléances sincères, mais qui ne trouvèrent pas d'écho en moi. J'étais anesthésiée à l'intérieur et je voulais seulement m'éloigner d'eux. Je sortis du bureau la tête haute, sans regarder personne. Je passai devant les Gardiens, qui avaient sans doute tout entendu.

— Alex, attends.

M'efforçant de garder sous contrôle le tourbillon d'émotions qui se déchaînait en moi, je fis volte-face. Aiden m'avait suivie. Je l'arrêtai d'une main tremblante.

— Ne m'approche pas.

Il sursauta.

— Alex, laisse-moi t'expliquer.

Par-dessus son épaule, je vis que nous n'étions pas seuls. Les Gardiens en faction devant les portes closes du bureau de Marcus. Et aussi l'Apollyon, qui nous observait avec une indifférence nonchalante.

Je baissai la voix d'un ton.

— Tu étais au courant depuis le début, pas vrai ? Tu savais ce qui était réellement arrivé à ma mère.

Un muscle de sa mâchoire tressaillit.

— Oui. Je le savais.

Une douleur explosa dans ma poitrine. J'avais à moitié espéré qu'il l'ignorait, qu'il ne m'avait pas caché ça. Je m'avançai vers lui.

— Nous passons nos journées ensemble, et pas une seule seconde tu n'as envisagé de m'en informer ? Tu pensais que je n'avais pas le droit de connaître la vérité ?

— Tu en avais le droit, bien sûr, mais ce n'était pas ton intérêt. Et cela n'a pas changé. Comment te concentrer sur ta formation, te préparer à chasser les démons, en sachant que ta propre mère en est un ?

J'ouvris la bouche pour lui répondre, mais rien n'en sortit.

Bonne question.

— Je suis navré que tu l'aies appris de façon aussi brutale, mais je ne regrette pas de te l'avoir caché. Il était toujours possible qu'on la retrouve et que cette affaire soit réglée sans que tu le saches. C'était ce que j'espérais.

— Tu espérais tuer ma mère avant que je découvre qu'elle était vivante ?

Mon ton montait à chaque mot.

— Et tu voulais que je te fasse confiance ? Par les enfers, comment le pourrais-je, à présent ?

Ces mots firent mouche. Il recula d'un pas, la main dans les cheveux.

— Que ressens-tu maintenant que tu sais ce que ta mère est devenue ? Qu'est-ce que tu penses ?

Les larmes, de nouveau, me brûlaient la gorge. J'allais éclater en sanglots, là, devant lui. Je battis en retraite.

— S'il te plaît. Laisse-moi seule. Laisse-moi tranquille.

Je m'éloignai, et cette fois personne ne me retint.

***

Toujours sous le choc, je me mis au lit. Je me sentais très mal. J'avais envie de croire que tout le monde se trompait et que ma mère n'était pas devenue un démon.

Mon estomac se souleva et je me roulai en boule. Ma mère était là, quelque part dehors, et elle tuait des gens. Depuis la première seconde de sa transformation, la soif d'éther devait la consumer. Rien d'autre ne comptait plus pour elle. Et même si elle se souvenait de moi, rien ne serait jamais plus comme avant.

Je dégringolai de mon lit et me précipitai aux toilettes, juste à temps. Me laissant tomber à genoux, je me cramponnai aux côtés de la cuvette et vomis à m'en faire trembler le corps. Lorsque j'eus terminé, je n'avais plus la force de me relever.

Mes pensées dérivaient et tournaient dans ma tête. *Ma mère est un démon.* Des Sentinelles, dehors, la recherchaient. Il m'était pourtant impossible de remplacer mentalement son beau sourire par le rictus de ces créatures maléfiques. C'était ma mère.

Je m'écartai de la cuvette et posai ma tête sur mes genoux. À un moment, on frappa à ma porte, mais je ne répondis pas. Je ne voulais voir personne, je n'avais pas envie de parler. Je ne sais pas combien de temps je suis restée là. Plusieurs minutes… ou plusieurs heures. Je m'efforçais de ne plus penser, de seulement respirer. Respirer, c'était facile. Ne plus penser, cela m'était impossible. De guerre lasse, je me relevai tant bien que mal et contemplai mon reflet dans la glace.

J'avais l'impression de voir ma mère – à part les yeux, le seul trait que je ne tenais pas d'elle. Sauf que maintenant, elle aurait ces orbites vides et sa bouche serait semée de crocs acérés.

Et si nos chemins se croisaient de nouveau, elle ne me sourirait pas et ne me prendrait pas dans ses bras. Elle ne repousserait pas mes cheveux sur mon front comme elle en avait l'habitude. Pas de larmes de joie. Elle ne se souviendrait peut-être même pas de mon nom.

Elle voudrait me tuer.

Et je devrais l'éliminer.

Chapitre 12

Le dimanche soir arriva et je ne pouvais plus continuer à me terrer dans ma chambre. J'en avais marre de cogiter, marre d'être seule, marre de moi-même. J'avais fini par retrouver l'appétit et je mourais de faim.

Je réussis à arriver à la cafétéria avant la fermeture des portes. Les dieux soient loués, il n'y avait personne et j'avalai en paix trois parts de pizza froide. La nourriture me pesait sur l'estomac, mais j'engloutis tout de même une quatrième portion.

L'épais silence de l'endroit me happa et l'engrenage de mes pensées se remit en marche. *Maman. Maman. Maman.* Depuis vendredi soir, c'était tout ce qui occupait mon esprit.

Qu'aurais-je pu faire différemment ? Aurais-je pu l'empêcher de se transformer en monstre ? Si je n'avais pas paniqué après l'attaque, j'aurais peut-être pu repousser l'autre démon. Épargner à ma mère un si cruel destin.

La culpabilité me minait. Je me levai de table et quittai la cafétéria alors que le serviteur chargé de la fermeture arrivait. Quelques élèves traversaient le jardin, mais personne que je connaissais vraiment.

Sans raison précise, mes pas me guidèrent vers la grande salle de combat. Il était 20 heures passées, mais les portes restaient toujours ouvertes bien que les armes soient mises à l'abri après les séances d'entraînement. Je m'arrêtai devant l'un des mannequins de frappe servant pour l'entraînement aux armes blanches, parfois pour un match de boxe.

Une impatience me gagna tandis que je contemplais la silhouette humanoïde. De petites entailles marquaient le cou, le torse et l'abdomen. Les points vitaux que les sang-mêlé s'exerçaient à toucher : plexus solaire, cœur, carotide, estomac.

Je fis courir mes doigts sur les encoches. Les lames du Covenant étaient extrêmement tranchantes, conçues pour taillader la peau des démons et causer un maximum de dégâts.

Les yeux fixés sur les points de frappe marqués en rouge, ceux que je devais viser en cas de combat au corps-à-corps avec un démon, je relevai mes cheveux en une torsade approximative. Aiden me permettait parfois de m'entraîner avec les mannequins, sans doute quand il en avait marre de recevoir des coups de pied.

Le premier coup de poing fit reculer le mannequin de deux à trois centimètres. Bam. Les deux frappes suivantes l'ébranlèrent un peu plus, mais cela ne me suffisait pas. Le maelström des émotions qui bouillonnaient en moi devenait plus pressant, exigeant de sortir. *Abandonne. Accepte l'offre de Lucien. Ne prends pas le risque d'affronter ta mère. Quelqu'un d'autre s'en occupera.*

Je reculai, mains sur les cuisses.

Ma mère était un démon. En tant que sang-mêlé, mon devoir était de la tuer. En tant que fille, mon devoir était… quoi ? La réponse à cette question m'avait échappé tout le week-end. Qu'est-ce que je devais faire ?

La tuer. La fuir. Essayer de la sauver.

Un hurlement de frustration s'échappa de ma gorge tandis que j'expédiais un coup de pied circulaire qui toucha le mannequin en plein centre. Il recula de presque un mètre et, quand le mouvement de balancier le ramena vers moi, je passai à l'attaque – crochets, directs, coups de pied. Ma rage et ma détresse croissaient à chaque explosion.

Ce n'était pas juste. Tout ça était injuste.

Je transpirais à grosses gouttes, mon tee-shirt trempé me collait à la peau, les mèches folles échappées de mon chignon plaquées contre ma nuque. Je ne pouvais plus m'arrêter. Je donnai libre cours à la violence qui m'habitait et qui prenait corps sous mes coups. Le goût de la colère me remonta dans la gorge, épaisse comme du fiel. Je me laissai envahir jusqu'à ne plus faire qu'un avec elle.

Une rage brûlante déferlait en moi, guidant mes mouvements jusqu'à ce que chaque frappe devienne si précise que le mannequin serait mort eût-il été vivant. Enfin satisfaite, je reculai en titubant, essuyant la sueur de mon front du revers de la main, puis je me retournai.

Aiden se tenait sur le seuil.

Il s'avança jusqu'au milieu de salle et s'arrêta, dans la même position que durant nos entraînements. Il était en jean, un vêtement que je lui avais rarement vu porter.

Aiden m'observa sans prononcer un mot. Qu'était-il en train de penser ? Pourquoi était-il là ? Quelle importance ? La fureur bouillonnait toujours en moi. C'est ce que devaient ressentir les démons, cette impression qu'une force invisible contrôlait chacun de leurs gestes.

Je ne me contrôlais plus – j'étais littéralement hors de moi, à présent. Sans rien dire, je franchis la distance qui nous séparait. Un éclat de méfiance traversa le regard d'Aiden.

Je n'avais plus de pensée rationnelle, uniquement mue par la colère et la souffrance qui me submergeaient. Je pris mon élan et mon direct du droit se fracassa contre sa mâchoire. Une douleur fulgurante explosa dans mes jointures.

— Par les enfers !

Je me pliai en deux, ramenant ma main contre ma poitrine. Je n'aurais pas cru que ça ferait aussi mal. Et, ce qui était encore pire, mon coup de poing ne semblait pas lui avoir fait beaucoup d'effet.

Il me fit face comme si de rien n'était, les sourcils froncés.

— Est-ce que ça t'a fait du bien ? Tu te sens mieux ?

Je me redressai.

— Non ! Je voudrais recommencer !

— Tu as envie de te battre ?

Il fit un pas de côté, inclinant la tête vers moi.

— Je suis ton homme.

Pas besoin de me le dire deux fois. Je me jetai sur lui. Il bloqua le premier coup, mais la colère me rendait plus rapide qu'il ne l'avait anticipé. Mon avant-bras pénétra ses défenses et je le frappai au thorax. L'impact ne l'ébranla pas d'un pouce, mais j'en éprouvai du plaisir, qui m'aiguillonna plus encore. Ivre de rage et d'une autre émotion presque sauvage, je me battis avec plus de force et d'efficacité que lors de tous nos entraînements.

Nous nous tournions autour, échangeant des coups. Aiden retenait les siens, ce qui ne faisait qu'attiser ma rage. Je l'attaquai avec une ardeur renouvelée, le faisant reculer. Ses yeux lancèrent un éclair d'argent menaçant quand il intercepta mon poing à quelques centimètres de son nez. C'était nul de viser la tête, mais je m'en foutais.

— Assez.

Aiden me repoussa.

Mais je n'en avais pas assez. Je n'en aurais jamais *assez*. Je me lançai dans l'un des enchaînements qu'il m'avait enseignés quelques jours plus tôt. Aiden me cueillit en plein vol pour m'amener au sol avant de se reculer, accroupi sur ses talons.

— Je sais que tu es en colère.

Il ne semblait même pas essoufflé alors que je manquais d'air.

— Je sais que tu es perdue et que tu souffres. Je n'imagine même pas ce que tu dois éprouver.

Ma poitrine se soulevait et s'abaissait à un rythme effréné. Je fis mine de me relever, mais il me maintint au sol d'une seule main.

— Oui, je suis en colère !

— Tu es parfaitement en droit de l'être.

— Tu aurais dû me mettre au courant !

Les larmes me montèrent aux yeux.

— Quelqu'un aurait dû me mettre au courant ! Puisque Marcus ne l'a pas fait, tu aurais dû me le dire !

Il détourna la tête.

— Tu as raison.

La douceur de sa réponse ne m'apaisa pas pour autant. Je l'entendais encore me dire qu'il ne regrettait pas de s'en être abstenu, que c'était pour mon bien. Il finit par poser les deux mains sur ses cuisses.

Mauvaise idée.

Bondissant du matelas toutes griffes dehors, je l'empoignai par les cheveux. Pure réaction de fille, mais j'avais fini par perdre tout sens commun.

— Arrête !

Il m'emprisonna facilement les poignets. C'était même vexant de voir l'aisance avec laquelle il m'avait maîtrisée. Cette fois-ci, il me plaqua carrément sous lui.

— Arrête, Alex, répéta-t-il, beaucoup plus doucement.

Je rejetai la tête en arrière, prête à lancer un coup de pied au hasard quand nos regards se croisèrent. Ce contact visuel me stoppa net dans mon élan ;

son visage n'était qu'à quelques centimètres du mien. L'atmosphère changea soudain du tout au tout alors qu'une émotion primaire qui tournoyait avec les autres se détachait de ce magma.

La sensation de son ventre plat et de ses jambes pressés contre mon corps me donna des idées – qui n'étaient plus liées à l'envie de tuer, mais à un autre affrontement, tout aussi physique. Ma respiration devint laborieuse tandis que nous nous regardions. Ses cheveux bruns lui étaient tombés dans les yeux. Il s'était immobilisé, et je ne pouvais pas bouger, même si je l'avais voulu. Ce qui n'était pas le cas. Par les dieux, je ne voulais plus *jamais* bouger. Je lus dans ses yeux l'instant où il prit conscience de ce changement en moi. Son regard se modifia et ses lèvres s'entrouvrirent.

Ce n'était rien d'autre qu'une stupide attirance, une amourette inoffensive. C'est ce dont je m'efforçais de me persuader quand je relevai la tête, approchant mes lèvres des siennes. Je n'avais pas envie de lui. Pas aussi violemment – plus que tout ce que j'avais jamais désiré dans la vie.

Je l'embrassai.

Au début, ce ne fut pas vraiment un baiser. Mes lèvres effleurèrent lentement les siennes, mais il ne recula pas et je collai carrément ma bouche sur la sienne.

Sous le choc, Aiden ne réagit pas tout de suite. Il me lâcha ensuite les poignets et ses mains remontèrent sur mes bras.

Je lui donnai alors un baiser véritable, fougueux et enragé. Il y avait aussi de la frustration, une frustration immense, dans ce baiser. Puis Aiden pressa davantage son corps contre le mien et je n'étais plus aux commandes. Ses lèvres dévoraient ma bouche, ses doigts s'enfonçaient dans ma peau. Au bout de quelques secondes, il rompit le contact et bondit en arrière.

À un mètre de moi, il resta accroupi. Sa respiration haletante emplissait tout l'espace qui nous séparait. Ses yeux étaient devenus presque noirs à cause de ses pupilles dilatées.

Je me redressai et reculai précipitamment. La compréhension de ce que je venais de faire perça la brume épaisse qui engourdissait mes pensées. Non seulement je venais de frapper un sang-pur au visage, mais je l'avais aussi embrassé. Oh… *malheur à moi.* Mes joues s'enflammèrent, tout mon corps également.

Aiden se releva lentement.

— Ce n'est rien.

Sa voix était éraillée.

— Ce sont des choses qui arrivent… sous l'effet d'un grand stress.

Des choses qui arrivent ? Je n'y croyais pas une seconde.

— Je… Je ne peux pas croire que j'ai fait ça.

— C'est le stress.

Il gardait cependant ses distances.

— Ce n'est pas grave, Alex.

Je me mis debout d'un bond.

— Je crois que je ferais mieux de m'en aller.

Il fit un pas vers moi, puis s'arrêta tout net, hésitant à se rapprocher.

— Alex… Ce n'est rien.

— Oui, le stress, tu dis ? Waouh. OK. Il n'y a pas de problème.

Je reculai vers la porte, évitant de le regarder.

— J'avais besoin de ça – pas le dernier truc ! Ni le coup de poing ! Mais… tu sais… d'extérioriser mon agressivité… tout ça. Bon… À demain.

Je détalai sans demander mon reste et quittai le gymnase.

Une fois dehors dans l'air humide de la nuit, je me tapai sur le front en grommelant.

— Oh, par les dieux.

Derrière moi, une porte s'ouvrit et je m'éloignai dans l'allée.

Je ne savais même pas vers où me conduisaient mes pas. Le choc et l'embarras ne suffisaient pas à décrire les sentiments que j'éprouvais. Mortifiée. Le mot était encore trop faible. C'était peut-être *vraiment* le stress, après tout. J'avais envie de rire et de pleurer à la fois.

C'était énorme, et, par les dieux, je n'arrivais toujours pas à y croire. Je l'avais embrassé. Et l'espace de quelques instants, il m'avait rendu mon baiser, il s'était pressé contre moi d'une façon qui signifiait qu'il le désirait tout autant que moi. C'était forcément un effet de mon imagination.

Il me fallait un nouvel entraîneur. Et tout de suite. Je ne pourrais plus jamais le regarder en face sans tomber dans les pommes et mourir sur le coup. Pas question de...

Quelqu'un s'interposa devant moi. Je fis un pas de côté pour l'éviter, mais cette personne insista. Agacée de ne pas pouvoir broyer du noir en paix, je m'emportai sans même lever la tête.

— Par les dieux ! Dégage de mon...

La fin de ma phrase mourut sur mes lèvres.

L'Apollyon se tenait devant moi.

— Eh bien, bonsoir aussi.

Ses lèvres esquissaient un petit sourire décontracté.

— Oups... désolée, je ne t'avais pas vu.

Je ne l'avais pas *senti* non plus. Ce qui était bizarre, car j'avais senti sa présence avant de poser les yeux sur lui les deux fois où nous nous étions rencontrés.

— Pas étonnant. Tu mitraillais le sol d'un regard furibond comme si tu lui en voulais.

— Oui, on peut dire que c'est un week-end de merde... et ce n'est pas près de s'arranger.

Je tentai de le contourner, mais il se planta de nouveau devant moi.

— Pardon, susurrai-je de ma voix la plus aimable.

C'était quand même l'Apollyon.

— Puis-je avoir quelques minutes de ton temps ?

Je balayai des yeux les jardins déserts, consciente que je ne pouvais pas refuser.

— Bien sûr, mais je dois bientôt regagner ma chambre, avant mon couvre-feu.

— Dans ce cas, je vais t'accompagner et on parlera en chemin.

Je hochai la tête. Que pouvait-il avoir à me dire ? Je me remis en route avec lassitude et il m'emboîta le pas.

— Je te cherchais. Apparemment, tu t'étais barricadée dans ta chambre et tes amis m'ont averti que les garçons étaient interdits de visite dans le dortoir des filles. Pas d'exception pour l'Apollyon, ce que je trouve curieux et très irritant. Le règlement débile du Covenant ne devrait pas s'appliquer à moi.

Je fronçai les sourcils. Qu'est-ce qui était le plus flippant : qu'il sache qui étaient mes amis ou qu'il soit à ma recherche ? Les deux, mon général. Ce type pouvait me rompre le cou comme une brindille. C'était l'Apollyon – et personne ne voulait être dans son viseur.

— J'ai donc attendu que tu sortes de ton trou.

Là, ça faisait carrément froid dans le dos. Je sentais son regard sur moi, bien décidée à ne pas tourner la tête.

— Pourquoi ?

En quelques enjambées, Seth se porta à ma hauteur.

— Je veux savoir ce que tu es.

Je me figeai et l'examinai malgré moi. Il était tout proche, sans me toucher. Pour être honnête, il semblait désireux d'éviter tout contact. Son visage incroyable exprimait la méfiance tandis qu'il m'observait.

— Je suis une sang-mêlé.

Il haussa un sourcil blond.

— Waouh. Tu m'en apprends une belle, Alexandria. Pour une surprise…

Je lui jetai un regard sombre.

— Appelle-moi Alex. Pourquoi cette question, alors ?

— Oui, je sais. Tout le monde t'appelle par ce nom de garçon.

Sa lèvre supérieure se retroussa et sa voix exsudait la frustration.

— Mais tu sais parfaitement que ce n'est pas le sens de ma question. Je veux savoir ce que tu es.

Contrarier l'Apollyon n'était certainement pas ce qu'il y avait de plus malin à faire, mais j'étais d'humeur massacrante… voire belliqueuse. Croisant les bras, je me tournai vers lui.

— Je suis une fille. Tu es un garçon. C'est plus clair, comme ça ?

Un coin de sa bouche se releva.

— Merci pour la leçon d'anatomie. J'ai toujours eu du mal à faire la différence. Mais, encore une fois, ce n'est pas ce que je veux savoir.

Il avança d'un pas, la tête penchée sur le côté.

— Au mois de mai, Lucien a requis ma présence au Conseil. C'est à la même époque qu'ils t'ont retrouvée. Je pense que c'est étrange.

Mon instinct me hurlait de reculer, mais je ne voulais pas lui faire ce plaisir.

— Oui, et alors ?

— Je ne crois pas aux coïncidences. La décision de Lucien est forcément liée à toi. Ce qui amène une autre question, plus essentielle.

— Laquelle ?

— Qu'y a-t-il de si important chez une petite sang-mêlé dont la mère s'est transformée en démon ?

Il tournait maintenant autour de moi et je pivotai sur moi-même pour le suivre.

— Pourquoi Lucien aurait-il besoin de moi aujourd'hui alors que ce n'était pas le cas avant ? Ce que tu as dit dans le bureau de ton Doyen était juste. Ce n'est certainement pas la première fois qu'un sang-mêlé, ou même un sang-pur, serait obligé de combattre un proche ou un ami. En quoi es-tu si différente ?

Je sentais l'agacement me gagner.

— Je n'en ai pas la moindre idée. Pourquoi ne pas aller le lui demander ?

Plusieurs mèches s'étaient échappées du lien de cuir qui retenait son catogan, encadrant son visage.

— Je doute fort que Lucien dise la vérité.

— Ce n'est pas ce que l'on attend de lui.

— Tu es bien placée pour le savoir. C'est ton beau-père.

— Lucien n'est rien pour moi. Ce que tu as vu dans le bureau du Doyen était vraiment bizarre. Sûrement l'ivresse du pouvoir, ou il avait pris des amphétamines.

— Tu ne serais donc pas fâchée si je le traitais d'abruti pompeux ?

Je ravalai un rire.

— Pas du tout.

Ses lèvres s'étirèrent en un demi-sourire.

— Je voudrais comprendre pourquoi on m'a brusquement retiré de la chasse aux démons pour m'affecter à la protection d'une fille…

J'écarquillai les yeux.

— Tu n'es pas là pour me protéger. Tu protèges Lucien.

— Ah oui ? Pourquoi Lucien aurait-il besoin de moi dans sa Garde ? Il quitte rarement le Conseil, et toujours entouré par plusieurs cordons de sécurité. Un Gardien débutant lui suffirait. Je gaspille mon temps et mes talents.

Pas faux, mais je n'avais pas de réponses à lui fournir. Je me remis en marche avec un haussement d'épaules, espérant qu'il en resterait là, mais il me suivit.

— Alors, je te le demande encore une fois : qu'est-ce que tu es ?

Les deux premières fois qu'il m'avait posé cette question, cela m'avait seulement agacée, mais la troisième libéra un souvenir enfoui dans ma mémoire. Qu'est-ce que ce démon avait dit après m'avoir mordue ? Je m'arrêtai de nouveau alors que ses paroles me revenaient à l'esprit. « Qu'est-ce que tu es ? » Je portai la main à mon cou, effleurant ma cicatrice.

Seth me scruta d'un regard perçant.

— Qu'est-ce qu'il y a ?

Je levai les yeux sur lui.

— Tu sais, tu n'es pas le premier à me poser cette question. Un démon m'a demandé la même chose... après m'avoir mordue.

Cela parut raviver son intérêt.

— Alors, il faut sans doute que je te morde pour avoir ma réponse.

Je laissai retomber ma main, dardant sur lui un regard mauvais. Il plaisantait, mais c'était quand même un peu flippant.

— Tu peux toujours essayer.

Il sourit franchement cette fois-ci, exhibant une rangée de dents blanches parfaites. Pas au niveau du sourire d'Aiden, mais pas mal tout de même.

— On dirait que tu n'as pas peur de moi.

Je pris une profonde inspiration.

— Je devrais ?

Seth haussa les épaules.

— Tout le monde a peur de moi. Y compris Lucien... Même les démons me craignent. Tu sais, ils sentent l'éther qui coule dans mes veines, et ils ont beau être conscients que je représente la Mort pour eux, ils sont attirés comme par un aimant. Je suis un mets raffiné pour eux. Un mets auquel ils ne peuvent pas résister.

— Oui… et moi, c'est comme aller au McDo, murmurai-je, me souvenant de ce que ce démon avait dit en Géorgie.

— Peut-être… ou peut-être pas. Tu veux que je te dise un truc bizarre ?

Je regardai autour de nous, cherchant une issue. Mon estomac se tordit de nouveau.

— Pas vraiment.

Il ramena les mèches échappées de son catogan derrière son oreille.

— Je savais que tu étais là. Pas toi personnellement. Mais j'ai senti une présence… quelqu'un de différent. Je l'ai sentie dehors, avant de pénétrer dans le hall. Comme une attirance magnétique. Je t'ai repérée immédiatement.

Cette conversation me mettait de plus en plus mal à l'aise.

— Oh ?

— Cela ne s'était jamais produit auparavant.

Il décroisa les bras et tendit la main vers moi, mais je l'esquivai d'un bond, ce qui lui tira une moue contrariée.

Pour une multitude de raisons, je ne voulais pas qu'il me touche. Redoutant qu'il ne le fasse quand même, je bredouillai la première chose qui me passa par la tête.

— J'ai vu tes tatouages.

Seth s'immobilisa, le bras tendu. La surprise déforma ses traits, puis il laissa retomber son bras, soudain méfiant. Par les enfers, il ne semblait plus chercher le contact – ni même vouloir se trouver près de moi. Cette fois-ci, c'est lui qui recula.

Cela aurait dû me satisfaire, mais cette réaction ne fit qu'alourdir la boule qui se formait dans mon ventre.

— Je… Il faut que j'y aille. Il est tard.

Un déplacement d'air soudain me fit relever la tête. Seth bougeait vite, peut-être plus vite qu'Aiden, et il était revenu dans mon espace personnel.

— Pensais-tu ce que tu as dit dans le bureau du Doyen ? Que tu considérais sincèrement que ta mère était morte ? Est-ce que tu étais sincère ?

Prise de court par ses questions, je ne répondis rien. Il se pencha plus près et m'assena le coup de grâce d'une voix assourdie, mais toujours suave.

— Parce que si ce n'est pas le cas, tu n'as plus qu'à espérer ne jamais te trouver face à elle, parce qu'elle te tuera.

Chapitre 13

À l'entraînement, le lendemain, l'ambiance était extrêmement bizarre. Aiden faisait comme si rien n'était arrivé, et cela éveilla en moi des sentiments contradictoires. J'étais en partie soulagée qu'il ne remette pas mon comportement de la veille sur le tapis. Mais j'étais également… vexée. C'était totalement ridicule, mais j'aurais voulu qu'il reconnaisse ce qu'il s'était passé entre nous.

Ma colère, en revanche, n'avait pas disparu. Mes attaques étaient bien plus efficaces que d'habitude et je bloquai davantage des siennes. Aiden, toujours très pro, me félicita pour ma technique et cela m'irrita encore plus. Alors que nous rangions les tapis à la fin de notre session, j'eus envie de le provoquer un peu.

— Je suis tombée sur Seth… hier soir.

C'était surtout ces derniers mots que j'avais soulignés. Aiden se raidit sans rien répondre.

— Il veut savoir pourquoi Lucien a exigé son affectation au Conseil.

Aiden se releva, frottant ses mains contre ses cuisses.

— Il ne devrait pas questionner ses ordres.

Je haussai un sourcil.

— Il pense que cela me concerne.

Il me regarda alors, le visage totalement inexpressif.

— Est-ce le cas ? insistai-je.

Pas de réponse.

— Cette décision a-t-elle quelque chose à voir avec moi ou ce qui est arrivé à ma mère ?

Son silence prolongé me fit serrer les poings.

— Hier soir, tu as dit que j'étais en droit de savoir pour ma mère. Et je pense que j'ai aussi celui de savoir ce qu'il se passe, bon sang. Ou vas-tu me mentir une fois de plus ?

Cela le fit réagir.

— Je ne t'ai jamais menti, Alex. J'ai seulement omis de te dire la vérité.

Je levai les yeux au ciel.

— Et tout le monde sait que ce n'est pas un mensonge.

La contrariété flamboya dans ses yeux.

— Tu crois que ça me plaisait de savoir que ta mère était un démon ? Tu crois que j'étais content de te voir blessée quand tu l'as appris ?

— Ce n'est pas la question.

— La question, c'est que je suis ici pour t'entraîner. Pour te préparer à reprendre ta formation à la rentrée.

— Et rien d'autre, c'est ça ?

La douleur qui me serra brusquement le cœur attisa ma colère.

— Même pas la courtoisie élémentaire de m'informer de ce qu'il se passe alors que tu es manifestement au courant ?

L'incertitude assombrit ses traits. Il se passa la main dans les cheveux en secouant la tête. Les mèches sombres retombèrent sur son front, comme toujours.

— Je ne sais pas pourquoi le Magistrat a affecté Seth au Conseil. Je ne suis qu'une Sentinelle, Alex. Je ne suis pas dans les secrets des cercles intimes du Conseil, mais…

Il prit une profonde inspiration avant de continuer.

— Je n'ai pas entièrement confiance en ton beau-père. Ses débordements d'affection dans le bureau de Marcus étaient... suspects.

Entre toutes les choses auxquelles je m'attendais, sa réponse me surprit. Une partie - seulement - de ma colère se dissipa.

— Tu crois qu'il manigance quelque chose ?

— C'est tout ce que je sais, Alex. Si j'étais toi... je me méfierais de Seth. Les Apollyons sont parfois instables et peuvent être très dangereux. Ils se mettent facilement en colère, et si son transfert lui déplaît...

J'acquiesçai, mais cet aspect ne m'inquiétait pas vraiment. Aiden partit ensuite sans ajouter grand-chose. Déçue, je tombai sur Caleb en sortant de la salle.

Nous nous dévisageâmes pendant quelques secondes.

— Je... suppose que tu as entendu ? lui demandai-je d'un ton que je voulais détaché.

Il hocha la tête, ses yeux azur pleins de tristesse.

— Alex, je suis désolé. C'est tellement injuste.

— Oui, murmurai-je.

Sachant que je préférais garder ces choses-là pour moi, il n'insista pas. Nous parlâmes de choses et d'autres et le reste de la soirée se déroula comme d'habitude. Ma mère n'était pas un démon et elle ne drainait pas les purs de leur éther. C'était plus facile comme ça, de prétendre que tout était normal. Et cela fonctionna pendant un temps.

Deux ou trois jours plus tard, mon vœu de changer d'entraîneur fut exaucé. Enfin... partiellement. Lorsque j'ouvris la double porte de la grande salle de combat, je trouvai Aiden en compagnie de Kain. Notre dernière séance d'entraînement semblait encore très fraîche à la mémoire du sang-mêlé.

Je ralentis le pas, les observant à tour de rôle.

L'expression d'Aiden était indéchiffrable - comme toujours depuis que je l'avais embrassé.

— Kain viendra nous aider trois fois par semaine.

— Oh.

Je me sentais partagée entre l'envie d'apprendre ce que Kain pourrait me montrer et la déception qu'une tierce personne vienne empiéter sur *mon* temps personnel avec Aiden.

J'avais vraiment beaucoup à apprendre de Kain. Il n'était pas aussi rapide qu'Aiden, mais j'en étais venue à anticiper les mouvements de ce dernier. Avec Kain, il y avait de la nouveauté. À la fin de mon entraînement, je portais un jugement plus favorable sur ce changement dans nos méthodes, mais je ne pouvais m'empêcher de penser que sa présence était liée à notre baiser.

Kain ne fut pas le seul que je revis beaucoup les semaines suivantes. Seth était tout le temps fourré sur le campus, dans les salles de jeux, à la cafétéria et dans la salle de combat. Moi qui avais prévu de l'éviter autant que possible, j'en fus donc pour mes frais. Me défendre contre Kain sous le regard d'Aiden n'était déjà pas facile, mais la présence de l'Apollyon en rajoutait encore une couche.

Il se trouvait aujourd'hui que Kain était absent, parti accompagner un groupe de sang-pur pour le week-end. Je le plaignais. Il avait passé le plus gros de notre entraînement de la veille à bougonner. Il était fait pour chasser les démons, pas pour faire du baby-sitting. À sa place j'aurais aussi râlé si je m'étais retrouvée affectée à ce genre de mission.

Nous en avions finalement fini avec les blocages et nous travaillions maintenant les amenées au sol. J'avais beau l'avoir envoyé plusieurs fois au tapis, Aiden était toujours super patient avec moi. Si l'on exceptait qu'il m'avait menti à propos de ma mère, ce garçon devait être un saint.

Alors que nous quittions la salle, il me gratifia d'un sourire hésitant.

— Tu as bien travaillé, cette semaine.

Je secouai la tête.

— Kain m'en a fait voir baver hier.

Aiden poussa la porte et la tint ouverte pour moi. Il laissait normalement les deux battants ouverts, mais avait pris l'habitude de les fermer ces derniers temps.

— Il a l'expérience du terrain que tu n'as pas, mais tu t'es bien défendue.

Mes lèvres s'incurvèrent. Je buvais le moindre compliment qu'il pouvait me faire sur mes progrès.

— Merci.

Il inclina la tête.

— Est-ce que tu trouves que c'est utile de travailler avec Kain ?

Nous marquâmes un arrêt devant la porte donnant sur l'extérieur. J'étais carrément stupéfaite qu'il me demande mon avis.

— Oui... Il emploie des tactiques différentes des tiennes. Et je pense que c'est utile que tu puisses voir mes erreurs pour me corriger.

— Bon. C'est ce que j'espérais.

— Vraiment ? demandai-je sans réfléchir. Je pensais que c'était à cause de... Laisse tomber.

Aiden plissa les yeux.

— Oui. Pour quelle autre raison lui aurais-je demandé de participer ?

Horriblement gênée d'avoir involontairement remis le sujet sur le tapis, je détournai les yeux.

— Euh... oublie ce que j'ai dit.

— Alex.

Il prononça mon nom de cette voix douce, infiniment patiente. Malgré moi, je le regardai.

— La présence de Kain n'a rien à voir avec l'autre soir.

J'avais envie de me cacher dans un trou de souris. Et aussi de me bâillonner.

— Non ?

— Non.

— Puisqu'on en parle...

Je respirai un grand coup.

— Je suis désolée de t'avoir frappé et... pour l'autre truc aussi.

Son regard s'intensifia, virant au vif-argent.

— J'accepte tes excuses pour le coup de poing.

Je n'y avais pas prêté attention, mais nous étions assez près l'un de l'autre pour que nos chaussures se touchent. Lequel de nous deux s'était rapproché ?

— Et pour l'autre truc ?

Aiden se fendit d'un sourire qui creusa ses fossettes, et son bras effleura le mien quand il ouvrit la porte.

— Tu n'as pas besoin de t'excuser pour l'autre truc.

J'avançai d'un pas hésitant dans la lumière du jour.

— Non ?

Il secoua la tête, souriant toujours, et s'en alla sans plus d'explications. Déconcertée et légèrement obnubilée par le sens de sa réaction, je rejoignis mes amis pour dîner et découvris que notre nouveau camarade s'était incrusté une fois de plus à notre table. Mon sourire s'effaça quand je vis l'expression de fascination béate qu'affichait le visage de Caleb – toujours la même quand il parlait à Seth.

Personne ne m'accorda un regard quand je pris place. Ils semblaient tous hypnotisés par Seth. Apparemment, j'étais la seule qu'il n'impressionnait pas.

— Combien de démons as-tu tués ? lui demanda Caleb en se penchant en avant.

Ils avaient déjà eu cette conversation, non ? *Ah, oui. Pas plus tard qu'hier.* Je ravalai un soupir agacé.

Seth se laissa aller contre le dossier de sa chaise en plastique, un genou calé contre le bord de la table.

— Une bonne vingtaine.

— Waouh, se pâma Éléna, les yeux brillants d'une admiration sans partage.

Levant les yeux au ciel, je mordis dans une tranche de rôti. Les sourcils de Caleb s'arrondirent.

— Tu ne sais pas combien exactement ? Moi, j'en tiendrais le compte avec la date et l'heure.

Un peu morbide, à mon avis, mais Seth lui sourit.

— Vingt-cinq. Presque vingt-six, mais le dernier salopard m'a échappé.

— Échapper à l'Apollyon ? m'étonnai-je en avalant une gorgée d'eau. Oups.

Caleb ouvrit des yeux comme des soucoupes. Pour être honnête, je ne sais pas ce qui m'avait poussée à dire ça - sans doute le conseil qu'il m'avait donné la dernière fois que nous avions parlé en privé. Seth ne se laissa pas démonter et leva sa bouteille d'eau vers moi.

— Et toi, tu en as tué combien ?

— Deux.

J'engloutis une autre bouchée de viande.

— Pas mal pour une fille qui n'a pas fini sa formation.

Je lui offris un sourire radieux.

— On peut le dire.

Caleb me jeta un regard d'avertissement avant de se tourner à nouveau vers Seth.

— Et... quel effet ça fait d'avoir la maîtrise des éléments ?

— C'est génial.

Seth ne m'avait pas quittée des yeux.

— Je n'ai jamais été mordu par un démon.

Je me raidis, la fourchette à mi-chemin de ma bouche. Aïe.

— Quel effet ça fait, Alex ?

Je m'efforçai de mastiquer très lentement ma viande avant de lui répondre.

— Oh... c'est super.

Il changea de position et se pencha vers moi, suffisamment près de mon cou pour que je sente son souffle.

— Vilaine petite cicatrice que tu as là.

La fourchette m'en tomba des mains, maculant la table de purée. J'affichai mon air le plus glacial et le regardai dans les yeux.

— Tu empiètes sur mon espace personnel, l'ami.

Un sourire amusé éclaira son visage.

— Et alors ? Qu'est-ce que tu vas faire ? Me jeter ta purée à la figure ? Je tremble de peur.

Te coller mon poing sur la gueule. C'était ce que j'avais envie de lui répondre et aussi de joindre le geste à la parole, mais je n'étais quand même pas aussi stupide. Je me contentai de lui retourner son sourire.

— Qu'est-ce que tu fais ici ? Tu n'as rien de plus important à faire ailleurs ? Assurer la protection de Lucien, par exemple ?

Caleb et les autres ne comprirent pas l'allusion, mais Seth en fut piqué au vif. Son sourire disparut et il se leva, avant de prendre congé de l'assemblée d'un hochement de tête.

— C'était sympa de discuter avec vous tous.

En partant, il frôla Olivia. La pauvre fille semblait sur le point de s'évanouir.

— Par les dieux, Alex. C'est l'Apollyon, siffla Éléna.

Je rassemblai la purée que j'avais répandue sur la table.

— Oui. Et alors ?

Elle recouvrit le petit tas de pommes de terre écrasées d'une serviette en papier.

— Euh... tu pourrais lui montrer un peu plus de respect.

— Je ne lui ai pas manqué de respect. Mais je ne lui cire pas les pompes, répliquai-je en lui faisant les gros yeux.

— Nous non plus.

Le visage fermé, elle ramassa le tas de purée.

Je fis la moue.

— Ah bon.

— On s'en fout, dit Caleb avec un sifflement d'admiration. Quand même. Il a tué vingt-cinq démons. Il maîtrise les quatre éléments, plus le cinquième - le *cinquième,* Alex. Moi, je suis prêt à lui cirer les pompes toute la journée.

J'étouffai un grognement irrité.

— Tu devrais lancer un fan-club. Éléna sera la vice-présidente.

Il me gratifia d'un sourire en coin.

— C'est une idée.

Heureusement, dès qu'Olivia s'assit à notre table, nous changeâmes de sujet. Caleb était trop content de la voir et je les observai successivement tous les deux.

— Est-ce que vous êtes au courant ? demanda Olivia, ses grands yeux chocolat écarquillés.

— De quoi ? répondis-je, en alerte.

Elle me jeta un regard nerveux.

— Il y a eu une attaque de démons à Lake Lure hier soir. Le Conseil vient de l'apprendre. Ils n'ont pas réussi à contacter les purs et leurs Gardiens.

Cette information prit le pas sur toutes mes préoccupations. Je ne pensais plus à mon comportement grossier envers l'Apollyon ni au sens des paroles d'Aiden tout à l'heure. Je ne pensais même plus à ma mère.

— Quoi ? s'écria Éléna. Lake Lure n'est qu'à quatre heures d'ici.

Lake Lure était une petite communauté fréquentée par les purs pour leurs loisirs. À l'instar du chalet de Gatlinburg où ma mère m'emmenait autrefois, c'était un endroit hautement sécurisé. Du moins, c'est ce qu'on nous avait dit.

— Comment est-ce que ça a pu arriver ?

Je détestai le couinement rauque de ma voix.

Olivia secoua la tête.

— Je ne sais pas, mais plusieurs Gardes du Conseil les accompagnaient pour le week-end. Et il y avait au moins deux Sentinelles entraînées.

Ma bouche s'asséchа. Non. Il ne pouvait pas s'agir du même groupe – celui que Kain s'était plaint de devoir surveiller.

— Il y avait des gens qu'on connaît ? demanda Caleb.

Olivia regarda autour d'elle et baissa le ton.

— Ma mère n'a pas pu m'en dire beaucoup plus. Elle est partie enquêter sur les lieux, mais je sais que les deux Sentinelles étaient Kain et Herc. J'ignore ce qu'il leur est arrivé, mais...

Les démons ne laissaient jamais la vie sauve aux sang-mêlé.

Un silence pesant s'abattit sur notre table tandis que nous digérions l'information. Je ravalai la boule qui s'était formée dans ma gorge. Pas plus tard que la vieille, Kain me donnait du fil à retordre à l'entraînement et nous échangions des plaisanteries. Il était très fort et rapide, mais si on n'avait pas de nouvelles, cela signifiait qu'il avait servi de souper. En tant que sang-mêlé, il ne pouvait pas être transformé en démon.

Je ne voulais pas y croire.

Non. Il s'en est sorti. Ils ne l'ont juste pas encore retrouvé.

Caleb repoussa son assiette, et je regrettai d'avoir autant mangé. Ces nouvelles me nouaient l'estomac, mais nous feignions tous de ne pas en être affectés. Nous étions des cadets en formation. Dans un peu plus d'un an, nous serions confrontés à ce genre de choses au quotidien.

— Et les purs ? demanda Éléna d'une voix tremblante. C'était qui ?

L'expression d'Olivia me glaça. Je pris soudain conscience que nous n'avions pas seulement perdu Kain. Elle déglutit.

— Il y avait deux familles. Liza et Zeke Dikti, avec leur fille Létha. L'autre famille... c'était le père de Léa et sa belle-mère.

Silence.

Tout le monde s'était figé. Je crois que nous ne respirions même plus. Par les dieux, je ne portais pas Léa dans mon cœur, je la détestais même cordialement, mais je ne savais que trop bien ce qu'elle devait ressentir. Du moins je l'avais cru. Caleb retrouva finalement l'usage de la parole.

— Est-ce que Léa ou sa demi-sœur étaient avec eux ?

Olivia secoua la tête.

— Dawn était restée chez eux et Léa est ici – en tout cas elle y était. En venant, j'ai croisé Dawn qui venait la chercher.

— C'est affreux.

Le visage d'Éléna était livide.

— Quel âge a Dawn ?

— Environ vingt-deux ans.

Caleb se mordit les lèvres.

— Elle est en âge d'occuper le siège de ses parents au Conseil, mais qui...

Olivia ne finit pas sa phrase, mais nous pensions tous la même chose. Qui avait envie d'obtenir un siège au Conseil de cette façon ?

***

De retour au dortoir, je trouvai deux lettres sous ma porte : une feuille de papier libre pliée en deux, et une enveloppe. La première était un mot rédigé de la main d'Aiden annulant notre entraînement du lendemain pour cause d'événements imprévus. Visiblement, il avait été appelé pour enquêter sur cette attaque.

Je repliai la note et la posai sur la table. L'enveloppe était tout autre chose : une lettre de mon beau-père bipolaire. Je ne lus pas la carte, mais il y avait plusieurs billets de cent dollars à l'intérieur. Je pris l'argent et jetai la carte à la poubelle.

Toutes les pensées que je ressassais à propos de l'attaque de Lake Lure perturbèrent mon sommeil, et je me réveillai beaucoup trop tôt, extrêmement agitée.

À l'heure du déjeuner, je découvris que Seth était parti avec Aiden. D'autres informations remontèrent au Covenant au fil de la journée. Olivia avait dit vrai. Tous les purs qui étaient à Lake Lure s'étaient fait massacrer. Ainsi que leurs serviteurs sang-mêlé. Le lac et les alentours avaient été fouillés, mais seuls quatre membres de l'équipe de sécurité avaient été retrouvés. Drainés de leur éther. Les deux autres, dont Kain, étaient toujours portés disparus.

Olivia, devenue notre principale source d'information, nous rapporta ce qu'elle savait.

— Certains corps portaient de nombreux stigmates. Mais tous les sang-mêlé qu'ils ont trouvés... étaient recouverts de morsures.

Tous les visages livides autour de notre table exprimaient la même interrogation : *Pourquoi ?* Par leur nature, les sang-mêlé possédaient peu d'éther. Pourquoi des démons s'étaient-ils acharnés sur eux alors qu'ils avaient à disposition des sang-pur, qui en regorgeaient ?

Je déglutis avec difficulté.

— On sait comment ils ont réussi à tromper la vigilance des Gardes ?

Elle secoua la tête.

— Pas encore, mais il y avait des caméras de sécurité autour des chalets et ils espèrent que le visionnage des enregistrements leur en apprendra davantage.

Une partie des cadets s'efforcèrent de se comporter normalement au cours de la journée, mais aucun d'entre nous ne voulait rester seul. Pourtant, les rires étaient absents autour des tables de billard et les manettes des consoles restèrent désertées devant les écrans.

Cette atmosphère maussade commençait à me peser, et je me réfugiai dans ma chambre après le dîner. Au bout de quelques heures, on frappa doucement à ma porte. M'attendant à trouver Caleb ou Olivia, j'allai ouvrir. C'était Aiden et mon cœur fit ce petit salto que je commençais à détester.

La plus stupide des questions sortit de ma bouche.

— Est-ce que tu vas bien ?

Évidemment que non. Je m'envoyai mentalement une claque tandis qu'il entrait dans la pièce et refermait la porte derrière lui.

— Tu es au courant ?

Inutile d'essayer de lui mentir.

— Oui, je l'ai appris hier soir.

Je m'assis au bord du canapé.

— Je viens juste de rentrer. Les nouvelles vont vite.

Je ne l'avais jamais vu si épuisé ni le visage aussi grave. Ses cheveux étaient décoiffés, comme s'il y avait passé maintes fois les doigts. J'éprouvais un besoin presque irrépressible de le réconforter, mais je ne pouvais rien faire. Il désigna le canapé.

— Je peux ?

Je hochai la tête.

— C'était... vraiment moche, c'est ça ?

Il s'assit à côté de moi, les mains posées sur les genoux.

— C'était très moche.

— Comment ont-ils pu s'approcher ?

Aiden releva la tête.

— Ils ont attrapé l'un des purs à l'extérieur. Une fois que les démons ont pu entrer... l'attaque a pris les Gardes par surprise. Il y avait trois démons... et les Sentinelles... se sont battues jusqu'au bout.

Je déglutis. Trois démons. En Géorgie, j'avais été surprise par leur nombre. Aiden pensait la même chose que moi.

— On dirait que les démons attaquent maintenant en bandes organisées. Ils font preuve de retenue dans leurs attaques et d'une coordination qu'ils ne possédaient pas jusqu'ici. Deux sang-mêlé manquent à l'appel.

— Ça veut dire quoi, à ton avis ?

— Nous ne sommes pas sûrs, mais nous en aurons bientôt le cœur net.

Je ne doutais pas un instant qu'il percerait ce mystère.

— Je... suis désolée que tu aies à gérer tout ça.

Son visage se durcit et il ne bougea pas.

— Alex... il faut que je te dise quelque chose.

— D'accord.

Je voulais me convaincre que la gravité de sa voix était due aux horreurs auxquelles il avait été confronté toute la journée.

— Il y avait des caméras de surveillance. Les enregistrements nous ont permis de savoir ce qu'il s'est passé dehors, mais pas à l'intérieur de la maison.

Il prit une profonde inspiration et releva la tête. Nos regards se croisèrent.

— Je suis venu directement ici.

Mon cœur se serra.

— C'est... ce sont de mauvaises nouvelles, c'est ça ?

Aiden répondit franchement.

— Oui.

J'avais du mal à respirer.

— Qu'est-ce... que c'est ?

Il fit pivoter son grand corps pour me faire face.

— Je voulais être sûr que tu l'apprendrais... avant tout le monde. Le bruit va se répandre. Il y avait beaucoup de gens sur les lieux.

— Et... ?

— Alex, il n'y a pas de bonne façon de t'annoncer ça. Nous avons vu ta mère sur les images de surveillance. Elle faisait partie des démons qui ont mené cette attaque.

Je me levai d'un bond, puis me rassis aussitôt. Mon cerveau refusait d'enregistrer l'information. Je secouai la tête tout en me répétant : *Non. Non. Non. Pas elle... n'importe qui, mais pas elle.*

— Alex ?

J'avais l'impression d'étouffer. C'était encore plus dur que de la voir gisant au sol, le regard sans vie. Pire que d'apprendre sa transformation. C'était... au-delà de tout.

— Alex, je suis vraiment navré.

Je ravalai la boule dans ma gorge.

— Est-ce que... elle a tué des gens ?

— Impossible de le savoir à moins de retrouver vivant un des sang-mêlé disparus, mais je suppose que oui. C'est ce que font les démons.

Je refoulai également les larmes brûlantes qui me montaient aux yeux. *Ne pleure pas. Interdit de pleurer.*

— Est-ce que tu as vu... Léa ? Comment va-t-elle ?

L'étonnement qui traversa le visage d'Aiden me tira un petit rire nerveux et cassé.

— Nous ne sommes pas amies, mais je ne souhaite...

— Tu ne souhaites cela à personne. Je sais.

Il prit l'une de mes mains. Ses doigts étaient chauds, solides, rassurants.

— Alex, ce n'est pas tout.

Je faillis laisser échapper un autre rire.

— Qu'est-ce qu'il peut y avoir de plus ?

Sa main se referma étroitement sur la mienne.

— Ça ne peut pas être une coïncidence qu'elle soit si près du Covenant. Le doute n'est plus permis : elle se souvient de toi.

— Oh...

Je m'arrêtai là, incapable de prononcer un mot de plus.

Je détournai les yeux et les posai sur nos mains jointes. Le silence s'étira entre nous, puis il se pencha vers moi et me prit dans ses bras. Tous les muscles de mon corps se tétanisèrent. Même dans ces circonstances, je me rendais compte de l'inconvenance de la situation. Aiden n'aurait pas dû m'offrir son réconfort. Il n'aurait même pas dû venir ici pour m'avertir. Les sang-mêlé et les sang-pur ne se consolaient pas mutuellement.

Pourtant, avec Aiden, je n'avais jamais conscience d'être une sang-mêlé, pas plus que je ne pensais à lui comme à un pur.

Il murmura quelques mots que je ne compris pas. On aurait dit du grec ancien, le langage des dieux. Pour une raison étrange, le son de sa voix perça les barrières que je tentais désespérément d'ériger et je me laissai aller contre lui, la tête sur son épaule. Je fermai très fort les paupières pour empêcher mes larmes de couler. Ma respiration était saccadée. Je ne sais pas combien de temps nous sommes restés ainsi, sa joue posée sur le haut de mon crâne, nos doigts mêlés.

— Tu fais preuve d'une force surprenante, murmura-t-il, faisant voleter les cheveux autour de mon oreille.

Je parvins à rouvrir les yeux.

— Oh... Je garde juste tout ça pour des années de future thérapie.

— Avec tout ce que tu dois affronter ? Tu ne te rends pas compte à quel point tu es forte.

Il recula et sa main effleura ma joue si furtivement que je crus l'avoir rêvé.

— Alex, je dois aller faire mon rapport à Marcus. Il m'attend.

Je hochai la tête et me levai tandis qu'il me lâchait la main.

— Est-ce que... Est-ce qu'il y a une chance qu'elle n'ait tué personne ?

Aiden s'immobilisa sur le seuil.

— Alex, je ne sais pas. Ce serait hautement improbable.

— Tu veux bien... me prévenir si vous retrouvez l'un des sang-mêlé vivants ?

J'étais consciente de la futilité de ma requête, mais il acquiesça.

— Oui. Alex... si tu as besoin de quoi que ce soit, fais-le-moi savoir.

Et sur ces mots, il referma la porte derrière lui.

Une fois seule, je me laissai glisser sur le sol, la tête sur les genoux. Il était possible que ma mère n'ait tué personne. Elle pouvait être avec les autres démons parce qu'elle ne savait pas où aller. Elle était peut-être perdue. Elle venait peut-être me chercher.

Parcourue d'un frisson, je me tassai davantage encore sur moi-même. Mon cœur me faisait mal. J'avais l'impression qu'il allait exploser... une fois de plus. Il y avait encore une chance infime qu'elle n'ait tué personne. Je savais que c'était stupide, mais je m'accrochais à cette idée. C'était tout ce qui me restait. Les mots de Grand-mère Piperi prenaient soudain une autre signification – ce qu'elle avait dit et ce qu'elle n'avait pas dit.

Pour une raison que j'ignorais, ma mère avait quitté la sécurité de la communauté pour m'arracher au Covenant. C'était le point de départ de ce chaos actuel. Durant ces trois années, je n'avais pas appelé à l'aide une seule fois, je n'avais rien fait pour mettre un terme à cette folie et nous avions vécu sans protection au milieu des mortels.

Toutes ces occasions manquées défilèrent devant mes yeux. D'une certaine façon, j'étais responsable de ce qu'il lui était arrivé. Et, ce qui était encore pire, si elle avait tué tous ces innocents, j'étais également responsable de leur mort.

Quand je me relevai, mes jambes ne tremblaient plus. Une certitude emplissait mon esprit – qui avait sans doute pris corps le soir où j'avais découvert ce qu'il lui était vraiment arrivé. Il y avait une toute petite chance qu'elle n'ait pas commis ces horribles meurtres, mais si… si le démon qui était autrefois ma mère avait pris la vie de quelqu'un, je la tuerais quoi qu'il advienne. Elle était devenue mon problème – ma responsabilité.

Chapitre 14

Le lendemain, à l'entraînement, je fis comme si de rien n'était. Je réussis à donner le change jusqu'à ce que nous fassions une pause et qu'Aiden me demande comment j'allais.

— Ça va, lui répondis-je d'une voix égale... avant de me jeter sur le mannequin pour lui régler son compte.

Vers la fin de la session, je sentis un courant d'énergie me parcourir l'échine juste avant l'arrivée de Seth. Il resta debout à la porte et nous observa en silence. Quelque chose me disait qu'il était là pour moi. Grommelant entre mes dents, je pris mon temps pour rouler les tapis.

— Tout va bien ? me demanda Aiden, désignant Seth du menton.

— Va savoir... répondis-je sombrement.

Aiden se redressa de toute sa hauteur.

— Est-ce qu'il t'a embêtée ?

J'avais très envie de répondre par l'affirmative, mais ce n'était pas tout à fait vrai. Et si cela avait été le cas, qu'est-ce qu'il aurait pu faire ? Aiden était certes une Sentinelle redoutable, mais Seth était l'Apollyon. Alors qu'Aiden était un Maître du feu – ce qui était plutôt génial – et se battait comme un guerrier, Seth possédait la maîtrise des quatre éléments – là, c'était carrément flippant – et pouvait lui faire mordre la poussière rien qu'en levant le petit doigt.

Le regard qu'Aiden dardait sur Seth laissait pourtant entendre qu'il était prêt à l'affronter pour mes beaux yeux. Si stupide que ce soit, un sourire me monta aux lèvres.

Pas de ça.

Effaçant le contentement de mon visage, je contournai Aiden.

— À plus tard.

Il répondit d'un hochement de tête, sans quitter Seth des yeux. *D'accord.* Je ramassai ma bouteille et me dirigeai vers la sortie. Je saluai Seth au passage, espérant à moitié qu'il était seulement venu défier Aiden du regard, mais il pivota sur ses talons et m'emboîta aussitôt le pas.

Il arborait un petit sourire satisfait.

— Ton entraîneur ne m'aime pas.

— Ce n'est pas *mon* entraîneur. C'est une Sentinelle, répondis-je sans m'arrêter. Et je crois qu'il se fiche pas mal de toi.

Seth gloussa.

— C'est à peine si ton entraîneur, qui est aussi une Sentinelle, m'a adressé la parole à Lake Lure. Et les rares fois où il l'a fait, il s'est montré glacial. Ça m'a blessé.

Ben voyons.

— Il n'avait sûrement pas envie de faire ami-ami étant donné les circonstances.

— Parce que ta mère faisait partie des démons qui ont mené cette attaque ? demanda-t-il en haussant un sourcil nonchalant. Il a semblé anormalement affecté quand nous avons visionné les enregistrements et qu'il l'a reconnue.

Je ne l'avais pas volé. Je m'immobilisai et lui fis face.

— Seth, qu'est-ce que tu veux ?

Il renversa la tête en arrière. De gros nuages noirs s'amoncelaient au-dessus de nous, voilant les jardins d'une ombre sinistre. Un orage se préparait.

— Je voulais savoir comment tu allais. Est-ce vraiment si incongru ?

Je considérai un instant sa réponse.

— Oui. Tu ne me connais pas. Qu'est-ce que ça peut te faire ?

Baissant la tête, il plongea les yeux dans les miens.

— C'est vrai, je m'en fiche un peu. Mais c'est à cause de toi que je me retrouve coincé dans ce trou à rats au fin fond de nulle part pour assurer la protection d'un connard arrogant.

J'ouvris de grands yeux ronds. Les inflexions mélodiques de sa voix rendaient l'insulte presque classieuse.

— Mais tu vois, là, en ce moment, ce n'est vraiment pas mon problème.

Je m'interrompis comme nous croisions un groupe de sang-mêlé. Ils nous regardèrent – surtout *moi* – et je fis de mon mieux pour ne pas y prêter attention.

— Je m'en doute. Ta mère vient d'assassiner la famille de l'une de tes camarades. J'aurais l'esprit ailleurs, moi aussi.

— Par les dieux ! m'emportai-je, sous le choc. C'est vraiment la meilleure.

Je m'éloignai à grands pas et il me suivit.

— Ce n'était pas... très délicat de ma part. On m'a déjà dit que j'étais trop brutal. Je devrais peut-être essayer d'y travailler.

— Ouais, et tu devrais peut-être t'y mettre tout de suite, lui jetai-je par-dessus mon épaule.

Sans se laisser démonter, il me rattrapa.

— J'ai posé la question à Lucien, tu sais. Je lui ai demandé pourquoi j'étais ici.

Serrant les dents, je continuai d'avancer. Les nuages menaçants étaient de plus en plus nombreux au-dessus de nous. Le ciel semblait prêt à s'ouvrir d'un instant à l'autre.

— Tu sais ce qu'il m'a répondu ? Il m'a demandé ce que je pensais de toi.

Je n'étais pas vraiment sûre de vouloir le savoir.

— Il était impatient d'entendre ce que j'avais à dire.

Un éclair déchira le ciel, frappant la côte. Une fraction de seconde plus tard, le tonnerre couvrit notre discussion. J'accélérai le pas quand j'aperçus le dortoir des filles.

— Ça ne t'intéresse pas ?

— Non.

Un autre éclair illumina le ciel. Cette fois, la foudre frappa l'intérieur de l'île, au-delà des marais.

Elle était proche, trop proche.

— Tu mens.

Je me tournai vers lui, prête à l'envoyer balader, mais la réponse acerbe que je m'apprêtais à lui servir mourut sur mes lèvres avant que je puisse la formuler. Des lignes d'un noir d'encre sillonnaient sa peau dorée partout où elle était exposée. Elles se déformaient pour tracer des motifs, visibles quelques secondes, puis d'autres différents. *Qu'est-ce que c'était ?*

Je détournai les yeux de ses bras, mais le tatouage s'étendit sur son visage parfait, jusqu'au coin de ses yeux. Je fus tout à coup saisie d'un besoin urgent de le toucher.

— Tu les vois encore, n'est-ce pas ?

Je ne pouvais pas lui mentir.

— Oui.

Une bouffée de colère tumultueuse fit flamboyer ses yeux. Un éclair zébra le ciel.

— C'est impossible.

Le tonnerre retentit si fort que je sursautai, et je compris alors.

— L'orage… c'est toi qui le provoques.

— Cela arrive quand je suis de mauvaise humeur. Et je suis particulièrement irritable en ce moment.

Seth avança d'un pas, me dominant de toute sa hauteur.

— Mes humeurs seraient moins instables si je comprenais ce qui se trame. Je dois savoir comment tu peux voir les marques de l'Apollyon.

Je m'obstinai à soutenir son regard. Erreur fatale.

Une force déferla, intense et primitive. Je la sentis ramper sur ma peau et s'insinuer le long de ma colonne vertébrale.

Immédiatement, ma tête se vida de toute pensée. Seul subsistait le besoin de trouver la source de cette énergie démente. *Il faut que je dégage, et plus vite que ça !* Pourtant, comme dans un brouillard, je m'avançai vers lui. C'était sûrement à cause de ce qu'il était. L'énergie qui courait en lui exerçait une attraction puissante à laquelle les purs, les sang-mêlé... et même les démons ne pouvaient résister.

C'était à cette fascination irrépressible que j'étais soumise. Elle réveillait la sauvagerie latente qui couvait en moi et me poussait vers lui. J'éprouvais le besoin de le toucher, certaine que tout me serait révélé quand nos épidermes entreraient en contact.

Seth ne bougea pas tandis que je levais les yeux sur lui. Il semblait tenter d'assembler un puzzle dont j'étais l'une des pièces. Son petit sourire s'effaça et ses lèvres s'entrouvrirent. Il prit une profonde inspiration et avança la main.

Je dus me faire violence, mais je battis en retraite et me précipitai vers le bâtiment. Seth ne me suivit pas. Dès que je fus entrée dans le dortoir, le ciel se déchira et un éclair aveuglant troua l'obscurité. La foudre frappa de nouveau, dangereusement proche.

***

Plus tard dans la soirée, je me confiai à Caleb alors que nous étions debout, au fond de la salle de jeux bondée. La pluie ramenait tout le monde à l'intérieur et nous ne serions bientôt plus à l'abri d'oreilles indiscrètes.

— Tu te souviens de ce qu'a dit Grand-Mère Piperi ?

— Pas vraiment. Elle a dit des tas de trucs bizarres. Pourquoi ?

J'entortillai mes cheveux autour d'un doigt.

— Je finis par penser qu'elle n'est pas si dingue.

— Attends. Quoi ? C'est toi qui as toujours dit que c'était une vieille folle.

— C'était avant que ma mère passe du côté obscur et se mette à massacrer les gens.

Caleb lança autour de nous un regard inquiet.

— Alex.

Personne ne pouvait nous entendre, mais je captai quelques regards et des chuchotements.

— C'est la vérité. Piperi m'a dit : « Tu tueras ceux que tu aimes. » J'avais trouvé ça complètement dingue, mais c'était avant de savoir que ma mère était un démon. Nous sommes formés pour tuer les démons. Il suffit d'ajouter deux et deux.

— Alex, tu ne te trouveras jamais dans cette situation.

— Elle est à moins de quatre heures d'ici. À ton avis, pourquoi est-elle venue en Caroline du Nord ?

— Je ne sais pas, mais les Sentinelles la trouveront avant que tu…

Il s'interrompit en voyant mon expression horrifiée.

— Tu n'auras pas à t'occuper de ça. Tu seras au Covenant l'année prochaine, Alex.

Autrement dit, une Sentinelle la tuerait avant que je sois diplômée, éliminant toute possibilité que nos chemins se croisent un jour. Que devais-je en penser ?

— Alex, tu es sûre que ça va ?

Il se pencha sur moi pour scruter mon visage.

— Je veux dire… vraiment ?

Je balayai ses inquiétudes d'un haussement d'épaules.

— Aiden a dit qu'ils n'étaient pas certains que ma mère ait pris part à l'attaque. Ils l'ont vue sur les images des caméras, mais…

— Alex.

Son visage s'assombrit comme il prenait conscience de mon déni.

— Ta mère est un démon, Alex. Je sais que tu aimerais croire le contraire. Je comprends ça, mais tu ne dois pas oublier ce qu'elle est devenue.

— Je ne l'ai pas oublié !

Plusieurs cadets à la table de billard levèrent la tête, et je baissai d'un ton.

— Écoute. Tout ce que je dis c'est qu'il y a une chance, une chance infime, qu'elle soit…

— Quoi ? Qu'elle ne soit pas un démon ?

Il me prit par le bras, m'entraînant à l'écart derrière un jeu d'arcade.

— Alex, elle était avec les démons qui ont tué la famille de Léa.

Je me dégageai.

— Caleb, elle est en Caroline du Nord. Pourquoi serait-elle venue si elle ne se souvenait pas de moi ? Elle me cherche.

— Elle veut te tuer, Alex. Ce n'est que le début. Elle a déjà tué des gens.

— Tu n'en sais rien ! Personne n'en sait rien.

Il releva le menton.

— Mais si c'est le cas ?

Ma colère se mua en détermination.

— Si c'est le cas, je la trouverai et je la tuerai de mes propres mains. Mais je connais ma mère. Je suis sûre qu'elle se bat contre ce qu'elle est devenue.

Caleb passa la main dans ses cheveux, s'attardant sur sa nuque.

— Alex, je crois que tu… *Oh*.

Je fronçai les sourcils.

— Quoi ? Qu'est-ce que tu crois ?

Son visage exprimait l'admiration béate et intimidée qu'il affichait chaque fois qu'il voyait Seth.

Quand je me retournai, mon intuition fut confirmée. Seth venait d'entrer dans la salle, immédiatement entouré par un essaim de groupies.

— Tu sais, si tu continues à le regarder comme ça chaque fois que tu le vois, les gens vont finir par jaser.

— Je m'en fous.

Il était temps de parler d'autre chose.

— D'ailleurs, où en es-tu avec Olivia ? Tu lui as parlé de cette soirée à Myrtle Beach ?

— Non, je ne lui en ai pas parlé. Je n'en suis nulle part avec Olivia.

Il se tourna vers moi, soudain curieux.

— Et toi, où tu en es avec Seth ? Attends, laisse-moi reformuler ma question : qu'est-ce que tu as contre Seth ?

Je levai les yeux au ciel.

— C'est juste que… je ne l'aime pas. Et ne change pas de sujet.

Il fit la moue.

— Comment peux-tu ne pas l'aimer ? C'est l'Apollyon. Tous les sang-mêlé le vénèrent. Il est le seul qui possède la maîtrise des éléments.

— Et alors ?

— Alex. Regarde-le.

Il essaya de m'obliger à me retourner, mais je résistai.

— Oh, attends. Il regarde dans notre direction.

Je le poussai un peu plus derrière la borne d'arcade.

— Il ne vient pas, si ?

Il souriait de toutes ses dents.

— Si... *Non*. Éléna l'a intercepté.

— Les dieux soient loués.

Caleb fronça les sourcils.

— C'est quoi, ton problème avec lui ?

— Il est bizarre et...

Il se pencha plus près.

— Et quoi ? Vas-y. Dis-moi. Tu es obligée de me le dire. Je suis ton meilleur ami. Dis-moi pourquoi tu le détestes tant.

Il étrécit les yeux.

— Peut-être parce que tu te sens irrésistiblement attirée par lui ?

Je ricanai.

— Par les dieux, non. Mais tu trouverais ça encore plus dingue si je te disais la vraie raison.

— J'attends de voir.

Je lui racontai donc les soupçons de Seth sur la véritable raison de son affectation ici, et que ses tatouages existaient bien, mais je laissai de côté mon envie de le toucher. C'était trop embarrassant pour le formuler à haute voix. Caleb avait l'air stupéfait... et totalement surexcité.

Il sautait pratiquement sur place.

— Il a des tatouages ? Et tu es la seule à les voir ?

— Apparemment.

Je soupirai, jetant un coup d'œil derrière moi. Éléna était pratiquement collée à Seth.

— Je ne sais pas ce que ça signifie, mais ça n'a pas l'air de lui plaire. Tu as vu l'orage tout à l'heure ? Et la pluie ? C'était lui.

— Quoi ? J'avais entendu dire que certains purs étaient capables de contrôler la météo, mais je ne l'avais jamais vu.

Il coula un regard admiratif à Seth.

— Waouh. Il est trop fort.

— Tu veux bien arrêter deux secondes de le mater avec ces yeux de merlan frit ? Je trouve ça flippant.

Il me donna une tape sur le bras.

— D'accord. Il faut que je me concentre.

Il fit un effort visible pour détourner les yeux de Seth. Je savais bien que Caleb n'avait pas le béguin pour lui. Mais Seth était gorgé d'éther. Aucun de nous ne pouvait y résister.

— Pourquoi les ordres de Lucien auraient-ils quelque chose à voir avec toi ?

— Bonne question.

Une réponse fusa dans mon esprit.

— Lucien a peut-être peur que je devienne un danger. À cause de ma mère. Et il a fait venir Seth au cas où je tenterais quelque chose.

— Qu'est-ce que tu pourrais faire ? La laisser entrer ? Lui organiser une fête de bienvenue ? Tu ne ferais jamais un truc pareil, et même Lucien ne peut pas penser ça.

Je hochai la tête, mais cette nouvelle idée faisait sens. Cela aurait expliqué pourquoi Lucien ne voulait pas que je retourne au Covenant. Dans sa maison, je serais sous constante surveillance, alors qu'ici j'allais et venais à ma guise. Il n'y avait qu'un truc qui clochait : Lucien croyait-il réellement que je ferais une chose aussi terrible ?

— Tu t'inquiètes probablement pour rien.

Caleb se mordilla la lèvre.

— Enfin quoi, qu'est-ce qu'il pourrait y avoir ? Ce n'est sûrement rien du tout.

— Il y a forcément quelque chose. Il faut que je découvre quoi.

Caleb me dévisagea.

— Tu crois... que ça t'obsède à cause de... tout ce qui est arrivé ?

Évidemment, mais ce n'était pas la question.

— Non.
— C'est peut-être le stress qui te rend paranoïaque.
— Je ne suis pas paranoïaque, répondis-je sèchement.
Il n'avait pas l'air d'accord. Exaspérée par cette discussion, je scrutai la salle de jeux. Éléna tenait toujours la jambe à Seth, mais ce n'était pas ce qui attira mon attention. Jackson était présent. Il était adossé à une table de billard, en compagnie de Cody et d'un autre sang-mêlé. Il était inhabituellement pâle sous son teint basané. On aurait dit qu'il manquait de sommeil. Normal. Je ne savais pas où il en était avec Léa, mais il devait s'inquiéter pour elle à cause de ce qui était arrivé à ses parents.
Mes yeux glissèrent sur Cody. L'espace d'une seconde, nos regards se croisèrent. Je ne m'étais pas attendue à un sourire chaleureux, mais son regard glacial et son air dégoûté m'en fichèrent tout de même un coup. Décontenancée, je le vis se pencher vers Jackson pour lui dire quelque chose.
Je fus saisie d'un frisson.
— Je crois qu'ils parlent de moi.
— Qui ça ?
Caleb se retourna.
— Oh. Jackson et Cody ? Tu te fais des idées.
— Tu crois qu'ils… savent ?
— Pour ta mère ?
Il secoua la tête.
— Ils savent que c'est un démon, mais je ne crois pas qu'ils sachent qu'elle était à Lake Lure.
— Aiden a dit que les gens l'apprendraient.
Ma gorge se serra.
Caleb se redressa, soudain très protecteur, prenant conscience de mes craintes.
— Ils n'ont pas intérêt à te le reprocher. Personne ne peut t'en vouloir pour ça. Ça n'a rien à voir avec toi.

Si seulement c'était vrai...

— Oui. Tu as sûrement raison.

***

Au cours de la semaine suivante, les rumeurs s'amplifièrent. On me dévisageait. On chuchotait sur mon passage. Au début, personne n'eut le courage de venir me le dire en face, mais les purs... ils savaient que je ne pouvais rien contre eux.

Alors que je regagnais la salle de combat après le déjeuner, je croisai Cody dans les jardins. Tête baissée, je pressai le pas, mais je l'entendis quand même.

— Tu ne devrais pas être ici.

Je relevai les yeux, mais il était déjà loin. Ses mots me trottaient encore dans la tête lorsque j'arrivai au gymnase. J'avais bien entendu.

Aiden me lança un regard perplexe quand j'entrai dans la salle. À la fin de notre session, je m'ouvris enfin à lui.

— Crois-tu qu'il y a une chance... que ma mère n'ait pas attaqué ces gens ?

Il lâcha le tapis qu'il était en train de rouler et se tourna vers moi.

— Cela irait à l'encontre de tout ce que l'on sait sur les démons, non ?

Je hochai la tête avec solennité. Les démons avaient besoin d'éther pour survivre. Ma mère comme les autres.

— Mais ils pourraient... nous drainer sans nous tuer, n'est-ce pas ?

— Ils le pourraient, mais les démons ne voient pas de raison de s'arrêter. Même transformer un pur réclame un contrôle que la plupart d'entre eux ne possèdent pas.

Aucun pur n'avait été transformé à Lake Lure. Les démons qui avaient attaqué ne s'étaient pas refrénés.

— Alex ?

Je relevai la tête et ne fus pas surprise de le trouver devant moi. Son visage était marqué par l'inquiétude. Je lui adressai un sourire forcé.

— Quelque part, j'espère qu'elle est toujours des nôtres. Qu'elle n'est pas totalement mauvaise et que c'est encore ma mère.

— Je comprends, dit-il tout doucement.

— Mais c'est complètement nul, parce que je sais – j'en suis parfaitement consciente – qu'elle représente le mal et qu'il faut l'arrêter.

Aiden se rapprocha de moi, les yeux si lumineux et emplis de chaleur. J'aurais voulu tout oublier et me noyer dans ses yeux. Il leva lentement la main et ramena derrière mon oreille les mèches de cheveux qui finissaient toujours par retomber sur mon visage. Je frissonnai malgré moi.

— Tu as le droit d'espérer, Alex.

— Mais ?

— Tu dois aussi savoir quand il n'y a plus d'espoir.

Il me caressa la joue du bout des doigts, puis laissa retomber sa main et recula. La connexion était rompue.

— Tu te souviens de ce que tu disais sur le besoin que tu éprouvais d'être au Covenant ?

Sa question me prit au dépourvu.

— Oui... que c'était un besoin vital pour moi de combattre les démons. C'est ce que je dois faire.

Aiden hocha la tête.

— Est-ce que tu l'éprouves toujours ? Même maintenant que tu sais que ta mère en est un ?

Je pris le temps de réfléchir avant de lui répondre.

— Oui. Ils sont toujours dehors et ils tuent des gens. Il... Il faut les arrêter. J'éprouve toujours le même besoin de les combattre, même si ma mère est l'un d'entre eux.

Un petit sourire étira ses lèvres.

— Alors, il y a de l'espoir.

— De l'espoir pour quoi ?

Il passa devant moi, s'arrêtant juste assez longtemps pour me lancer un regard entendu.

— Pour toi.

Je le regardai partir, ne sachant que penser. Que pouvais-je espérer ? Que les autres cadets oublieraient que ma mère était un démon qui avait, selon toute vraisemblance, assassiné la famille de l'un d'eux ?

Plus tard dans la soirée, je sentis leurs regards sur moi dans la salle commune, et des bribes de conversations finirent même par me parvenir. Certains d'entre eux – des sang-pur et des sang-mêlé – pensaient qu'on ne pouvait pas me faire confiance. Pas alors que ma mère était si proche et tellement dangereuse. C'était stupide.

Mais le pire était encore à venir. Bientôt, les gens se demandèrent pourquoi nous étions parties trois ans auparavant et pour quelle raison je n'avais pas remis les pieds au Covenant pendant tout ce temps. Des rumeurs circulaient. Ma préférée ? Ma mère était devenue un démon longtemps avant cette terrible nuit à Miami. Certains y croyaient dur comme fer.

Les jours passèrent et seuls quelques rares sang-mêlé m'adressaient encore la parole. Aucun pur ne me parlait désormais. Seth ne me rendait pas non plus la vie facile ; par les enfers, plus moyen de l'éviter. Il était partout. Dans les jardins quand j'avais fini de m'entraîner, à la cafétéria où il prenait ses repas avec Caleb et Luke. Il se pointait même parfois dans la salle de combat pendant mes entraînements, et me regardait toujours sans rien dire. C'était très agaçant et un peu flippant.

Une certaine *expression* traversait le visage d'Aiden chaque fois que Seth était présent. Je me plaisais à penser non seulement qu'il ne l'aimait pas mais qu'il était aussi très protecteur à mon égard. Mais aujourd'hui, pas de Seth à l'horizon et je n'eus pas le loisir de l'analyser davantage. Dommage. Je regardai Aiden empoigner l'un des mannequins qui nous avait servi pour le ramener contre le mur. Ce truc faisait une tonne, mais il le déplaçait comme s'il ne pesait rien.

— Tu veux un coup de main ? proposai-je quand même.

Il secoua la tête et le rangea à sa place.

— Viens voir ici.

— Quoi donc ?

— Tu vois ces marques ?

Il montrait le thorax du mannequin. Le revêtement, qui imitait la peau humaine, présentait plusieurs dépressions. Quand je hochai la tête, Aiden fit courir ses doigts dessus.

— Ce sont tes coups de poing d'aujourd'hui.

Sa voix emplie de fierté valait encore mieux que tous les regards dont il pouvait bombarder Seth.

— Tes frappes sont devenues puissantes. C'est remarquable.

Je rayonnai.

— Waouh. Ça y est. J'ai les doigts de la mort.

Il laissa échapper un petit rire.

— Et voici les marques de tes coups de pied.

Il effleurait les hanches du mannequin, où le tissu était partiellement enfoncé. Quelque part j'enviais ce mannequin. J'aurais voulu que les doigts d'Aiden me caressent de la même façon.

— Certains cadets de ton âge qui ont suivi plusieurs années de formation ne sont pas capables de faire autant de dégâts.

— Je suis le maître du kung-fu. Alors, qu'est-ce que tu en dis ? Je suis prête à manier les jouets des grands ?

Aiden jeta un coup d'œil vers le râtelier, ce fameux mur que je brûlais d'approcher.

— Peut-être.

À la seule idée de m'entraîner au maniement des armes blanches, j'avais envie de sauter de joie, mais cela me rappela aussi à quoi elles servaient.

— Je peux te poser une question personnelle ?

Il parut légèrement inquiet.

— Oui.

— Si... tes parents avaient été transformés, qu'est-ce que tu aurais fait ?

Il mûrit sa réponse.

— Je les aurais pourchassés, Alex. Ils n'auraient pas voulu de cette vie, se voir privés de tous leurs idéaux, de leur éthique, et devenir des assassins. Ce n'est pas ce qu'ils auraient voulu.

Je déglutis, fixant toujours le mur des yeux.

— Ils étaient pourtant... tes parents.

— Ils *étaient* mes parents *avant*, mais ils ne l'auraient plus été une fois transformés.

Aiden s'avança et je sentis ses yeux sur moi.

— Il faut arriver à couper le lien sentimental. Si ce n'est pas ta... mère, ce pourrait être n'importe qui d'autre que tu as connu ou aimé. Si ce jour arrive, tu devras accepter que ce ne sont plus les mêmes personnes.

Je hochai la tête d'un air absent. Techniquement, Aiden avait raison, mais au bout du compte, ses parents n'étaient pas devenus des démons. Ils avaient été tués et il n'avait jamais eu à faire face à cette situation.

Il m'entraîna loin du mur.

— Tu es plus forte que tu ne le crois, Alex. Devenir une Sentinelle, c'est un choix de vie pour toi, pas juste une meilleure option comme c'est le cas pour beaucoup d'autres.

À nouveau, ses paroles me réchauffèrent le cœur.

— Qu'est-ce que tu en sais si je suis forte ? Si ça se trouve, je passe mes soirées à chouiner, recroquevillée dans ma chambre.

Il me jeta un drôle de regard, mais secoua la tête.

— Non. Tu es toujours… tellement vivante, alors que tu traverses une situation qui assombrirait l'âme de la plupart des gens.

Il s'interrompit, prenant conscience de ce qu'il venait de dire, et ses joues s'empourprèrent.

— Quoi qu'il en soit, tu fais preuve d'une incroyable détermination – jusqu'à l'acharnement. Tu refuses de t'arrêter tant que tu n'as pas réussi. Alex, tu sais ce qui est juste et ce qui ne l'est pas. Je ne m'inquiète pas pour toi. Je ne m'inquiète pas de ta faiblesse. Je m'inquiète plutôt que tu sois *trop* forte.

Je sentis mon cœur se dilater. Aiden se souciait de moi, et il… avait hésité avant de répondre à ma question à propos de ses parents. Cela me rassurait quant aux sentiments contradictoires que j'éprouvais. Cependant une chose était claire. Qui que soient ceux que j'affronterais dehors, tant qu'il s'agirait de démons, mon devoir était de les tuer. Tel était à présent l'objectif de ma formation. D'une certaine façon, je m'entraînais pour tuer ma mère.

Je pris une profonde inspiration.

— Tu sais quoi ? Je déteste quand tu as raison.

Il éclata de rire et je lui tirai la langue.

— Mais tu avais raison pour autre chose sans le savoir.

— Hein ?

— Le jour où tu m'as dit que je ne savais pas m'amuser… le jour du Solstice d'été. Tu avais raison. Après la mort de mes parents, j'ai dû grandir très vite. Léon dit que je me suis oublié en chemin.

Il s'interrompit avec un petit rire.

— Et je crois qu'il avait aussi raison.

— Qu'est-ce que Léon peut en savoir ? C'est comme parler à une statue d'Apollon. En tout cas, tu es drôle

– quand tu veux. Tu es gentil, intelligent, très intelligent. Tu es la plus belle personne que je...

— OK.

Il leva la main pour m'arrêter, riant toujours.

— J'ai compris le message, et je t'assure que je sais prendre du bon temps. J'ai du plaisir à t'entraîner et ça ne m'ennuie pas du tout.

Je marmonnai quelques mots incohérents, parce que, dans ma poitrine, quelque chose palpitait une fois de plus. Notre session était terminée et même si j'avais très envie de rester avec lui, plus rien ne me retenait ici. Je commençai à me diriger vers la sortie.

— Alex ?

Mon estomac se serra.

— Oui ?

Il se tenait à moins d'un mètre de moi.

— Je crois que ça serait une bonne idée que... tu ne viennes plus t'entraîner dans cette tenue.

Oh. J'avais totalement oublié ce que je portais aujourd'hui. L'un de ces shorts douteux que Caleb m'avait choisis. Je n'avais même pas songé qu'il le remarquerait. En le voyant maintenant, je compris que je m'étais trompée.

Je plaquai sur mon visage une expression très innocente.

— Tu te laisses distraire par mon short ?

Il me gratifia alors d'un vrai sourire – ceux qui étaient si rares – et toutes les cellules de mon corps s'embrasèrent à la fois. J'en oubliai même les horreurs que je m'entraînais à combattre. C'était l'effet des sourires d'Aiden sur moi.

— Ce n'est pas ton short qui me distrait.

Il passa devant moi, s'arrêtant à la porte.

— La prochaine fois, si nous avons le temps, je te laisserai peut-être t'entraîner avec les dagues.

Mon short qui le distrayait, et tout le reste, disparut instantanément de mon esprit.

— J'y crois pas. Pour de vrai ?

Il s'efforçait de garder son sérieux, mais son sourire restait espiègle.

— Je pense que ça ne te fera pas de mal, mais juste un peu. Cela t'aidera à... les prendre en main.

Je jetai un regard envieux au râtelier. Jusqu'ici, je n'avais même pas le droit de les toucher et il allait me laisser les manipuler. C'était comme si j'avais réussi un examen pour passer en classe supérieure. Par les dieux, c'était Noël.

Sans réfléchir, je me précipitai vers lui et le serrai dans mes bras. Il se raidit immédiatement, visiblement pris au dépourvu. Ce n'était qu'une simple accolade, mais la tension monta de plusieurs degrés. J'eus soudain envie de poser ma tête sur son torse comme le soir où il était rentré de Lake Lure. Et qu'il me prenne dans ses bras, mais pas pour me réconforter. Et si je l'embrassais à nouveau comme je l'avais fait ce fameux soir... est-ce qu'il me rendrait mon baiser ?

— Tu es bien trop jolie pour t'habiller comme ça.

Son souffle souleva mes cheveux.

— Et tu es bien trop impatiente de travailler avec les dagues.

Je rougis, reculant d'un pas. Est-ce que j'avais bien entendu ? Aiden me trouvait jolie ? Il me fallut plusieurs secondes pour me ressaisir.

— Je suis assoiffée de sang. Qu'est-ce que tu veux que je te dise ?

Les yeux d'Aiden descendirent malgré lui sur mes jambes. Je décidai qu'il fallait absolument que j'aille faire les boutiques pour acheter tous les micro-shorts que je pourrais trouver.

Chapitre 15

Les funérailles des victimes de Lake Lure débutèrent juste avant l'aube. Sinistres, comme toutes les obsèques. Dans la tradition de la Grèce antique, la cérémonie se déroulait en trois temps. Cela commençait par l'exposition des corps – ceux qu'on avait retrouvés. Je restai au fond de la salle mortuaire, refusant d'approcher les morts, auxquels je rendis les derniers hommages à distance respectable.

Les trois corps de la famille Dikti, ceux du père et de la belle-mère de Léa, ainsi que ceux des Gardiens, étaient enveloppés d'un linceul de lin et drapés d'or. La procession s'ensuivit, interminable. On installa les dépouilles sur des bûchers funéraires et on les porta tout le long de l'artère principale. Toute activité touristique avait été annulée sur l'île des Dieux et les rues grouillaient de sang-pur et de sang-mêlé habillés de noir.

Les cadets qui restaient au Covenant pour l'été se distinguaient parmi la foule. C'était ceux qui avaient revêtu des robes de plage ou de soirée. Aucun de nous ne possédait de tenue adaptée à des funérailles. Je portais, pour ma part, une robe fourreau noire et des tongs. Ce que j'avais de plus approprié.

Je restai collée à Caleb et Olivia, et n'aperçus que brièvement Léa et Dawn au cimetière. Les deux sœurs avaient en commun une tignasse rousse flamboyante et un corps de sylphide. Malgré ses yeux bouffis par le chagrin, Dawn était d'une beauté à couper le souffle.

Les Hématoï n'enterraient pas leurs morts. Après avoir brûlé les corps, ils érigeaient de hautes statues de marbre à l'effigie des défunts. L'artiste chargé d'honorer les membres de la famille Samos avait choisi de les représenter sur un piédestal gravé de vers en grec évoquant l'immortalité parmi les dieux. Le socle circulaire était déjà en place.

Les pierres précieuses et l'or que portaient les défunts leur furent retirés, puis déposés sur le piédestal. J'aurais préféré m'en aller à ce moment-là, mais cela aurait été perçu comme une marque d'irrespect. Je détournai les yeux quand ils allumèrent les bûchers, mais je n'en entendis pas moins le crépitement du feu qui dévorait leurs corps emmaillotés. Je frissonnai à ce bruit si définitif, irrévocable, plombée par la pensée qu'ils étaient peut-être les victimes de ma mère.

Petit à petit, le cortège se dispersa. Certains rentraient chez eux ; d'autres se rendaient à de petites réceptions organisées par les familles. Toujours à la remorque de Caleb et d'Olivia, je repris le chemin du Covenant, loin de la mort et du désespoir.

Alors que nous passions à côté des bûchers, mes yeux trouvèrent Aiden, debout avec Léon près de Dawn et Léa. Il releva la tête, presque comme s'il m'avait sentie, et nos regards se croisèrent. Il ne fit rien de plus, mais je lus dans ses yeux qu'il approuvait que je sois venue. La veille, avant notre discussion à propos des êtres chers que nous devions pourchasser et l'incident du short quand il avait dit que j'étais jolie, je lui avais fait savoir que je n'étais pas certaine d'être présente aux funérailles, ma mère ayant fait partie des démons.

Aiden avait posé sur moi son regard grave.

— Tu te sentiras encore plus coupable si tu ne rends pas hommage aux victimes. Tu en as le droit, Alex. Autant que n'importe qui d'autre.

Il avait raison, bien sûr. Je détestais les funérailles, mais je me serais sentie très mal si je n'étais pas venue.

Il hocha imperceptiblement la tête avant de se tourner vers Dawn. Il lui toucha le bras et une mèche de cheveux bruns tomba sur son front tandis qu'il inclinait la tête pour lui présenter ses condoléances. Je reportai mon attention sur les hautes grilles de fer qui séparaient la ville du lieu où étaient rassemblées ces statues inutiles. Seth était là, vêtu de son uniforme noir, et il nous observait, cela ne faisait aucun doute. Je ne le saluai pas quand nous quittâmes le cimetière.

Je passai le reste de la journée à tenter d'oublier que nous avions perdu tant d'innocents.

Par la faute de ma mère.

***

Je n'eus finalement pas le droit de manipuler les dagues au cours de notre entraînement suivant. Quand je m'en plaignis avec frustration, Aiden me toisa d'un air amusé.

Je repoussai brutalement les tapis.

— Allez. Comment veux-tu que je rattrape mon retard si je n'ai même pas le droit de toucher une dague ?

Aiden m'écarta d'un coup de coude et prit le relais pour rouler les tapis.

— Je dois d'abord m'assurer que tu es capable de te défendre...

— Elle n'a fait aucun exercice avec les dagues du Covenant ?

Seth était adossé au chambranle de la porte, les bras croisés sur la poitrine, et nous épiait. Sa posture était nonchalante, mais ses yeux brillaient d'un éclat intense.

Aiden se releva, lui accordant à peine un regard.

— J'aurais pourtant juré avoir verrouillé cette porte.

Seth afficha un petit sourire moqueur.

— Je l'ai déverrouillée et je l'ai ouverte.

— Comment as-tu fait ? m'étonnai-je. Elles se verrouillent de l'intérieur.

— Secrets d'Apollyon. Je ne peux pas les révéler.

Il me gratifia d'un clin d'œil avant de tourner ses prunelles d'ambre vers Aiden.

— Comment peut-elle être préparée au combat si elle ne sait pas manier la seule arme efficace contre un démon ?

Je mis plusieurs bons points à Seth dans mon cahier des comptes pour avoir posé cette question. Je regardai Aiden, attendant sa réponse. Le regard glacial et hostile qu'il lança à l'Apollyon lui en valut un nombre bien supérieur.

— J'ignorais que tu avais ton mot à dire pour ce qui est de sa formation, lâcha-t-il en haussant un sourcil charbonneux.

— Ce n'est pas le cas.

Seth se décolla du mur et traversa la salle à grandes enjambées. Après avoir prélevé une dague dans le râtelier, il se tourna vers nous.

— Mais je suis sûr que je pourrais convaincre Marcus ou Lucien de laisser Alex faire quelques séances avec moi. Ça te plairait, Alex ?

Je sentis Aiden se raidir à côté de moi et je secouai la tête.

— Non. Pas vraiment.

Un sourire étira lentement les lèvres de Seth tandis qu'il faisait tournoyer l'arme dans sa main.

— Tu en es sûre ? Moi, je te laisserais manier… les jouets des grands.

Il se planta devant moi, me présentant la dague par la poignée.

— Vas-y. Prends-la.

Mon regard se posa sur la lame étincelante au tranchant férocement aiguisé. Comme sous l'effet d'un sort de compulsion, j'avançai la main.

Mais celle d'Aiden se referma sur le poignet de Seth, écartant la dague et sa main de ma portée. Surprise, je le dévisageai. Ses yeux étincelants comme du vif-argent étaient plantés dans ceux de Seth.

— Elle apprendra le maniement des dagues quand je le déciderai. Pas toi. Tu n'as rien à faire ici.

Le regard de Seth descendit sur la main d'Aiden sans que son sourire faiblisse une fraction de seconde.

— Tu es très protecteur, n'est-ce pas ? Depuis quand les purs se soucient-ils autant de ce que touche ou pas un sang-mêlé ?

— Et depuis quand un Apollyon s'intéresse-t-il tant à *une* sang-mêlé ? On pourrait penser qu'il a mieux à faire.

— Et l'on pourrait penser qu'un sang-pur a mieux à faire que de tomber…

— Stop !

Je m'interposai entre eux, interrompant ce que Seth allait dire – seuls les dieux savaient quoi.

— On se calme, les garçons.

Ni l'un ni l'autre ne paraissait m'entendre ni même me voir. Dans un soupir, j'attrapai Aiden par le bras et cette fois il me regarda.

— Notre entraînement est terminé, n'est-ce pas ?

À contrecœur, il lâcha le poignet de Seth et recula.

Il semblait lui-même surpris par sa réaction, mais lança à l'Apollyon un regard farouche.

— Pour aujourd'hui… oui.

Seth haussa les épaules et fit encore une fois sauter la dague dans ses mains, les yeux braqués sur moi.

— Je reconnais que je n'ai rien de mieux à faire que de m'intéresser à *cette* sang-mêlé.

Quelque chose me fit frissonner dans sa façon de prononcer ces mots. Ou c'était son adresse dans le maniement de la dague.

— Sans moi.

Aiden et moi quittâmes ensemble la salle de combat, sans échanger un mot. Pourquoi avait-il réagi avec une telle hostilité et pourquoi Seth ressentait-il le besoin de le provoquer ? Ces questions-là me trottaient dans la tête, mais je les remisai au fond de mon esprit quand je rejoignis Caleb.

Il avait décidé que nous avions besoin de nous détendre, et c'était justement le jour de la soirée cinéma hebdomadaire chez Zarak sur l'île principale. Il s'arrangeait toujours pour se procurer les derniers films sortis au cinéma. Aucun de nous n'avait très souvent l'occasion de se rendre dans les salles obscures et nous étions toujours impatients de voir les dernières productions dont raffolait le monde des mortels. J'étais surprise qu'il la maintienne après les funérailles de la veille, mais tout le monde devait avoir besoin de lâcher un peu de lest, de se souvenir qu'on était vivants.

Pourtant, dès notre arrivée, je compris que c'était une mauvaise idée. Toutes les conversations se turent quand nous entrâmes dans le sous-sol converti en mini salle de projection. Les sang-pur comme les sang-mêlé me dévisageaient et tout le monde se mit à chuchoter dès que Caleb remonta au rez-de-chaussée avec Olivia.

Affichant un air blasé, je m'installai sur l'un des fauteuils doubles inoccupés, les yeux braqués sur un point dans le mur. La fierté m'empêchait de fuir. Au bout de plusieurs minutes, Deacon se détacha du groupe pour me rejoindre.

— Comment tu vas ?

— Super.

Il me tendit sa flasque. Je l'acceptai et avalai une bonne lampée d'alcool tout en le surveillant du coin de l'œil.

— Doucement, gloussa-t-il en m'arrachant le flacon des mains.

Le liquide brûlant m'écorcha la gorge et emplit mes yeux de larmes.

— Par les dieux, c'est quoi, ce truc ?

Deacon haussa les épaules.

— C'est mon mélange spécial.

— Spécial... on peut le dire.

À l'autre bout de la pièce, un commentaire jaillit, trop bas pour que je puisse comprendre, mais Cody éclata de rire. De plus en plus paranoïaque, je m'efforçai de ne pas y prêter attention.

— Ils parlent de toi.

Je relevai lentement la tête pour regarder Deacon.

— Merci de me remonter le moral.

— Tout le monde parle de toi.

Il fit tournoyer la flasque entre ses mains avec un haussement d'épaules.

— Franchement, ce n'est pas mon problème. Ta mère est un démon. Et alors ? Tu n'y peux rien.

— Ça ne te dérange vraiment pas ?

Il avait pourtant plus qu'un autre des raisons d'en être gêné.

— Non. Tu n'es pas responsable de ce que ta mère a fait.

— Ou pas.

Je me mordis les lèvres, les yeux rivés au sol.

— Personne ne sait ce qu'elle a vraiment fait.

Deacon haussa les sourcils en buvant une longue gorgée.

— Tu as raison.

Des ricanements et des regards mauvais fusèrent du groupe en face de nous. Zarak secoua la tête avant de baisser les yeux sur la télécommande qu'il tenait à la main.

— Je crois que je les déteste tous, grommelai-je.

Je regrettais d'être venue.

— C'est la peur, répondit Deacon en balayant d'un regard appuyé la bande rassemblée de l'autre côté. Ils ont tous peur d'être transformés. Les démons n'ont jamais été aussi proches, Alex. Quatre heures, ce n'est rien, et cela aurait pu être n'importe lequel d'entre eux. Ils contemplent leur propre mort.

Je frissonnai, songeant au contenu de la flasque de Deacon. J'avais besoin de chaleur.

— Et toi, tu n'as pas peur ?

— Nous devons tous mourir un jour, pas vrai ?

— Pas très optimiste.

— Mais mon frère ne laissera jamais une chose pareille arriver, ajouta-t-il. Il faudrait d'abord lui passer sur le corps... ce qui n'est pas non plus envisageable. Puisqu'on parle de mon frère, comment traite-t-il ma sang-mêlé préférée ?

— Euh... bien, très bien.

Cody haussa soudain le ton.

— Si elle est encore ici, c'est parce que son beau-père est Magistrat et que son oncle est le Doyen du Covenant.

Toute la semaine, j'avais encaissé sans rien dire les commentaires narquois et les regards hostiles, mais là, je ne pouvais pas laisser passer. J'aurais totalement perdu la face.

Je me penchai en avant sur mon siège, les coudes sur les genoux.

— Qu'est-ce que ça veut dire, exactement ?

Plus personne ne pipait mot quand Cody leva la tête vers moi.

— Si tu es encore ici, c'est grâce à tes relations. N'importe quel autre sang-mêlé aurait été jeté en servitude.

Le temps d'une profonde inspiration, je cherchai dans ma tête une image apaisante. Je n'en trouvai pas.

— Et pourquoi ça, Cody ?

Deacon s'écarta de moi, flasque à la main.

— Parce que tu as ramené ta mère ici. Voilà pourquoi. Ces purs sont morts parce que ta mère te cherche ! Si tu n'étais pas ici, ils seraient toujours en vie.

— Merde.

Deacon se leva précipitamment pour me laisser passer. Juste à temps. Je fendis la pièce comme une fusée et me plantai devant Cody.

— Je vais te faire ravaler tes paroles.

Les lèvres de Cody se déformèrent en une moue moqueuse. Je ne lui faisais pas peur.

— Vas-y. Agresser un pur est le meilleur moyen de te faire virer du Covenant. C'est peut-être ce que tu cherches, après tout. Tu pourras retrouver ta mère, comme ça.

La mâchoire m'en tomba et mon poing était bien parti pour fracasser la sienne. Zarak s'interposa, enroulant un bras autour de ma taille. Il me souleva du sol et me retourna.

— Dehors.

Il ne me laissa pas le choix, la main dans mon dos, et me poussa vers la sortie.

Ma colère ne tomba pourtant pas une fois à l'extérieur.

— Je vais le tuer.

— Non, tu ne feras pas ça.

Deacon, qui m'avait suivie, me fourra sa flasque dans la main.

— Bois un coup. Ça te fera du bien.

Je dévissai le bouchon et avalai une longue rasade de sa mixture. La boisson m'arracha les tripes et ne fit que décupler ma rage. Je tentai de feinter Deacon, mais pour un garçon aussi mince et sans formation au combat, il se montra plutôt efficace pour me barrer la route.

Qu'il aille aux enfers.

— Je ne te laisserai pas y retourner. Ton beau-père a beau être Magistrat, si tu frappes Cody, tu peux dire adieu au Covenant.

Il avait raison, mais je souris sauvagement.

— Ça en vaudrait la peine.

— Vraiment ?

Il fit un pas de côté, ses cheveux bonds lui tombant dans les yeux, et me bloqua de nouveau le passage.

— Qu'en penserait Aiden, à ton avis ?

Sa question me fit l'effet d'un coup de poing au plexus.

— Hein ?

— Si tu te fais renvoyer, que pensera Aiden ?

Je desserrai les poings.

— Je... ne sais pas.

Deacon inclina sa flasque vers moi.

— Il se le reprochera. Il pensera qu'il t'a mal entraînée ou mal conseillée. C'est ce que tu veux ?

Mes yeux n'étaient plus que deux fentes. Je n'aimais pas la logique de son raisonnement.

— Comme quand il te conseille d'arrêter de boire ? On ne peut pas dire que tu l'écoutes. Qu'est-ce qu'il en pense, à ton avis ?

Il baissa lentement sa flasque.

— Touché.

Quelques secondes plus tard, les renforts arrivèrent.

— Qu'est-ce qu'il s'est passé ? demanda Caleb.

— Certains de tes amis se sont mal comportés.

Deacon indiqua la porte de la tête.

Caleb se rembrunit en s'avançant vers moi.

— Quelqu'un t'a fait quelque chose ?

La colère flamba dans ses yeux quand je lui rapportai les propos de Cody.

— Sérieux ?

Je croisai les bras.

— Est-ce que j'ai l'air de plaisanter ?

— Non. Retournons sur l'autre île. Ces abrutis ne comprennent rien.

— Personne ne comprend rien, lui répliquai-je, toujours enragée. Tu peux rester ici avec *tes* amis, moi, je rentre. C'était une idée pourrie.

Caleb écarquilla les yeux.

— Hé ! Ce ne sont pas mes amis. Mon amie, c'est toi ! Et je comprends ce que tu ressens, Alex. Je sais que ce n'est pas facile pour toi.

Comme une furie, je me tournai vers lui. C'était irrationnel, mais je ne pouvais plus m'arrêter.

— Tu me *comprends* ? Comment le pourrais-tu, par les enfers ? Ta mère ne veut pas de toi ! Ton père est toujours vivant ! Ce n'est pas un démon, Caleb ! Comment pourrais-tu me comprendre ?

Il leva les mains devant lui comme pour arrêter physiquement mes mots. Il semblait réellement peiné.

— Alex ? Par les dieux.

Deacon rangea sa flasque dans une poche en soupirant.

— Alex, essaie de te calmer. Tu as du public.

Il disait vrai. Sans que je m'en aperçoive, les autres étaient sortis sur le perron et nous regardaient comme des badauds excités. Ils voulaient une bagarre et ne l'avaient pas eue. Je pris une profonde inspiration, tâchant de me calmer, sans succès.

— Tous les abrutis qui sont là pensent que ces gens sont morts à cause de moi !

L'incrédulité déforma les traits de Caleb.

— Ce n'est pas possible. Écoute, tu es stressée. Rentrons...

Une digue céda et je me ruai sur lui. Allais-je frapper mon meilleur ami ? C'était plus que probable, mais je ne le sus jamais. Surgi de nulle part, Seth se matérialisa près de moi, vêtu de noir comme toujours. Il n'enlevait donc jamais son uniforme ?

Non seulement sa présence me pétrifia, mais elle eut également un effet lénifiant sur tous les autres autour de nous. Il me toisa d'un long regard désapprobateur, puis son phrasé mélodique retentit.

— Ça suffit.

À n'importe qui d'autre, j'aurais répondu d'aller se faire voir, mais la situation n'était pas ordinaire et Seth n'était pas n'importe qui. Il s'attendait visiblement à ce que je m'exécute.

Avec un gros effort de volonté, je parvins à battre en retraite. Caleb fit un pas dans ma direction, mais Deacon le retint par le bras.

— Laisse-la partir.

J'en profitai pour filer sans plus attendre. J'avais déjà dépassé plusieurs villas quand Seth me rattrapa.

— Tu laisses une bande de purs te mettre dans cet état ?

— Tu n'en as pas marre de me suivre, Seth ? Depuis combien de temps tu étais là ?

— Je ne te suis pas, et je suis là depuis assez longtemps pour me rendre compte que tu es incontrôlable et totalement instable. Ce qui me plaît plutôt chez toi – principalement parce que c'est divertissant. Mais tu sais parfaitement que tu n'es pas responsable de ce que ta mère a fait. Qui s'intéresse à ce que pense une bande de sang-pur trop choyés ?

— Tu ne sais pas si ma mère a fait quoi que ce soit !

— Tu es sérieuse ?

Il me scruta et trouva la réponse à sa question.

— Tu es sérieuse ! Je peux donc ajouter « stupide » à la liste des adjectifs pour te décrire.

Et quels étaient les autres ?

— Ça m'est égal. Fiche-moi la paix.

Seth m'interrompit.

— C'est un démon. Elle *tue* des innocents, Alex. C'est ce que font les démons. Sans raison. C'est ce qu'elle fait, mais tu n'y es pour rien.

J'avais très envie de le frapper, mais ce n'aurait pas été très malin. Je savais me contrôler et me servir de mon cerveau. Je fis un pas de côté pour le contourner, mais Seth ne l'entendait pas de cette oreille. Il m'attrapa par l'avant-bras. Peau contre peau.

Et le monde explosa.

Un puissant courant électrique me traversa le corps. Comme celui que j'avais ressenti en sa présence, multiplié par cent. J'étais incapable de parler, et plus le contact se prolongeait, plus le courant s'amplifiait. Ce que j'éprouvais était insensé. Ce que je *voyais* aussi. Une lumière bleue intense émanait de sa main. Comme un câble électrique, elle s'enroula autour de mon bras en crépitant. D'instinct, je compris que ce truc nous connectait – nous reliait l'un à l'autre.

Irrévocablement.

— Non. Non, c'est impossible !

Le corps de Seth était tétanisé.

Je voulais surtout qu'il me lâche, parce que ses doigts s'enfonçaient dans ma peau et... autre chose était en train de se produire. Quelque chose que je sentis s'entortiller *à l'intérieur de moi*, au centre de mon être, nous liant plus étroitement à chaque boucle.

Un flux d'émotions et de pensées qui ne m'appartenaient pas se déversa dans mon esprit. Comme une lumière aveuglante, explosant en un tourbillon de couleurs changeantes jusqu'à faire partiellement sens pour moi.

C'est impossible.

Nous allons mourir tous les deux.

J'avais besoin d'air. Les pensées de Seth serpentaient autour des miennes, ses émotions nous imprégnaient brutalement tous les deux. Tout à coup, j'eus l'impression qu'une porte se fermait en moi et tout s'arrêta. Les couleurs refluèrent et le cordon de lumière bleue lança un dernier éclat chatoyant avant de disparaître.

— Euh… Tes tatouages sont revenus.

Seth cligna les yeux, regardant sa main toujours en contact avec mon bras.

— C'est… ce n'est pas possible.

— Qu'est-ce que c'était que ce truc ? Si tu le sais, j'aimerais que tu me mettes au courant.

Il releva la tête, les yeux étincelants dans la pénombre. L'expression de stupeur sur son visage fit place à la colère.

— Nous allons mourir tous les deux.

Pas ce que j'avais envie d'entendre.

— Je… Quoi ?

Les pièces du puzzle semblaient finalement s'assembler pour lui. Ses lèvres s'amincirent et il se mit en marche, me tirant derrière lui.

— Attends ! Où allons-nous ?

— Ils le savaient ! Ils le savaient depuis le début. Maintenant, je comprends pourquoi Lucien m'a fait venir au Conseil quand ils t'ont retrouvée.

Mes pieds dérapaient dans le sable alors que je m'efforçais de le suivre. Je perdis une chaussure en route, puis l'autre un peu plus loin. Merde, j'aimais beaucoup ces sandales.

— Seth ! Il faut que tu ralentisses et que tu me dises ce qu'il se passe.

Il me lança un regard menaçant par-dessus son épaule.

— C'est ton vaniteux de beau-père qui va nous le dire.

Je détestais l'admettre, mais j'avais peur, j'étais même terrorisée.

« Les Apollyons sont parfois instables – ils peuvent être très dangereux. » Sans blague. Seth accéléra encore l'allure, me traînant littéralement derrière lui. Je trébuchai. Mon genou se prit dans l'ourlet de ma robe de coton, qui se déchira. Avec un grognement impatient, il me remit sur mes pieds et repartit.

Des éclairs zébraient le ciel tandis qu'il m'entraînait de l'autre côté de l'île. La foudre frappa un bateau amarré sur la côte à quelques mètres de nous. L'explosion de lumière m'éblouit, mais Seth semblait se moquer pas mal des dégâts que sa colère provoquait.

— Arrête !

Je freinai des quatre fers.

— Le bateau est en feu ! Il faut faire quelque chose !

Seth pivota sur lui-même, les yeux luminescents. Il me tira brutalement contre lui.

— Ce n'est pas notre problème.

Je fus secouée d'un frisson qui ressemblait à un sanglot.

— Seth... tu me fais peur.

Son expression ne changea pas, dure et intransigeante, mais il desserra légèrement son étreinte.

— Ce n'est pas de moi que tu devrais avoir peur. Viens.

Il me guida loin du bateau en flammes et nous longeâmes la côte silencieuse.

Seth bifurqua vers la maison de Lucien, grimpant deux à deux les marches du large perron. Peu lui importait apparemment que je sois capable de le suivre ou pas. Il me lâcha alors pour tambouriner des deux poings contre la porte comme les forces de l'ordre à la télé.

Deux Gardiens apeurés vinrent nous ouvrir. Le premier me lança à peine un regard avant de se concentrer sur Seth, qui releva le menton.

— Nous devons voir Lucien immédiatement.

Le Gardien se raidit.

— Le Magistrat s'est retiré pour la nuit. Vous devrez...

Une violente bourrasque déferla derrière nous. Pendant une seconde, les cheveux qui volaient dans mes yeux me bloquèrent la vue, mais quand ma vision se dégagea, mon cœur s'arrêta. Ce qui ressemblait à un ouragan cueillit le Gardien en plein thorax, le projetant à mi-hauteur contre le mur opposé du vestibule fastueux de mon beau-père. Le vent tomba, mais le Gardien resta épinglé.

Seth pénétra dans la villa et se tourna vers l'autre Gardien.

— Va chercher Lucien. Et plus vite que ça.

S'arrachant au spectacle de son collège punaisé contre la paroi, le second Gardien s'empressa de lui obéir. Je suivis Seth à l'intérieur, les mains tremblant si violemment que je dus les serrer.

— Seth ? Seth, qu'est-ce que tu fais ? Arrête. Tout de suite. Tu ne peux pas faire ça ! Entrer de force dans la maison de Lucien...

— Tais-toi.

Je reculai au fond du vestibule, hypnotisée par le Gardien. L'air crépitait et grésillait, pulsant d'une énergie considérable – l'énergie de l'Apollyon. Je me réfugiai contre le mur opposé tandis qu'elle courait sur ma peau et pénétrait chaque cellule de mon corps.

Une agitation sur le palier à l'étage me fit tourner la tête. Lucien dévala l'escalier tournant, vêtu d'un pantalon de pyjama et d'une ample chemise. Le voir dans cette tenue me tira un gloussement nerveux hystérique.

Lucien prit acte de ma posture quasi pétrifiée au fond de l'entrée, puis aperçut le Gardien suspendu contre le mur. Enfin, il se tourna vers Seth, le regard étrangement calme.

— De quoi s'agit-il ?

— Je veux savoir combien de temps vous comptiez poursuivre cette folie avant que nous ne soyons tous les deux assassinés dans notre sommeil !

J'en restai bouche bée.

Lucien n'éleva pas la voix.

— Relâche mon Gardien et je te dirai tout.

À contrecœur, Seth s'exécuta sans douceur. Le pauvre homme s'effondra brutalement sur le sol.

— Je veux toute la vérité.

Lucien hocha la tête.

— Et si nous passions au salon ? Je crois qu'Alexandria a besoin de s'asseoir.

Seth me lança un regard par-dessus son épaule en fronçant les sourcils, comme s'il m'avait oubliée. Je devais faire peine à voir, car il acquiesça. J'envisageai d'en profiter pour m'enfuir en courant, mais je ne serais pas allée bien loin. De plus, malgré la peur, j'étais également curieuse de comprendre ce qu'il se passait.

Nous nous dirigeâmes vers une petite pièce aux parois vitrées et je m'affalai pratiquement dans le fauteuil blanc en rotin. Les Gardiens firent mine de nous suivre, mais Lucien les renvoya.

— Informez le Doyen Andros que Seth et Alexandria sont ici, je vous prie. Il comprendra.

Les Gardiens hésitèrent, mais Lucien les congédia d'un hochement de tête impérieux. Quand nous fûmes seuls, il se tourna vers Seth.

— Un siège ?

— Je préfère rester debout.

— Euh… il y a un bateau en flammes, dehors.

Ma voix me paraissait étranglée et trop aiguë.

— Il faudrait peut-être aller voir.

— On va s'en occuper.

Lucien prit place à côté de moi dans un autre fauteuil.

— Alexandria, je ne t'ai pas tout dit.

Un minuscule grognement de mépris m'échappa.

— Ah bon ?

Il se pencha en avant, les mains posées à plat sur son pyjama à carreaux.

— Il y a trois ans, l'oracle a révélé à ta mère que le jour de ton dix-huitième anniversaire tu deviendrais un Apollyon.

J'accueillis sa déclaration par un éclat de rire.

— C'est totalement ridicule.

— Crois-tu ?

Seth pivota vers moi. On aurait dit qu'il avait envie de me secouer.

— Eh bien… oui ! répondis-je, les yeux écarquillés. Il ne peut y en avoir qu'un…

Ma voix mourut alors que je me souvenais de ce que j'avais lu dans le livre qu'Aiden m'avait prêté. Je fus parcourue d'un frisson à la fois glacé et brûlant.

— Avant de partir, Rachelle s'est confiée à Marcus. Il n'approuvait pas sa décision, mais elle pensait qu'elle devait te protéger.

— Me protéger de quoi ?

Dès que ces mots eurent franchi mes lèvres, la réponse m'apparut. *De ce qui est arrivé à Solaris.* Je secouai la tête.

— Non. C'est juste complètement dingue. Ce n'est pas ce que l'oracle a dit à ma mère !

— Tu fais allusion à l'autre partie de la révélation, que tu tuerais ceux que tu aimes ? Ce n'est pas le plus important. Ce qui compte, c'est que tu vas devenir un autre Apollyon.

Il se tourna vers Seth, un sourire aux lèvres.

— Faire venir Seth ici était le meilleur moyen de découvrir si l'oracle avait dit vrai.

Seth faisait les cent pas dans le salon.

— Tout s'explique. Pourquoi je… j'ai senti ta présence le premier jour. Pas étonnant que ta mère soit partie. Elle a sans doute pensé qu'elle pourrait te cacher parmi les mortels.

Il revint vers Lucien et le dévisagea.

— Pourquoi avez-vous voulu nous réunir ? Vous savez ce qui se produira.

Lucien soutint son regard.

— Nous n'en savons rien, non. Cela fait plus de quatre cents ans qu'il n'y a pas eu deux Apollyons. Les choses ont évolué. Les dieux aussi.

Je les dévisageai à tour de rôle.

— Messieurs... J'entends ce que vous dites, mais vous vous trompez. Il est impossible que je sois ce qu'il est. C'est impossible.

— Comment expliques-tu ce qui s'est produit dehors, dans ce cas ? demanda Seth en me fixant des yeux.

Je respirai à fond sans lui répondre.

— Ce n'est pas possible.

— Que s'est-il produit ? demanda Lucien, soudain très intéressé.

Les yeux de mon beau-père passèrent de Seth à moi tandis que l'Apollyon lui racontait le cordon de lumière bleue et comment, pendant quelques secondes, chacun de nous avait entendu les pensées de l'autre.

Manifestement, cela ne le surprit pas.

— Il n'y a pas de quoi s'affoler. Ce dont vous avez fait l'expérience n'est qu'une façon de vous reconnaître mutuellement. C'est pour cette raison que je t'ai fait affecter ici, Seth. Nous devions savoir si elle était réellement ton autre moitié. Cette possibilité... était trop importante pour la laisser passer. Mais j'aurais cru qu'il vous faudrait moins de temps pour vous réunir.

— Le jeu en vaut-il la chandelle ? demanda Seth, le visage sombre. Si les dieux n'étaient pas au courant pour elle, ils le seront désormais bientôt. Vous auriez pu vous en dispenser. Sa vie n'a donc aucun prix à vos yeux ?

Mon beau-père s'avança sur son siège, cherchant le regard de Seth.

— Comprends-tu ce que ça signifie ? Pas seulement pour toi, mais pour tous les nôtres ? Deux Apollyons, cela change la donne, Seth. Oui, tu es déjà très puissant, mais le jour de ses dix-huit ans tes pouvoirs seront sans limites.

Cette information parut piquer l'intérêt de Seth.

— Mais les dieux... n'autoriseront jamais cela.

Lucien se renfonça dans son siège.

— Les dieux... ne se manifestent plus depuis une éternité, Seth.

— Quoi ?

Seth et moi avions réagi en même temps. Là, on entrait dans le vif du sujet.

Lucien agita la main d'un geste méprisant.

— Ils se sont retirés, et le Conseil ne pense pas qu'ils interviendront. De plus, s'ils ont un semblant de curiosité et s'intéressent encore un tant soit peu à nous, ils sont forcément au courant pour Alexandria. Si l'oracle l'a vu, c'est que les dieux le savent. Ils ne peuvent pas ignorer son existence.

Je ne croyais pas Lucien. Pas une seule seconde.

— Ils ignoraient pourtant celle de Solaris !

Ils se tournèrent tous les deux vers moi et le front de Lucien se plissa.

— Comment connais-tu Solaris ?

— Je... J'ai lu son histoire. Ils ont tué les deux Apollyons.

Lucien secoua la tête.

— Tu ne connais pas toute la vérité à propos de ces événements. L'autre Apollyon s'en est pris au Conseil et Solaris aurait dû l'arrêter. Elle ne l'a pas fait. C'est pour cela qu'ils ont été exécutés.

Je fronçai les sourcils. Je n'avais rien lu de tel dans le grimoire.

Seth reprit finalement la parole.

— Qu'avez-vous à gagner de notre réunion ?

Les yeux de Lucien se mirent à briller.

— Avec vous deux, nous pouvons éliminer les démons sans risquer tant de vies. Nous pourrions changer les règles... les lois qui régissent la vie des sang-mêlé, les décrets de mariage, le Conseil. En d'autres mots, tout deviendrait possible.

J'avais envie de le frapper. Lucien se fichait des sang-mêlé comme d'une guigne.

— Quelles règles du Conseil voudriez-vous voir changer ? demanda Seth en l'étudiant attentivement.

— Nous discuterons de cela plus tard, Seth.

Il me désigna de la main, le même sourire à la fois glacial et mielleux sur le visage.

— Son destin est d'être ton autre moitié.

Seth se tourna vers moi et me lança un regard appuyé.

— J'aurais pu plus mal tomber.

Bon, là ça devenait carrément flippant.

— Qu'est-ce que tu veux dire, *exactement* ?

— Vous êtes tous les deux comme les pièces d'un puzzle, faits pour vous compléter. Ton pouvoir alimentera le sien... et vice versa.

Lucien souriait.

— Vraiment, c'est extraordinaire. Tu es sa moitié d'orange, Alexandria. Tu lui es destinée. Tu lui appartiens.

J'eus l'impression qu'on me lâchait une enclume sur la poitrine.

— Oh. *Oh*. Certainement pas.

Seth me bombarda d'un regard noir.

— Pas besoin de faire ta dégoûtée.

L'autre jour, j'avais ressenti l'envie irrésistible de le toucher et j'avais mis ça sur le compte de ce qu'il était.

Mais si c'était à cause de ce que *nous* étions ? Je frissonnai.

— Dégoûtée ? Je trouve ça... révoltant ! Est-ce que vous vous entendez ?

Seth poussa un soupir.

— Maintenant, tu deviens insultante.

J'écartai sa remarque. Je l'écartai, *lui*, de mes pensées.

— Je... n'appartiens à personne.

Lucien plongea les yeux dans les miens et je fus frappée par l'intensité de son regard.

— Oh que si.

— Mais c'est totalement dingue !

— Le jour de ses dix-huit ans, reprit Seth avec une moue, la puissance... sa puissance me sera transférée.

— Oui, confirma Lucien d'un hochement de tête enthousiaste. Dès qu'elle sera Éveillée par palingénésie, le jour de son dix-huitième anniversaire, il te suffira de la toucher.

— Et alors...

Il n'avait pas besoin de le dire tout haut. Nous savions tous ce qui se produirait.

Seth deviendrait un Tueur de Dieux.

Il s'adressa de nouveau à Lucien.

— Qui est au courant ?

— Marcus, et la mère d'Alexandria.

Mon cœur se serra.

Seth me regarda, le visage impénétrable.

— Voilà qui explique qu'elle ait osé venir si près du Covenant, contrairement aux autres démons, mais pourquoi ? Un sang-mêlé ne peut pas être transformé.

— Pour quelle autre raison un démon pourrait-il vouloir mettre la main sur l'Apollyon ? Même à l'heure actuelle, l'éther qui coule dans les veines d'Alexandria pourrait les sustenter pendant plusieurs mois.

Lucien me désigna d'un geste.

— Que crois-tu qu'il se passera si elle est entre les mains de sa mère après la palingénésie ?

J'avais sûrement mal entendu.

— Tu crois qu'elle est venue faire de moi une sorte de réserve alimentaire ?

Il releva la tête.

— Pour quelle autre raison serait-elle ici, Alexandria ? C'est pour cela que je me suis opposé à ce que tu reprennes ta formation au Covenant, et Marcus aussi. Cela n'a rien à voir avec le temps que tu as perdu ou ton comportement passé. La possibilité que nous ne puissions pas stopper Rachelle avant que tu obtiennes ton diplôme existait. Le risque était trop grand que tu te retrouves face à elle et te dérobes à ton devoir. Je ne pouvais pas autoriser qu'un démon s'empare d'un Apollyon.

— Mais les choses ont changé ? demandai-je.

— Oui.

Lucien se leva et posa les deux mains sur mes épaules.

— Maintenant qu'elle est si proche, nous la retrouverons. Tu n'auras jamais à l'affronter. Et c'est une bonne chose, Alexandria.

— Une bonne chose ?

Je lâchai un rire rauque et écartai ses mains.

— C'est complètement tordu… et ça me rend malade.

Seth tourna vivement la tête vers moi.

— Alex, tu ne peux pas faire comme si de rien n'était. Tu ne peux pas nier ce que tu es. Ce que *nous* sommes…

Je l'arrêtai en levant la main.

— Oh, pas de ça, mon coco. *Nous* ne sommes rien du tout ! Et *nous* ne serons jamais rien ! Compris ?

Il leva les yeux au ciel, visiblement lassé par mes protestations.

Je reculai vers la porte.

— Sérieux, je ne veux plus entendre parler de tout ça. Je vais faire comme si cette conversation n'avait jamais eu lieu.

— Alex. Arrête.

Seth fit un pas vers moi.

Je le fusillai du regard.

— Je t'interdis de me suivre ! Je ne plaisante pas, Seth. Et je me fous pas mal que tu sois capable de me projeter dans les airs. Si tu me suis, je sauterai d'un pont et je t'emmènerai avec moi !

— Laisse-la partir, dit Lucien avec un geste élégant de la main. Elle a besoin de temps pour… accepter la situation.

À ma grande surprise, Seth se laissa convaincre. Je sortis de la pièce, claquant la porte derrière moi. Tandis que je regagnais l'île du Covenant, les pensées se bousculaient dans ma tête. Je remarquai à peine qu'il n'y avait plus de fumée. Quelqu'un s'était finalement occupé du bateau en flammes. Les Gardiens du pont me firent signe de passer d'un air blasé.

Quelques minutes plus tard, je traversai le campus et gagnai les plages de sable qui séparaient l'académie des logements des Instructeurs. Je n'avais pas le droit – et les autres cadets non plus – d'en approcher, mais j'avais besoin de parler à quelqu'un – j'avais besoin d'Aiden.

Aiden saurait me dire ce que je devais penser de tout ça. Aiden saurait quoi faire.

La plupart des habitations étant inoccupées pendant l'été, il me fut facile de trouver la sienne. Une seule de ces maisons, toutes semblables, était éclairée. Devant sa porte, j'hésitai. Je risquais non seulement d'avoir des problèmes du seul fait de me trouver là, mais Aiden également. Je n'osais pas imaginer ce que feraient les autorités si l'on découvrait ma présence dans le chalet d'un sang-pur à cette heure de la nuit. Mais j'avais besoin de lui et c'était plus important que les risques courus.

Aiden répondit aux coups à sa porte au bout de quelques secondes, et prit remarquablement bien le fait de me trouver devant chez lui.

— Qu'est-ce qui ne va pas ?

Il n'était pas très tard, mais il semblait être couché. Le pantalon de pyjama qu'il portait très bas sur les hanches lui allait beaucoup mieux qu'à Lucien. Ainsi que son débardeur.

— Il faut que je te parle.

Il me détailla de la tête aux pieds.

— Tu n'as pas de chaussures ? Pourquoi es-tu couverte de sable ? Alex, parle-moi. Qu'est-ce qu'il s'est passé ?

Je baissai les yeux sans répondre. Mes sandales ? Je les avais perdues sur l'île principale et je ne les retrouverais jamais. Avec un soupir, je repoussai mes cheveux emmêlés.

— Je suis consciente que je ne devrais pas être ici, mais je ne savais pas vers qui d'autre me tourner.

Aiden tendit la main et me prit doucement par le bras. Sans un mot, il me fit entrer chez lui.

Chapitre 16

Tout en me guidant vers le canapé pour me faire asseoir, Aiden affichait une drôle d'expression. À la fois menaçante et réconfortante.

— Je vais... te chercher un verre d'eau.

Je balayai son salon des yeux. Il n'était pas beaucoup plus grand que le mien au dortoir, et, comme chez moi, dépourvu de toute décoration. Pas de photos, de peintures ou d'œuvres d'art sur les murs. Il y avait en revanche des livres et des bandes dessinées éparpillés sur la table basse, rangés dans les nombreuses étagères de sa bibliothèque et empilés sur le petit bureau à côté de son ordinateur. Pas de télévision. Aiden préférait la lecture – il lisait sûrement des bandes dessinées en grec ancien. Sans trop savoir pourquoi, cette idée me fit sourire.

Mon regard s'arrêta au fond de la pièce, entre la bibliothèque et le bureau. Une guitare était appuyée contre le mur, et plusieurs médiators alignés sur une étagère – il y en avait de toutes les couleurs sauf le noir. Je le savais... Ses mains étaient faites pour une occupation artistique et gracieuse. En jouerait-il un jour pour moi ? J'avais toujours eu un faible pour les garçons qui jouaient de la guitare.

— Tu en joues ? lui demandai-je quand il revint, montrant l'instrument de la tête.

— De temps en temps.

Il me tendit le verre, que je vidai d'un trait avant qu'il prenne place à côté de moi.

— Tu avais soif.

— Mmm.

J'essuyai les gouttes d'eau restées accrochées à mes lèvres.

— Merci. C'est quoi, tous ces médiators ?

Il tourna la tête vers la guitare.

— J'en fais la collection. Une de mes bizarreries, j'imagine.

— Il t'en faut un noir.

— Sans aucun doute.

Il me reprit le verre des mains pour le poser sur la table basse et fronça les sourcils quand il vit que les miennes tremblaient.

— Alex, que s'est-il passé ?

Un petit rire nerveux resta prisonnier dans ma gorge.

— Tu vas trouver ça délirant.

Je le regardai à la dérobée et l'inquiétude que je lus sur son visage faillit me faire craquer.

— Alex… tu peux tout me dire. Je ne te jugerai pas.

Qu'est-ce qu'il allait s'imaginer ?

Il posa la main sur la mienne.

— Tu as confiance en moi, n'est-ce pas ?

Je contemplai nos mains jointes, ses doigts. « Tu lui es destinée. » Ces paroles m'avaient dévastée. Je retirai ma main et me levai.

— Oui. Jusqu'ici. J'ai confiance en toi. Mais ce truc est totalement dingue.

Aiden resta assis, me suivant des yeux tandis que j'arpentais la pièce.

— Commence par le début.

Je hochai la tête en lissant ma robe. Je lui racontai d'abord la soirée. Son visage se durcit quand je lui rapportai les paroles de Cody, s'assombrit encore davantage quand je lui expliquai comment Seth avait mis le feu à un bateau. Je lui racontai tout, même ce truc flippant avec Seth et le fait que nous soyons « deux moitiés d'orange » ou quelque chose du même acabit. Aiden savait écouter. Il ne posa aucune question, mais j'étais certaine qu'il avait tout compris.

— Ça ne peut pas être vrai, n'est-ce pas ? C'est complètement irréel.

Je me remis à faire les cent pas dans son salon.

— Lucien a dit que c'est pour ça que ma mère est partie. L'oracle lui a dit que je serais un second Apollyon et elle a eu peur que les dieux... me suppriment, j'imagine.

Le rire qui m'échappa était bien trop aigu.

Aiden se passa la main dans les cheveux.

— J'ai soupçonné que ça cachait quelque chose en voyant l'insistance de Lucien pour te ramener chez lui. Puis tu as dit que tu avais vu les marques de Seth... Je n'arrive pas à croire que je côtoie une personne aussi rare depuis le début. Quand est-ce que tu auras dix-huit ans, Alex ?

Je tirai nerveusement sur ma robe.

— Le 4 mars.

Dans moins d'un an. Aiden se massa le menton.

— Quand tu as vu l'oracle, t'en a-t-elle parlé ?

— Non, elle a seulement dit que je tuerais ceux que j'aime. Rien à propos de ça, mais elle a dit tellement de choses qui n'avaient aucun sens.

J'entendais le sang affluer dans mes veines et je déglutis.

— Quoique, à la réflexion, certaines des choses qu'elle m'a dites aient eu un sens, mais je ne l'avais pas compris.

— Comment l'aurais-tu pu ?

Il se leva et contourna la table.

— Nous savons maintenant pourquoi ta mère a pris le risque de quitter la sécurité de l'île. Elle voulait te protéger. L'histoire de Solaris est réellement tragique, mais elle s'est opposée au Conseil et aux dieux. C'est ce qui a scellé leur destin. Les faits ne se sont pas déroulés comme c'est raconté dans les livres.

— Pourquoi a-t-elle fait ça ? Elle pouvait se douter de ce qui arriverait.

— On dit qu'elle est tombée amoureuse du Premier. Et quand il s'est opposé au Conseil, elle l'a défendu.

— C'est complètement stupide, dis-je en levant les yeux au ciel. C'est même carrément du suicide. Ce n'est pas de l'amour.

Aiden esquissa un très bref sourire.

— Les gens font les choses les plus folles par amour, Alex. Regarde ce qu'a fait ta mère. C'est un autre genre d'amour, mais elle a tout abandonné parce qu'elle t'aimait.

— Je n'avais jamais su la raison de son départ.

Ma voix me paraissait fragile et tellement enfantine.

— Je le sais aujourd'hui. Elle l'a fait pour me protéger.

Cela me restait sur l'estomac.

— Tu sais, je l'ai détestée de m'avoir arrachée au Covenant. Je ne comprenais pas pourquoi elle avait pris ce risque, c'était tellement stupide. Mais c'était pour me protéger.

— Tu dois te sentir apaisée de connaître ses raisons, non ?

— Apaisée ? Je ne sais pas. Tout ce que je sais, c'est que si je n'avais pas été une sorte de mégamonstre, elle serait toujours en vie.

Mes paroles parurent le heurter.

— Tu ne peux pas te reprocher ça. Je ne le permettrai pas, Alex. Tu as parcouru trop de chemin.

Je hochai la tête, détournant les yeux. Aiden pouvait penser ce qu'il voulait, mais si je n'avais pas été le second Apollyon, rien de tout cela ne serait arrivé.

— Je déteste ce truc. Je déteste me sentir impuissante.

— Tu n'es pas impuissante, Alex. Ce que tu es te rend plus puissante que quiconque.

— Tu crois ça ? D'après Lucien, je suis une sorte de source d'énergie pour Seth. Qui sait ce qu'il en est vraiment ? Personne.

— Tu as raison. Personne ne le sait. Le jour de tes dix-huit ans…

— Je deviendrai un monstre puissance mille.

— Ce n'est pas ce que j'allais dire.

Je le considérai en haussant les sourcils.

— D'accord. Le jour de mes dix-huit ans, les dieux me tueront dans mon sommeil ? C'est ce que Seth a dit.

La colère fit virer ses yeux au gris foncé.

— Les dieux sont forcément au courant de ton existence. Je sais que ce n'est pas une consolation, mais s'ils avaient voulu… t'éliminer, ils l'auraient déjà fait. Donc, le jour de tes dix-huit ans, tout peut arriver.

— On dirait que tu penses que c'est une bonne chose.

— Peut-être, Alex. Avec deux Apollyons…

— J'ai l'impression d'entendre Lucien !

Je m'éloignai de lui.

— Tu vas me dire ensuite que je suis l'autre moitié super spéciale de Seth et que je lui appartiens, comme si je n'étais qu'un objet et non une personne !

— Je n'ai pas dit ça.

Il me rejoignit et posa les mains sur mes épaules. Ce contact me fit frissonner.

— Tu te souviens de ce que je t'ai dit sur le destin ?

Je secouai la tête. Je me souvenais qu'il avait dit qu'il se laissait distraire par mon short. J'avais la mémoire sélective.

— Ton avenir repose entre tes mains, Alex. Il n'y a que toi pour savoir ce que tu veux.

— Tu le crois vraiment ?

— Oui.

Je secouai la tête, doutant d'être capable d'avoir des certitudes au point où j'en étais. Je fis mine de m'éloigner, mais il resserra son étreinte sur mes épaules. Une fraction de seconde plus tard, il m'attirait tout contre lui. J'hésitai, parce que c'était une torture tellement délicieuse de me trouver si proche de lui.

Je devais rompre ce contact... mettre de la distance entre nous, mais ses bras emprisonnaient mes épaules. Lentement, prudemment, je posai ma tête contre son torse. Mes mains épousèrent son dos et j'inhalai profondément. Je m'imprégnai de son odeur, un mélange d'océan et de savon. Les battements réguliers de son cœur contre ma joue me réchauffaient et me rassuraient. Ce n'était qu'une accolade, mais, par les dieux, cela comptait beaucoup pour moi. Cela signifiait *tellement*.

— Je ne veux pas être un Apollyon.

Je fermai les yeux.

— Je n'ai même pas envie de me trouver dans le même pays que Seth. Je ne veux pas de tout ça.

Aiden me caressa le dos.

— Je sais. Cela te tombe dessus et te fait peur, mais tu n'es pas toute seule. Nous trouverons une solution. Tout ira bien.

Je me pressai un peu plus contre lui. Le temps parut ralentir et je profitai quelques instants du simple plaisir d'être entre ses bras, mais ses doigts s'insinuèrent alors dans mes cheveux jusqu'à mon crâne et il m'inclina la tête en arrière.

— Tu n'as rien à craindre, Alex. Je ne laisserai rien t'arriver.

Ces mots interdits se lovèrent autour de mon cœur et se gravèrent à jamais dans ma mémoire. Nos regards se rencontrèrent. Le silence s'étira tandis que nous nous regardions. Ses yeux s'illuminèrent d'un éclat vif-argent et son autre bras descendit jusqu'à ma taille. Il me serra plus fort. Sa main abandonna mes cheveux pour me caresser la joue. Mon pouls s'accéléra tandis que ses yeux pénétrants suivaient ses doigts, qui descendirent jusqu'à mes lèvres entrouvertes.

Ce que nous faisions était tabou. Il était un sang-pur. Nos vies seraient brisées si on nous surprenait, mais ça m'était égal. En cet instant, être avec lui l'emportait sur toutes les conséquences qui en découleraient. Cela me semblait juste et dans l'ordre des choses. Sans explication rationnelle.

Il se pencha vers moi et appuya sa joue contre la mienne. Un frisson me parcourut quand ses lèvres bougèrent tout contre mon oreille.

— Tu devrais me dire d'arrêter.

Je ne prononçai pas un mot.

Aiden poussa un grognement rauque. Sa main remonta le long de mon dos, laissant un sillon enflammé, et ses lèvres effleurèrent ma joue, suspendues au-dessus des miennes. J'en oubliai de respirer et, plus grave, de penser.

Il se déplaça très légèrement et sa bouche se posa sur la mienne une première fois, puis une seconde. C'était un baiser tellement doux, tellement beau, mais la passion était bien là quand il l'approfondit. Un baiser débordant de désir refoulé, nié depuis bien trop longtemps. Un baiser fougueux, exigeant, qui pénétra mon âme.

Aiden m'attira contre lui, me pressant sur son corps. Et quand il m'embrassa encore, nous en eûmes tous deux le souffle coupé. Toujours accrochés l'un à l'autre, nous reculâmes jusqu'à sa chambre. Mes mains s'insinuèrent sous son débardeur et je caressai la peau ferme de ses flancs. Nous rompîmes le contact le temps que je le lui enlève. Par les dieux, son ventre dur et plat était aussi époustouflant que je l'avais imaginé.

Il m'allongea sur son lit et ses mains quittèrent mon visage pour descendre le long de mes bras, sur mon ventre, mes hanches, et enfin sous ma robe. Je me trouvai soudain dénudée jusqu'à la taille et sa bouche embrasa mon corps. Je m'offris à lui, à ses baisers, à ses caresses. Mes doigts s'enfonçaient dans la peau tendue de ses biceps et mon ventre se contractait. Partout où nos corps se touchaient, des étincelles en jaillissaient.

Aiden s'arracha à ma bouche et j'émis un gémissement de protestation, mais il m'embrassa dans le cou. J'avais la peau en feu et mes pensées étaient brûlantes. Je prononçai son nom dans un murmure, et je sentis ses lèvres s'incurver tout contre ma peau.

Son regard et ses doigts suivirent un motif connu de lui seul tandis qu'il me faisait basculer sur lui.

— Tu es si belle. Si courageuse, si pleine de vie.

M'attirant plus près contre lui, il posa ses lèvres sur la cicatrice dans mon cou.

— Tu n'en as pas conscience, n'est-ce pas ? Tu es tellement vivante, tu débordes de vie.

Je relevai la tête et il m'embrassa le bout du nez.

— Vraiment ?

— Oui.

Il repoussa les cheveux de mon visage.

— Depuis cette nuit où je t'ai vue en Géorgie, je t'ai dans la peau. Tu as pénétré mon âme, tu es devenue une partie de moi. Je ne peux pas lutter. C'est mal.

Il nous fit rouler sur le lit jusqu'à se trouver allongé sur moi.

— *Agapi mou*, je ne peux pas...

Il m'embrassa de nouveau.

Nous n'avions plus besoin de mots. Nos baisers devinrent plus fébriles, sa bouche et ses mains se firent plus audacieuses, ce qui ne pouvait mener qu'à une chose. Je n'étais jamais allée aussi loin avec un garçon, mais je savais que je voulais y aller avec lui. Il n'y avait pas le moindre doute dans mon esprit. Tout ce qui faisait ma vie était suspendu à cet instant.

Aiden releva la tête et ses yeux me posèrent LA question.

— Est-ce que tu me fais confiance ?

Je fis courir mes doigts sur sa joue, puis sur ses lèvres entrouvertes.

— Oui.

Avec un grognement rauque, il me prit la main, qu'il porta à ses lèvres, et déposa un baiser au bout de chaque doigt, puis dans ma paume, puis il reprit ma bouche.

Et c'est alors qu'on frappa à la porte.

Nous nous figeâmes l'un contre l'autre. Ses yeux, toujours voilés par le désir, plongèrent au fond des miens. Une seconde s'écoula, puis une autre. Je pensais qu'il ne répondrait pas. Par les dieux, je ne voulais pas qu'il réponde. J'avais si violemment envie de lui. Un désir absolu. Comme si ma vie en dépendait. Mais les coups se renouvelèrent et cette fois une voix retentit.

— Aiden, ouvre-moi. Vite.

Léon.

Merde. C'est tout ce qui me vint à l'esprit. Nous étions faits comme des rats. J'étais paralysée. Je ne bougeai pas, les yeux écarquillés, totalement nue.

Sans me quitter des yeux une seule seconde, Aiden se détacha lentement de moi et se leva. Il ne rompit le contact que lorsqu'il se baissa afin de ramasser son débardeur que j'avais jeté par terre. Il quitta la chambre sans bruit et referma la porte derrière lui.

Je demeurai immobile quelques instants, tétanisée. Je n'avais plus la tête à l'amour, de toute évidence, mais j'étais toujours nue. N'importe qui pouvait entrer dans cette chambre et me trouverait là, allongée sur le lit. *Son* lit...

Plus effrayée que je n'aurais jamais cru l'être, je me levai d'un bond et enfilai ma robe, cherchant des yeux un endroit où me cacher, mais les paroles de Léon m'arrêtèrent.

— Désolé de te réveiller, mais j'ai pensé que tu voudrais être mis au courant immédiatement. On a retrouvé Kain. Il est vivant.

Je tendis l'oreille, l'estomac noué, tandis qu'Aiden répondait à Léon qu'il le rejoindrait à l'infirmerie. Je baissai la tête, refusant de regarder son lit. Je la relevai quand il rouvrit la porte.

— J'ai tout entendu.

Il acquiesça. Son regard gris était troublé par un conflit intérieur.

— Je te tiendrai au courant de ce qu'il nous dira.

Je m'avançai vers lui.

— Je veux venir aussi. Je dois entendre ce qu'il a à dire.

— Alex, l'heure de ton couvre-feu est dépassée, et comment pourrais-tu savoir qu'il se trouve à l'infirmerie ?

Par les enfers. Je détestais quand il avait raison.

— Personne n'est obligé de me voir. Les salles ne sont séparées que par de fines cloisons. Je pourrais me cacher derrière.

— Alex.

Le garçon transi d'amour s'était évaporé. Dommage.

— Tu dois retourner dans ta chambre. Sans tarder. Je te promets de te répéter tout ce qu'il aura dit, d'accord ?

N'ayant aucune chance de le convaincre, j'opinai du chef. Nous attendîmes encore quelques minutes avant de sortir de chez lui. À la porte, il s'immobilisa, les poings serrés.

Je fronçai les sourcils.

— Qu'est-ce qu'il y a ?

Il me regarda dans les yeux et je sentis l'air quitter mes poumons. Le désir afflua en moi, impérieux et brutal. Son expression, ce que je lisais dans ses yeux, me fit frissonner. Sans prononcer un mot, il me prit le visage entre ses mains et posa ses lèvres sur les miennes. Ce baiser acheva de me priver d'oxygène. C'était grisant, intense et mon cœur s'arrêta. J'aurais voulu qu'il ne finît jamais, mais toutes les bonnes choses ont une fin. Aiden se détacha de moi, ses doigts s'attardant sur mes joues.

— Ne fais rien de stupide, me dit-il d'une voix éraillée.

Puis il disparut dans les ombres qui entouraient sa maison.

Je regagnai le dortoir comme dans un rêve, ressassant mentalement tout ce qu'il venait de se passer entre nous. Ses baisers, ses caresses, ses regards resteraient gravés pour toujours dans ma mémoire. J'étais passée à deux secondes de perdre ma virginité.

Deux foutues secondes de rien du tout.

Mais ce dernier baiser... était différent, contenait quelque chose qui me rendait nerveuse et me pesait sur le cœur. Une fois dans ma chambre, je tournai en rond comme un lion en cage. Après avoir appris que je deviendrais un second Apollyon, ce qui s'était produit avec Aiden et la réapparition surprise de Kain, j'étais sur des charbons ardents. Je pris une douche. Je mis même de l'ordre dans ma chambre, mais rien n'y fit. En ce moment même, Aiden et d'autres Sentinelles étaient en train d'interroger Kain… d'obtenir les réponses que je voulais. Ma mère était-elle une meurtrière ?

Les heures passèrent. J'attendis en vain qu'Aiden vienne me donner des nouvelles. Je sombrai dans un sommeil agité et me réveillai aux aurores. Je disposais d'environ une heure avant mon entraînement et je ne pouvais pas attendre plus longtemps. Un plan se forma dans mon esprit. J'enfilai mes vêtements pour le combat et me ruai dehors.

Le soleil venait de se lever au-dessus de l'horizon et la moiteur de la nuit épaississait l'air. J'évitai la patrouille, rasant les murs jusqu'à l'infirmerie. L'air était froid dans l'étroit bâtiment tout en longueur. Je longeai des couloirs donnant dans de petits box et deux ou trois salles plus grandes équipées pour les urgences. Les médecins sang-pur vivaient sur l'île principale et n'étaient employés que durant l'année scolaire. À cette heure matinale, en plein été, il n'y aurait que quelques infirmiers.

J'avais une excuse toute prête en cas de rencontre impromptue. Des crampes musculaires. Un orteil cassé. J'étais même résolue à réclamer un test de grossesse si cela pouvait me permettre de me rapprocher de Kain, mais je ne croisai personne. Il régnait un silence de mort dans le complexe médical tandis que je progressais dans les couloirs faiblement éclairés. Après plusieurs box, je tombai sur une salle prévue pour recevoir plusieurs patients. Me laissant guider par mon instinct, je passai les lits vides, puis le rideau vert sur rail qui isolait un poste de soins.

Je me figeai, le fin tissu voletant derrière moi.

Kain était assis sur le lit, seulement vêtu d'un bas de survêtement trop grand. Des mèches de cheveux ternes dissimulaient la plus grande partie de son visage, mais son torse… Je ravalai la bile qui m'était montée à la gorge tout en le regardant, comme hypnotisée.

Son torse, incroyablement pâle, était couvert de stigmates en forme de croissant et de minces entailles qui semblaient avoir été faites par les dagues du Covenant. Presque toute sa peau était couverte de marques.

Il releva la tête. Ses yeux bleus se détachaient sur la pâleur cadavéreuse de son visage. Je m'approchai de lui, la poitrine serrée. Il était dans un sale état, et, quand il me sourit, ce fut encore pire. Jurant avec sa peau livide, ses lèvres paraissaient rouge sang. Une bouffée de culpabilité me pinça le cœur. J'aurais pu attendre pour le questionner, mais puisque j'étais là, autant y aller franco.

— Kain ? Est-ce que ça va ?

— Je... crois.

— Je voulais... te poser quelques questions... si tu veux bien ?

Il regarda ses mains.

— Des questions à propos de ta mère ?

Le soulagement m'envahit. Je n'aurais pas besoin de me justifier. Je me rapprochai un peu plus.

— Oui.

Il continuait de contempler ses mains en silence. Il tenait quelque chose, mais je ne pouvais pas voir ce que c'était.

— J'ai dit aux autres que je ne me souvenais de rien.

J'avais envie de m'asseoir par terre et de pleurer. Kain avait été mon seul espoir.

— Tu ne te souviens de rien ?

— C'est ce que je leur ai dit.

Un son étrange me parvint de derrière le rideau vert de l'autre côté du lit, comme un frottement sur le sol. Je fronçai les sourcils et portai mon regard au-delà de lui.

— Il... Il y a quelqu'un ?

Pour toute réponse, un gargouillement sourd se fit entendre. Une terreur froide me saisit subitement aux tripes, un frisson me parcourut l'échine, mon instinct me soufflant de fuir. Tout de suite. Je contournai le lit et tirai le rideau. Ma bouche s'ouvrit sur un cri silencieux.

Trois infirmières sang-pur étaient allongées sur le sol, baignant dans leur sang. L'une d'elles s'accrochait encore à la vie. Je vis la ligne rouge qui balafrait sa gorge tandis qu'elle se traînait sur la courte distance qui nous séparait. Je tendis la main pour l'aider, mais elle rendit l'âme dans un dernier gargouillis. Tétanisée, le souffle coupé, j'étais incapable de former la moindre pensée cohérente.

Gorges tranchées. Toutes mortes.

— Lexie.

Il n'y avait que ma mère pour m'appeler ainsi – personne d'autre. Je pivotai sur moi-même, la main sur la bouche. Kain n'avait pas bougé, regardant toujours ses mains.

— Je préfère mille fois Lexie à Alex, mais qu'est-ce que j'y connais ?

Il éclata d'un rire froid et sans joie. Un rire mort.

— Je ne connaissais rien avant.

Je bondis vers la sortie.

Kain se déplaçait étonnamment vite pour quelqu'un qui avait été torturé pendant plusieurs semaines. Il s'interposa devant moi avant que j'atteigne la porte, brandissant une dague du Covenant.

Mes yeux se rivèrent sur l'arme.

— Pourquoi ?

— Pourquoi ? répéta-t-il en imitant ma voix. Tu ne comprends pas ? Non. Bien sûr que non. Je n'avais pas compris non plus. Ils ont d'abord essayé sur les Gardiens, mais ils les ont drainés trop vite et ils sont morts.

Il était dérangé. C'était peut-être le résultat de la torture ; toutes ces morsures l'avaient rendu fou. Mais qu'importait la raison de sa folie, il avait perdu les pédales… et j'étais prise au piège.

— Quand ils m'ont capturé, ils avaient compris leur erreur. Notre espèce doit être drainée lentement.

Il regarda sa dague.

— Mais nous ne sommes pas comme eux. Nous ne nous transformons pas de la même façon.

Je reculai, ravalant ma peur. Ma formation ne me servait à rien. Je savais comment affronter un démon, mais pas un ami qui avait perdu la raison.

— J'avais faim, tellement faim. C'est un besoin si puissant. Je devais le faire.

La situation m'apparut soudain et j'étais horrifiée. Je reculai d'un autre pas au moment où il se jetait sur moi. Il était si rapide, bien plus que d'habitude. Sans que j'aie même le temps d'identifier l'attaque, son crochet me cueillit au visage. Je fus projetée en arrière et percutai l'une des tables de soins. Tout était allé tellement vite que je fus incapable de me recevoir correctement. Je me tassai brutalement sur moi-même, sonnée, et je sentis le goût du sang dans ma bouche.

Kain était déjà là. Il me remit sur mes pieds et m'envoya valdinguer à l'autre bout de la pièce. Je heurtai durement le coin du lit, puis rebondis sur le sol. Je me relevai tant bien que mal, sans prêter attention à la douleur, et c'est alors que je compris que l'impossible s'était produit.

Même si c'était irrationnel et qu'il n'y avait pas d'explication, le doute n'était plus permis : Kain n'était plus un sang-mêlé. Une seule espèce au monde était capable de se déplacer aussi vite. Kain était un démon.

Chapitre 17

Hormis sa pâleur anormale, Kain ressemblait à... Kain. Ce qui expliquait pourquoi aucun sang-mêlé n'avait perçu le démon en lui. Rien dans son apparence ne laissait soupçonner que quelque chose clochait atrocement. Rien... sauf les cadavres derrière le rideau.

J'attrapai ce qui ressemblait à un moniteur cardiaque et le lui lançai à la tête. Sans surprise, il le dévia d'un coup de poing.

Il éclata de nouveau de son rire de dément.

— Tu n'as pas mieux que ça ? Tu te souviens de nos entraînements ? Je te dominais si facilement.

Je n'avais pas besoin de ce rappel démoralisant. Il fallait que je le fasse parler jusqu'à ce que je trouve autre chose.

— Comment est-ce possible ? Tu es un sang-mêlé.

Il hocha la tête, transférant la dague dans son autre main.

— Tu n'as pas écouté ? Je te l'ai déjà dit. Il faut drainer notre espèce très lentement. Et, par les dieux, qu'est-ce que ça fait mal. J'ai souhaité mourir mille fois, mais je suis toujours vivant. Et je me sens mieux que jamais. Plus rapide, plus fort. Tu ne peux pas lutter. Aucun de vous ne peut lutter.

Il brandit la dague, l'agitant d'avant en arrière.

— Ce n'est pas joli, joli quand il s'agit de se nourrir, mais ça fonctionne.

J'évaluai la distance derrière lui. J'avais une petite chance de parvenir à la porte. J'étais toujours rapide et pas trop salement amochée.

— C'est... sûrement dégoûtant.

Il haussa les épaules, si semblable au Kain d'avant que j'en oubliai de respirer.

— On s'y fait quand on a faim.

Rassurant. Je me déplaçai de quelques centimètres sur la gauche.

— J'ai vu ta mère.

Mon instinct me hurlait de ne pas l'écouter.

— Est-ce que... tu lui as parlé ?

— Elle était en pleine folie meurtrière, et elle y prenait beaucoup de plaisir. C'est elle qui m'a transformé.

Il s'humecta les lèvres.

— Elle est venue pour toi, tu le savais ?

— Où est-elle ?

Je ne m'attendais pas à une réponse, qu'il me fournit pourtant.

— Tu n'as qu'à quitter le périmètre du Covenant pour la trouver... ou c'est elle qui te trouvera. Mais cela n'arrivera pas.

— Ah bon ? murmurai-je, feignant de ne pas comprendre ce qu'il voulait dire.

Je n'étais pas stupide. Ma mère n'aurait pas l'occasion de goûter à mon éther parce que Kain allait me trancher la gorge et me drainer.

— Il n'y a qu'un truc qui craint quand on est un démon, c'est d'avoir tout le temps faim. Mais avec toi, je suis sûr que ce sera différent. C'est une bonne chose que tu sois venue me voir. Que tu aies eu confiance en moi.

Ses yeux bleus descendirent sur mon cou – là où mon pouls battait follement.

— Elle continuera de tuer jusqu'à ce qu'elle t'ait trouvée ou jusqu'à ce que tu sois morte. Et tu vas mourir maintenant.

C'était le signal que j'attendais pour me mettre en mouvement. Je bondis de toute la force de mes jambes, mais ce ne fut pas suffisant. Kain s'interposa entre moi et ma seule issue possible. N'ayant plus d'autre choix que de combattre, je me mis en garde, sans arme et à compétences inférieures.

Kain retroussa ses lèvres trop rouges en un sourire moqueur.

— Tu veux vraiment te battre ?

J'insufflai à ma voix autant d'aplomb que je pus en puiser en moi.

— Pas toi ?

Cette fois-ci, quand il se rua sur moi, je le repoussai d'un coup de pied, visant la main qui tenait la dague. L'arme lui échappa et roula sur le sol dans un cliquetis métallique. Avant que je puisse me réjouir de cette petite victoire, son poing énorme se détendit ; il se souvenait apparemment que les blocages étaient mon point faible. Il me cueillit à l'estomac et je me pliai en deux.

Un déplacement d'air souleva mes cheveux. Je n'avais qu'une seconde pour me redresser. J'étais foutue – ça ne faisait pas un pli. Mais quand je relevai la tête, ce n'était pas Kain qui se tenait devant moi.

C'était Aiden.

Il ne prononça pas un mot. D'une façon ou d'une autre, il avait tout compris. Il m'obligea à reculer, à m'éloigner du démon sang-mêlé. Kain reporta alors toute son attention sur lui. Il émit un hurlement aigu et sinistre, comme celui du démon en Géorgie. Ils se tournèrent autour ; Kain étant désarmé, Aiden avait l'avantage. Ils échangèrent plusieurs coups très violents – ils n'étaient plus des partenaires, mais des ennemis sans merci. Puis Aiden plaça son attaque, plongeant profondément sa dague en titane dans l'estomac de Kain.

L'impossible se produisit : Kain resta debout.

Aiden recula, révélant l'expression stupéfaite de Kain. Il regarda la plaie béante et éclata de rire. Le coup aurait dû lui être fatal, mais la réalité me glaça le sang. Encore une chose que nous ignorions sur les démons sang-mêlé.

Ils étaient insensibles au titane.

Aiden attaqua d'un coup de pied, bloqué par Kain, qui pivota sur sa jambe d'appui pour frapper à son tour. Un appareil médical s'écrasa violemment contre le mur. Je les regardai, la bouche ouverte, totalement paralysée. Je ne pouvais pas rester là sans rien faire. Je me baissai pour ramasser la dague tombée au sol.

— Recule ! me hurla Aiden alors que mes doigts se refermaient sur le métal froid.

Relevant la tête, je vis que les renforts arrivaient - ainsi que l'Apollyon.

— Dégagez !

La voix de Seth résonnait comme le tonnerre dans le fracas général.

Aiden se détendit et me plaqua contre le mur, me faisant un rempart de son corps. Les mains appuyées sur son torse, je tournai la tête alors que Seth prenait position devant les Sentinelles, le bras étendu devant lui.

Quelques secondes plus tard, ce que je ne pourrais décrire que comme un éclair jaillit de sa main. Cette lumière bleue fulgurante - si intense et éblouissante - occulta tout le reste de la pièce. L'*akasha*, le cinquième et ultime élément, dont seuls les dieux et l'Apollyon possédaient la maîtrise.

— Ne regarde pas, me souffla Aiden.

J'enfouis mon visage dans son torse tandis que l'air s'emplissait du crépitement de l'élément le plus puissant connu des Hématoï. Les cris atroces de Kain couvrirent le grésillement de l'*akasha* qui s'abattait sur lui. Le corps tremblant, je me pressai plus étroitement contre Aiden. Ces cris… étaient insoutenables. Je ne les oublierais jamais.

Aiden me serra plus fort jusqu'à ce que les hurlements d'agonie de Kain se taisent et que son corps s'affaisse sur le sol. Il s'écarta ensuite, effleurant ma lèvre éclatée du bout des doigts. L'espace d'une brève seconde, son regard se vrilla au mien, exprimant une multitude de choses. Souffrance. Soulagement. Fureur.

Tous les autres se précipitèrent comme un seul homme dans la pièce. Dans ce chaos, Aiden vérifia rapidement que j'étais indemne avant de me remettre entre les mains de Seth.

— Fais-la sortir d'ici.

Seth m'entraîna derrière les Sentinelles tandis qu'Aiden allait s'occuper du corps ratatiné. Dans le couloir, nous croisâmes Marcus, accompagné d'autres Gardiens, qui ne nous jeta qu'un bref regard. Seth m'entraîna en silence, et me poussa dans une salle vide au bout du couloir.

Il referma la porte derrière lui, puis s'approcha lentement de moi.

— Est-ce que ça va ?

Je reculai jusqu'au mur le plus éloigné, haletante, et il plissa les yeux.

— Alex ?

En l'espace de quelques heures, tout avait basculé. Notre monde – *mon monde* – m'était devenu étranger. C'était trop pour moi. Ma mère, ce truc dément avec Seth, la nuit dernière avec Aiden, et maintenant ça ? Mon esprit se fissurait. Me laissant glisser sur le sol, je serrai mes genoux contre ma poitrine, éclatant d'un rire hystérique.

— Alex, lève-toi.

Sa voix, toujours mélodique, était tendue.

— Ça fait beaucoup, j'en suis conscient. Mais tu dois te reprendre. Ils vont arriver - très bientôt. Ils vont te poser des questions. Hier soir, Kain était normal - aussi normal que Kain pouvait l'être. Aujourd'hui, c'est un démon. Ils vont vouloir comprendre ce qu'il s'est passé.

Kain était déjà un démon la veille, mais personne ne le savait. Personne n'aurait pu le deviner. Je dévisageai Seth, le regard vide. Que voulait-il que je lui dise ? Que tout allait bien ?

Il revint à la charge, s'agenouillant devant moi.

— Alex, il ne faut pas qu'ils te voient comme ça. Tu comprends ce que je dis ? Les autres Sentinelles et ton oncle ne doivent pas te voir dans cet état.

Et pourquoi pas ? Les règles avaient changé. Seth n'avait pas le don d'ubiquité. Lorsque nous sortirions combattre, la mort nous attendrait. Pire encore, nous pourrions être transformés. Comme ma mère. Cette pensée me rendit la raison. Si je perdais pied, à quoi est-ce que je servirais ? Et ma mère ? Qui s'occuperait d'elle - de ce qu'elle était devenue ?

Seth jeta un coup d'œil à la porte par-dessus son épaule.

— Alex, tu commences à m'inquiéter. Je préférerais que tu m'insultes.

Un faible sourire étira mes lèvres.

— Tu es encore plus monstrueux que tout ce que j'avais pu imaginer.

Il éclata de rire. Mes oreilles devaient me jouer des tours parce qu'il avait l'air soulagé.

— Tu es aussi monstrueuse que moi. Qu'est-ce que tu vas répondre à ça ?

Je grinçai des dents, resserrant mes bras autour de mes genoux.

— Je te hais.

— Tu ne peux pas me haïr, Alex. Tu ne me connais même pas.

— Ça ne change rien. Je déteste ce que tu es pour moi. Je déteste me sentir impuissante. Je déteste les mensonges que tout le monde m'a servis.

Maintenant que les vannes étaient ouvertes, je détendis mes jambes.

— Et je déteste ce que *tout ça* signifie. Les Sentinelles trouveront la mort dehors, les unes après les autres. Je déteste penser encore à ma mère… comme à ma *mère*.

Seth se pencha en avant et me prit le menton. Le choc que me procura son contact ne fut pas aussi violent que la fois précédente, mais je ressentis quand même le transfert d'énergie.

— Dans ce cas, fais quelque chose de ta haine, Alex. Utilise-la. Ne reste pas assise ici comme s'il n'y avait plus d'espoir pour eux… pour nous.

Pour nous ? Parlait-il de notre espèce ou de lui et moi ?

— Tu as vu ce que je suis capable de faire. Tu auras les mêmes pouvoirs. Ensemble, nous pouvons les arrêter. Sans toi, c'est impossible. Par les dieux, j'ai besoin que tu sois forte. À quoi me serviras-tu si tu finis en esclavage parce que tu t'es laissée submerger ?

Eh bien… je tenais ma réponse. Je repoussai violemment sa main.

— Dégage.

Il s'approcha encore plus près.

— Comment comptes-tu t'y prendre pour m'y obliger ?

Je le foudroyai d'un regard menaçant.

— Je me fiche pas mal que tu lances des éclairs avec ta main. Je te ferai dégager à coups de pied dans la gueule.

— Pourquoi est-ce que ça ne me surprend pas ? Peut-être parce que tu sais que je ne te ferai aucun mal – que j'en suis incapable ?

— Probablement.

Ça restait pourtant à prouver. Seulement vingt-quatre heures plus tôt, il m'avait traînée malgré moi à l'autre bout de l'île.

— C'est un peu injuste, tu ne trouves pas ?

— Toute cette histoire entre nous est totalement injuste, répliquai-je en lui enfonçant mon index dans la poitrine. C'est toi qui contrôles tout.

Un grognement exaspéré lui échappa. Il m'empoigna la tête à deux mains.

— C'est *toi* qui as toutes les clés. Tu n'as pas compris ?

Agacée, je lui agrippai les poignets.

— Lâche-moi.

D'un geste brusque, il retourna la situation. C'est lui qui me tenait à présent. Et ses yeux couleur d'ambre flamboyaient d'une lueur de défi. Au bout de quelques secondes, il rompit le contact et se redressa.

— C'est typiquement cette attitude que j'ai en horreur.

Je l'envoyai balader d'un geste de la main, mais je comprenais sa contrariété. J'étais devenue aussi irritante que lui. Plutôt crever que de le reconnaître.

Il s'empara d'une serviette sur une étagère, l'humidifia sous le robinet et me la fourra dans les mains.

— Fais un brin de toilette, me lança-t-il avec un petit sourire sarcastique. Je ne veux pas que ma petite apprentie Apollyon ait l'air aussi minable.

Mes doigts se crispèrent sur la serviette.

— Tu dis encore un truc aussi stupide et je t'étouffe dans ton sommeil.

Il haussa ses sourcils dorés.

— Petite Alex, es-tu en train de suggérer que nous pourrions dormir ensemble ?

Choquée par cette conclusion, je laissai retomber la serviette.

— Quoi ? Non !

— Comment pourrais-tu m'étouffer dans mon sommeil si tu n'es pas dans le même lit que moi ? demanda-t-il d'un air mutin. Réfléchis à ça.

— Oh, ferme-la.

Avec un haussement d'épaules, il tourna les yeux vers la porte.

— Les voilà.

J'ignorais comment il pouvait le savoir, mais le fait est que la porte s'ouvrit alors que j'étais encore en train de tamponner ma lèvre meurtrie. Marcus entra le premier, suivi d'Aiden, qui me chercha du regard, évaluant de nouveau mon état. Je voyais sur son visage qu'il avait envie de me prendre dans ses bras, mais en présence de Marcus et d'une demi-douzaine de Sentinelles, c'était hors de question. Je m'efforçai de refouler mon besoin d'être auprès de lui et concentrai mon attention sur mon oncle.

Marcus me regarda droit dans les yeux.

— Je dois savoir précisément ce qui s'est passé.

Je leur racontai donc tout ce dont je me souvenais. Marcus ne broncha pas jusqu'à ce que j'aie fini. Il me posa les questions appropriées et lorsque l'interrogatoire fut clos, j'avais seulement envie de retourner dans ma chambre. Revivre ce qui était arrivé à Kain m'avait vidée de toute mon énergie.

Marcus m'autorisa à me retirer et je me relevai tandis qu'il donnait ses instructions à Léon et Aiden.

— Informez les autres Covenants. Je me charge du Conseil.

Aiden me rejoignit dans le couloir.

— Ne t'avais-je pas demandé de ne rien faire de stupide ?

Je fis la grimace.

— Si, mais je ne pouvais pas savoir… que Kain serait un démon.

Aiden se passa la main dans les cheveux en secouant la tête. Il me posa ensuite la seule question à laquelle personne d'autre n'avait songé.

— A-t-il dit quelque chose à propos de ta mère ?

— Il a dit qu'elle les avait tués.

Je respirai un grand coup avant de continuer.

— Et qu'elle y avait pris beaucoup de plaisir.

Un éclat de compassion traversa son regard.

— Alex, je suis désolé. Je sais que tu espérais le contraire. Est-ce que ça va ?

Pas vraiment, mais je voulais être forte pour lui.

— Oui.

Il pinça la bouche.

— Nous... parlerons plus tard, d'accord ? Je te dirai quand aura lieu notre prochain entraînement. Les choses vont être un peu chaotiques dans les jours à venir.

— Aiden... Kain m'a dit qu'elle me cherchait. Qu'elle était venue pour moi.

Quelque chose dans ma voix avait dû l'alerter, car il était déjà devant moi. Il posa la main sur ma joue.

— Je ne permettrai pas qu'une telle chose arrive. Jamais. Tu n'auras pas à l'affronter, déclara-t-il d'une voix si définitive que je n'eus d'autre choix que d'y croire.

Je déglutis avec difficulté. La proximité de son corps, le contact de sa main évoquaient tant de souvenirs qu'il me fallut un moment pour lui répondre.

— Mais si cela arrivait, je serais capable de m'en occuper.

— Est-ce que Kain a dit autre chose au sujet de ta mère ?

« Elle continuera de tuer jusqu'à ce qu'elle t'ait trouvée... »

Je secouai la tête, accablée par la culpabilité.

— Non.

Il laissa retomber sa main et se massa la poitrine juste au-dessus du cœur.

— Tu vas encore faire quelque chose de stupide.

Je lui offris un faible sourire.

— Une seule fois par jour me suffit généralement.

Il haussa un sourcil, un soupçon d'amusement au fond des yeux.

— Ce n'est pas ce que je voulais dire.

— Quoi, alors ?

Il secoua la tête.

— Rien. Nous parlerons bientôt.

Seth sortit de la salle au moment où Aiden y retournait. Ils se toisèrent pendant quelques instants sur le seuil. Leurs visages reflétaient une sorte de respect mutuel, mais également une profonde aversion.

Je quittai les lieux avant que Seth puisse me retenir. Quand j'arrivai au dortoir des filles, plusieurs élèves se trouvaient sur le perron. Les nouvelles allaient vite, à cette heure encore matinale, mais je fus surtout surprise de voir Léa parmi eux.

Mon cœur se serra. Elle était dans un sale état en comparaison avec ses standards habituels – ce qui voulait dire qu'elle ressemblait à l'une de nous dans un bon jour. Je ne savais pas trop comment me comporter. Nous n'étions pas amies, mais ce qu'elle traversait était inconcevable.

Que pouvais-je lui dire ? Ni excuses ou condoléances ne changeraient rien pour elle, mais en me rapprochant je notai ses yeux rougis, le pli de sa bouche habituellement pulpeuse et la tristesse qui se dégageait d'elle. Je me souvins de ce que j'avais éprouvé quand j'avais cru que ma mère était morte. Le chagrin de Léa était à multiplier par deux.

Nos regards se croisèrent et je bégayai de pauvres excuses.

— Je suis désolée… pour tout.

À ma grande surprise, Léa hocha la tête quand elle me dépassa pour entrer dans le bâtiment. Je la suivis, mais j'aurais préféré des insultes ou des moqueries pour mon visage amoché. Lasse et meurtrie, je continuai dans le couloir, où je croisai un groupe de filles. Elles chuchotèrent sur mon passage, et elles en avaient le droit. Ma mère était un démon meurtrier.

À peine arrivée dans ma chambre, je m'effondrai sur le lit sans me déshabiller. Je dormis du sommeil comateux de ceux qui viennent de vivre des événements propres à bouleverser toute leur existence. Juste avant de sombrer, dans cet état de semi-lucidité, je pris acte que nulle corde bleue n'était apparue entre Seth et moi quand nous nous étions touchés dans la salle de soins.

***

Le jour suivant, Aiden me fit passer un message pour m'informer que nos entraînements étaient suspendus jusqu'à nouvel ordre. Il ne précisait pas quand il reprendrait contact avec moi. Au fil des heures, plusieurs questions me trottèrent dans la tête. Aiden regrettait-il ce qu'il s'était passé entre nous ? Éprouvait-il toujours du désir pour moi ? Nous reparlerions-nous un jour ?

Des soucis autrement plus graves auraient dû m'occuper l'esprit, mais je n'y pouvais rien. Depuis mon réveil, je ne pensais qu'à ce qui avait failli se produire entre nous. J'étais à la fois très gênée et totalement excitée.

Je fixai des yeux l'énorme livre qu'il m'avait prêté, que j'avais laissé par terre au pied du canapé. Une idée se forma dans mon esprit. Je pouvais le lui rendre – une raison assez innocente de chercher à le voir. Ma décision fut prise sans que j'en aie réellement conscience. Je ramassai l'ouvrage et ouvris la porte.

Je trouvai Caleb sur le seuil, une main levée comme s'il s'apprêtait à frapper, l'autre encombrée d'un carton de pizza.

— Oh !

Il recula, surpris de me trouver là.

— Salut.

J'avais du mal à le regarder en face.

Il laissa retomber sa main. Notre bagarre avortée pesait encore lourd entre nous.

— Tu lis les contes et légendes de la mythologie grecque, maintenant ?

Je baissai les yeux sur le grimoire.

— Euh... On dirait.

Caleb aspira sa lèvre inférieure. Une habitude depuis tout petit quand il était nerveux.

— Je sais ce qu'il s'est passé. Enfin... il n'y a qu'à regarder ton visage.

Machinalement, je portai les doigts à ma lèvre fendue.

— Je voulais m'assurer que tu allais bien.

Je hochai la tête.

— Ça va.

— Je suis allé au ravitaillement, dit-il avec un sourire en montrant le carton. Et je vais me faire choper si tu ne me laisses pas entrer. Ou alors on sort tous les deux.

— D'accord.

Reposant mon livre par terre, je le suivis à l'extérieur.

Tandis que nous nous dirigions vers les jardins, j'optai pour un sujet de conversation inoffensif.

— J'ai vu Léa hier matin.

— Elle est rentrée avant-hier soir. Ce n'est pas la grande forme. Même si c'est une garce, je suis triste pour elle.

— Tu lui as parlé ?

Il acquiesça.

— Elle se comporte comme d'habitude. Je ne suis même pas sûr qu'elle mesure pleinement ce qui s'est passé, tu vois ce que je veux dire ?

Je voyais sans doute mieux que lui. Nous trouvâmes un coin ombragé sous un grand olivier pour nous asseoir et je pris une part de pizza, réarrangeant mes tranches de pepperoni de façon à former un smiley grossier.

— Alex, qu'est-ce qu'il est vraiment arrivé à Kain ?

Il avait baissé le ton.

— Tout le monde raconte que c'était un démon, mais ce n'est pas possible, n'est-ce pas ?

Je relevai la tête pour le regarder.

— C'était bien un démon.

Un rayon de soleil s'insinua entre les branches, incendiant les cheveux blonds de Caleb d'un halo doré.

— Et comment se fait-il que les Sentinelles ne s'en soient pas aperçues ?

— Son aspect n'avait pas changé. Ses yeux étaient bien là, ses dents normales.

Je m'adossai au tronc de l'arbre et croisai les chevilles.

— Il n'y avait aucun moyen de le savoir. Je n'ai compris... que lorsque j'ai vu les purs.

Une image qui resterait gravée à jamais.

Il déglutit, les yeux fixés sur sa pizza.

— Encore des funérailles, murmura-t-il, avant de continuer d'une voix plus forte. Je n'arrive pas à y croire. Depuis tout ce temps, jamais un sang-mêlé n'a été transformé. Comment est-ce possible ?

Je lui répétai ce que Kain m'avait dit. Ce n'était pas un secret. Sa réaction, empreinte de gravité, ne me surprit pas. Jusqu'à présent, seule la mort nous attendait si nous tombions sur le champ de bataille, nous n'avions jamais eu besoin de nous soucier d'autre chose.

Caleb se rembrunit.

— Et si Kain n'était pas le premier ? Et si d'autres démons avaient trouvé le moyen de le faire à notre insu ?

Nous échangeâmes un regard. La gorge nouée, je reposai ma part de pizza dans le carton.

— Si c'est le cas, on a mal choisi le moment pour passer notre diplôme au printemps, tu ne crois pas ?

Nous éclatâmes tous les deux d'un rire nerveux. Je me remis ensuite à jouer avec mes tranches de pepperoni, songeant à tout le reste. Des images d'Aiden torse nu défilaient devant mes yeux. Son regard, ses baisers. Le contact des mains d'Aiden sur ma peau fut progressivement remplacé par celui des mains de Seth et le cordon de lumière bleue.

— À quoi tu penses ?

Comme je ne répondais pas, Caleb se rapprocha de moi.

— Toi, tu sais quelque chose. Ça se voit à ton air ! Comme quand on avait treize ans et que tu étais tombée sur les Instructeurs Léthos et Michaels en train de fricoter ensemble dans la réserve !

— Beurk !

Je fronçai le nez à ce souvenir. Caleb avait le chic pour se rappeler les trucs les plus dégoûtants.

— À rien de spécial. Je pense juste… à tout ce qui s'est passé. Ces derniers jours ont été chargés.

— Tout a changé.

Je le regardai, comprenant ce qu'il ressentait.

— Oui.

— Ils vont devoir modifier notre formation.

Il continua, de la voix la plus sourde que je lui aie jamais entendue.

— Les démons ont toujours eu pour eux la force et la vitesse, mais maintenant nous combattrons des sang-mêlé qui auront suivi la même formation. Ils sauront tout de nous : nos techniques, nos attaques… tout.

— Beaucoup d'entre nous vont mourir dehors. Bien plus qu'avant.

— Mais nous avons l'Apollyon.

Il prit ma main et la serra.

— Tu seras bien obligée de l'aimer, maintenant. C'est lui qui nous sauvera la vie, dehors.

Je faillis tout lui raconter, mais je parvins à détourner les yeux vers un buisson fleuri à l'odeur amère. Comment appelait-on cette plante, déjà ? La Belle Femme, ou un truc comme ça ? Qu'avait dit Grand-Mère Piperi à propos de ces fleurs ? Qu'elles étaient comme les baisers de ceux qui marchent parmi les dieux...

Quand je me retournai vers Caleb, je m'aperçus que nous n'étions plus seuls. Olivia était debout à côté de lui, les bras serrés autour de la taille. Il lui raconta les dernières nouvelles, sans se comporter comme un idiot transi d'amour, ce qui était une bonne chose. Elle s'assit finalement avec nous et me regarda d'un air compatissant. Mon visage ne devait pas être joli à voir, mais je n'avais pas vérifié dans un miroir.

Caleb dit quelque chose de drôle, et Olivia gloussa. J'en fis autant, mais Caleb me dévisagea, percevant la fausseté de mon rire. Malgré tous mes efforts, je ne parvenais pas à m'intéresser à leur conversation. Nous passâmes le reste de la journée à tenter d'oublier. Pour Olivia et Caleb, la froide réalité des sang-mêlé transformés en démons. De mon côté, je voulais *tout* oublier.

Au crépuscule, nous regagnâmes nos dortoirs respectifs en nous donnant rendez-vous pour déjeuner le lendemain. Quand nous fûmes seuls, Caleb m'arrêta en bas des marches du perron.

— Alex, je sais que c'est dur pour toi. En plus de tout le reste, les cours reprennent dans deux semaines. Ça fait beaucoup de pression. Et je suis désolé pour ce qui s'est passé l'autre soir chez Zarak.

Les cours reprenaient dans deux semaines ? Par les enfers, je n'avais pas vu le temps passer.

— C'est moi qui devrais te présenter des excuses.

J'étais sincère.

— Pardon d'être une garce.

Il éclata de rire et me serra dans ses bras. Quand il se recula, son sourire disparut.

— Tu es sûre que ça va ?

— Oui.

Je le regardai alors qu'il s'apprêtait à rebrousser chemin.

— Caleb ?

Il s'immobilisa, attendant la suite.

— Ma mère... a vraiment tué ces gens à Lake Lure. C'est elle qui a transformé Kain.

— Je... Je suis désolé.

Il fit un pas vers moi, les mains levées, puis les laissa retomber le long de son corps.

— Ce n'est plus ta mère. Ce n'est pas elle qui a fait ça.

— Je le sais.

La femme que j'avais connue n'aurait pas pris de plaisir à ôter la vie. Elle n'aurait pas fait de mal à une mouche.

— Kain a dit qu'elle continuera de tuer jusqu'à ce qu'elle m'ait trouvée.

Il sembla pris au dépourvu.

— Alex, elle continuera de tuer de toute façon. Je sais que ce que je vais dire est terrible, mais les Sentinelles la trouveront. Ils la neutraliseront.

Je hochai la tête, jouant avec l'ourlet de mon teeshirt.

— C'est moi qui devrais m'en charger. C'est ma mère.

Caleb fronça les sourcils.

— Ça devrait être n'importe qui *sauf* toi parce que *c'était* ta mère. Je...

Il me regarda soudain, les yeux écarquillés.
— Alex, tu ne penses pas à la chercher, n'est-ce pas ?
— Non ! m'exclamai-je avec un rire forcé. Je ne suis pas dingue.
Il me regardait toujours.
— Écoute, je ne sais même pas où elle est.
Mais les paroles de Kain me revinrent soudain à l'esprit. « Tu n'as qu'à quitter le périmètre du Covenant pour la trouver, ou c'est elle qui te trouvera. »
— Si tu venais dans ma chambre comme au bon vieux temps ? On pourrait télécharger illégalement des films et se faire une soirée cinéma. Ou une razzia à la cafétéria. Qu'est-ce que tu en dis ? Ça serait plutôt cool, non ?
Ce serait effectivement très cool, mais...
— Non. Je suis vraiment crevée, Caleb. Ces derniers jours ont été...
— Mouvementés ?
— Oui, on peut dire ça.
Je m'engageai cette fois sur les marches.
— On se voit demain matin ? Ça m'étonnerait que je m'entraîne.
— D'accord.
Il avait toujours l'air inquiet.
— Si tu changes d'avis, tu sais où me trouver.
J'acquiesçai avant de m'engouffrer dans le bâtiment. Il y avait une autre lettre blanche glissée sous la fente de ma porte. Quand je reconnus l'écriture ample de Lucien, j'éprouvai un pincement au cœur. Rien d'Aiden.
— Par les dieux.
J'ouvris l'enveloppe et jetai la carte sans même la lire. Je commençais à posséder une petite fortune. Celle-ci contenait trois billets de cent dollars, qui rejoignirent les autres. Quand les choses se seraient calmées, je ferais une sérieuse virée shopping.

Après avoir enfilé un pantalon de pyjama en coton et un débardeur, je ramassai le livre de légendes grecques et l'emportai au lit, le feuilletant jusqu'à la section traitant de l'Apollyon. Je relus le passage plusieurs fois, cherchant des précisions sur ce qui allait m'arriver le jour de mes dix-huit ans, mais je ne trouvai rien que je ne sache déjà.

C'est-à-dire pas grand-chose.

Après ça, je dus certainement m'assoupir, parce que je me retrouvai tout à coup à contempler le plafond dans ma chambre plongée dans l'obscurité. Je me redressai, repoussant mes cheveux emmêlés. Désorientée, encore à moitié endormie, je tentai de me rappeler le rêve qui m'avait réveillée.

Maman.

Dans mon rêve, nous étions au zoo. C'était comme quand j'étais petite, sauf que j'étais plus âgée et que ma mère... Ma mère tuait tous les animaux, les égorgeant l'un après l'autre en riant aux éclats. Pendant tout le temps, je la regardais faire. Je n'avais pas essayé de l'arrêter.

Je m'assis sur le bord du lit, nauséeuse. « Elle continuera de tuer jusqu'à ce qu'elle t'ait trouvée. » Je me levai, les jambes étrangement molles. Était-ce la raison du retour de Kain ? Ma mère avait-elle anticipé que je chercherais à le voir et qu'il pourrait me transmettre ce message ?

Non. C'était impossible. Kain était revenu au Covenant parce qu'il était...

Pourquoi était-il revenu dans un lieu plein de gens prêts à l'éliminer ?

Un autre souvenir se présenta à mon esprit, plus lumineux que tous les autres. Aiden et moi, debout devant les mannequins de frappe dans la salle de combat. Je lui avais demandé ce qu'il aurait fait si ses parents avaient été transformés.

« Je les aurais pourchassés. Ils n'auraient pas voulu de cette vie. »

Je fermai très fort les yeux.

Ma mère aussi aurait préféré mourir que de devenir un monstre qui se repaissait de toutes les créatures vivantes. En ce moment même, elle était là, dehors, elle tuait et elle chassait – elle m'attendait. Sans en avoir conscience, je me retrouvai devant mon armoire, mes mains se dirigeant vers mon uniforme du Covenant.

« Dans ce cas, je la trouverai et je la tuerai de mes propres mains. » Ces paroles que j'avais prononcées résonnaient dans ma tête. Je n'avais plus aucun doute sur ce qui devait être fait. C'était complètement dingue, inconscient, et même stupide, mais le plan prenait forme dans mon cerveau. Une froide détermination, inébranlable, m'envahit et je cessai de penser.

Le temps de l'action était venu.

Il était tôt, beaucoup trop tôt pour que quiconque au Covenant soit déjà levé. Seules les silhouettes des Gardiens en patrouille se déplaçaient sous le clair de lune. Parvenir jusqu'au magasin à l'arrière du gymnase fut plus facile que je ne le pensais, les Gardiens se souciant avant tout de sécuriser le périmètre. Une fois à l'intérieur du bâtiment, je me dirigeai vers la section des uniformes. J'en prélevai un à ma taille et mon cœur battait la chamade tandis que je l'enfilais hâtivement. Pas besoin de miroir pour savoir à quoi je ressemblais – j'avais toujours su que j'en jetterais dans l'uniforme des Sentinelles. Le noir était une couleur qui me seyait.

Les Hématoï se servaient d'un sort d'illusion lié à la terre élémentaire afin que les mortels ne soupçonnent pas que nous étions une sorte d'organisation paramilitaire. À leurs yeux, la tenue prenait l'aspect d'un simple jean et d'un tee-shirt, mais pour un sang-mêlé, c'était la marque de la plus haute distinction que nous pouvions espérer. Seule l'élite portait cet uniforme.

Il y avait de fortes chances que ce soit la première et la dernière fois que j'aie l'occasion de le revêtir. Si je revenais de cette expédition, je serais sans doute renvoyée. Et si je ne revenais pas… je ne voulais pas l'envisager.

« Tu vas encore faire quelque chose de stupide. » Je trébuchai au souvenir des paroles d'Aiden. Oui. C'était stupide. Comment avait-il su ? Mon cœur bondit dans ma poitrine. Aiden savait toujours ce que je pensais. Il n'avait pas besoin d'un cordon de lumière bleue ou d'une vieille folle d'oracle pour tout savoir de moi. Il me connaissait sur le bout du doigt.

Mais ce n'était pas le moment de penser à lui ni à sa réaction quand il découvrirait ce que j'avais fait. Je pris une casquette sur l'étagère du haut, enroulai mes cheveux à l'intérieur et la rabattis sur mes yeux pour dissimuler mon visage.

Je me dirigeai ensuite vers l'armurerie – où étaient rassemblés tous les équipements imaginables capables de découper les chairs et de trancher les têtes. En dépit de la situation, j'étais excitée comme une puce de me trouver ici. Qu'est-ce que cela révélait de moi ? Que tous les sang-mêlé étaient des chasseurs-nés, à l'instar des démons. Nous ne pouvions pas échapper à notre destin – seuls les purs pouvaient s'en dispenser.

Je jetai mon dévolu sur deux dagues. Je fixai la première sur l'extérieur de ma cuisse droite, à un mousqueton prévu à cet effet ; la seconde était dotée d'une lame rétractable, capable de s'allonger de cinq à quinze centimètres en appuyant sur un simple bouton. Je la glissai dans ma poche le long de la couture de mon pantalon. Je pris aussi un pistolet, m'assurant qu'il était chargé.

Des balles chemisées au titane. Mortelles à tous les coups.

Après un dernier regard au sanctuaire de la mise à mort et du carnage, je poussai un soupir, prête à faire ce que Caleb comme Aiden avaient sans doute redouté : je quittai le périmètre du Covenant.

Chapitre 18

Par les enfers, mon déguisement fonctionna à merveille.

Je me déplaçais dans l'ombre autant que possible, refusant de penser à ce que je faisais. Quand je traversai le premier pont, les Gardiens me saluèrent d'un hochement de tête. L'un d'eux alla même jusqu'à me siffler, me prenant manifestement pour une Sentinelle officielle.

Tout en progressant dans les rues désertes de l'île principale, je songeai aux démons que j'avais déjà tués. J'en avais deux à mon actif. Je pouvais le faire. Ce serait pareil avec ma mère.

Elle ne pouvait pas être différente.

En tant que jeune démon, elle pouvait compter sur la force et la vitesse, mais elle n'avait jamais suivi d'entraînement digne de ce nom, comme moi. Je serais plus forte et plus rapide qu'elle. Si Aiden m'avait appris une chose, c'était que les démons nouvellement transformés ne pensaient qu'à une chose : absorber de l'éther. À trois mois, on pouvait la considérer comme une débutante – un démon nouveau-né.

Je n'aurais qu'à frapper tant que son apparence serait encore démoniaque, avant que la magie élémentaire lui rende le physique de… ma mère.

Le pont principal se révéla un peu plus compliqué à franchir, mais ces Gardiens-là, les dieux soient loués, n'avaient que peu de contacts avec les cadets. Aucun d'eux ne me reconnut, mais ils avaient envie de parler. Cela me ralentit suffisamment pour faire vaciller mon assurance.

Jusqu'à ce que l'un d'eux lance la formule rituelle avant de s'effacer devant moi.

— Que les dieux te gardent et te ramènent, Sentinelle.

Sentinelle. C'était ce que j'avais toujours voulu devenir après mon diplôme, pour lutter contre les démons plutôt que protéger les purs et leurs communautés.

Encore une fois, je cherchai l'ombre pour me faufiler entre les bateaux de pêche et de plaisance. Les habitants de l'île de Bald-Head étaient habitués au quant-à-soi de ceux de l'île des Dieux, mais ils percevaient quelque chose de différent, sans savoir ce qui les repoussait et les attirait à la fois.

Les trois années que j'avais passées parmi les mortels n'avaient pas été faciles pour moi. Les adolescents aspiraient tous à être mes amis tandis que leurs parents les mettaient en garde contre « cette fille à problèmes », quoi qu'ils aient entendu par là.

Qu'auraient donc pensé ces parents s'ils avaient su ce que j'étais vraiment ? Une machine à tuer presque au bout de sa formation. Ils avaient sans doute eu raison d'interdire à leurs rejetons de me fréquenter.

Une fois passé le port, je longeai les immeubles. Je ne savais pas vraiment où diriger mes pas, mais j'avais l'intuition que je n'aurais pas à aller bien loin. Je ne m'étais pas trompée. Alors que j'arpentais depuis une dizaine de minutes ce que j'appelais avec une certaine tendresse « le monde normal », j'entendis derrière moi des pas précipités. Je fis volte-face, prête à affronter un adversaire potentiel, le pistolet braqué à hauteur d'homme.

— Caleb ?

J'éprouvai un mélange de surprise incrédule et de soulagement.

Mon ami se tenait à environ un mètre de moi, ses grands yeux bleus écarquillés, les mains levées. Il était vêtu d'un pyjama, d'un tee-shirt blanc et de claquettes.

— Baisse ton arme ! siffla-t-il entre ses dents. Par les dieux. Un accident est si vite arrivé.

J'abaissai le canon de mon pistolet et tirai Caleb par le bras dans l'ombre d'une ruelle.

— Qu'est-ce que tu fais ici ? Tu es devenu fou ?

— Je pourrais te poser la même question, répliqua-t-il, le regard sombre. Je t'ai suivie, évidemment.

Secouant la tête, je remis le pistolet dans la ceinture de mon pantalon. J'avais oublié de prendre un étui - imaginez.

— Il faut que tu retournes au Covenant. Tout de suite. Bon sang, Caleb ! Qu'est-ce qu'il t'a pris ?

— Qu'est-ce qu'il te prend à toi ? me renvoya-t-il, les yeux étincelants. J'étais sûr et certain que tu allais faire un truc complètement débile. Je n'arrivais pas à dormir. Je me suis assis à ma fenêtre et j'ai attendu. Et bim ! Je t'ai vue traverser la cour en catimini !

— Comment as-tu pu passer devant les Gardiens dans ton pyjama Mario Bros. ?

Il baissa les yeux sur sa tenue en haussant les épaules.

— J'ai plus d'un tour dans mon sac.

Je n'avais pas de temps à perdre. Je m'éloignai de lui en lui montrant le pont.

— Retourne là-bas, là où tu es en sécurité.

Il croisa les bras d'un air obstiné.

— Pas sans toi.

— Oh, pour l'amour des dieux !

Je sentais la colère monter.

— Je n'ai pas besoin de ça. Tu ne comprends pas.

— Tu ne vas pas recommencer ! Je comprends très bien que tu vas te faire trucider ! C'est du suicide, Alex. Ce n'est pas de la bravoure. Et ce n'est pas très malin non plus. Et ne me parle pas de devoir ou de culpabilité mal placée que...

Ses yeux s'arrondirent de nouveau alors que *quelque chose* venait de surgir à moins de deux mètres derrière moi. Je me retournai et Caleb empoigna la dague accrochée sur ma cuisse en même temps que je braquais mon pistolet sur l'assaillant.

C'était elle.

Elle était plantée là, au milieu de la ruelle. C'était elle... sauf que non. La créature avait les mêmes longs cheveux bruns retombant souplement sur ses épaules, encadrant son visage livide – je reconnus ses pommettes saillantes et sa bouche familière. Mais à la place de ses yeux il y avait deux trous noirs. Un réseau de veines sombres quadrillait ses joues et, si elle avait souri, sa bouche aurait montré une rangée de vilaines dents pointues.

C'était ma mère... sous sa forme démoniaque.

Le choc de cette vision, son beau visage aimé défiguré par ce masque grotesque, fit trembler mon bras et mon doigt dérapa sur la détente. C'était elle... et en même temps ce n'était pas elle.

À cette distance, une balle dans le thorax ne lui aurait laissé aucune chance. Je possédais l'avantage avec mon pistolet chargé de balles en titane – un plein chargeur. Je pouvais la pulvériser sur-le-champ et tout serait terminé

Elle n'avait pas bougé, parfaitement immobile.

Et maintenant, elle ressemblait trait pour trait à ma mère. La magie élémentaire avait effacé le démon en elle, et elle me regardait de ses yeux vert émeraude éblouissants. Elle était toujours pâle, mais son visage n'était plus strié de veines épaisses. Elle m'apparaissait telle que je l'avais vue le dernier soir avant sa métamorphose – elle me souriait et me regardait dans les yeux.

— Lexie.

Ce n'était qu'un murmure, mais je l'entendis haut et clair. C'était bien elle, et le son de sa voix était terrible et magnifique.

Elle était incroyablement belle, et bel et bien en vie, démon ou pas.

— Alex ! Fais-le ! Fais... me cria Caleb.

Un regard par-dessus mon épaule me confirma que ma mère n'était pas seule. Un autre démon aux cheveux bruns avait empoigné Caleb par le cou. Il ne tenta pas de le drainer ou de le tuer, se contentant de l'immobiliser.

— Lexie, regarde-moi.

Incapable de ne pas répondre au son de sa voix, je me tournai vers elle. Elle s'était encore rapprochée – suffisamment pour qu'une balle tirée à bout portant perce un énorme trou dans sa poitrine. Et que je perçoive l'odeur de la vanille – son parfum préféré.

Je détaillai son visage dont chaque trait familier me paraissait si beau. Alors que je plongeais mon regard au fond du sien, d'étranges souvenirs me revinrent en mémoire. Les étés que nous passions ensemble, le jour où elle m'avait emmenée au zoo et m'avait révélé le nom de mon père, l'expression de son visage lorsqu'elle m'avait annoncé que nous devions quitter le Covenant, et son corps sans vie gisant sur le sol de sa chambre minuscule.

Je vacillai. Je ne pouvais plus respirer. C'était ma mère – ma génitrice ! Celle qui m'avait élevée, traitée comme si j'étais la chose la plus précieuse au monde. J'avais tout représenté pour elle – jusqu'à la raison de son départ. J'étais tétanisée.

Fais-le ! Ce n'est plus ta mère ! Mon bras tremblait. *Vas-y ! Fais-le !*

Avec un cri de frustration, je laissai retomber mon bras le long de mon corps. Toute la scène n'avait duré que quelques secondes, qui m'avaient paru une éternité. J'étais incapable de tirer.

Ses lèvres s'incurvèrent en un sourire moqueur. Caleb, derrière moi, poussa un cri et une vive douleur explosa sur ma tempe. Je fus happée par les ténèbres bienvenues de l'inconscience.

***

Je revins à moi avec un mal de tête carabiné, la gorge en feu et un goût amer dans la bouche. Il me fallut plusieurs minutes pour me souvenir de ce qui s'était produit. Honteuse et horrifiée, je me redressai en position assise, sur le qui-vive en dépit de la douleur lancinante qui me martelait le crâne. Palpant précautionneusement ma tempe, j'y découvris une bosse de la taille d'un œuf.

Encore à moitié dans les vapes, je regardai autour de moi la pièce meublée avec goût. Les murs de rondins en bois de cèdre, le grand lit aux draps de satin, l'écran plasma de la télévision, les meubles précieux, tout cela m'était familier. C'était l'une des chambres d'un chalet où nous allions parfois pour les vacances, une chambre où j'avais dormi. Un pot d'hibiscus violets était posé à côté du lit – les fleurs préférées de ma mère. Elle avait toujours adoré les fleurs violettes.

Le désarroi s'empara de moi. Je me souvenais de cette chambre. Oh, par les dieux. Ce n'était pas bon. Pas bon du tout.

J'étais à Gatlinburg, dans le Tennessee – à plus de cinq heures de route du Covenant. Cinq heures. Pire encore, Caleb n'était pas avec moi. Je me rapprochai de la porte à pas de loup et je tendis l'oreille. Pas un bruit. Je me tournai vers la porte-fenêtre donnant sur la terrasse, mais je ne pouvais pas m'enfuir. Je devais d'abord trouver Caleb... s'il était toujours vivant.

Je m'accrochai à cette pensée. Il était forcément en vie. Il ne pouvait en être autrement.

Bien sûr, je n'avais plus mon pistolet et Caleb m'avait pris ma dague. Il n'y avait rien dans cette pièce qui puisse faire office d'arme. Si je brisais quelque chose, j'attirerais l'attention, et cela ne me serait d'aucune utilité de toute façon. Tout ce qui aurait pu contenir du titane avait été enlevé.

Je tournai la poignée de la porte, qui n'était pas verrouillée. Je l'entrouvris de quelques centimètres et jetai un coup d'œil prudent par l'entrebâillement. Dehors, le soleil était en train de se lever, repoussant l'obscurité de la pièce à vivre et de la cuisine américaine. Une grande table ronde trônait au milieu, entourée de six chaises assorties. Deux de ces dernières avaient été tirées, comme si elles avaient été occupées. Plusieurs bouteilles de bière vides étaient posées sur le plateau de chêne sculpté. Les démons buvaient de la bière ? Encore un truc que j'ignorais. Il y avait également deux vastes canapés habillés de tissu marron haut de gamme.

De l'autre côté de la pièce, la télévision était allumée, sans le son – un de ces immenses écrans plats accroché au mur. Je m'avançai jusqu'à la table et m'emparai d'une bouteille. Je ne tuerais pas un démon avec ça, mais c'était toujours mieux que rien.

Un cri étouffé me parvint de l'une des pièces du fond. Si mes souvenirs étaient bons, il y avait encore deux chambres, un second salon et une salle de jeux. Toutes les portes étaient fermées. Je m'approchai sans faire de bruit et me figeai lorsque le même son me parvint à nouveau en provenance de la plus grande chambre.

La main crispée sur ma bouteille, je récitai à voix basse une courte prière. Elle n'était pas adressée à un dieu en particulier, mais j'espérais vraiment que l'un d'eux m'entendrait. Je m'attaquai ensuite à la porte d'un coup de pied. Les gonds cédèrent dans un grincement tandis que le bois autour de la poignée se fendillait. Elle s'ouvrit en grand.

La vision de cauchemar qui s'offrit à mes yeux me coupa le souffle. Caleb était allongé sur le lit. Un démon blond penché sur lui le maintenait d'une main, l'autre couvrant sa bouche, et lui mordait le bras. Les gémissements que poussait le démon alors qu'il drainait le sang de Caleb pour accéder à son éther m'épouvantèrent.

Quand il entendit mon cri enragé, le démon releva la tête. Son regard vide me transperça. Je me jetai sur lui, brandissant la bouteille. Ça ne le tuerait pas, mais j'avais l'intention de lui faire très mal.

Mais rien ne se passa comme prévu.

Tellement choquée par ce que le démon était en train de faire à Caleb, je n'avais pas inspecté la pièce. Grossière erreur. Par les enfers, c'était typiquement le genre de trucs que j'avais loupés en quittant le Covenant. L'action et le combat, je savais faire. Manquait la réflexion.

Quelqu'un m'empoigna par-derrière et me tordit le bras jusqu'à me faire lâcher mon arme de fortune. Une image des deux chaises à la table de la cuisine me revint à l'esprit. J'aurais dû m'en douter. Dans cette position, je ne pouvais pas lutter, mais je me débattis quand même à coups de pied pour tenter de me libérer. Le second démon me tordit davantage le bras, et la douleur fusa.

— Allons. Allons. Daniel ne tuera pas ton ami, prononça une voix derrière moi. Pas encore.

Daniel sourit, exhibant une rangée de dents tachées de sang. Une fraction de seconde plus tard, il était devant moi, tête inclinée sur le côté. Le sort d'illusion se stabilisa, révélant un sang-pur. Sans les filets de sang dégoulinant sur son menton, il aurait été beau.

Le corps de Caleb était agité de soubresauts. Conséquences de la morsure d'un démon – j'étais passée par là. Ses bras dénudés portaient deux marques de morsure. Bouillonnante de rage, je hurlai au démon qui se tenait devant moi :

— Je vais te tuer !

Dans un éclat de rire, il s'essuya le menton du revers de la main.

— Et moi, je vais me régaler de ton éther.

Il me renifla – comme un plat qu'il s'apprêtait à goûter.

— Je le sens presque d'ici.

Je lui balançai un coup de pied qui l'atteignit en pleine poitrine. Il recula de quelques pas, heurtant le lit. Caleb poussa un grognement et tenta de se relever. Daniel lui colla un direct qui le mit K.-O. Je hurlai, me débattant comme un animal enragé, mais le second démon me frappa à mon tour et je m'effondrai sur le sol.

L'instant d'après, je fis un vol plané... sans que personne me touche. Je percutai le mur avec une telle violence que le plâtre se fendit, ébranlant tous les os de mon corps. Et je restai suspendue là, les pieds dans le vide, à un mètre cinquante du sol. Ce démon maîtrisait l'air élémentaire – encore un truc contre lequel je n'avais pas appris à me défendre.

— Il va falloir être très sages. Tous les deux.

Le second démon, la main levée, avait l'accent traînant du Sud. Il s'avança vers moi et me tapota le dessus du pied. Je reconnus le démon brun de la ruelle, celui qui était tout à l'heure avec ma mère.

— On commence à crever la dalle, tu sais ? Et avec toi ici... ça nous ronge les entrailles. C'est comme un feu qui nous dévore.

Je poussai sur le mur pour tenter de m'en décoller, sans succès.

— Ne vous approchez pas de lui !

Comme si je n'avais rien dit, il se dirigea vers le corps inconscient de Caleb.

— Nous sommes des démons aguerris, mais avec toi... c'est dur de résister à l'appel de l'éther. Une seule goutte. C'est tout ce que l'on demande.

Il fit courir un doigt sur le visage de Caleb.

— Mais nous ne le pouvons pas. Pas avant le retour de Rachelle.

— Ne le touchez pas.

C'est à peine si je reconnus ma propre voix, qui ressemblait à un feulement.

Le démon se retourna vers moi et agita la main comme s'il avait oublié quelque chose. Mes pieds heurtèrent le sol et je tombai à genoux. En dépit de la douleur, je contractai mes abdominaux et je bondis sur lui, sans réfléchir à autre chose qu'à l'éloigner de Caleb. Le démon brun secoua la tête d'un air réprobateur et leva simplement le bras. Je fus brutalement repoussée en arrière, contre le mur. Plusieurs tableaux se décrochèrent sous l'impact. Je n'avais pas été préparée à *ça*.

Cette fois-ci, je ne me relevai pas.

Visiblement très contrarié, il se détourna de Caleb et marcha droit sur moi. Avec un hurlement, je lançai un crochet. Il intercepta mon bras, puis l'autre et me remit sur mes pieds.

Les deux bras ainsi emprisonnés le long du corps, il ne me restait plus que mes jambes. Aiden m'avait toujours félicitée pour mes coups de pied. Cette idée me galvanisa quand je pressai le haut de mon dos contre le mur. Utilisant l'appui des bras du démon autour de moi, je repliai les deux jambes à hauteur de ma poitrine et les détendis. Je le frappai au plexus et je vis à son expression qu'il ne s'y était pas attendu. Il recula de plus d'un mètre et je m'effondrai de nouveau au sol.

Daniel, qui était resté près du lit, se jeta sur moi et m'attrapa par les cheveux, me tirant la tête en arrière. Pendant quelques instants, une horrible impression de déjà-vu me traversa, mais pas d'Aiden pour me sauver cette fois. La cavalerie n'arriverait pas.

Pendant que je me débattais pour me libérer de Daniel, le démon brun s'accroupit devant moi. Les mains posées sur les genoux, un sourire nonchalant aux lèvres, on aurait dit qu'il allait me parler de la pluie et du beau temps. Très désinvolte.

— Qu'est-ce qu'il se passe ici ?

Daniel me relâcha dès qu'il entendit la voix de ma mère, tranchante et contrariée. Je me remis hâtivement debout et me tournai vers elle. Je ne pus contenir l'élan de terreur et d'amour mélangés que j'éprouvai en la voyant. Elle se tenait sur le pas de la porte, examinant la scène d'un œil critique. Je ne percevais que l'illusion entretenue par la magie élémentaire – pas sa forme véritable.

J'étais foutue.

— Éric ?

Cette interjection sèche s'adressait au démon brun.

— Ta fille… n'est pas contente de la situation.

Alors qu'elle pénétrait dans la pièce, enjambant un morceau de bois brisé, je ne pouvais détacher mes yeux d'elle.

— Mieux vaut pour vous que personne n'ait touché à un seul cheveu de ma fille.

Éric jeta un regard à Daniel derrière lui.

— On n'y a pas touché. Elle va très bien. Et l'autre sang-mêlé aussi.

— Ah. Oui.

Elle se tourna vers Caleb.

— Je me souviens de lui. C'est ton petit ami, Lexie ? C'est très gentil de sa part d'être venu avec toi, en tout cas. Idiot, mais gentil.

— Maman.

Ma voix était fêlée.

Elle me regarda avec un large et beau sourire.

— Lexie ?

— S'il te plaît... déglutis-je. S'il te plaît, laisse-le partir.

Elle secoua la tête avec un petit claquement de langue.

— C'est impossible.

Mon ventre se noua.

— S'il te plaît. Il... Je t'en prie.

— Je ne peux pas, ma chérie. J'ai besoin de lui.

Elle s'avança vers moi et repoussa les cheveux de mon front, comme autrefois. Je sursautai et elle fronça les sourcils.

— Je savais que tu viendrais. Je te connais. La culpabilité et la peur devaient te miner. Je n'avais pas prévu que tu ne serais pas seule, mais je ne suis pas folle. Et donc, il restera ici.

— Tu pourrais le laisser partir.

Mon menton tremblait. Elle me caressa la joue.

— C'est impossible. Il sera la garantie de ta coopération. Si tu fais tout ce que je te demande, il aura la vie sauve. Je ne les laisserai pas le tuer ou le transformer.

Je n'étais pas assez stupide pour m'autoriser cet espoir. Il y avait forcément un piège, sans doute énorme et terrifiant.

Elle s'éloigna, reportant son attention sur les deux autres démons.

— Qu'est-ce que vous lui avez dit ?

Éric la regarda.

— Rien du tout.

Ma mère approuva de la tête. Je reconnaissais sa voix, mais au fur et à mesure qu'elle parlait je me rendis compte qu'elle manquait en réalité de tout ce qui l'avait caractérisée. La douceur. L'émotion. Elle était froide, sans inflexions – ce n'était pas *elle*.

— Bien.

Elle se tourna une nouvelle fois vers moi.

— Je veux que tu comprennes une chose, Lexie. Je t'aime de tout mon cœur.

Je clignai les yeux, reculant contre le mur. Ces mots me faisaient plus mal que tous les coups.

— Comment peux-tu m'aimer ? Tu es un démon.

— Je suis toujours ta mère, répondit-elle du même ton froid. Et tu m'aimes toujours. La preuve, tu ne m'as pas tuée quand tu en avais l'occasion.

Elle retournait le couteau dans la plaie, mais elle avait raison. Mes yeux ne voyaient que ma mère. Je fermai les paupières, espérant voir le monstre qui occupait son corps. Quand je les rouvris, elle n'avait pas changé.

Ses lèvres s'incurvèrent.

— Tu ne peux pas retourner au Covenant. Je ne peux pas autoriser ça. Je dois t'en tenir éloignée. De façon permanente.

Mon regard tomba sur Caleb. Daniel se rapprochait de lui.

— Pourquoi ?

Tant que cet enfoiré ne le touchait pas, je pouvais me contenir.

— Pour te garder loin de l'Apollyon.

Je ne m'attendais pas à ça.

— Quoi ?

— Il te volera tout. Ton pouvoir, tes talents... tout. Il est le Premier, Lexie. Volontairement ou pas, il absorbera tout ce que tu es pour devenir le Tueur de Dieux. Il ne restera rien de toi quand il aura fini. Le Conseil... ils sont au courant. Ils s'en moquent. Tout ce qui les intéresse, c'est le Tueur de Dieux, mais Thanatos ne le permettra jamais.

Je battis en retraite en secouant la tête. Ma mère était complètement dingue.

— Ils se moquent de ce qui t'arrivera. Je ne peux pas le permettre. Tu comprends ?

Elle continuait d'avancer et s'arrêta devant moi.

— Et pour cette raison, je dois te transformer en démon.

La pièce se mit à tourner et je crus que j'allais défaillir.

— Je n'ai plus d'autre choix.

Elle me prit la main, qu'elle posa sur son cœur.

— Quand tu seras un démon, tu seras plus forte et plus rapide que maintenant. Le titane sera sans effet sur toi. Ton pouvoir sera augmenté... et le jour de tes dix-huit ans, rien ne pourra te résister.

Je lui retirai ma main.

— Non. Non !

— Tu ne sais pas ce que tu refuses. Je croyais vivre avant, mais c'est maintenant que ma vie commence vraiment.

Elle leva la main devant mon visage et agita deux fois les doigts. Une minuscule étincelle en jaillit, puis sa main tout entière s'embrasa.

Je voulus reculer, mais elle resserra son étreinte sur ma main.

— Le feu, Lexie. En tant que sang-pur, j'étais à peine capable de contrôler le vent, mais en tant que démon, je suis un Maître du *feu*.

— Mais tu tues également des gens ! Comment peux-tu accepter ça ?

— On s'y fait.

Elle haussa les épaules, comme si ça ne comptait pas.

— Tu t'y habitueras, répéta-t-elle.

Mon sang se glaça dans mes veines.

— On dirait... que tu as complètement perdu l'esprit.

Son visage demeura impassible.

— Tu dis cela aujourd'hui, mais tu verras. C'est la volonté du Conseil que tout le monde pense que les démons sont des créatures maléfiques, sans âme. Parce qu'ils ont peur. Ils savent que nous sommes plus puissants et qu'en fin de compte nous gagnerons cette guerre. Nous sommes les égaux des dieux. Non. Nous *sommes* des dieux.

Daniel se pourléchait pratiquement les babines en me dévorant des yeux. L'horreur et la peur déferlèrent en moi et je secouai violemment la tête.

— Non. Ne fais pas ça. S'il te plaît.

— C'est le seul moyen.

Elle fit demi-tour, me lançant un regard par-dessus son épaule.

— Ne m'oblige pas à utiliser la force.

Je la dévisageai. Comment avais-je pu hésiter dans la ruelle ? Cette créature que je contemplais n'était certainement pas ma mère.

— Tu es complètement dingue.

Elle pivota sur ses talons, le visage dur.

— Je t'ai dit de ne pas m'obliger à t'y contraindre. Daniel !

J'étais prête à bondir quand Daniel se saisit de Caleb, qui poussa un grognement en revenant à lui. Ma mère m'intercepta avant que je puisse les atteindre, et le démon se pencha sur son bras.

J'étais totalement effarée.

— Non ! Arrêtez !

Daniel éclata de rire juste avant de planter ses dents dans la chair. Caleb se tordit sur le lit, les yeux exorbités, et ses hurlements de terreur résonnèrent dans tout le chalet. Je voulus écarter ma mère, mais elle m'empêcha de passer. Elle était forte, incroyablement forte.

— Éric, viens ici.

Ce dernier s'exécuta avec jubilation, ses yeux sombres luisant d'une faim dévorante. Je me débattis de plus belle, emplie de peur et de dégoût.

Ma mère resserra sa prise autour de ma taille.

— N'oublie pas ce que j'ai dit. De petites morsures, toutes les heures seulement. Si elle se débat, tue le garçon. Si elle se soumet, laisse-le tranquille.

J'étais pétrifiée.

— Non ! Non !

— Désolée, ma chérie. Ce sera douloureux, mais si tu les laisses faire, ça ne durera pas longtemps. C'est la seule solution, Lexie. Le seul moyen pour que je garde le contrôle sur toi. Tu verras. C'est pour ton bien. Je te le promets.

Et, sur ces mots, elle me poussa dans les bras d'Éric.

Chapitre 19

Sans un mot de plus.

La garce.

Je hurlai et me retournai vers elle alors qu'Éric m'attirait dans ses bras.

— Ne les laisse pas faire ça !

Elle leva la main.

— Éric.

Le démon me fit pivoter contre lui. Je lui assenai une pluie de coups de pied, le menaçant de toutes les morts possibles, mais rien ne l'arrêta. Il me regardait en souriant, puis ses doigts se refermèrent sur mon bras et en une fraction de seconde il y planta les dents.

J'eus l'impression qu'un flot de lave incandescente se déversait dans mes veines. Je me cabrai, tentant d'échapper à cette brûlure, mais elle suivait mes mouvements. Par-dessus mes propres cris, j'entendais les hurlements de Caleb, qui les implorait de cesser. Ni ma mère ni le démon ne lui prêtèrent la moindre attention. La douleur se fraya un chemin dans chaque cellule de mon corps tandis qu'Éric continuait de me drainer. La pièce vacilla, j'étais sur le point de perdre connaissance.

— Assez, murmura ma mère.

Le démon releva la tête.

— Son goût est divin.

— C'est l'éther. Elle en regorge davantage encore que les purs.

Éric me relâcha et je tombai à genoux, le corps secoué de tremblements. Rien – absolument rien – ne produisait une telle sensation. Les élancements des dernières répliques de la morsure du démon me coupèrent la respiration. Cherchant mon souffle, je ne bougeai plus jusqu'à ce que la souffrance reflue et devienne tolérable.

C'est alors seulement que je me rendis compte que Caleb s'était tu. Relevant la tête, je croisai son regard. Il semblait loin d'ici, comme s'il était parvenu, d'une façon ou d'une autre, à quitter cet endroit, à se retirer de son corps ou quelque chose comme ça. J'aurais aimé être avec lui.

— Tu vois, ce n'était pas si terrible.

Ma mère me prit par les épaules et me repoussa contre le mur.

— Ne me touche pas, bredouillai-je d'une voix affaiblie.

Son sourire était froid.

— Je sais que tu m'en veux, mais tu verras. Ensemble, nous changerons le monde.

Daniel retourna auprès de Caleb, qui ne bougeait plus. Le regard que lui lança le démon me fit craindre le pire. Soudain, les paroles de l'oracle me revinrent en mémoire.

« L'un à l'orée d'un avenir radieux et bref. »

Caleb allait mourir. Hébétée, je me rapprochai du lit. Ce n'était pas possible ! Éric fut aussitôt sur moi, me plaquant contre le mur. Du sang – *mon* sang – colorait toujours ses lèvres. Une fois certain de m'avoir matée, il me lâcha et recula avec un demi-sourire suffisant.

Le cœur au bord des lèvres, je m'efforçai de repousser l'épouvante et la douleur.

— Maman… s'il te plaît, épargne Caleb. Je t'en prie. Je ferai tout ce que tu voudras.

J'étais sincère. Je ne pouvais pas laisser mon meilleur ami mourir dans ce chalet loin de tout.

— S'il te plaît, épargne-le.

Elle m'étudia un moment en silence.

— Qu'est-ce que tu serais prête à faire ?

Ma voix se brisa.

— Tout ce que tu voudras. Laisse-le partir.

— Es-tu prête à promettre de ne pas lutter ni chercher à t'enfuir ?

Les paroles de l'oracle tournaient en boucle dans ma tête, comme une incantation funèbre. Caleb n'en supporterait pas beaucoup plus. Il était déjà livide. Mais c'était son destin, n'est-ce pas ? Ce que les dieux avaient vu pour lui. Si j'acceptais de me laisser faire, je deviendrais un démon.

Je ravalai la bile qui me montait à la gorge.

— Oui. Je promets.

Elle tourna les yeux vers Caleb et Daniel et poussa un soupir.

— Il reste ici. Pourtant, puisque tu as fait une promesse, je vais t'en faire une aussi. Ils ne le toucheront plus, mais sa présence sera la garantie que ta promesse sera tenue.

Sortant de sa torpeur, Caleb secoua frénétiquement la tête, mais je promis à nouveau. Ma priorité était de le sortir de là, et je n'avais pas d'autre choix. Je m'assis par terre contre le mur et face au lit, les yeux braqués sur Daniel et Caleb. Éric vint se placer à côté de moi. Mon seul espoir reposait à présent sur le Covenant. Aiden avait peut-être fini par venir me parler, ou m'informer de la reprise de nos entraînements. Quelqu'un s'était aperçu de l'absence de Caleb, et ils avaient ajouté deux et deux. Dans le cas contraire, par un horrible coup du destin, Aiden tenterait de me tuer la prochaine fois que je le verrais.

Et je doutais fort qu'il faillisse à son devoir comme je l'avais fait.

Daniel abandonna Caleb pour venir contempler la marque fraîche de morsure sur mon bras. Je fermai les yeux de dégoût et détournai la tête. La prochaine fois, ce serait son tour et mon petit doigt me disait qu'il se ferait une joie de me faire souffrir. Les larmes me montèrent aux yeux et je me tassai contre le mur, comme pour y disparaître.

Une heure s'écoula ainsi et tous mes muscles se tendirent quand Daniel s'accroupit et déplia mon autre bras, que je tenais serré contre ma poitrine. Malheur ! Je n'étais pas préparée à ça. Éric me posa une main sur la bouche lorsque Daniel planta ses dents dans mon poignet.

Nauséeuse, je retombai comme un tas de chiffons contre le mur quand ce fut terminé. À intervalles réguliers, Éric et Daniel se relayaient pour me drainer. Ma mère était partie dans son délire, expliquant comment nous allions procéder pour éliminer le Conseil, à commencer par Lucien. Nous prendrions alors leur place sur le trône et même les dieux se prosterneraient devant nous. La roue tourne, disait-elle, et les démons ne régneraient pas seulement sur les sang-pur, mais aussi sur le monde des mortels.

— Nous devrons éliminer le Premier, mais en tant que démon, tu seras un Apollyon bien plus puissant… Tu lui seras supérieure.

Ma mère avait réellement pété un câble.

J'en appris davantage sur la sustentation des démons. Elle essayait peut-être de me préparer à ma nouvelle vie. L'éther des purs leur fournissait de l'énergie pour plusieurs jours, celui des sang-mêlé seulement pour quelques heures, et ils tuaient les mortels pour le plaisir. J'aurais aimé avoir un sang-pur sous la main à refourguer à ces démons à ma place. C'était terrible à dire, mais j'avais les bras couverts de marques en forme de croissant, semblables aux cicatrices de mon ancienne Instructrice. Dire que j'avais eu pitié d'elle... ironie du destin.

Les démons continuèrent à me drainer. Un peu de mon être disparaissait avec chaque morsure. Je ne tentais plus de m'y soustraire quand Daniel se jetait sur moi comme une brute ou qu'Éric me ponctionnait plus délicatement. Je ne criais même plus. Et, pendant tout ce temps, *elle* était là et les regardait faire. Je perdais pied dans cette folie macabre et mon âme sombrait au fond de la noirceur.

Ma mère finit par quitter la pièce pour aller surveiller les alentours. Pas une seule fois elle ne s'était nourrie de moi. Elle avait dû tuer un sang-pur pour s'alimenter plus tôt, mais dès qu'elle fut partie, j'espérai son retour. Daniel n'avait plus aucune retenue en son absence. Je le laissai pourtant s'approcher en dépit du dégoût profond qu'il m'inspirait. Il lui arrivait de faire courir le bout de ses doigts tout le long de mes bras, autour des marques de morsure. Au moins, il ne s'intéressait plus à Caleb.

— J'en ressens déjà les effets, murmura Éric.

J'avais presque oublié qu'il était encore là. Malgré ses profondes ponctions, je le préférais à Daniel.

— Les effets de quoi ?

Ma voix était atone.

— De l'éther. Je le sens bourdonner en moi. J'ai l'impression de pouvoir tout faire.

Il approcha la main de l'un des stigmates, qu'il titilla, me tirant une grimace.

— Sens-tu l'énergie qui quitte ton corps pour se transférer dans le mien ?

Refusant de répondre, je piquai du nez sur mes genoux repliés. Il avait l'air de planer très haut...

et moi, j'étais au fond du trou – blessée jusqu'au tréfonds de mon âme. Quand Daniel me tira la tête en arrière, j'étais au bord de l'évanouissement et du délire tant la douleur était prégnante. Caleb ne bougeait plus depuis un moment et ce n'était plus la peine qu'Éric me couvre la bouche pour étouffer mes cris. Je ne poussai qu'un faible gémissement quand les dents de Daniel percèrent la peau à la base de mon cou.

Éric fredonnait des sons apaisants pendant que Daniel me drainait, caressant mon pouls qui battait furieusement de la pulpe du pouce.

— Ce sera bientôt fini. Tu vas voir. Encore une morsure ou deux, et ce sera terminé. Tu es à l'orée d'un nouveau monde.

Quand Daniel eut achevé sa ponction, je m'effondrai sur le côté. La pièce tournait autour de moi. J'avais beaucoup de mal à me concentrer sur les paroles d'Éric.

— Nous transformerons d'abord les sang-mêlé. Ils passent inaperçus, contrairement à nous. Ils n'ont pas besoin de la magie élémentaire. Nous attaquerons simultanément partout dans le monde. Ce sera magnifique.

Cette seule idée le faisait sourire.

— Nous infiltrerons tous les Covenants… puis ce sera le tour du Conseil.

C'était un plan réalisable, qui avait de bonnes chances de se concrétiser dans toute son horreur. Ça ne semblait pas gêner Éric de parler tout seul. Il déversait un flot de paroles ininterrompu et j'éprouvais une difficulté grandissante à garder les yeux ouverts. La peur et l'angoisse m'avaient privée de mon énergie. Je m'assoupis. Je ne sais pas combien de temps je somnolai ainsi, mais quelque chose me réveilla en sursaut.

À moitié abrutie, je relevai la tête et découvris Daniel qui était planté devant moi. Une heure s'était-elle déjà écoulée ? Est-ce que c'était la fin ? Se préparaient-ils pour la dernière ponction, celle qui me viderait de la dernière goutte de mon éther et de mon âme ?

— Daniel, ce n'est pas l'heure.

— Je m'en fous. Tu en prends plus que moi. Tu irradies littéralement, ce qui n'est pas mon cas. Regarde-moi !

Éric n'irradiait pas à proprement parler, mais son teint avait pris une saine coloration. Comme... un sang-pur normal. Daniel, en revanche, était toujours blanc comme un linge.

Éric secoua la tête.

— Elle te tuera.

Daniel s'accroupit devant moi et m'empoigna les cheveux pour me renverser la tête en arrière.

— Pas si elle n'en sait rien. Qui le lui dira ? Je ne la mordrai qu'une seule fois.

— Ne... le laisse pas faire ça.

Le filet de voix qui me restait était implorant, mais si Éric s'inquiétait du sort de Daniel, il n'en montra rien et ne tenta pas de l'arrêter.

Il restait une zone sur mon cou encore vierge de morsures. Je priai intérieurement que Daniel n'y touche pas. Je ne sais pas trop pourquoi cela m'importait au point où j'en étais, mais merde, j'avais encore un semblant de vanité.

— Je suis sûr qu'elle aime ça, dit Daniel.

Une fraction de seconde plus tard, il enfonçait ses dents dans la peau saine et se mit à sucer. La douleur qui fusa en moi me tétanisa. La main qui me tenait se crispa dans mes cheveux et l'autre se fit baladeuse, s'enhardissant sur mon épaule et sur mes seins.

En dépit de tout le reste, ce fut la goutte de trop. Rassemblant mes dernières forces, je levai les mains et lui plantai mes ongles dans le visage.

Daniel recula en hurlant, déchirant mon tee-shirt par la même occasion, mais ce cri – et l'expression de son visage – me remplit d'une satisfaction morbide. Des marques rouges apparurent sur sa joue et le sang perla. Aveuglé par la fureur, il lança son poing en avant et me frappa à l'œil, me projetant sur Éric.

— Par les enfers ! jura ce dernier en bondissant sur le côté.

J'atterris sur le sol et me roulai en boule. Au-dessus de moi, Éric poussa Daniel, l'invectivant à pleins poumons, mais je n'écoutais plus. Contre ma cuisse, je venais de sentir quelque chose de dur. Roulant lentement sur le dos, j'approchai les doigts de l'objet mince et étroit dissimulé dans la couture de mon pantalon, sur lequel ils se refermèrent.

Le couteau – le couteau à cran d'arrêt.

Soudain, Éric me souleva du sol et me remit debout pour que je le regarde. Je sentis quelque chose de chaud couler le long de ma tempe, jusque dans mon œil droit. Du sang. Comme si je pouvais me permettre d'en perdre encore un peu plus.

Par-dessus son épaule, je m'aperçus que Caleb était revenu à lui et me regardait. Je tentai de lui transmettre un message, mais Éric faisait écran. La porte de devant s'ouvrit et le cliquetis des talons de ma mère résonna sur le plancher du chalet. Éric me lâcha et recula à l'autre bout de la pièce. Mes lèvres s'incurvèrent en un petit sourire moqueur. Il savait. Je savais.

Quand elle verrait mon visage, ma mère allait piquer une crise.

Elle entra dans la pièce et ses yeux me cherchèrent. La seconde suivante, elle s'agenouillait devant moi, m'inclinant la tête en arrière.

— Qu'est-ce qu'il s'est passé, ici ?

Tout le sang que j'avais perdu, ajouté à l'épuisement, m'embrouillait l'esprit. Je contemplai ma mère pendant de longues secondes. Je ne savais plus où j'étais ni comment j'étais arrivée là. Tout ce que je voulais, c'était qu'elle me prenne dans ses bras et me dise que tout irait bien. C'était ma mère, elle les arrêterait. Il ne pouvait en être autrement, surtout après quelque chose d'aussi violent, d'aussi horrible.

— Maman ? Regarde… regarde ce qu'ils m'ont fait.

— Chut.

Elle me caressa le visage, repoussant mes cheveux.

— S'il te plaît… dis-leur d'arrêter.

Je m'accrochai à elle de toutes mes faibles forces, mais elle ne me prit pas dans ses bras. Quand elle se détourna de moi, je poussai un cri en essayant de la retenir.

Non. Cette… cette *créature* qui était devant moi n'était pas ma mère. Ma mère ne m'aurait jamais tourné le dos. Elle m'aurait rassurée, elle m'aurait serrée dans ses bras. Je retrouvai mes esprits, clignant lentement les yeux.

— Qui lui a fait ça ?

Sa voix était si froide, si tranchante, tellement étrangère à ce qu'elle avait été, mais j'y percevais également sa contrariété. Je reconnaissais le ton qu'elle prenait autrefois pour me gronder quand je m'attirais des ennuis. Le ton qui précédait ses colères. Éric et Daniel l'ignoraient. Ils ne la connaissaient pas aussi bien que moi.

— À ton avis ? railla Éric.

Elle déposa un baiser glacial sur mon front et je fermai les yeux. Non, cette femme n'était pas ma mère.

— Je vous ai donné à tous les deux des ordres clairs.

Elle se redressa, toisant Daniel.

La réalité s'imposa une nouvelle fois à moi, et je me mis à genoux. Je ne devais plus penser à elle comme à ma mère, je devais voir au-delà des apparences. Je pris ma décision. *J'emmerde le destin.* Mon regard croisa celui de Caleb et je désignai la femme qui me tournait le dos en articulant silencieusement : « Tiens-toi prêt. » Pourvu qu'il ait compris.

— C'est totalement inacceptable.

Sans autre avertissement, elle se jeta sur Daniel, le faisant tomber sur Caleb. Les deux démons roulèrent au sol, échangeant coups de poing et coups de griffes.

Je saisis ma chance. Je me remis debout péniblement et tendis la main à Caleb, qui avait, les dieux soient loués, capté mon message. Il se laissa glisser à bas du lit alors qu'Éric se ruait à son tour sur l'autre démon. J'avançai d'un pas hésitant tandis que ma mère remettait Daniel debout. Il était nettement plus grand qu'elle, mais elle le projeta à travers la pièce comme un fétu de paille. Cela me paralysa pendant quelques secondes. Elle était douée d'une force surnaturelle.

L'esprit toujours embrumé et la nausée grandissant, je me dirigeai vers la sortie d'un pas chancelant, et Caleb me suivit. Nous traversâmes le chalet en direction de la porte extérieure. La pluie tambourinait sur le toit de la véranda, couvrant presque le craquement sinistre qui retentit à l'intérieur. Nous enjambâmes ensemble la balustrade et sautâmes dans le vide. J'avais oublié la hauteur de la terrasse. Je heurtai brutalement le sol et tombai à genoux.

— Lexie !

La voix de ma mère me rendit mes forces. Tournant la tête, je vis que Caleb se relevait aussi. Nous dévalâmes la pente au pas de course, glissant et trébuchant dans la terre boueuse. Les branches des arbres me giflaient le visage et s'accrochaient dans mes vêtements et mes cheveux, mais je ne m'arrêtai pas. Toutes ces heures de renforcement musculaire n'avaient pas été inutiles. Mes jambes étaient capables de faire abstraction de la douleur et de ma faiblesse.

— Alexandria !

Nous n'étions pas assez rapides. Entendant Caleb pousser un cri étouffé, je me retournai. Ma mère l'avait soulevé du sol et l'écartait sans merci de sa route. Je lus la surprise sur son visage juste avant qu'il percute le tronc massif d'un érable. Avec un hurlement, je me précipitai vers lui.

Un mur de flammes m'arrêta. Le feu s'étendait vite, détruisant tout sur son passage. Caleb roula sur lui-même, y échappant de justesse. Je reculai en trébuchant devant les flammes violettes et pourpres qui dévoraient le monde autour de moi. La pluie n'éteignait pas cet incendie surnaturel.

Ma mère se dressa devant moi, immense, telle une déesse de la mort. Par deux fois, je n'avais pas su voir cela. Dans la ruelle sur l'île de Bald-Head, et tout à l'heure dans le chalet, juste après m'être rendu compte que je possédais une dague du Covenant au fond de ma poche.

— Lexie, tu avais promis de ne pas t'enfuir.

Elle semblait étonnamment calme.

J'avais promis ? Je glissai la main dans ma poche latérale.

— J'ai menti.

— Je me suis occupée de Daniel. Tu n'as plus rien à craindre de lui.

Elle se rapprochait lentement.

— Tout va bien se passer, maintenant, Lexie. Tu ferais mieux de t'asseoir. Tu saignes de partout.

Je baissai les yeux sur mon corps. L'effort de la course avait accéléré mon débit sanguin. Je sentais le sang couler sur mes bras et dans mon cou. J'étais même surprise d'en avoir encore. En périphérie de mon champ de vision, une forme bleu foncé surgit au travers des flammes.

— Vas-y, Rachelle. Elle est faible.

La voix d'Éric exprimait sa rage et son impatience.

— Finis-en avec elle et tirons-nous d'ici !

Il disait tellement vrai. Prise de vertiges, je tenais à peine debout et un lapin nain aurait eu le dessus sur moi en cet instant.

— Ne t'approche pas plus près.

Ma mère éclata de rire.

— Lexie, ce sera bientôt fini. Je sais que tu es terrorisée, mais tu n'as rien à craindre. Je m'occuperai de tout. Tu ne me fais pas confiance ? Je suis ta mère.

Je battis en retraite, stoppée par la chaleur des flammes.

— Tu n'es pas ma mère.

Elle avança. Dans le lointain, il me sembla entendre crier mon nom. C'était sa voix – *la voix d'Aiden*. Sans doute une hallucination, car ni ma mère ni Éric ne réagirent. Pourtant, triste manifestation de mon inconscient ou pas, cela m'insuffla la force nécessaire pour demeurer debout. Mes doigts caressèrent la mince lame. Comment avaient-ils pu ne pas la trouver ?

— Tu n'es pas ma mère, répétai-je d'une voix qui me parut rauque.

— Ma chérie, tu ne sais plus ce que tu dis. Je suis ta mère.

Mon pouce effleura le bouton du cran d'arrêt.

— Tu es morte à Miami.

Ses yeux étincelèrent dangereusement.

— Alexandria... il n'y a pas d'autre solution.

Attends, chuchota une voix dans ma tête, *attends qu'elle ait abaissé ses défenses*. Si elle voyait que j'étais armée, tout serait terminé. Je devais lui laisser croire qu'elle avait gagné. Attendre qu'elle soit vulnérable. Ce qui était bizarre, c'est que j'étais presque sûre à cent pour cent que cette voix dans ma tête ne m'appartenait pas.

Ce n'était pas le moment de penser à ça.

— Il y a une autre solution. Tu peux seulement me tuer.

— Non. Je te veux avec moi.

Sa voix avait la même dureté qu'un peu plus tôt dans le chalet, quand elle avait puni Daniel parce qu'il m'avait frappée. Quelle folie.

— Et puisque tu n'as pas respecté ta promesse, je vais être obligée d'éliminer ton petit ami. S'il n'a pas déjà brûlé vif.

C'était maintenant que tout se jouait. Mourir ou la tuer. Devenir un monstre ou ravir sa vie. Je pris une inspiration laborieuse.

— Tu es déjà morte, murmurai-je. Quant à moi, j'aime mieux mourir que devenir comme toi.

— Tu me remercieras plus tard.

Bondissant dans ma direction avec une vitesse inhumaine, elle me prit par les cheveux et me tira la tête en arrière.

La poignée de la dague dans ma main me semblait étrangère – presque déplacée. Respirant un grand coup, je poussai le petit bouton. Il n'y avait pas beaucoup d'espace entre nous, mais je parvins à y glisser mon bras. La frappe ne serait pas précise sous cet angle, mais le coup serait mortel.

« Tu tueras ceux que tu aimes. »

Cette fois-ci, le destin ne s'était pas trompé.

Ma mère se rejeta en arrière, la bouche grande ouverte sous le coup de la surprise. Elle baissa les yeux. Moi aussi. Ma main était enfouie dans sa poitrine, où la dague avait entièrement pénétré, comme toujours quand le titane entrait en contact avec la chair d'un démon.

Elle recula en titubant quand je retirai la lame. Les traits de son visage parurent se flouter. Des yeux verts, magnifiques, croisèrent les miens une fraction de seconde, puis s'éteignirent. Comme si on avait actionné un interrupteur, le feu qui nous entourait cessa d'exister.

Le hurlement qu'elle poussa résonna dans toute la forêt, et mes propres cris couvraient les siens. Elle s'effondra en même temps que mes jambes se dérobaient sous moi. Nous tombâmes ensemble : mes genoux heurtèrent le sol tandis qu'elle s'affaissait sur elle-même. Un court instant, très bref, je lus le soulagement sur son visage. En cet instant, c'était ma mère. Sa véritable personnalité. Puis son corps se désintégra, ne laissant qu'un tas de fine poussière bleue.

Je tombai en avant, la tête dans la terre humide, vaguement consciente de la pluie qui me martelait le dos et de la fuite d'Éric. Ces longs mois de chagrin et de deuil me submergèrent d'un seul coup, s'infiltrant dans chaque cellule de mon corps, dans chaque pore de ma peau. Je n'étais plus que souffrance, une douleur primale d'une autre nature. Les morsures des démons et les coups n'étaient rien en comparaison. Un sentiment d'angoisse s'abattit sur moi. J'avais envie de mourir – de cesser d'exister, comme elle. Je l'avais tuée. Ma mère. Démon ou pas, j'avais tué ma maman.

Le temps parut s'arrêter. Je ne sais pas combien de temps s'écoula – des minutes ou des heures – avant que j'entende enfin des voix. Des gens appelaient mon nom, et celui de Caleb, mais je ne pouvais pas leur répondre. Tout me paraissait lointain et irréel.

Des mains puissantes me saisirent et me soulevèrent. Ma tête bascula en arrière, offrant mes joues à la fraîcheur de la pluie battante.

— Alex, regarde-moi. S'il te plaît.

Reconnaissant sa voix, j'ouvris les yeux. Aiden était penché sur moi, le visage blême et les traits tirés. Il semblait sous le choc tandis que ses yeux contemplaient les morsures qui me recouvraient.

— Salut, murmurai-je.

— Ça va aller.

Il y avait une sorte de panique dans sa voix, de désespoir. Ses doigts mouillés me caressèrent les joues et me prirent le menton.

— Garde les yeux ouverts et parle-moi. Tout ira bien.

Vu mon état, j'en doutais fort. Parmi le brouhaha des voix, j'en reconnus certaines. J'identifiai celle de Seth.

— Où est… Caleb ?

— Il va bien. Nous l'avons récupéré… Alex, reste avec moi. Parle-moi.

— Tu avais… raison.

Je déglutis ; il fallait que je le dise à quelqu'un, il fallait que je le lui dise, à lui.

— Elle était soulagée. Je l'ai vu…

— Alex ?

Aiden se releva, me serrant contre son torse. Je sentis contre ma joue les battements affolés de son cœur, puis plus rien.

Chapitre 20

Je repris connaissance sous le faible éclairage d'un plafonnier fluorescent. Je ne savais ni ce qui m'avait réveillée ni où je me trouvais.

— Alex.

Tournant la tête, je croisai son regard gris pâle. Aiden était assis au bord du lit et des vagues de cheveux bruns lui tombaient sur le front. Quelque chose en lui me parut différent. De profonds cernes creusaient ses yeux.

— Salut, répondis-je d'une voix éraillée.

Aiden sourit alors, de ce sourire merveilleux et si rare, ce sourire authentique, tellement beau. Il se pencha sur moi et repoussa du bout des doigts quelques mèches de mon visage.

— Comment te sens-tu ?

— Ça va. J'ai... soif.

Je tentai une nouvelle fois de m'éclaircir la voix.

Il s'étira au-dessus de moi, creusant le lit, pour prendre un verre sur la table de chevet. Il m'aida à m'asseoir et attendit pendant que je buvais l'eau fraîche qu'il contenait.

— Encore ?

Je secouai la tête. En position assise, j'avais une meilleure vue de cette pièce qui m'était étrangère. J'étais reliée à une demi-douzaine de tuyaux, mais nous n'étions pas au Covenant.

— Où sommes-nous ?

— Au Covenant de Nashville. Le trajet jusqu'en Caroline du Nord aurait été trop risqué.

Il s'interrompit, semblant choisir soigneusement ses mots.

— Alex, pourquoi as-tu fait ça ?

Je m'adossai contre les coussins et fermai les yeux.

— Je vais avoir de gros ennuis ?

— Tu as volé un uniforme de Sentinelle. Tu as aussi volé des armes et tu as quitté le périmètre sans autorisation. Insuffisamment formée et sans préparation, tu es partie chercher ta mère. Ce que tu as fait était tellement imprudent, tellement dangereux. Tu aurais pu y laisser la vie, Alex. Alors oui, tu vas avoir des ennuis.

— Je m'en doutais un peu, soupirai-je en rouvrant les yeux. Marcus va me renvoyer, c'est ça ?

Un élan de compassion traversa ses traits.

— Je ne sais pas, Alex. Marcus est très contrarié. Il voulait venir ici, mais le Conseil s'est réuni. Tout le monde est à cran à cause de ce qui est arrivé à Kain et de ce que cela implique.

— Tout a changé, murmurai-je pour moi-même.

— Hmm ?

Je respirai un grand coup avant de me lancer.

— Caleb ne doit pas être puni. Il a essayé de m'arrêter, mais… où est-il ?

— Il est ici, dans une autre chambre. Il a repris connaissance hier et ne cesse de demander de tes nouvelles. Il a quelques côtes fracturées, mais rien de grave. Il sera rapatrié plus tard dans la journée, mais toi, tu vas devoir rester un peu plus longtemps.

Le soulagement m'envahit et je me laissai retomber contre les gros oreillers.

— Je suis restée inconsciente combien de temps ?

Il arrangea les couvertures autour de moi.
— Deux jours.
— Waouh.
— Tu étais vraiment dans un sale état, Alex. J'ai cru...
Je scrutai son visage, cherchant son regard, auquel je m'arrimai.
— Tu as cru quoi ?
Aiden relâcha lentement son souffle.
— J'ai cru que je t'avais... *nous* avons cru que nous t'avions perdue. Je n'ai jamais vu autant de morsures sur une personne... encore vivante.
Il ferma brièvement les yeux et lorsqu'il les rouvrit ils brillaient d'une teinte étonnante – magnifiquement argentée.
— Tu m'as fait peur. Très peur.
Une étrange douleur sourde m'étreignit la poitrine.
— Ce n'était pas mon intention. Je pensais...
— Qu'est-ce que tu pensais, Alex ? As-tu même fait marcher ton cerveau ?
Aiden baissa la tête et un muscle frémit le long de sa mâchoire.
— Cela n'a plus d'importance, maintenant. Caleb nous a tout raconté.
Il parlait certainement du délire de ma mère, des démons et de ces heures atroces dans le chalet.
— Il ne faut pas punir Caleb. Il a vraiment tenté de m'arrêter, mais nous étions acculés dans une ruelle... et je l'ai vue. J'aurais dû... la tuer à ce moment-là, mais je n'ai pas pu. Je me suis dégonflée et Caleb aurait pu mourir à cause de moi.
Aiden me regarda de nouveau.
— Je sais.
Je déglutis.
— Il fallait que je le fasse. Elle aurait continué à tuer, Aiden. Je ne pouvais pas rester les bras croisés

en attendant que les Sentinelles la trouvent. Oui, c'était stupide. Regarde le résultat.

Je levai mes bras couverts de pansements.

— Je sais que c'était stupide, mais elle était ma mère. C'était à moi de le faire.

Aiden me contempla longuement sans rien dire.

— Pourquoi n'es-tu pas venue me trouver au lieu de t'enfuir sans rien dire à personne ?

— Parce que tu étais occupé par ce qui était arrivé à Kain et que tu ne m'aurais pas laissée faire.

Ses yeux étincelèrent de colère.

— Ça, tu peux me croire… J'aurais tout fait pour t'éviter *ça*.

Je sursautai.

— C'est bien pour ça que je ne pouvais pas m'adresser à toi.

— Tu n'aurais jamais dû te trouver confrontée à cette situation. Aucun de nous ne voulait cela pour toi. Ce que tu dois éprouver…

— Ça va.

Je ravalai la boule qui me serrait la gorge en prononçant ces mots.

Aiden se passa la main dans les cheveux. Un geste qu'il semblait avoir répété souvent ces deux derniers jours.

— Tu es si follement courageuse.

Ces mots réveillèrent le souvenir de cette soirée dans son… lit.

— Tu me l'as déjà dit.

— Oui. Et j'étais sincère. Si j'avais su alors à quel point tu l'étais, je t'aurais enfermée dans ta chambre à double tour.

— Je m'en doutais un peu aussi.

Cette fois, il ne répondit pas et nous restâmes muets un long moment, puis il fit mine de se lever.

— Tu as besoin de repos. Je reviendrai te voir tout à l'heure.

— Ne t'en va pas. Pas encore.

Aiden me contempla comme s'il lisait en moi à livre ouvert.

— Je sais de quoi tu veux parler, mais ce n'est pas le moment. Tu dois d'abord reprendre des forces. Nous parlerons ensuite.

Ma main se crispa sur la couverture.

— Je veux en parler maintenant.

— Alex.

Sa voix n'était plus qu'un murmure.

— Aiden ?

Ses lèvres esquissèrent un semblant de sourire, mais ses yeux plongèrent dans les miens et ne me lâchèrent plus.

— Ce soir-là... ce qu'il s'est passé entre nous était... Eh bien, cela n'aurait jamais dû se produire.

Bam. J'avais du mal à rester impassible et à ne pas lui montrer combien ces paroles me blessaient.

— Est-ce que... tu regrettes ce qui est arrivé ?

S'il me répondait par l'affirmative, je crois que j'en mourrais.

— Même si c'était une faute, je ne le regrette pas. Je ne peux pas le regretter.

Il détourna les yeux et prit une profonde inspiration.

— J'ai perdu le contrôle, j'ai perdu de vue ce qui est important pour toi – pour moi.

— Je ne m'en plaignais pas.

Il me lança un regard fatigué.

— Alex, tu ne me facilites pas les choses.

Je me redressai dans le lit, sans m'occuper des tuyaux qui tiraient sur mes bras.

— Et pourquoi le devrais-je ? Tu... me plais. J'aime ta compagnie. J'ai toute confiance en toi. Je ne suis pas une oie blanche. J'avais envie de toi. J'ai toujours envie de toi.

Ses mains se refermèrent sur la couverture qui me couvrait les jambes.

— Je n'ai pas dit que tu étais une oie blanche, Alex. Mais... par les enfers, j'ai failli détruire notre avenir à tous les deux en quelques minutes. Que penses-tu qu'il serait arrivé si on nous avait surpris ?

Je haussai les épaules comme si ça ne comptait pas, mais j'étais parfaitement consciente des risques courus. Cela aurait été très moche.

— Mais personne ne nous a vus.

Une idée me vint soudain à l'esprit. Sa décision n'était peut-être pas due aux règles que nous avions enfreintes.

— C'est parce que je suis l'autre moitié de Seth ? C'est ça ?

— Non. Cela n'a rien à voir.

— Pourquoi, alors ?

Aiden me transperçait de son regard pénétrant comme pour me faire comprendre tout ce qu'il ne pouvait pas dire.

— Ce n'est pas parce que tu es l'Apollyon, Alex. Cela n'a rien à voir. À mes yeux, tu n'es pas différente de moi, mais... le Conseil verrait les choses autrement.

— Certains purs n'ont pas tes hésitations – beaucoup ne se gênent pas et ne se font jamais prendre.

— Je suis conscient que certains sang-pur violent les règles, mais ils le font parce qu'ils se moquent de ce qui peut arriver à leur partenaire, et *moi*, je refuse de mettre ton avenir en péril.

Ses yeux fouillèrent les miens avec intensité.

— Je me soucie de toi bien plus que je ne le devrais et, pour cette raison, il est hors de question que je te mette en danger.

Je cherchai désespérément un moyen pour que nous puissions être ensemble. Nous devions le trouver. Mais l'expression d'Aiden me coupa la respiration et mes protestations moururent sur mes lèvres.

Il ferma les yeux et respira à fond une fois encore.

— Pour toi et moi, il est vital d'être des Sentinelles, d'accord ? Tu connais mes raisons. Je connais les tiennes. J'ai perdu la tête, oubliant ce qui était en jeu. J'aurais pu anéantir tes chances de devenir un jour Sentinelle ; pire encore, j'aurais pu te priver d'un avenir. Peu importe ce que tu es ou ce que tu deviendras le jour de tes dix-huit ans. Le Conseil aurait fait en sorte de te retirer du Covenant et je... ne me le serais jamais pardonné.

— Mais la Hiérarchie du sang...

— La Hiérarchie du sang est toujours en vigueur et à présent que nous savons que les sang-mêlé peuvent être transformés, je doute qu'elle soit jamais abrogée. Toutes les avancées que les sang-mêlé avaient pu gagner ont été réduites à néant le jour où les démons ont découvert que votre espèce pouvait aussi être changée.

Un constat pour le moins déprimant, mais pas aussi accablant que ce qu'il était en train de me dire. Chaque seconde de ces instants que nous avions partagés avait été magique, parfaite, si juste. Je n'avais pas pu me tromper. Sa façon de me regarder, de me toucher, était éloquente. Et même en cet instant, c'était du désespoir, du désir et une émotion plus puissante encore que je lisais dans ses yeux.

Je tentai de plaisanter.

— Mais je suis l'Apollyon. Qu'est-ce qu'ils pourront dire ? À dix-huit ans, je serai capable de rayer de la surface de la terre tous ceux qui nous mettront des bâtons dans les roues.

Ses lèvres frémirent.

— Ça ne compte pas. Ces lois existent depuis l'époque où les dieux vivaient parmi les mortels. Lucien ou Marcus eux-mêmes seraient incapables d'endiguer les conséquences d'une telle entorse. On te donnerait l'Élixir et tu serais placée en servitude, Alex. Je ne pourrais pas le supporter. Te voir perdre tout ce qui fait ce que tu es ? Je ne pourrais pas me pardonner de te voir ressembler à tous les autres serviteurs. Tu es beaucoup trop bouillonnante de vie, Alex. Tu ne peux pas perdre cette vie pour moi.

Je me rapprochai de lui, mes jambes effleurant ses mains, mon visage à quelques centimètres du sien. J'étais très amochée, mais je savais qu'Aiden ne s'arrêtait pas aux apparences.

— Tu n'as pas envie de moi ?

Avec un grognement rauque, il posa son front sur le mien.

— Tu connais la réponse à cette question. J'ai toujours... envie de toi, mais nous ne pourrons jamais être ensemble, Alex. Les sang-pur et les sang-mêlé ne sont pas autorisés à partager ce genre de relations. Nous ne devons pas l'oublier.

— J'ai toujours détesté les lois, soupirai-je, sentant ma gorge se serrer de nouveau.

Depuis l'instant où j'avais ouvert les yeux, j'avais envie de sentir ses bras autour de moi, mais à cause de notre sang, nous n'avions même pas droit à ce réconfort.

Il étouffa son rire pour ne pas me provoquer davantage et poussa un soupir.

— Mais nous devons nous y plier, Alex. Il est hors de question que tu perdes tout à cause de moi.

Les lois pouvaient aller se faire voir. Seuls quelques centimètres nous séparaient et il m'aurait suffi de m'approcher encore un peu pour que nos lèvres se touchent. Que penserait-il alors de notre avenir ?

Si je l'embrassais, se soucierait-il autant des lois ? De l'opinion des autres ?

Presque comme s'il pouvait deviner mes pensées, il murmura :

— Tu es si téméraire.

La dernière fois que j'avais eu toute ma conscience, j'avais cru ne plus jamais sourire, mais un vrai sourire étira pourtant mes lèvres.

— Je sais.

Aiden pressa les siennes sur mon front, s'y attardant quelques instants, mais avant que je puisse réagir, ce qui était bien dommage car je me sentais *vraiment* prête à tout, il recula.

— Je... je serai toujours là pour toi, Alex, mais nous ne ferons pas ça. Cela nous est interdit. Tu comprends ?

Je le dévisageai. Il avait raison, mais il avait également tort. Il désirait autant que moi que nous soyons ensemble, mais redoutait trop le sort qui me serait réservé. Je ne l'en aimais que davantage, mais mon cœur... était en train de se fissurer. La seule chose qui l'empêcha de se briser fut l'expression de son désir et de son affection pour moi que je lus fugacement sur son visage tandis qu'il reculait jusqu'à la porte. Je ne répondis pas à sa question.

— Repose-toi. Je reviendrai plus tard.

Je me glissai entre les draps, mais autre chose me vint à l'esprit.

— Aiden ?

Il s'immobilisa et me regarda.

— Oui ?

— Comment nous avez-vous trouvés ?

Son visage se durcit.

— Grâce à Seth.

Surprise, je me rassis dans le lit.

— Quoi ? Comment a-t-il fait ?

Aiden secoua légèrement la tête.

— Je ne sais pas. Il est venu chez moi aux aurores le matin de ton départ pour me dire que quelque chose n'allait pas et que tu étais en danger. Je suis allé voir dans ta chambre mais tu étais déjà partie. Et quand nous nous sommes mis en route, il a su où tu étais. Il l'a senti, d'une façon ou d'une autre. Je ne sais pas comment, mais c'est ce qui s'est passé. C'est grâce à Seth que nous t'avons retrouvée.

***

Deux jours plus tard, regonflée à bloc grâce aux transfusions et aux perfusions, je fis mon retour au Covenant. On me conduisit directement à l'infirmerie, où je subis d'autres examens. Aiden était assis à côté de moi tandis que le docteur retirait les pansements couvrant chaque millimètre de ma peau.

Il va sans dire que ce n'était pas beau à voir. Mes bras étaient marqués de nombreuses morsures en forme de croissant. Elles étaient encore rouges et enflammées et je farfouillai dans les placards pendant que le médecin était allé préparer un mélange d'herbes censé aider la cicatrisation.

— Qu'est-ce que tu cherches ? me demanda Aiden.

— Un miroir.

Il savait bien sûr pourquoi. Quelquefois, j'avais la troublante impression que nous partagions le même cerveau.

— Ce n'est pas si terrible, Alex.

Je lui lançai un regard par-dessus mon épaule.

— Je veux voir ça de mes propres yeux.

Aiden tenta une nouvelle fois de me faire rasseoir, mais je refusai de l'écouter jusqu'à ce qu'il déniche un petit miroir en plastique. Sans un mot, il me le tendit.

— Merci.

Je plaçai le miroir devant mon visage... et faillis le lâcher.

L'ecchymose violette qui ornait mon œil droit et s'étendait jusqu'à la racine de mes cheveux était sans importance. Elle aurait disparu dans quelques jours. Un œil au beurre noir, ce n'était rien. En revanche, les morsures de chaque côté de mon cou étaient épouvantables. Certaines semblaient profondes, comme si des lambeaux de peau avaient été arrachés puis ressoudés en vrac, laissant des marques irrégulières rouge foncé. Les cicatrices pâliraient, mais elles resteraient profondes et visibles.

Mes doigts se crispèrent sur l'objet.

— C'est... Je suis affreuse.

Il fut immédiatement près de moi.

— Non. Les cicatrices vont s'estomper. Bientôt, personne ne les remarquera.

Je secouai la tête. Je ne pourrais jamais les cacher – pas toutes.

— De plus, ajouta-t-il de la même voix rassurante, c'est quelque chose dont tu dois être fière. Elles sont la preuve de ce que tu as surmonté. Elles te rendront seulement plus forte et plus belle.

— Tu m'as déjà dit ça – la première fois.

— C'est la même chose, Alex. Je te le promets.

Avec lenteur, je reposai le miroir sur le petit comptoir et... je fondis en larmes.

Ce n'était pas à cause des cicatrices ou de ce qu'Aiden avait dit. C'était parce que ces marques me rappelleraient toujours que... j'avais perdu ma mère à Miami. Toutes les choses terribles qu'elle avait faites et laissées se produire. Et ce que j'avais fait moi-même – je l'avais tuée. Je pleurais maintenant à gros sanglots. Du genre qui m'empêchait de penser et de respirer. Je m'efforçai de me ressaisir, sans y parvenir.

Assise au beau milieu du cabinet du docteur, je répandis toutes les larmes de mon corps. J'avais besoin de ma mère, mais elle ne viendrait plus jamais me consoler. Elle était morte, pour de bon cette fois. La brèche qui venait de s'ouvrir était devenue béante et tout le chagrin que j'avais emmagasiné s'en déversait sans fin.

Aiden s'accroupit à côté de moi et me prit dans ses bras. Il ne prononça pas un mot. Il me laissa pleurer. Après tous ces longs mois où je m'étais efforcée d'aller de l'avant sans me retourner, toute la tristesse et la souffrance s'étaient accumulées pour former un nœud gigantesque que je libérais enfin.

Lorsque mes larmes se tarirent, je ne savais pas vraiment combien de temps s'était écoulé. J'avais mal à la tête, ma gorge était à vif, mes yeux bouffis. Étrangement, pourtant, je me sentais mieux, comme si je respirais enfin à nouveau pour de bon. Je m'étais lentement étouffée pendant tous ces mois sans m'en apercevoir.

Je reniflai en grimaçant comme la douleur dans mon crâne se réveillait.

— Tu te souviens quand tu m'as dit que tes parents n'auraient pas voulu de cette vie ?

Aiden caressa mes épaules tendues.

— Oui, je me souviens.

— Elle non plus. Je l'ai vu dans ses yeux juste avant qu'elle… s'en aille. Elle était soulagée. Réellement.

— Tu lui as épargné une horrible existence. C'est ce que ta mère aurait voulu.

Quelques minutes s'écoulèrent avant que je sois capable de relever la tête.

— Tu crois qu'elle est mieux là où elle est ? lui demandai-je d'une toute petite voix.

— Évidemment.

C'est qu'il avait l'air d'y croire pour de bon.

— Là où elle est, elle ne souffre plus. C'est un monde meilleur - un endroit tellement beau qu'on ne peut même pas l'imaginer.

Je supposai qu'il parlait des Champs Élysées - un truc qui ressemblait au paradis.

Je m'essuyai les yeux en soupirant.

— Si quelqu'un a mérité d'y aller, c'est elle. Je sais que ça n'est pas gagné, parce qu'elle était un démon, mais elle n'aurait jamais choisi cette voie d'elle-même.

— Je le sais, Alex. Les dieux le savent aussi.

Lentement, je me ressaisis et me relevai.

— Pardon... de décharger tout ça sur toi.

Je lui lançai un regard furtif et il fronça les sourcils.

— Tu n'as pas à t'excuser de cela, Alex. Je te l'ai déjà dit, si tu as besoin de quoi que ce soit, tu peux toujours compter sur moi.

— Merci pour... tout.

Il hocha la tête et s'effaça quand je passai à côté de lui.

— Alex ?

Il prit un pot d'onguent sur le comptoir. Le docteur avait dû revenir sans que je m'en aperçoive.

— N'oublie pas ça.

Je le remerciai et pris le pot. Les yeux encore humides, je le suivis dehors sous un soleil radieux. La luminosité me fit ciller et accentua mon mal de crâne, mais la chaude caresse sur ma peau était une bénédiction. J'étais vivante.

Nous demeurâmes quelques instants debout dans l'allée pavée de marbre, les yeux perdus au-delà des jardins dans l'océan lointain. À quoi pensait-il ?

— Tu vas regagner ton dortoir ? me demanda Aiden.

— Oui.

Nous n'avions pas reparlé de la conversation que nous avions eue à Nashville ni de cette soirée chez lui, mais ces images étaient présentes à mon esprit tout le long du chemin. Si proches l'un de l'autre alors que nous marchions côte à côte, c'était difficile de ne pas y penser, mais je songeai soudain à Caleb et toute idée de romance – et d'amours impossibles – s'enfuit. Il fallait absolument que je voie mon ami.

— À… plus tard ?

Aiden hocha la tête, le regard fixé de l'autre côté de la cour. Quelques sang-mêlé flemmardaient sur les bancs entre les dortoirs. Il y avait une pure avec eux, qui faisait tomber la pluie sur une zone circonscrite. Plutôt cool.

Je poussai un soupir, cherchant à gagner du temps.

— Bon…

— Alex ?

— Oui ?

Il se tourna vers moi, un sourire très doux étirant ses lèvres.

— Ça va aller.

— Oui… ça va. Ce ne sont pas deux ou trois démons en manque d'éther qui auront ma peau.

Il éclata de rire et j'en eus le souffle coupé. J'adorais entendre son rire. Je relevai les yeux, souriant moi aussi. Comme chaque fois, nos regards se croisèrent et un élan profond flamboya entre nous. Même ici, au vu de tous, nous ne pouvions cacher nos sentiments.

Aiden recula. Il n'y avait plus rien à dire. Je lui adressai un petit signe de la main et le regardai partir, puis je traversai la cour pour me rendre chez Caleb. Je me moquais de me faire surprendre dans les dortoirs des garçons. Nous n'avions pas eu l'occasion de parler depuis que notre monde s'était effondré. Il répondit au premier coup que je frappai à sa porte, vêtu d'un pantalon de survêtement et d'un tee-shirt informe.

— Salut.

Il me sourit et ouvrit sa porte en grand. Son sourire se mua aussitôt en grimace et il porta la main à ses côtes.

— Merde. J'oublie tout le temps les mouvements que je ne dois pas faire.

— Ça va ?

— Oui, mes côtes sont encore un peu douloureuses, c'est tout. Et toi ?

Je le suivis jusqu'à sa chambre, où je m'installai en tailleur sur le lit.

— Bien. Je sors de l'infirmerie.

Il se hissa à côté de moi et m'examina, le visage grave.

— Pourquoi tes morsures ne sont-elles pas encore cicatrisées comme les miennes ?

Je contemplai ses bras. Quatre jours après, il ne lui restait que des côtes meurtries et quelques marques pâles.

— Je ne sais pas. Le docteur a dit qu'elles s'estomperaient dans quelques jours. Il m'a donné un onguent à appliquer, répondis-je en tapotant ma poche. C'est moche, hein ?

— Non. Ça te donne un look de... guerrière. Je devrais avoir peur que tu me mettes une raclée.

J'éclatai de rire.

— Tu devrais, oui. Je suis tout à fait capable de te mettre une raclée.

Ses yeux s'arrondirent.

— Alex, j'étais à moitié dans les vapes dans la forêt, mais je t'ai entendue quand tu...

— Quand je l'ai tuée ?

Je me penchai au-dessus de lui pour attraper un oreiller.

— Oui, je l'ai tuée.

Mon franc-parler le fit tressaillir.

— Je suis... vraiment désolé. Je ne sais pas quoi dire.

— Bah, ne dis rien.

Je m'allongeai à côté de lui, les bras derrière la tête, regardant les petites étoiles vertes qui constellaient son plafond. Dans l'obscurité, elles devenaient phosphorescentes.

— Caleb, pardon de t'avoir entraîné dans ce merdier.

— Non. Tu ne m'as pas entraîné.

— Tu n'aurais pas dû être là. Ce que t'a fait Daniel...

Derrière moi, ses mains se crispèrent, mais il ne vit pas que je m'en étais aperçue.

— Tu ne m'as pas...

— Ce n'était pas ta place.

Il me fit taire en agitant la main.

— Arrête. C'était ma décision. J'aurais pu avertir un Gardien ou une Sentinelle. J'ai choisi de te suivre.

Il était très sérieux. Et il semblait manquer de sommeil. Je détournai la tête.

— Je suis désolée... que tu aies dû endurer tout ça.

— Je te dis que ça va ! Écoute, à quoi serviraient les amis s'ils n'étaient pas capables de passer avec toi quelques heures pourries avec des démons psychotiques ? On peut même dire que ça m'a permis de créer des liens.

Je reniflai d'un air étonné.

— Des liens ?

Il acquiesça, puis me parla de tous les sang-mêlé qui étaient venus le voir depuis son retour au Covenant. Quand il prononça le nom d'Olivia, je reconnus son air énamouré. Est-ce que je souriais aussi niaisement quand je pensais à Aiden ? Par les dieux, j'espérais que non.

— Un putois s'est frotté contre ma jambe tout à l'heure, poursuivit Caleb.

— Quoi ?

Il éclata de rire, grimaçant de douleur dans la foulée.

— Tu n'as rien écouté de ce que je disais.

— Pardon.

Je clignai les paupières.

— J'étais ailleurs.

— J'ai vu ça.

Sans prévenir, je fus victime d'une crise aiguë de diarrhée verbale.

— J'ai failli me retrouver au lit avec Aiden.

La mâchoire de Caleb se décrocha et il dut s'y reprendre à deux fois avant de pouvoir sortir une phrase cohérente.

— Tu veux dire qu'il t'a épuisée à l'entraînement ?

Je fronçai les sourcils, imaginant la scène.

— Non.

— Qu'il t'a consignée dans ta chambre ?

Je secouai la tête.

Il me regardait fixement et son visage perdit progressivement ses couleurs.

— Alex, qu'est-ce qu'il te prend ? Tu es tombée sur la tête, ou quoi ? Tu veux finir en servitude ? Par les dieux, tu es complètement malade.

— J'ai dit qu'on avait *failli* se retrouver au lit, Caleb. Du calme.

— Failli ?

Il leva les bras au ciel, ce qui lui tira une autre grimace.

— Pour le Conseil, pour les *Maîtres*, c'est du pareil au même. Et moi qui croyais qu'Aiden était cool. Saloperies de sang-pur qui se fichent royalement de ce qui nous arrive. Compromettre tout ton avenir rien que pour se glisser entre tes...

— Hé. Aiden n'est pas comme ça.

Caleb me lança un regard désabusé.

— Ah non ?

— Non.

Je me frottai les yeux.

— Aiden ne mettra pas mon avenir en danger. Tu peux me croire. Il n'est pas comme les autres. J'ai toute confiance en lui et je mettrais ma vie entre ses mains, Caleb.

Il réfléchit à ce que je venais de dire.

— Comment c'est arrivé ?

— Je ne vais pas te donner les détails, espèce de pervers. C'est seulement... arrivé, mais ça n'arrivera plus. Il fallait juste que je le dise à quelqu'un, mais tu dois me promettre de ne le répéter à personne.

— Évidemment. Tu n'as même pas besoin de me le demander.

— Je sais, mais ça va mieux en le disant, d'accord ?

— Alex... tu tiens vraiment à lui, c'est ça ?

Je fermai très fort les yeux.

— Oui, je tiens à lui.

— Tu te rends compte que c'est un problème ?

— Oui, mais... il n'est pas du tout comme les autres purs. Il ne pense pas comme eux. Il est attentionné et vraiment drôle quand on apprend à le connaître. Il ne laisse passer aucune de mes bêtises, et je l'aime aussi pour ça. Je ne sais pas. Aiden me comprend.

— Et tu te rends compte que ça n'a aucun sens ? Que ça ne peut te mener nulle part ?

Cette réalité était plus douloureuse à encaisser qu'elle ne l'aurait dû.

— Je sais. Est-ce qu'on peut... parler d'autre chose ?

Caleb se tut, plongé dans les dieux savaient quelles pensées.

— Est-ce que tu as vu Seth ?

Je me relevai sur un coude.

— Non. Il n'est pas venu me voir quand j'étais à Nashville et je suis arrivée tout à l'heure. Pourquoi ?

Il haussa les épaules, curieusement de guingois à cause de ses côtes blessées.

— Je pensais que tu l'aurais vu, étant donné que...

— Étant donné que quoi ?

— Je sais que je n'avais pas toute ma tête dans ce chalet, Alex, mais ta mère a bien dit que tu étais un autre Apollyon.

Il m'observa attentivement.

Mon estomac se noua et je me laissai retomber sur le lit sans un mot. Caleb ne m'avait pas quittée des yeux. Il attendait. Je respirai alors un grand coup et lui déballai tout d'une traite, reprenant ma respiration juste avant de lui annoncer que Seth deviendrait le Tueur de Dieux. Lorsque j'eus terminé, Caleb me regardait comme si j'avais trois têtes.

— Quoi ?

Il se reprit en clignant les yeux.

— Mais c'est... tu ne devrais juste pas *exister*, Alex. Je me rappelle nos cours d'histoire et de civilisation de l'année dernière. On a parlé des Apollyons et de ce qui est arrivé à Solaris. C'est... Waouh !

— « Waouh » n'est pas le mot qui me viendrait à l'esprit.

Je me redressai et m'assis en tailleur.

— En fait, c'est plutôt cool, non ? Le jour de mes dix-huit ans, au lieu d'avoir le droit d'acheter des cigarettes, je serai anéantie ou Seth absorbera tous mes pouvoirs.

— Mais...

— De toute façon, je n'avais pas l'intention de me mettre à fumer. Je serais capable de m'y habituer. Et peut-être que je recevrai assez d'énergie pour utiliser l'*akasha*. J'ai vu Seth s'en servir et c'était vraiment top. J'aimerais lancer ce truc sur un ou deux démons.

Caleb se rembrunit.

— Tu ne prends pas tout ça au sérieux.

— Bien sûr que si. C'est ce que j'appelle gérer l'inconcevable.

Ma stratégie ne l'impressionnait pas.

— Tu disais que Solaris avait été exécutée parce que le Premier Apollyon s'était attaqué au Conseil, n'est-ce pas ? Pas à cause de ce qu'elle était.

Je haussai les épaules avec désinvolture.

— Donc, tant que Seth ne perd pas les pédales, ça devrait aller pour moi.

— Pourquoi Solaris ne s'est-elle pas opposée à lui ?

— Parce qu'elle est tombée amoureuse de lui ou un truc aussi naze.

— Ne tombe pas amoureuse de Seth, alors.

— Ça ne risque vraiment pas d'arriver.

Il n'avait pas l'air convaincu.

— Je croyais que vous étiez destinés l'un à l'autre ?

— Pas comme ça !

Je m'efforçai de poser ma voix pour continuer.

— Nos énergies se répondent. Rien de plus. Je suis destinée… je ne sais pas, à le compléter. Quelle connerie.

Il me lança un regard inquiet.

— Alex, qu'est-ce que tu vas faire ?

— Qu'est-ce que tu veux que je fasse ? Je ne vais pas m'arrêter de vivre… ou tout abandonner à cause de ce qui arrivera *peut-être*. Il peut se produire un truc affreux ou un truc génial ou… rien du tout. Je n'en sais rien, mais ce que je sais, c'est que je vais tout faire pour devenir une…

Je m'interrompis, surprise de mes propres paroles. Waouh. Un de ces instants de maturité qui ne m'arrivaient pas si souvent.

Par les enfers, où était Aiden pour voir ça ?

— Devenir quoi ?

Un grand sourire fendit lentement mon visage.

— Une Sentinelle qui assure grave.

Caleb semblait toujours dubitatif, mais je fis dévier la conversation sur Olivia, ce qui réussit à le distraire. Je finis par me lever pour prendre congé. Sur le pas de la porte, j'eus une idée. Une idée surgie de nulle part, mais à l'instant où elle me traversa l'esprit, je sus que je devais la concrétiser.

— Tu peux me retrouver demain vers 20 heures ?

Son regard croisa le mien. Il avait sans doute deviné ce que j'allais lui demander, car il acquiesçait déjà.

— Je voudrais faire… quelque chose pour ma mère.

J'enroulai mes bras autour de ma taille.

— Un genre de cérémonie d'adieux, tu vois. Bon, tu n'es pas obligé de venir.

— Je serai là, bien sûr.

Les joues en feu, je hochai la tête.

— Merci.

Quand je regagnai ma chambre, je trouvai deux lettres glissées sous la porte – l'une de Lucien et l'autre de Marcus. Je fus tentée de les jeter toutes les deux à la poubelle, mais j'ouvris finalement celle de mon oncle. Bien m'en prit. Son message était clair et net :

Alexandria,
Je t'attends dans mon bureau.
Marcus

Merde.

Je jetai les deux enveloppes sur la table basse devant mon canapé et refermai la porte derrière moi. De quoi Marcus voulait-il me parler ? La liste des possibilités était sans fin. De mes derniers exploits, de mon avenir au Covenant ou de tout ce truc d'Apollyon. Par les dieux, il pouvait vraiment me renvoyer pour aller vivre avec Lucien.

Comment avais-je pu l'oublier ?

Quand j'arrivai enfin devant le bâtiment qui abritait son bureau, le soleil se couchait sur l'océan et ses derniers rayons paraient la mer d'un halo de couleurs miroitantes. Je tentai de me préparer à cet entretien, mais qu'est-ce que Marcus allait faire ? Me renvoyer ? Mon estomac se noua. Qu'est-ce qui m'attendrait alors ? La vie avec Lucien ? La servitude ? Je ne supporterais ni l'un ni l'autre.

Les Gardiens me saluèrent d'un bref hochement de tête avant d'ouvrir la porte du bureau de Marcus et de s'effacer pour me laisser passer. Le sourire que j'affichais ressemblait davantage à un rictus, mais mon cœur se dilata d'allégresse quand je reconnus la silhouette qui se tenait à côté de la masse de muscles de Léon.

Aiden m'adressa un petit sourire rassurant tandis que les Gardiens refermaient la porte, mais un froid glacial me saisit quand je me tournai vers mon oncle.

Il avait l'air furieux.

Chapitre 21

C'était, je crois, la première fois que je le voyais exprimer une émotion aussi intense. Je pouvais m'attendre à une engueulade d'anthologie.

— Avant toute chose, je suis heureux de te voir vivante et en un seul morceau, déclara-t-il.

Son regard descendit sur mon cou, puis mes bras.

— *Presque* en un seul morceau.

Je me hérissai, mais parvins à garder ma grande bouche close.

— Tes agissements ont fait la preuve de ton irrespect absolu pour ta propre vie et celle des autres…

— Je respecte la vie des autres !

Aiden me lança un regard d'avertissement. « Tais-toi. »

— Partir en chasse d'un démon – n'importe quel démon – sans une formation adéquate et sans préparation, c'est le summum de l'imprudence et de la stupidité. Plus que quiconque, tu aurais dû songer aux conséquences. Compte tenu de ce que tu es, de ce que tu vas devenir, je ne saurais assez souligner à quel point ce que tu as fait est irresponsable… continua Marcus, mais je ne l'écoutais déjà plus.

Depuis quand Léon savait-il ce que j'étais ? Lucien avait dit que Marcus et lui étaient les seuls à savoir ce que Piperi avait révélé à ma mère, mais une pensée s'imposa à mon esprit. Léon avait été le premier à prendre ma défense quand ils m'avaient ramenée au Covenant la première fois. Était-il déjà au courant ? Je regardai mon oncle, sans prêter vraiment attention à ses paroles. La possibilité n'était pas à exclure qu'ils n'aient pas été honnêtes avec moi depuis le début. Après tout, Lucien et Marcus m'avaient déjà menti plus d'une fois.

— Sans l'intervention de Seth, tu serais morte ou pire encore. Et ton ami, M. Nicolo, aurait connu le même sort.

Il avait de nouveau mon attention. Quel était le rôle de Seth, dans cette affaire ? J'aurais cru qu'il se serait débrouillé pour assister à cet entretien.

— Qu'as-tu à dire pour ta défense ?

— Euh...

Je lançai un regard furtif à Aiden avant de lui répondre.

— C'était vraiment stupide de ma part.

Marcus haussa un sourcil parfaitement entretenu.

— Et c'est tout ?

Je secouai la tête.

— Non. Je n'aurais pas dû faire ça, mais je ne regrette rien.

Je sentis les yeux d'Aiden se vriller sur moi. Ravalant la boule dans ma gorge, je posai les deux mains à plat sur le bureau de Marcus.

— Je regrette que Caleb ait été blessé et que le troisième démon ait pu s'enfuir, mais c'était ma mère – c'était à moi de le faire. Tu ne comprends peut-être pas, mais c'était mon devoir.

Il recula contre le dossier de son fauteuil tout en me considérant.

— Crois-le ou pas, je comprends. Cela ne justifie pas tes actions et ne les rend pas plus intelligentes, mais je comprends tes motivations.

Surprise, je me laissai retomber en arrière sans un mot.

— Alexandria, beaucoup de choses ont changé. La capacité des démons à transformer des sang-mêlé modifie du tout au tout la façon dont nous devons faire face à chaque situation.

Il marqua une pause, le menton posé sur les doigts d'une main, avant de poursuivre.

— Le Conseil a convoqué une assemblée générale extraordinaire à New York durant nos sessions de novembre afin de discuter des implications de cette nouvelle donnée. En tant que témoin direct ayant eu connaissance de leurs plans, tu seras entendue. Ton témoignage permettra au Conseil de décider de la réponse à donner à cette nouvelle menace.

— Mon témoignage ?

Marcus hocha la tête.

— Tu as été le témoin direct des projets de ces démons. Le Conseil a besoin d'entendre tout ce qu'ils t'ont dit.

— Mais ce n'était que ma mère...

Je m'interrompis, incertaine de ce que Léon savait ou pas.

Mon oncle parut comprendre.

— Il est très improbable que Rachelle ait découvert toute seule que les sang-mêlé pouvaient être transformés. Elle a dû voir un autre démon le faire. Elle te voulait... pour des raisons qui lui étaient personnelles.

Il n'avait pas tort. D'après ce qu'elle avait dit, il semblait y avoir en effet un plan d'ensemble - qui ne concernait pas seulement sa petite bande de joyeux tarés. Et il y avait aussi Éric. Quelque part dans la nature, dopé à l'éther d'un Apollyon. Les dieux seuls savaient ce qu'il allait faire.

— Il y a également un autre sujet dont nous devons parler. J'ai eu une réunion avec Aiden pour évaluer tes progrès.

Là encore, j'étais tout ouïe. Je m'efforçai de lui répondre avec courage et assurance.

— Je suis prête à entendre tes conclusions.

Pendant une fraction de seconde, Marcus eut l'air amusé.

— Aiden m'a informé que tes progrès étaient suffisants pour que tu reprennes ta formation au Covenant.

Il s'empara de mon foutu dossier et l'ouvrit. Je me tassai sur mon siège, me souvenant de la dernière fois qu'il l'avait consulté.

— Excellente maîtrise des techniques défensives et de combat offensif, mais je vois que tu n'as pas commencé le silat ni la défense contre les éléments, et tu es très retard dans ta scolarité. Tu n'as pas suivi un seul cours de reconnaissance ou de techniques de surveillance...

— Je ne veux pas être un Gardien, lui fis-je remarquer. Et je pourrai rattraper mon retard pour les matières scolaires. Je sais que j'en suis capable.

— Que tu souhaites devenir Gardien ou Sentinelle n'est pas la question à ce stade, Alexandria.

— Mais...

— Aiden a accepté de continuer à t'entraîner durant toute l'année scolaire.

Il referma mon dossier.

— Il pense que cela te permettra de combler ton retard, en complément du temps passé avec tes Instructeurs.

Je m'efforçai de ne pas regarder Aiden, mais je tombai presque de mon siège. Rien ne l'obligeait à continuer de m'entraîner après la rentrée. Il était une Sentinelle en service à plein temps. Il renonçait pour moi à son temps libre, et cela avait *forcément* un sens.

— Je vais être honnête avec toi, Alexandria. Je ne suis pas certain que ce sera suffisant, mais je me dois de prendre en considération tout ce que tu as accompli récemment. Alors que ta formation n'est pas achevée, tu as montré que tes capacités étaient... supérieures à celles de certaines de nos Sentinelles chevronnées.

— Mais... *Quoi* ?

Le sourire qui incurva les lèvres de Marcus ne manquait ni de sincérité ni de chaleur. En cet instant, il me rappelait tellement ma mère que le mur dressé entre nous commença à se fissurer. Mais ce qu'il dit ensuite le fit carrément voler en éclats.

— Si tu obtiens ton diplôme au printemps, j'ai bon espoir que tu feras une Sentinelle exceptionnelle.

Sonnée, je le dévisageai sans rien dire. Je m'étais attendue à ce qu'il me renvoie chez Lucien pour que le Conseil puisse m'avoir à sa botte bien avant le jour de mes dix-huit ans, mais c'était surtout ses compliments qui me laissaient sans voix.

Je retrouvai enfin l'usage de la parole.

— Ça veut dire que... je peux rester ?

— Oui. Et lorsque les cours reprendront, que tu devras travailler d'arrache-pied pour combler ton retard.

J'avais presque envie de lui sauter au cou, mais ce n'aurait pas été une réaction adéquate. Je m'efforçai donc de répondre très calmement.

— Merci.

Marcus hocha la tête.

— Nous avons décidé, Aiden et moi, que tu t'entraînerais aussi avec Seth. Nous pensons tous les deux que c'est la meilleure option. Seth sera mieux placé pour t'enseigner... certaines pratiques au fil du temps.

J'étais tellement heureuse d'être autorisée à rester au Covenant que je me fichais pas mal d'être obligée de passer du temps avec Seth. Après trois années sans aucune visibilité quant à mon avenir, j'avais du mal à contenir le soulagement et l'excitation qui déferlaient en moi. J'acquiesçai avec enthousiasme à l'emploi du temps que me présenta Marcus pour combler mon retard et alterner les entraînements avec Aiden et Seth.

À la fin de notre entretien, j'avais toujours envie de le serrer dans mes bras.

— Est-ce tout ?

Ses yeux vert émeraude se posèrent sur moi.

— Oui... pour l'instant.

Un immense sourire fendit mon visage.

— Merci, Marcus.

Il hocha la tête et je me levai, souriant toujours. En sortant, j'échangeai avec Aiden un regard soulagé avant de refermer la porte derrière moi. Je quittai le bâtiment et regagnai le dortoir en sautillant joyeusement. Mon sourire semblait indélébile. En dépit de toutes les horreurs qui étaient arrivées, au milieu de tous mes malheurs, la vie recommençait à me sourire.

Une fois dans ma chambre, je me débarrassai de mes chaussures et de mon tee-shirt. Mon débardeur se prit dans les manches et je me tortillai en tirant sur le tissu...

— Pourquoi t'arrêter au tee-shirt ?

— Par les dieux !

Je m'étreignis la poitrine sous le coup de la surprise.

Seth était assis sur mon lit, les mains croisées sur les genoux. Ses cheveux lâchés encadraient son visage. Son petit sourire en coin signifiait qu'il avait vu mon soutien-gorge en dentelle.

— Qu'est-ce que tu fais ici ? Et sur mon lit, en plus ?

— Je t'attendais.

Je le dévisageai. J'avais envie de le voir déguerpir, mais j'étais également curieuse. Je m'assis donc à côté de lui, lissant le tissu de mon jean sur mes cuisses. Ce n'était pas vraiment de la nervosité, mais j'étais dans un état d'agitation extrême. Seth prit l'initiative de briser l'étrange silence qui s'était installé entre nous.

— Ils ne t'ont pas ratée.

Je poussai un grognement en levant les bras.

Ils étaient toujours recouverts de marques rouges et enflammées, mais je savais que celles de mon cou... étaient bien plus affreuses. Pendant quelques minutes, je l'avais oublié.

— Merci de me le rappeler.

Seth haussa les épaules en inclinant la tête sur le côté.

— J'ai vu pire. Une Sentinelle qui s'est retrouvée acculée un jour à New York. Une très jolie fille – un peu plus âgée que toi – qui tenait absolument à devenir Sentinelle. Un démon lui a arraché la moitié du visage juste pour lui montrer...

— Beurk. OK. J'ai compris le message : j'ai échappé au pire. Redis-moi ça quand je n'aurai plus la tête d'une fille qui a passé la nuit avec un vampire. Bon, pourquoi es-tu venu ?

— Je voulais te parler.

Je baissai les yeux vers mes pieds, remuant les orteils.

— De quoi ?

— De nous.

Avec lassitude, je relevai la tête pour le regarder.

— Il n'y a pas de...

Il posa un doigt sur mes lèvres.

— J'ai quelque chose de très important à te dire, et une fois que tu m'auras laissé l'occasion de le faire, je n'insisterai pas, et même, je n'aborderai plus jamais le sujet. Ça te va ?

J'aurais dû lui taper sur la main, exiger qu'il s'en aille ou au moins reculer, mais je me contentai d'écarter doucement ses doigts.

— Avant que tu ailles plus loin, je veux dire quelque chose.

Seth haussa des sourcils curieux.

— Je t'écoute.

Je pris une profonde inspiration et contemplai de nouveau mes orteils.

— Merci pour ce que tu as fait – même si je ne sais pas quoi – pour nous retrouver. Sans toi, à l'heure qu'il est je serais sans doute morte – ou en train de découper une proie. Je tenais à te remercier.

Il resta silencieux si longtemps que je relevai la tête pour voir ce qu'il faisait. Il me regardait d'un air stupéfait.

Je détournai les yeux pour ne pas sourire.

— Qu'est-ce qu'il y a ?

— Je crois que c'est le truc le plus gentil que tu m'aies jamais dit depuis qu'on se connaît.

J'éclatai de rire.

— Sûrement pas. Je t'ai déjà dit des trucs sympas.

— Quoi, par exemple ?

Je lui avais forcément dit quelque chose d'agréable dans une autre situation.

— Je... Quand...

Rien ne me venait à l'esprit. Par les enfers, j'étais vraiment une garce.

— D'accord. C'est effectivement la première fois que je te dis un truc gentil.

— Laisse-moi le temps de savourer cet instant.

Je levai les yeux au ciel.

— On reprend : de quoi voulais-tu parler ?

Seth retrouva son sérieux.

— Je voulais avoir avec toi une franche conversation à propos de plusieurs choses.

— Quel genre de choses ?

Je battis en retraite vers les oreillers empilés à la tête du lit, de façon à ce que mes jambes ne soient plus en contact avec lui.

Il fronça les sourcils.

— Comme de savoir ce que l'avenir nous réserve.

Je soupirai.

— Seth, il ne se passera rien entre nous...

— Tu n'es pas curieuse de savoir comment je t'ai trouvée ? Tu ne veux pas savoir comment j'ai fait ?

— Si, maintenant que tu le dis. Je me suis posé la question.

Seth s'allongea sur le côté, en appui sur un coude. Le mouvement déplaça ses cheveux blonds, qui glissèrent sur sa joue. Sa hanche était beaucoup trop proche de mes orteils recroquevillés. Mais il avait l'air de s'en foutre royalement.

— J'étais en train de faire un rêve très agréable à propos d'une fille que j'ai rencontrée à Houston et on...

— Seth, grondai-je.

— Et tout à coup, quelque chose m'a tiré de mon rêve. Je me suis réveillé, mon cœur battait très vite et je transpirais. Sans aucune raison. Je me sentais très mal... jusqu'au plus profond de mon âme.

Je ramenai mes genoux contre ma poitrine.

— Pourquoi ?

— J'y viens, Alex. J'ai mis un moment à comprendre que rien ne me menaçait, mais le malaise persistait. C'est alors que je l'ai sentie – la première morsure. C'était comme du feu liquide et la douleur était... réelle. Pendant une seconde, j'ai même cru que j'étais attaqué. Et c'est là que j'ai compris. C'était *tes* sensations que je ressentais. Je suis allé voir Aiden...

— Pourquoi lui ?

— Parce que j'ai pensé que si quelqu'un savait où tu étais, ce serait lui. Pourtant, il ne m'a été d'aucune utilité. Il ne savait rien du tout.

Comment était-il arrivé à cette conclusion ? Mieux valait ne pas remuer ces eaux troubles pour le moment.

— Tu ressentais donc tout ce que j'éprouvais ?

Seth opina du chef.

— J'ai ressenti toutes les morsures qu'ils t'ont infligées. Comme si c'était ma peau qu'ils déchiraient et mon éther qu'ils drainaient. Je n'avais jamais rien éprouvé de tel.

Il détourna la tête et laissa passer quelques instants avant de continuer.

— Je ne sais pas comment tu as pu... le supporter. J'avais l'impression que l'on me dépeçait l'âme, mais c'était la *tienne*.

Totalement sonnée par ce qu'il racontait, je l'écoutais en silence.

— Quand nous avons compris que tu n'étais pas dans ta chambre, Aiden s'est douté de ce que tu avais fait. Nous sommes partis tout de suite et je ne peux pas t'expliquer comment mais je savais où il fallait aller. Comme si quelque chose me guidait. Peut-être l'instinct ?

Il contempla ses mains avec un haussement d'épaules.

— Je ne sais pas exactement. Ce que je savais, c'est que je devais me diriger vers l'ouest. Quand nous nous sommes rapprochés de la frontière avec le Tennessee, Aiden a dit que tu avais parlé un jour de Gatlinburg. Dès qu'il a prononcé ce nom, j'ai su où tu étais.

— Mais comment est-ce possible ? Est-ce que cela était arrivé avant ? Quand je luttais contre Kain ?

Il secoua la tête en me regardant.

— Je ne crois pas. Ce changement s'est produit après. Je pense que plus nous nous côtoyons, plus notre... connexion s'amplifie. À mon avis, je la perçois davantage parce que je suis déjà Éveillé.

Je fronçai les sourcils.

— Ça n'a pas de sens.

Il poussa un soupir.

— Attends un peu. Quand Lucien a dit que nous étions les deux moitiés d'un être unique, ce n'était pas qu'une image. Si tu étais restée chez lui ce soir-là, tu aurais appris des choses intéressantes... ce qui me faciliterait beaucoup les choses.

Cela n'augurait rien de bon. Mes souvenirs de ce soir-là me ramenaient toujours à Aiden. De haute lutte, je parvins à le reléguer dans un coin de ma tête.

— Quel genre de choses ?

Seth se releva d'un mouvement fluide et s'assit face à moi.

— Les dieux savent que tu vas détester ce que je vais te dire, mais tant pis. Plus longtemps nous resterons l'un près de l'autre, plus cette connexion entre nous va s'intensifier... au point que nous ne serons plus capables de savoir où commence et où finit la présence de l'autre en nous.

Je me redressai.

— Je n'aime pas ça.

— Non... moi non plus, figure-toi. Mais c'est ce qui va se produire. Je sais que tu détestes perdre le contrôle. Nous sommes pareils de ce point de vue. Je déteste tout autant que toi l'idée que mes émotions puissent m'échapper, mais ça ne changera rien. Déjà maintenant, j'en ressens les effets.

— Les effets de quoi ?

Il semblait fouiller son esprit pour trouver les mots justes.

— De notre proximité. Il m'est plus facile de puiser dans l'*akasha*, de sentir quand tu es blessée ; en ce moment même, je suis affecté.

Il s'interrompit pour prendre sa respiration.

— Je sens l'énergie qui est en toi – l'éther. Il exerce sur moi une attraction, alors que tu n'es même pas encore Éveillée. À ton avis, que se passera-t-il quand tu le seras ? Le jour de tes dix-huit ans ?

Je n'en avais pas la moindre idée et je n'aimais pas le tour que prenait cette conversation.

— Toi, tu le sais, ce qui va se passer, n'est-ce pas ?

Seth hocha de nouveau la tête et détourna les yeux.

— Après ton Éveil, la connexion sera mille fois... non, un million de fois plus puissante. Nos volontés se confondront. Nous partagerons les mêmes pensées, les mêmes besoins, les mêmes désirs. La connexion est censée s'établir dans les deux sens, mais je serai plus fort que toi. Je t'imposerai ma volonté. Je suis le Premier, Alex. Il suffira d'un seul contact pour que toute cette énergie se déverse en moi.

Une bouffée de panique m'envahit, que je fus incapable de dissiper. Je voulus me lever, mais Seth posa les mains sur mes genoux. Les dieux soient loués, je portais un jean, parce que si nos peaux étaient entrées en contact et que cette foutue corde bleue était apparue, je crois que j'aurais pété un câble pour de bon.

— Alex, écoute-moi.

— T'écouter ? Tu dis que je ne contrôlerai plus rien.

Je secouai frénétiquement la tête, étirant la peau sensible de mon cou, sans prêter attention à la brûlure.

— Ce n'est pas possible. Je ne veux pas y penser. Je ne crois pas que deux personnes puissent être destinées l'une à l'autre... je ne crois même pas au destin.

— Alex, calme-toi. Écoute-moi. Je sais que c'est le pire que tu puisses envisager, mais tu as du temps devant toi.

— Que veux-tu dire ?

— Tu ne ressens aucun de ces effets pour l'instant. Ta volonté est intacte.

Il relâcha mes genoux et recula – pour s'éloigner de *moi*.

— C'est différent pour moi. En ta présence, la connexion me donne du fil à retordre. Maintenant, par exemple, ton cœur bat très vite. Le mien aussi. En étant si proche de toi, c'est comme si... j'étais dans ta tête, mais toi, tu as encore le temps.

J'avais du mal à assimiler tout ça. Je comprenais ce qu'il disait. Parce qu'il avait déjà subi la palingénésie, ce lien qui existait entre nous enroulait déjà ce cordon super spécial autour de lui, ce qui n'était pas encore le cas pour moi. Pas avant le jour de mes dix-huit ans. Mais après ?

— Pourquoi Lucien ne m'a rien dit de tout ça ?

— Parce que tu es partie, Alex.

Je le considérai d'un air sombre.

— Je n'aime pas ça, Seth. Il nous reste sept mois. J'aurai dix-huit ans dans sept mois.

— Je le sais. Et pendant ces sept mois, je vais devoir t'entraîner, alors imagine ce que ce sera pour moi.

C'était au-delà de mes forces. Inimaginable.

— Ça ne peut pas se passer comme ça.

Il se pencha vers moi, ramenant une mèche blonde derrière son oreille.

— C'est aussi mon avis et j'ai eu une idée. Maintenant, écoute-moi attentivement. Pour le moment, c'est supportable ; la connexion est puissante, mais je parviens encore à y résister. Après ton Éveil, tout sera différent. Si nous ne pouvons pas gérer la situation – si *tu* en es incapable –, nous nous séparerons. Je partirai. Toi, tu ne pourras pas à cause de l'académie, mais je suis libre. Je m'en irai à l'autre bout de la terre.

— Mais le Conseil – Lucien – veut que tu restes ici, avec moi.

Je levai les yeux au ciel.

— Je ne sais pas pourquoi, mais il a exigé que tu sois affecté ici.

Seth haussa les épaules avec nonchalance avant de rouler sur le dos.

— Je m'en fiche. J'emmerde le Conseil. Je suis l'Apollyon. Qu'est-ce que Lucien pourra me faire ?

Ce qu'il proposait était rebelle et dangereux. Ça me plaisait.

— Tu ferais vraiment ça pour moi ?

Il me regarda dans les yeux avec un petit sourire.

— Oui. Je suis prêt à faire ça. On dirait que ça t'étonne.

L'une de mes jambes glissa du lit quand je me penchai au-dessus de lui.

— Oui. Pourquoi ferais-tu ça ? Tu as le beau rôle dans cette affaire.

— Tu crois que je suis un salaud ?

Il me souriait toujours.

Je clignai les yeux, un peu surprise par sa question.

— Non... Je ne pense pas ça.

— Alors, pourquoi est-ce que je t'imposerais ça ? Notre éloignement ne rompra pas la connexion qui existe entre nous, qui continuera de grandir, mais le transfert d'énergie sera interrompu. Tout va s'accélérer au moment du transfert. Si je m'éloigne, nous resterons deux entités distinctes.

C'est alors que je compris soudain.

— C'est pour toi. Tu ne penses pas être capable de gérer ça.

Le petit sourire ironique qui déforma ses lèvres me confirma que j'avais vu juste.

Cette connexion était certainement une véritable épine pour lui s'il pensait ne pas être capable de l'assumer jusqu'au bout. Honte à moi, cela me fit du bien. Au bout du compte, si les choses devenaient trop insupportables, il y avait une voie de sortie. Je garderais le contrôle. Et Seth aussi.

— À quoi penses-tu ?

Interrompant mes rêveries, je le contemplai.

— Je pense que les sept prochains mois vont être pour toi un enfer.

Seth éclata de rire, rejetant la tête en arrière.

— Ah, je n'en suis pas si sûr. Ce... cette *chose* entre nous... a également ses avantages.

Je reculai, croisant les bras.

— Que veux-tu dire ?

Il sourit sans répondre.

— À mon tour de te demander à quoi *tu* penses…

— Qu'on vient d'avoir une conversation entière sans s'insulter. Avant que tu t'en aperçoives, tu me considéreras comme un ami.

— On va y aller par étapes, Seth. Par étapes.

Il se replongea dans la contemplation du plafond de ma chambre. Ici, pas de ciel étoilé, juste de la peinture blanche ordinaire. Sur un coup de tête, je touchai sa main, posée près de ma cuisse. Une sorte d'expérience. Je voulais voir ce qu'il se produirait.

La tête de Seth pivota vers moi.

— Qu'est-ce que tu fais ?

— Rien.

Et, en effet, rien ne se produisit. Intriguée, je m'emparai de ses doigts.

— Je ne te crois pas.

Il me regardait d'un air soupçonneux.

— Tu as raison.

Coupant court à mon test, je retirai ma main.

— Est-ce que tu ne devrais pas…

Les mots que j'allais prononcer moururent sur mes lèvres quand Seth reprit ma main, mêlant ses doigts aux miens.

— C'est ça que tu voulais ? me demanda-t-il, très désinvolte.

Et cela arriva. Si près de lui, je vis cette fois d'où venaient ses tatouages. Les plus grosses veines sur ses mains furent les premières à se colorer, puis à se ramifier avant de s'étendre à ses bras. Comme hypnotisée, je regardai les lignes sombres recouvrir chaque millimètre de peau exposée. Sous mes yeux, le dessin quitta celui de son réseau veineux, formant des arabesques sur sa peau. Les motifs se rompirent pour en former de nouveaux… tout le temps que nos mains restèrent en contact.

Je relevai la tête. Il avait fermé les yeux.

— Quelle est leur signification ? Ces marques… ?

— Ce sont… les marques de l'Apollyon, répondit-il très lentement comme s'il avait du mal à former des mots et des phrases. Ce sont des runes et des sorts… de protection… ou bien, dans notre cas, qui nous alertent de la présence de l'autre. Elles ont aussi d'autres significations.

— Oh.

Les runes roulaient sur sa peau, vers l'extrémité de ses doigts. J'étais peut-être dingue, mais j'étais sûre que ces marques réagissaient au point de contact entre nous. Pendant quelques secondes, je crus vraiment que ces glyphes allaient quitter sa peau pour envahir la mienne.

— Est-ce que… je les aurai aussi un jour ?

— Hmm ?

Je détachai mon regard de nos mains. Seth avait toujours les yeux fermés et ses traits étaient détendus. Et même plus que ça. Il avait l'air… satisfait. Comblé. Je ne l'avais jamais vu aussi apaisé.

— C'est l'un des avantages dont tu parlais ?

Je voulais plaisanter, mais la compréhension me frappa de plein fouet avant qu'il puisse répondre. Il ressentait les effets de ma présence. Une chose aussi simple que cela l'affectait. C'était l'influence que j'avais sur lui.

Je me souvenais de ce qu'il avait dit après ma rencontre avec Kain.

— En réalité, c'est moi qui ai toutes les clés dans cette histoire.

Il ouvrit les yeux, qui luisaient à présent comme deux pierres précieuses mordorées.

— Quoi ?

Je resserrai les doigts autour des siens et ses lèvres s'entrouvrirent, laissant échapper un soupir. Très lentement, je relâchai mon étreinte. Intéressant.

— Rien.

— Je n'aurais pas dû te révéler la vérité.

Sa voix était légèrement éraillée.

— Oui, c'est toi qui as les clés, du moins pour l'instant, ajouta-t-il.

Je balayai la dernière partie de sa phrase et retirai ma main avant que les marques atteignent ma peau. Nous ne dîmes plus rien pendant quelques instants. Je me laissai retomber contre mes oreillers et Seth ferma de nouveau les yeux. Durant ce moment de silence, j'observai sa poitrine qui se soulevait et s'abaissait avec une grande amplitude. Presque comme s'il dormait. Quand ses traits étaient relâchés, la beauté de son visage semblait moins froide et méthodique. Cette fois-ci, c'est moi qui rompis le silence.

— Bon… qu'est-ce que tu fais ?

— Là ?

Sa voix était ensommeillée.

— Je tire des plans sur la comète. Je pense à tout ce que je vais t'enseigner – pendant nos entraînements, bien sûr.

Je haussai les sourcils.

— Je ne vois pas ce que tu pourrais m'apprendre de plus qu'Aiden.

Seth éclata de rire, et quand il reprit la parole, ce fut d'un ton arrogant et entendu.

— Oh, Alex, j'ai des tas de trucs à te montrer. Des choses qu'Aiden ne pourra jamais faire.

Tout en le contemplant, je devais bien admettre qu'une infime partie de moi mourait d'envie de découvrir ce qu'il avait l'intention de m'enseigner. Ce serait pour le moins distrayant, à défaut d'être productif.

Nous ne parlâmes plus vraiment après ça et mon enthousiasme commença à décroître, cédant le pas à la fatigue. Mes paupières se fermaient toutes seules et je ne pensais plus qu'à me débarrasser de lui pour pouvoir me coucher. En fait, il prenait toute la place, étalé en travers de *mon* lit.

Sans que cela me surprenne vraiment, Seth ouvrit les yeux et me regarda, puis se leva avec un petit sourire. Il avait peut-être senti qu'il était sur le point de se prendre un coup de pied des familles dans les côtes.

Pour l'élément de surprise, je repasserais.

— Tu t'en vas ? lui demandai-je, ne sachant pas quoi dire d'autre.

Il ne répondit pas. Il s'étira, bras levés au-dessus de la tête, exposant une bande de muscles abdominaux sous son tee-shirt noir. L'image d'un félin me vint à l'esprit. Il avait l'allure souple et gracieuse d'un prédateur. Une grâce très subtile qui le différentiait des mortels comme des sang-mêlé.

— Sais-tu ce que veut dire ton nom ? Ton prénom véritable : Alexandria ?

Je secouai la tête et il me sourit lentement.

— En grec, cela signifie « celle qui protège les hommes ».

— Oh. C'est cool. Et le tien, qu'est-ce qu'il...

Soudain, il se plia en deux et plongea sur moi, d'un mouvement si rapide que je n'eus pas le temps de reculer – ce qui aurait été pourtant une saine réaction devant un Apollyon fondant sur vous.

Il m'effleura le front du bout des lèvres, s'y attardant juste assez longtemps pour que je comprenne qu'il m'offrait un chaste baiser d'adieu avant de se redresser.

— Bonne nuit, Alexandria, protectrice des hommes.

Sonnée, je balbutiai quelque chose qui ressemblait à un au revoir, mais il était déjà parti. Je portai les doigts à mon front, là où ses lèvres s'étaient posées. C'était un geste très étrange, inattendu, inconvenant et... tendre. Je m'allongeai sur le lit et étendis mes jambes avant de me plonger dans la contemplation du plafond. Que me réservait la vie dans les mois à venir ? Je n'avais pas vraiment de réponse. Tout avait changé – et moi aussi, mais ce dont je pouvais être certaine, c'est que j'apprendrais beaucoup de choses entre Aiden et Seth.

***

Le lendemain après-midi, je me souvins de la carte de Lucien que j'avais laissée sur la table. Ouvrant l'enveloppe d'un doigt, j'en sortis les billets et, pour la première fois, je lus le mot qui les accompagnait.

Il n'était pas trop mal et semblait relativement sincère, mais son écriture élégante n'éveilla aucune émotion en moi. Il pouvait m'envoyer tout le fric qu'il voulait et m'écrire des lettres manuscrites, il n'achèterait pas mon amour et n'effacerait pas les soupçons qui pesaient sur lui comme des nuées d'orage.

Avec son argent, en tout cas, je m'offrirais bientôt de jolies chaussures.

Cette pensée en tête, je pris une douche, puis choisis une tenue qui dissimulait les plus moches de mes stigmates. Garder mes cheveux lâchés améliorait l'apparence de mon cou, mais cela ne suffisait pas à cacher toutes les marques.

À ma grande surprise, les Gardiens ne m'arrêtèrent pas quand je franchis le pont en direction de l'île principale. Pourtant, tandis que je remontais la rue principale, j'eus la nette impression d'être observée. Un rapide coup d'œil par-dessus mon épaule confirma mes soupçons. L'un des Gardiens du pont s'était séparé de ses collègues et me suivait discrètement à distance. Lucien et Marcus craignaient sans doute que je n'essaie encore de m'enfuir… ou que je ne fasse un truc incroyablement irresponsable.

Je gratifiai le Gardien d'un grand sourire impertinent avant de m'engouffrer dans l'une de ces boutiques de la rue marchande tenues par des mortels mais qui appartenaient à des purs. Celle-ci proposait un assortiment de bougies artisanales, de mosaïques en poudre de nacre de coquillages et de sels marins pour le bain. Souriant intérieurement, je décidai que j'allais dépenser ici une partie de l'argent de Lucien.

Excitée comme une puce par tous ces trucs de fille que j'avais l'intention de m'offrir, je profitai de ces plaisirs tout simples si souvent négligés quand on se prépare à devenir une tueuse de démons. Les bains moussants n'étaient généralement pas une priorité au Covenant. Je pris quelques bougies votives posées dans de petits bateaux en pin symbolisant le voyage de l'âme, et cinq ou six grosses bougies parfumées, qui embaumaient très fort comme si les petites mains qui les avaient fabriquées dans un atelier à l'autre bout du monde avaient forcé la dose.

À la caisse, je fis semblant de ne pas remarquer que la vendeuse, visiblement mortelle, ne pouvait détacher les yeux de mon cou. Les purs usaient de sorts de compulsion sur les mortels vivant près du Covenant pour les persuader que tous les trucs bizarres dont ils étaient témoins étaient normaux. Cette caissière semblait avoir besoin d'une piqûre de rappel.

— Il vous faut autre chose ? me demanda-t-elle, butant sur le dernier mot alors qu'elle s'arrachait à la contemplation de mes stigmates.

Je dansai d'un pied sur l'autre, mal à l'aise. J'allais devoir subir ça jusqu'à ce que ces maudites cicatrices se soient estompées ? Mon regard se posa sur du papier à lettres sur le thème de l'océan.

— Je vais aussi prendre ça.

La fille hocha la tête, ses cheveux méchés balayant son visage. Incapable de me regarder dans les yeux, elle encaissa rapidement mes achats.

Une fois sur le trottoir, je m'installai sur un petit banc blanc afin de griffonner quelques lignes. Refermant l'enveloppe, je traversai la rue et m'engageai dans une ruelle entre une librairie et un bazar.

Je n'eus pas besoin de regarder derrière moi pour savoir que le Gardien m'avait emboîté le pas. Dix minutes plus tard, je gravissais les larges marches de la villa de Lucien et glissais le mot sous la porte. Il y avait de fortes chances que ma lettre ne lui parvienne, mais j'aurais au moins tenté de le remercier. Je me sentirais moins coupable de dépenser ma mini-fortune dans une garde-robe de rentrée. Je ne pouvais quand même pas porter des uniformes et des survêtements toute l'année.

Je me hâtai de quitter le perron, ne voulant pas me faire surprendre au cas où Lucien aurait été chez lui, et repris le chemin de l'île du Covenant, mon sac de bougies odorantes à la main.

— Mademoiselle Andros ?

Avec un gros soupir, je me retournai vers le Gardien qui m'avait suivie. Il avait retrouvé son partenaire et me regardait, le visage impassible.

— Oui ?

— La prochaine que vous souhaiterez quitter le Covenant, pourriez-vous, s'il vous plaît, obtenir une permission ?

Roulant des yeux, je hochai la tête. Depuis mon retour au Covenant, la boucle était bouclée. J'avais toujours besoin d'une nounou.

Sur le campus, je fis un dernier arrêt dans les jardins avant de retrouver Caleb. Les hibiscus avaient toujours été les fleurs préférées de ma mère, et j'en trouvai plusieurs buissons fleuris. J'aimais l'idée qu'ils représentaient le parfum des tropiques, mais en réalité, ils n'avaient pas d'odeur. C'était seulement leur beauté que ma mère avait appréciée. J'en cueillis une demi-douzaine avant de quitter le jardin.

Alors que j'arrivais en vue des dortoirs des filles, je repérai Léa assise sur le perron en compagnie d'autres filles sang-mêlé. Elle semblait en bien meilleure forme que la dernière fois que je l'avais vue.

Elle releva le menton quand je passai devant elle, ramenant d'une main hyper bronzée ses cheveux glorieusement brillants par-dessus l'une de ses épaules. Il y eut un silence, puis elle ouvrit la bouche.

— Tu es plus jolie que d'habitude, ou je me fais des idées ?

Elle se détacha des massives colonnes en mordant ses lèvres pulpeuses.

— Disons... qu'au moins ces vilaines morsures détournent l'attention de ton visage. C'est déjà ça, pas vrai ?

Devais-je en rire ou lui coller mon poing dans la figure ? Si idiot que cela puisse paraître, j'étais heureuse de la retrouver aussi garce qu'avant.

— Quoi ?

Elle me regardait d'un air de défi.

— Tu n'as rien à répondre ?

Je réfléchis un instant.

— Désolée... Tu es tellement bronzée que je t'avais prise pour un fauteuil en cuir.

Elle fit quelques pas avec moi, un petit sourire moqueur aux lèvres.

— Ha ha. Toi, tu es un monstre.

En temps normal, cet échange se serait terminé par une flopée d'injures, mais cette fois-ci, je laissai couler. J'avais mieux à faire. Dans ma chambre, je sortis les bougies et les petits bateaux servant à guider l'esprit des défunts dans l'autre monde. C'était totalement symbolique, mais sans corps et sans tombeau, c'était le mieux que je puisse faire.

Je pris mon temps pour me préparer. Je voulais être belle – aussi belle que possible avec la moitié du corps couverte de stigmates. Satisfaite de mes cheveux, qui ne ressemblaient plus à une pelote de laine emmêlée, et de la robe que j'avais portée aux dernières funérailles et que j'avais époussetée, j'enfilai un fin cardigan pour cacher les marques sur mes bras. Je rassemblai ensuite mon matériel et me mis en route pour mon rendez-vous avec Caleb.

Il m'attendait sur le rivage, au bord du marécage près des logements des Instructeurs. C'était l'endroit rêvé, peu fréquenté, parfait pour une cérémonie, et je lui en fus reconnaissante. La vision de Caleb dans ses plus beaux vêtements me serra le cœur.

Il avait dû repêcher le pantalon noir dont il était vêtu, beaucoup trop court pour lui, au fond de son armoire. Alors que ma mère avait tenté de le tuer, il s'était mis sur son trente et un par respect pour sa mémoire et amitié pour moi. Une boule se forma dans ma gorge. Je la ravalai, mais la sensation persista.

Caleb irradiait de compassion quand il s'avança vers moi et me déchargea des fleurs que je tenais à la main. Sans un mot, il entreprit d'installer les petits bateaux, que je parsemai des pétales des hibiscus. Je crois... qu'elle aurait apprécié ce détail.

Les yeux fixés sur les trois esquifs, je déglutis à nouveau. Il y en avait un pour ma mère, un pour Kain et un dernier pour tous les autres qui avaient péri.

— C'est vraiment gentil d'être là, dis-je à Caleb. Merci.

— Je suis content que tu fasses une cérémonie.

Les larmes me montèrent aux yeux et ma gorge se serra.

— Et que tu aies voulu m'y inclure, ajouta-t-il.

Par les dieux. Il allait me faire pleurer.

Caleb se rapprocha et m'entoura les épaules d'un bras.

— Ça va aller.

Une larme coula. Je la recueillis du bout du doigt avant qu'elle n'atteigne ma joue, mais elle fut suivie d'une seconde... puis d'une troisième. Je m'essuyai le visage du revers de la main en reniflant.

— Je suis désolée.

Caleb secoua la tête.

— Non, il n'y a pas de quoi.

Hochant la tête, je respirai un grand coup. Au bout d'un petit moment, je parvins à ravaler mes larmes et à lui sourire faiblement.

Nous restâmes un long moment dans les bras l'un de l'autre. Nous avions tous les deux un deuil à faire – quelque chose que nous avions perdu. Peut-être que Caleb avait besoin de ça, lui aussi. Le temps sembla ralentir jusqu'à ce que nous soyons prêts.

Je regardai alors les bougies.

— Zut.

J'avais oublié de prendre un briquet.

— Besoin de feu ?

Nous nous retournâmes ensemble au son de la voix grave et mélodieuse qui s'était exprimée. Je l'avais reconnue jusqu'au fond de mon âme.

Aiden se tenait à distance respectueuse, les mains enfoncées dans les poches de son jean. Le soleil couchant le ceignait d'un halo lumineux et l'espace d'une fraction de seconde j'eus presque l'impression que c'était un dieu et pas seulement un pur.

Je clignai les yeux, mais il était toujours là.

— Oui.

Il s'avança et toucha chaque bougie parfumée à la vanille du bout du doigt. Des flammes d'un éclat irréel en jaillirent, puis grandirent sans être altérées par le vent qui soufflait de l'océan. Quand il eut terminé, il se redressa et planta ses yeux dans les miens. Son regard rassurant débordait de fierté et je compris qu'il approuvait ce que je faisais.

Je ravalai d'autres larmes quand il reprit sa position en retrait. Je dus faire un effort pour détacher mes yeux de lui et ramasser mon petit bateau. Caleb m'imita et nous avançâmes dans l'eau, là où les vagues se dissolvaient en écume bouillonnante, atteignant nos genoux – suffisamment loin du rivage pour que le courant ne les ramène pas sur la plage.

Caleb mit le premier ses deux embarcations à l'eau. Il remua les lèvres sans que je puisse entendre ce qu'il disait. Peut-être une prière ? Quoi qu'il en soit, il les laissa bientôt partir et les vagues les emportèrent.

Les pensées se bousculaient dans ma tête tandis que je contemplais mon propre bateau. Fermant les yeux, je revis le merveilleux sourire de ma mère. Dans ma vision, elle hochait la tête et me disait que tout allait bien, que je devais la laisser partir. Et d'une certaine façon, c'était bien dans l'ordre des choses. Elle était en un lieu meilleur. Je le croyais véritablement. J'éprouverais toujours une sorte de culpabilité. C'était à cause de moi, après les révélations de l'oracle, qu'elle avait fait tout ça, mais c'était terminé – enfin. Me penchant sur les flots, je mis le dernier esquif à l'eau.

— Merci pour tout, pour tout ce que tu as abandonné pour moi.

Je m'interrompis, sentant les larmes ruisseler sur mes joues.

— Tu me manques tellement. Je t'aimerai toujours.

Mes doigts s'attardèrent encore une seconde sur la coque, puis les vagues l'emportèrent loin de moi dans un sillon d'écume. Les trois petits bateaux dérivèrent, toujours plus loin, les flammes des bougies brûlant toujours haut. Le ciel s'était assombri quand je perdis de vue leur douce lumière. Caleb m'attendait sur la plage et, derrière lui, Aiden. Quoi que pensât Caleb de la présence d'Aiden, son visage n'en montrait rien.

Prudemment, je regagnai le rivage. La distance qui me séparait d'Aiden sembla s'évaporer et nous étions tout à coup seuls au monde. Un petit sourire flottait sur ses lèvres quand je m'approchai de lui.

— Merci, lui chuchotai-je.

Aiden parut comprendre que mes remerciements concernaient bien plus que le feu qu'il m'avait fourni. Il me répondit à voix basse de sorte que je sois la seule à l'entendre.

— Quand mes parents sont morts, j'ai cru que je ne retrouverais jamais la paix. Je sais que tu l'as trouvée et j'en suis heureux pour toi. Tu le mérites, Alex.

— Est-ce que… tu as trouvé la paix un jour ?

Il tendit la main vers moi pour effleurer la courbe de ma joue. Un geste si furtif que je savais que Caleb ne l'avait pas vu.

— Oui. Je l'ai trouvée à présent.

Je pris une profonde inspiration. J'avais tant de choses à lui dire que je ne pouvais pas prononcer. J'aimais à croire qu'il le savait, et c'était sans doute la vérité. Aiden recula, m'enveloppant d'un dernier regard avant de faire demi-tour et de rentrer chez lui.

Je le regardai jusqu'à ce qu'il ne soit plus qu'une ombre. Je rejoignis ensuite Caleb et me laissai tomber dans le sable à côté de lui avant de poser la tête sur son épaule. À intervalles réguliers, l'eau salée venait nous chatouiller les pieds et je captai une odeur de vanille apportée par le vent du large. L'air était encore doux, mais la brise qui soufflait apportait sa fraîcheur, signifiant que l'automne approchait. Dans l'immédiat, le sable était chaud sous mes pieds sur cette île au large des côtes de la Caroline du Nord et l'air avait encore un goût d'été.

Remerciements

Je voudrais tout d'abord remercier mes parents de m'avoir laissée écrire tout et n'importe quoi au feutre indélébile sur les murs de ma chambre sans me tuer lorsque j'étais adolescente. Merci également à Jesse d'avoir joué aux Barbie et à la Nintendo avec moi. Je remercie Jerry et toute la famille, proche ou moins proche, qui ont pimenté ma vie. Un merci très spécial à celui ou celle qui a inventé les zombies. Chaque fois que j'ai un coup de blues, il me suffit de regarder ces morts vivants pour me sentir tout de suite mieux. Merci à ma sœur Dawn, sans doute la seule personne sur cette planète qui préfère voir ma tête sur un tee-shirt que sur un avis de recherche. Ricky Bobby : je ne sais pas ce que j'aurais fait sans toutes les distractions que toi et ton acolyte m'avez fournies chaque fois que je me trouvais dans une impasse d'écriture (merci à toi aussi, petit Jésus).

Je suis également reconnaissante à mes copines, Dawn, Lesa, Amber, Amber 2, Shelly, Kelley, Lisa, Tracy, Ashlee, Jen et tous les autres de ne pas m'avoir reniée parce que j'aimais la compagnie de mes amis imaginaires. Merci à mes super camarades de plume – Brenda St. John Brown, Kimberlee Turley, Claire Merle, Lisa Rogers, Stephanie Sauvinet,

Catherine Peace – qui m'ont empêchée de me ridiculiser grâce à leurs relectures attentives et leurs conseils avisés. Souvenez-vous de ces noms car vous adorerez bientôt leurs livres. Merci à Carissa Thomas qui m'a aidée à me remuer les méninges quand j'étais bloquée. Tout mon amour et des câlins à tous les membres du merveilleux forum Query Tracker pour leur soutien sans faille, leur gentillesse et leurs trouvailles.

Oh, *Chewie* – mon Chewbaca à moi, aussi connu sous le nom de Chu-won Martin, tu as été le premier de mes amis à lire pour de bon mes écrits sans te moquer de moi. Je te garderai toujours une place spéciale dans mon cœur.

Cette aventure n'aurait pas existé sans l'enthousiasme et le soutien de mon éditeur et de toute l'équipe de Spencer Hill Press : Kate, Debbie, Osman et Kendra. Kate... Waouh, je ne sais même pas quoi dire. Sans toi, *Sang-mêlé* serait encore un brouillon sur mon ordinateur. Tu es incroyable et je te dois tout.

Michael... merci de m'avoir supportée alors que je passais plus de temps en compagnie d'objets inanimés qu'avec toi. Je t'aime.

Et tu croyais peut-être que j'allais t'oublier, Loki ? Ha. Loki, je t'adore. Tu es le meilleur chien du monde. Je voudrais aussi remercier tous ceux qui m'ont regardée comme si j'étais folle quand je disais que je voulais devenir écrivain. Grâce à vous, je réalise un rêve.

Pour finir, un immense merci à Julie Fedderson qui m'a mis des étoiles dans les yeux avec ses critiques follement élogieuses et ses commentaires hilarants. Julie, il faut absolument qu'on partage bientôt cette bouteille de vin. Je suis totalement amoureuse de ton style.

Glossaire

Akasha : cinquième et ultime élément, le plus puissant, maîtrisé par l'Apollyon le jour de son Éveil.

Apollyon : sang-mêlé doté de la maîtrise des cinq éléments, qui fait de lui l'égal des dieux après son Éveil.

Conseil : assemblée dirigeante d'une communauté d'Hématoï.

Covenant : communauté d'Hématoï protégée par des Gardiens et des Sentinelles ; académie où sont instruits les sang-pur et formés les sang-mêlé.

Démon : sang-pur passé du côté obscur par contamination, devenu accro à l'éther.

Élixir : potion médicinale concoctée par les Maîtres pour soumettre les sang-mêlé placés en servitude.

Éther : essence divine coulant en proportions diverses dans les veines des sang-pur et des sang-mêlé.

Éveil : avènement de l'Apollyon le jour de ses dix-huit ans par palingénésie.

Gardiens : corps de garde composé de sang-mêlé formés au Covenant.

Hématoï : communauté des descendants des demi-dieux.

Hiérarchie du sang : tradition des communautés Hématoï affirmant la supériorité des sang-pur sur les sang-mêlé et leur interdisant d'avoir des rapports sexuels.

Magistrat : membre dirigeant d'un Conseil.

Maître : catégorie d'Hématoï chargés d'asservir les sang-mêlé indignes d'être formés au Covenant.

Palingénésie : processus par lequel l'Apollyon est investi de ses pouvoirs divins le jour de ses dix-huit ans.

Sang-mêlé : enfant d'un sang-pur et d'un mortel.

Sang-pur : enfant de deux demi-dieux ou de deux sang-pur.

Sentinelle : corps d'élite composé de sang-pur et de sang-mêlé formés au Covenant.

Composition
NORD COMPO

Achevé d'imprimer en Espagne
par CPI *(Barcelone)*
le 12 janvier 2019

Dépôt légal : octobre 2017
EAN 9782290078839
OTP L21EDDN000543A002

ÉDITIONS J'AI LU
87, quai Panhard-et-Levassor, 75013 Paris

Diffusion France et étranger : Flammarion